Karin Wimmer

Bergluftliebe

Karin Wimmer

Bergluftliebe

Roman

Bibliografische Information der Deutschen Nationalbibliothek:
Die Deutsche Nationalbibliothek verzeichnet diese Publikation in der Deutschen Nationalbibliografie; detaillierte bibliografische Daten sind im Internet über http://dnb.dnb.de abrufbar.

© 2025 Karin Wimmer

Umschlagdesign: zero-media.net, München
Bildmotiv: FinePic ©, München

Verlag:
BoD · Books on Demand GmbH, Überseering 33, 22297 Hamburg, bod@bod.de

Druck:
Libri Plureos GmbH, Friedensallee 273, 22763 Hamburg

ISBN: 978-3-7693-6723-2

»Wenn du jemanden liebst, lass ihn frei.
Wenn er zurückkommt, wird er bleiben.
Wenn er nicht zurückkommt,
hatte er nie vor zu bleiben.«

Unbekannt

Kapitel 1

In den letzten beiden Tagen hatte uns der Monsun doch noch überrascht. Als wir in Deutschland aus dem Flugzeug steigen, ist die Luft frisch, und endlich kann ich aufatmen. Gemeinsam mit meinen Reisegefährten gehe ich zur Gepäckausgabe. Wir haben die letzten zwei Wochen auf den Malediven verbracht – unser erster gemeinsamer Urlaub nach dem überstandenen Hotelmanagementstudium. Ich erinnere mich noch gut daran, wie ich neu auf die private Fachschule wechselte und mit meinen Kommilitonen nach dem ersten Tag des Semesters im Café saß, während wir über die Zeit nach dem Studium sprachen. Alle hatten einen Plan und eine Vorstellung von ihrem Leben. Mein Plan war zu studieren. Weil meine Eltern es erwarteten. Weil jeder es von mir erwartete. Als Tochter eines Inhabers von mehreren bekannten Restaurants und einem großen Hotel im gehobenen Preissegment war es die einzige Wahl, die ich hatte. Einziges Kind, riesige Firma, da hast du deinen Weg: Abi, Ausbildung zur Hotelfachfrau, Studium Hotelmanagement. Keine Ahnung, ob ich mir diesen Berufsweg auch ohne den familiären Hintergrund ausgesucht hätte, aber es war definitiv von Vorteil, dass mein Vater viele Kontakte in der Hotellerie pflegt. Ich konnte Unmengen an hervorragenden Praxiszeugnissen vorweisen, ohne tatsächlich auch nur einen einzigen Finger krumm machen zu müssen. Das war auch meine Bedingung, um die Ausbildung zur Hotelfachfrau durchzuziehen. Mein Ausbildungsbetrieb war das Hotel meines Vaters, der davon zwar wenig begeistert war, aber zähneknirschend zustimmte. Während meine Mitschüler in der Praktikumszeit hart arbeiten mussten, konnte ich Urlaub machen und bekam dafür auch noch gute Noten. Gewusst haben es alle, aber wer würde sich schon mit Werner von Gütersloh anlegen und seine Tochter anschwärzen?

In den ersten Jahren war das Studium für mich und einige meiner Kommilitonen reine Nebensache zum ausschweifenden Studentenleben. Ab und zu tauchten wir zu einer Vorlesung auf oder bei der einen oder anderen Prüfung. Erfolg hatte keiner von uns, dafür aber sehr viel Spaß, wenn wir die Nächte durchgefeiert hatten und das Geld unserer Eltern ausgaben. Mein Vater erzählte gerne, dass ich in die falschen Kreise geraten war, doch in Wahrheit bin ich die Anführerin der Abwärtsspirale gewesen. Viele von uns haben die Hotelfachschule abgebrochen oder sind woandershin gewechselt. So wie ich es letztlich auch gemacht habe. Eine teure private Einrichtung sollte laut meinen Eltern richten, was die übrigen nicht geschafft hatten: mich auf Kurs und zum Abschluss zu bringen. Ich hielt erst wenig davon, aber der Campus gefiel mir dann doch ausgesprochen gut. Meine neuen Kommilitonen waren anders als die bisherigen. Sie waren äußerst zukunftsorientiert, und das Studium war für sie nur Mittel zum Zweck, um auf der Managementebene eines angesehenen Hotels Fuß fassen zu können. Sechs von ihnen waren ein eingeschworenes Team, das mich – aus welchem Grund auch immer – an meinem ersten Tag an der neuen Fachschule fragte, ob ich mitkommen wolle, um mit einer Tasse Kaffee das neue Jahr einzuläuten. Ich stimmte zu, und schon nach einer halben Stunde war mir klar, dass es diesmal anders laufen würde. Diese Clique hatte wie ein Kompass ihre Richtung gefunden und war nicht von ihrem Weg abzubringen. Man sprach über die Ziele, die sich jeder gesetzt hatte. Und ich muss zugeben, dass ich beeindruckt war. Tessa hat mich in ihren Lernkreis eingeladen, und zunächst hatte ich mir todlangweilige Stunden mit trockener Büffelei vorgestellt, doch es wurden gesellige Abende, in denen die letzten Vorlesungen locker wiederholt und Unklarheiten ausgeräumt wurden. Oft kochten wir gemeinsam oder gingen im Anschluss an die Stoffvertiefung noch etwas essen. Bestandene Prüfungen wurden ausgiebig gefeiert, aber dann lag der Fokus wieder auf dem

Studium. Der Tatendrang und die Herangehensweise meiner neuen Freunde steckten mich an, und so habe ich mich tatsächlich im letzten Jahr ins Hotelmanagement vertieft, alle Praktika ernst genommen und mit glänzenden Noten den Abschluss gemacht.

Unseren gemeinsamen Weg wollten wir so beenden, wie wir ihn begonnen hatten. Und so saßen wir gestern auf der Terrasse des Hotels auf den Malediven und sprachen darüber, wohin der Wind uns nun tatsächlich trägt. Jeder meiner Freunde hat einen guten Job in der Tasche, und alle freuen sich darauf, jetzt von der Theorie in die Praxis wechseln zu dürfen, um zu zeigen, was sie draufhaben.

»Eva-Maria, du bist wohl die Einzige von uns, die ihren neuen Chef nicht erst von sich überzeugen muss«, hatte Tessa gelacht und mich freundschaftlich in die Seite geknufft. »Dein Vater hat sicher schon das Büro neben seinem eigenen für dich geräumt.«

Auf das besagte Büro habe ich tatsächlich ein Auge geworfen, aber mein Name steht noch nicht an der Tür. Während alle anderen ihre Jobs in der nächsten Woche antreten, steht mir sozusagen das Bewerbungsgespräch noch bevor. Aber Tessa hatte recht: Was soll bei meinem Vater schon schiefgehen?

Nach einem langen Abschied trennen sich unsere Wege am Flughafen, und ich sehe mich nach dem Wagen unseres Hotels um, der mich abholen soll. Tatsächlich steht der schwarze Mercedes in vorderster Reihe. Alfred, der Fahrer, kümmert sich um mein Gepäck, während ich mich auf die kühlen Ledersitze der Rückbank fallen lasse.

»In Ihre Wohnung oder zu Ihren Eltern, Frau von Gütersloh?«

»Nach Hause, Alfred. Der Flug war anstrengend.«

»Gerne, Frau von Gütersloh«, sagt er und startet den Wagen.

Ich habe zwar einen Führerschein, fahre allerdings nur sehr ungern selbst. Vermutlich saß ich nicht öfter als fünfmal hinter dem Steuer seit meiner Führerscheinprüfung, und die ist nun schon einige Jahre her. Der Verkehr hier in der Stadt ist mir einfach zu hektisch. Also fahre ich mit Alfred oder einem anderen Fahrer des Hotels, und falls niemand verfügbar ist, rufe ich mir einfach ein Taxi.

Die Häuser ziehen am Autofenster vorbei, und ich freue mich, dass auch hier in Deutschland der Frühling langsam in den Sommer übergeht. Alfred bringt mir die Koffer bis in den Flur meiner Wohnung, dann verabschiedet er sich. Ich wohne auf einhundertfünfzig Quadratmetern in einem neu renovierten Altbau. Die Räume sind hell, luftig und modern eingerichtet. Und im Moment staubfrei, blitzsauber und frisch gelüftet, denn meine Haushälterin war erst heute Morgen hier. Ich hole mir ein Glas Wasser aus der Küche und mache es mir auf der Couch bequem, während ich den Sonnenuntergang bewundere. Schön, wieder zu Hause zu sein. Ich war länger nicht hier, denn meine letzte Hotelfachschule lag über eine Stunde Fahrtzeit entfernt, und ich hatte eine Wohnung in der Nähe des Campus. Vor der Abschlussreise habe ich diese geräumt und alle meine Sachen wieder hierherbringen lassen. Trotzdem fühle ich eine Leere in mir. Unruhig wandere ich durch die Räume. Die Mappe mit meinen Abschlussdokumenten liegt auf dem Schreibtisch in meinem Arbeitszimmer. Sanft streiche ich darüber und kann nicht fassen, dass ich auf diese paar Schriftstücke so lange hingearbeitet habe. Und jetzt? Mir wird klar, dass es meine ungewisse Zukunft ist, die mich so beunruhigt. Doch das werde ich ändern. Entschlossen tippe ich auf die Mappe, ehe ich in mein Schlafzimmer gehe und den begehbaren Kleiderschrank betrete. Ich brauche ein passendes Outfit für mein Vorhaben.

Kapitel 2

Am nächsten Morgen betrete ich die Firmenzentrale der Von Gütersloh Restaurant und Hotel GmbH im perfekt sitzenden, grauen Etuikleid mit schwarzem Gürtel und High-Heels in der gleichen Farbe. Die blonden Haare trage ich zu einem eleganten Knoten hochgesteckt, und in meiner Handtasche stecken meine Unterlagen. Ich ernte fragende Blicke der Angestellten, weil ich für gewöhnlich nur sehr selten hier auftauche, werde aber sofort ins Büro meiner Eltern vorgelassen.

»Eva-Maria, du bist zurück«, ruft meine Mutter erfreut und kommt hinter ihrem Schreibtisch hervor, um mich zu umarmen.

»Ja, seit gestern Abend!« Ich drücke sie kurz an mich.

»Du siehst erholt aus«, bemerkt auch mein Vater mit einem Lächeln, und ich nicke.

»Wussten wir, dass du heute herkommst?«, fragt Mama und deutet Papa, im Terminkalender nachzusehen, doch ich winke ab.

»Nein, tut mir leid, ich habe mich nicht angemeldet. Habt ihr trotzdem für mich Zeit?«

Meine Eltern wechseln einen raschen Blick.

»Natürlich, worum geht es denn?«, fragt Papa.

»Um meine Zukunft!«, komme ich gleich zum Punkt.

»Möchtest du noch ein weiteres Studium beginnen?«, will meine Mutter wissen. Irritiert sehe ich sie an. Meine Mappe wandert von der Tasche auf den Schreibtisch meines Vaters.

»Nein, ich überreiche euch hiermit meine Abschlussdokumente und möchte wissen, welches Büro ihr für mich vorgesehen habt.«

Einige Sekunden lang herrscht Stille.

»Büro?«, wiederholt meine Mutter.

»Ja, du weißt schon, diese Räume, in denen man arbeitet«, scherze ich und sehe von einem zum anderen.

»Hier? In unserer Firma?« Die Augen meiner Mutter werden kreisrund.

Ihre Überraschung trifft mich unvorbereitet, und ich wünsche mir, ich hätte mich gesetzt.

»Natürlich, wofür habe ich denn dieses ganze Gastro- und Hotelleriezeug gelernt?«, stoße ich patziger hervor, als gewollt, und deute auf die Mappe, die immer noch unangetastet vor meinem Vater liegt.

»Na ja, als eine von Gütersloh wird natürlich erwartet, dass du Ahnung davon hast«, beginnt meine Mutter die alte Leier. Das muss ich mir schon seit Jahren anhören.

»Eben!«, erwidere ich, schnappe mir meine Dokumente und wedle damit herum. »Also: Hier bin ich!«

»Wir dachten eher …«, druckst meine Mutter herum und will nicht mit der Sprache herausrücken.

»Woran?«, hake ich nach.

»Daran, dass du deinen Mann in der Führung mal unterstützen kannst, wenn eure Kinder groß genug sind«, erklärt sie. »Der Familienstammbaum muss ja gesichert sein.«

Ich lasse meine Mappe sinken.

»Meinen Mann?«, wiederhole ich. »Aber ich habe ja nicht mal einen Freund.« In den letzten Monaten hatte ich einfach keinen Kopf für einen Partner. Nicht, dass ich jede Nacht allein im Bett gelegen hätte, aber mein Herz war nicht das Körperteil, das daran beteiligt war. Langsam dämmert mir, dass meine Eltern gar nicht so sehr darauf gehofft haben, dass ich ein Abschlusszeugnis vom Studium mitbringe, sondern einen Mann. Diese Information muss ich erst mal sacken lassen.

»Oliver macht sich als mein Stellvertreter sehr gut«, stellt mein Vater nach einem Räuspern in den Raum. Es dauert eine Weile, bis ich verstehe, was er gesagt hat.

»Und dadurch qualifiziert er sich auch dafür, den Familienfortbestand mit eurer Tochter zu sichern?«, fasse ich zusammen. Meine Mutter ringt kurz nach Worten.

»Na ja, er ist ein charmanter, aufmerksamer Mann, zielstrebig und fügt sich gut in unser Unternehmen ein. Wieso also nicht auch in die Familie?«

Wut kocht in mir hoch.

»Falls es euch entgangen ist: Die Nächste im Familienstammbaum bin ich! Und da ihr es verabsäumt habt, weitere – möglicherweise männliche – Kinder zu bekommen, bin ich es, auf die ihr euren Fokus lenken solltet, und zwar nicht als Brutkasten für die nächste Generation, sondern als Zukunft für die Firma!«, fauche ich.

»Eva-Maria!«, tadelt mich meine Mutter, doch mein Vater hält meinem Blick stand.

»Du stehst hier und stellst Ansprüche auf meine Firma, dabei hast du nicht den geringsten Schimmer von der Materie.«

»Ich stelle keine Ansprüche, ich will einen Platz im Familienunternehmen. Für das ich eine lange und harte Ausbildung durchlebt habe.«

»Papperlapapp!«, wischt er mein Argument vom Tisch. »Alles graue Theorie, von der Praxis hast du keine Ahnung. Jede Praktikumsbestätigung hast du bekommen, ohne auch nur einen einzigen Finger dafür krumm zu machen.«

»Im letzten Jahr habe ich alles ordnungsgemäß absolviert!« Es ist, als wollten meine Eltern nicht sehen, dass ich die Kurve letztlich ja noch bekommen habe.

»Ja, im Management. Aber davor hast du dich vor allem gedrückt!« Donnernd saust die Faust meines Vaters auf die Tischplatte, doch ich bleibe davon unbeeindruckt.

»Ich will ja auch nicht als Zimmermädchen hier anfangen, sondern dich und Mama in der Leitung unterstützen«, halte ich trotzig dagegen. Mein Vater holt tief Luft, doch meine Mutter legt ihm die Hand auf die Schulter.

»Eva-Maria, lässt du uns bitte kurz allein? Du hast eine geschäftliche Anfrage gestellt, die dein Vater und ich besprechen müssen. Auch wenn wir deine Eltern sind, bewirbst du dich hier und heute ja für einen Job in unserer Firma.«

Ich bin überrascht, dass sie ihre Ruhe wiedergefunden hat, während Papa und ich die Nerven verloren haben und der Streit eskaliert ist. Aber ich weiß mich angemessen zu verhalten.

»Natürlich!«, antworte ich deshalb und ziehe mich mit einem Nicken zurück.

Im Wartebereich vor den Büros nehme ich mir einen Becher Wasser aus dem Spender, der dort bereitsteht. Durch eine offene Tür sehe ich Oliver Dorner, der eben einen Stapel Unterlagen an seine Sekretärin weitergibt. Er hebt kurz grüßend die Hand. Wir haben uns schon bei einigen Firmenevents unterhalten und finden uns sympathisch – mehr nicht. Obwohl ich mir gut vorstellen könnte, dass er vielleicht doch noch irgendwelche versteckten, aber sehr tiefen Gefühle für mich entdecken würde, wenn man ihm in Aussicht stellt, die Firma als Schwiegersohn zukünftig zu leiten. Aber allein dieser Gedanke verursacht mir Übelkeit. Als wäre ich eine nutzlose weibliche Erbin eines Königreichs, für das nun ein geeigneter König gefunden werden muss. Aber was das betrifft, können sie mich mal! Ich töte meine Drachen selbst und auf dem von Gütersloh-Thron sitze als Nächste ich! Angriffslustig werfe ich einen Blick auf die Bürotür, hinter der sich meine Eltern beraten, und die sich prompt öffnet. Ich folge dem Winken meiner Mutter und sehe meinen Vater auffordernd an, als ich vor dem Schreibtisch stehe.

»Nun, ich gebe zu, dass unser Gedanke mit Oliver vielleicht ein wenig zu weit ging«, räumt er gleich zu Beginn ein und stimmt mich damit etwas milder. Immerhin hat er in den Kalender gesehen und entdeckt, dass wir nicht mehr im Mittelalter leben.

»Aber«, holt er mich zurück in die Wirklichkeit, »du wirst sicher verstehen, dass ich etwas skeptisch bin, was deine Motivation betrifft. Immerhin hat sich deine Begeisterung für die Gastronomie und Hotellerie während deiner gesamten Ausbildung ja sehr in Grenzen gehalten.«

Abwartend sehe ich ihn an, bereit für seine Entscheidung.

»Da du kein einziges Grundpraktikum absolviert hast, wirst du diese zuerst nachholen. Du lernst von der Pike auf, was es bedeutet, in einem Restaurant und Hotel zu arbeiten, ehe ich dich in die Führungsebene hole. Ich glaube dir, dass du dich im Management von gehobenen Häusern auskennst. Aber du musst auch die Sicht der Angestellten kennen. Das sind meine Bedingungen.«

Ungläubig lache ich auf und sehe zu meiner Mutter, hoffend, dass sie grinst und sich alles als Scherz herausstellt. Doch ihr Blick ist ernst.

»Du willst also, dass ich in unseren Restaurants kellnere?«, stoße ich hervor, doch er schüttelt sofort den Kopf.

»Nein! Ich will, dass du dir einen Job suchst. Allein und ohne Hilfe durch mich und unsere Kontakte. Du sollst kellnern, kochen, putzen und an der Rezeption stehen, so wie deine Mutter und ich das in unserer Ausbildung auch getan haben. Du musst verstehen, dass dies die Eckpfeiler sind. Wenn sich ein Gast nicht wohlfühlt, weil das Zimmer nicht sauber ist oder das Essen nicht schmeckt, oder das Servicepersonal unfreundlich ist, sind das Ausschlussgründe, dass er je wiederkommt. Wenn im Management eine Werbemaßnahme floppt, dann ist das für das Unternehmen schlecht, aber die Gäste kommen trotzdem. Unsere Angestellten im direkten Gastkontakt sind wertvoll. Das, was sie tun, ist wertvoll und anstrengend. Es war ein Fehler von mir, dir die Praktika zu ersparen, so konntest du das nie lernen. Aber das holst du jetzt nach. Egal wo. Die Sommersaison über wirst du arbeiten, danach sprechen wir über deinen Eintritt in die Firma«, schließt er seine Ausführung und ich sinke auf einen der Stühle.

»Wie lange habe ich denn Zeit, um mir einen Job zu suchen?«, frage ich kraftlos, denn ich weiß von meinen Kommilitonen, wie langwierig die Suche bei ihnen war.

»Bis Ende des Monats ist deine Wohnung bezahlt«, erwidert meine Mutter. »Entweder hast du dann einen Job, der die fehlenden Praktika kompensiert, oder du musst selbst für deine Wohnung und deine Kosten aufkommen.«

»Das sind zwei Wochen!«

»Dann beginnst du besser gleich zu suchen«, ist die trockene Antwort meines Vaters. »Und jetzt entschuldige uns, wir haben eine Besprechung mit Oliver.«

Bei der Erwähnung von Olivers Namen kann ich ihm seine Gedanken vom Gesicht ablesen. Oliver wäre die einfache Möglichkeit, mir ein sorgenfreies Leben zu ermöglichen. Vielleicht würden meine Eltern auch einen anderen Mann aus unserer Branche akzeptieren, immerhin habe ich genug Söhne von Geschäftspartnern kennengelernt, um eine beachtliche Auswahl zu haben. Aber mir sträuben sich die Haare, wenn ich daran denke, dass ich als gute Partie verheiratet werden soll, damit man mich versorgt. Das kann ich selbst! Energisch recke ich das Kinn nach vorne, stehe auf, verlasse wortlos das Büro und gleich darauf das Gebäude.

Draußen atme ich tief durch und versuche, mich zu sammeln. Ich kaufe mir einen Coffee to go und gehe ausnahmsweise zu Fuß zurück zu meiner Wohnung, um meinen Kopf zu lüften und meine Gedanken zu ordnen. Ich bin auf mich allein gestellt. Da ich meine Studienzeit so ausgedehnt habe, blieben Studienkollegen meist Partybekanntschaften. Erst der letzte Wechsel und die Kommilitonen, die ich dann hatte, führten zu Freundschaften. Aber ich scheue trotzdem davor zurück, einen von ihnen anzurufen, um mich über meine Situation auszutauschen. Sie alle nehmen an, dass ich meinen Job längst in der Tasche habe. Ich habe mir abgewöhnt, anderen zu vertrauen. Schon in der Grundschule waren einige Kinder nur mit mir befreundet, weil sie zu meinen – zugegeben sehr aufwändigen – Geburtstagspartys eingeladen werden wollten. Ich habe lange gebraucht, um dieses Vorgehen zu durchschauen, aber es hat mich geprägt. Auf dem Gymnasium erkannten ein paar meiner Schulkameraden das Interesse der Presse an meiner Person und schlugen daraus Kapital. Partylocations wurden an Reporter verraten oder Fotos, die mich mit Bierflaschen oder Zigaretten zeigten, direkt an Klatschblätter verkauft. Ich habe bald gelernt, dass man Privates besser privat hält. Als Teenager waren mir solche Skandale noch peinlich, und die Empörung meiner Eltern über mein unmögliches Verhalten traf mich sehr. Später habe ich gelernt, dass gewisse Reporter von beiden Seiten käuflich sind und manche Partys die skandalösen Schlagzeilen einfach wert waren. Tatsächlich bis ins Mark erschüttert hat mich jedoch mein erster Freund Thoren. Wir waren ab der siebten Klasse zusammen, und im letzten Jahr auf dem Gymnasium rutschten meine Noten stark ab, weil ich nur noch die Treffen mit ihm im Kopf hatte. Tests und Prüfungen waren mir egal, es zählte für mich nicht mal mehr, ob ich das Abi schaffen würde. Doch dann meinte Thoren bei einem Abendessen mit meinen Eltern, dass er gerne mit mir gemeinsam die Ausbildung im Hotel meines Vaters machen möchte. Der lehnte dies ab, er hielt Thoren im gleichen Betrieb für eine zu große Ablenkung und wollte, dass ich mich aufs Wesentliche fokussierte. Thoren verlor daraufhin das Interesse an mir, und ich mein Vertrauen in die Liebe. Seither halte ich Freunde und Männer stets auf Distanz. Wer stark sein will, muss lernen, allein zu kämpfen.

Als ich zu Hause ankomme, steht für mich fest: Wenn mein Vater denkt, dass er mich mit seiner Bedingung kleinkriegt, hat er sich geschnitten. In gemütlichen Leggings und einem Oversized-Shirt mit pinkem Flamingo darauf starte ich den Laptop und klicke mich durch die Stellenanzeigen. Doch mir wird schnell klar, dass mein Unterfangen schwieriger wird als gedacht. Die meisten größeren Hotels in Deutschland gehören Freunden meiner Eltern. Einige haben mir schon die Bestätigungen für meine offiziellen Praktika ausgestellt, und das war bereits Gefallen genug. Außerdem möchte ich mir keine Blöße geben und um eine Anstellung als Reinigungskraft betteln, wenn man weiß, dass ich eigentlich mit dem Studium schon fertig bin. Der Name von Gütersloh ist ein weiteres

Mal in meinem Leben ein Nachteil, denn hier in Deutschland ist er unweigerlich mit meinem Vater verbunden. Also dehne ich die Suche auf unsere Nachbarländer aus. Schließlich entdecke ich eine Anzeige aus Österreich.

»La Palm sucht Allroundkraft für die Sommersaison. Eintritt ehestmöglich«, lese ich. Danach folgen die Kontaktdaten des Arbeitgebers.

»Na, wer sagt's denn!«, murmle ich, denn die Adresse ist in einem bekannten Nobel-Skiort in Österreich, und der Name des Restaurants klingt eher gehoben. Allroundkraft ist genau das, was mein Vater sich wünscht. Wahrscheinlich wird eine Aushilfe für sämtliche Bereiche gesucht, und das passt perfekt. Rasch schicke ich meine Bewerbung ab und hoffe, dass ich Glück habe. Und nach diesem Sommer kralle ich mir dann das Büro neben dem von Oliver.

Bevor ich weitere Mails verschicke, suche ich in der Küche nach der Speisekarte eines Lieferservices, denn langsam bekomme ich Hunger. Das Mittagessen habe ich nach dem unerfreulichen Zusammentreffen mit meinen Eltern ausfallen lassen, und nun hängt mir mein Magen schon in den Kniekehlen. Als ich nach dem Handy greife, um etwas vom vietnamesischen Restaurant in der Innenstadt zu bestellen, sehe ich eine neue Mail. Der Absender ist der Inhaber des La Palm, und mein Herz beginnt, schneller zu schlagen.

»Bitte lass es positiv sein«, flehe ich leise und öffne die Nachricht.

»Sehr geehrte Frau Gütersloh, mit Freude habe ich eben Ihre Bewerbung gelesen. Wir suchen eine Allroundkraft, die alle anfallenden Tätigkeiten abdecken kann, dies umfasst auch den Dienst in der Küche. Da Sie hierfür Zeugnisse vorweisen können, möchten wir Sie zu einem Vorstellungsgespräch einladen …« Freudig quieke ich auf. Es hat geklappt, ich bekomme eine Chance. Schnell lese ich weiter. »… Vorstellungsgespräch einladen am …« Ich werfe einen Blick auf den Kalender und schnappe nach Luft.

Ich muss übermorgen in Österreich sein. Und dort entsprechend flexibel, also brauche ich ein Auto. Fieberhaft überlege ich. Selbst wenn ich morgen eines kaufen würde, dauert der Schreibkram einfach zu lange. Also greife ich zum Telefon und wähle.

»Ja, bitte?«, meldet sich eine vertraute Stimme.

»Kann ich bitte kurz mit meiner Mutter reden?«, frage ich.

»Eva-Maria, ich bin doch dran«, sagt Mama irritiert.

»Ich will sichergehen, dass ich nicht mit der Geschäftsfrau rede, die mir heute Vormittag das Messer an die Kehle gesetzt hat.« Meine Stimme klingt angesäuert. »Sondern mit meiner Mama, die mir vielleicht Hilfe zusichert bei einem kleinen Problem.«

Ich höre, wie sie Luft holt.

»Tut mir leid, Kätzchen!«, sagt sie dann sanft. »Aber manchmal müssen die Vogeleltern dem Küken einen kleinen Schubs geben, damit es das Nest verlässt.«

»Hm …«, mache ich nur.

»Was brauchst du denn, Eva-Maria?«

»Dein Auto«, komme ich gleich zum Punkt. Meine Mutter hat sich vor einigen Jahren einen kleinen Fiat gekauft, weil er ihr so gut gefallen hat. Das ist auch der einzige Wagen, mit dem ich je selbst gefahren bin, abgesehen vom Fahrschulauto.

»Meinen Fiat?«, wiederholt sie ungläubig.

»Ich habe übermorgen ein Vorstellungsgespräch in Österreich und muss dort mobil sein«, erkläre ich.

»Ja!«

»Was?«

»Ja, du kannst ihn haben.«

Ich blinzle überrascht, denn ich hätte mit mehr Gegenwehr gerechnet. Meine Mutter liebt dieses Auto, es ist mit beigen Ledersitzen ausgestattet und hat eine pinke Sonderlackierung. Dass sie ihn mir nun so selbstverständlich leiht, lässt mich lächeln.

»Danke, Mama!«

»Schon gut, Kätzchen. Wenn ich dich damit unterstützen kann, mach ich es gerne. Aber er ist nur geliehen, haben wir uns verstanden?« Doch ich höre das Schmunzeln in ihrer Stimme.

»Ist klar. Wenn ich den Job kriege, dann besorge ich mir ein eigenes Auto«, verspreche ich.

Wir verabschieden uns, und ich beginne, meinen Koffer zu packen.

Am übernächsten Tag starte ich in den frühen Morgenstunden meine Reise nach Österreich. Das Navi habe ich mit der Adresse gefüttert, und so sause ich über eine fast noch leere Autobahn. Die Fahrt verläuft besser, als ich es erwartet habe, und der Fiat meiner Mutter und ich werden richtig gute Freunde. Als ich Stunden später einen Parkplatz gefunden habe, streiche ich meinen Bleistiftrock und die Bluse glatt und hoffe, dass beides nicht zu viele Falten abbekommen hat. Mit meiner Handtasche stehe ich also zum zweiten Mal in dieser Woche vor einer Bürotür und hoffe, diesmal mit einem Job im Gepäck rauszukommen. Ich melde mich bei der Sekretärin, und sie schickt mich gleich weiter. Überrascht tue ich, wie mir geheißen. In unserem Haus werden Besucher bis ins Büro begleitet oder zumindest vorher angemeldet. Höflich klopfe ich und höre sogleich ein lautes »Herein!«

Ich betrete das Büro, und mein potenzieller Chef erhebt sich sofort aus seinem Sessel. Sein Haar ist graumeliert, er hat einen kleinen Wohlstandsbauch, aber sehr wache Augen.

»Frau Gütersloh, wie schön«, begrüßt er mich und schüttelt mir herzlich die Hand. »Mein Name ist Berger.«

»Nett, Sie kennenzulernen«, erwidere ich freundlich, und er bedeutet mir, mich zu setzen.

»Ich komme gleich zur Sache: Sie haben studiert, melden sich aber nun bei mir als Allroundkraft«, stellt er fest, und ich nicke.

»Ich möchte alle Bereiche nochmals durchlaufen, damit ich dann im Management ein besseres Gefühl für die entsprechenden Arbeitnehmer bekomme«, umschreibe ich geschickt, was mein Vater von mir erwartet.

»Es ist Ihnen also klar, dass Sie auch putzen, kellnern und kochen müssen?«, versichert er sich erneut.

»Absolut, und das ist auch so gedacht«, bestätige ich.

»Mit dem Gehalt sind Sie einverstanden?«, fragt er, und ich verstecke gekonnt, dass ich mir die Zahlen gar nicht so genau angesehen habe. Da mein Vater meine laufenden Kosten weiterhin trägt, wenn ich diesen Job bekomme, ist das Gehalt Nebensache.

»Bin ich«, antworte ich deshalb nur knapp.

Herr Berger zeigt sich beeindruckt.

»Wann könnten Sie anfangen?«

Innerlich juble ich, weil das danach klingt, als hätte ich den Job sicher.

»Ich muss nur noch Kleidung von zu Hause holen.«

»Perfekt! Die Einarbeitung erfolgt auf der Sonnwandhütte, die Saison auf der Lap-Alm startet erst später.«

»Lap-Alm?«, wiederhole ich verständnislos.

»Ja, in der Annonce war ein kleiner Druckfehler«, winkt Herr Berger ab.

Einarbeitung in der Sonnwandhütte … Lap-Alm … mir schwant Böses!

»Und wo befindet sich diese Lap-Alm?«, will ich wissen und bete, dass es sich um den urigen Namen eines angesagten Lokals handelt.

Herr Berger deutet hinter mich, wo eine große Wanderkarte hängt, und kommt um den Schreibtisch herum. Dann tritt er näher an die Karte, sucht und deutet mit dem Finger auf einen Punkt irgendwo im grau-grünen Nirgendwo.

»Auf dem Hüttenwanderweg Nummer 56, nur einen Kilometer vom Sessellift aus Recking entfernt«, erklärt mir mein neuer Chef und klingt dabei sehr stolz. »Seit der zweite Sessellift voriges Jahr in Obertupfing eröffnet wurde, wird die

Strecke immer beliebter. Heuer wird gerade noch ein Themenwanderweg errichtet, der dann Familien anlocken soll.«

Ich bin völlig baff und schaffe es gerade mal zu blinzeln.

»Recking?«, wiederhole ich mühsam.

Herr Berger nickt.

»Das ist ein kleines Bergdorf und liegt etwa zwanzig Kilometer westlich von hier. Noch ein wenig verschlafen, aber das wird schon noch in den nächsten Jahren.« Zuversichtlich schenkt er mir ein Lächeln, während mir ebendieses gerade vergeht.

»Und von dort weg geht ein Lift auf eine Alm, auf der die Hütte ist, wo ich arbeiten soll?« Meine Stimme ist dünn und hoch.

»Keine Sorge, zuerst werden Sie mal ordentlich eingelernt in die Hüttengastronomie«, winkt er ab, als wäre dieser Punkt der Einzige, der mir gerade Schnappatmung beschert. »Das macht mein Team auf der Sonnwandhütte, und mit einem der Kollegen wechseln Sie dann in zwei bis drei Wochen auf die Lap-Alm. Kommt auf die Witterung an.«

Klar, dort oben am Arsch der Welt liegt vermutlich noch Schnee. Eine Hütte im Nirgendwo, und die soll ich gemeinsam mit einem Kollegen allein betreiben. Ich fasse es nicht!

»Frau Gütersloh?«, spricht mich Herr Berger an, und ich verkneife mir, ihn darauf hinzuweisen, dass es von Gütersloh heißt.

»Ja?«, antworte ich und konzentriere mich wieder auf mein Gegenüber.

»Soll ich den Vertrag gleich fertigmachen lassen?« Freundlich blickt er mich fragend an. Kurz wäge ich meine Optionen ab, weiß jedoch schon, dass ich mangels Alternativen gleich nicken werde. Und Sekunden später ist es beschlossen: Ich werde den Sommer auf einer Berghütte verbringen.

Als ich eine halbe Stunde später das Bürogebäude verlasse, sinke ich kraftlos auf eine Parkbank. In meiner Tasche steckt mein Arbeitsvertrag und alle Infos, die ich für meinen Start auf der Sonnwandhütte brauche. Ich krame die Visitenkarte heraus, die Herr Berger mir gegeben hat. Auf die Rückseite hat er eine Handynummer geschrieben und den Namen Maria. Bei ihr soll ich mich melden, sie erklärt mir dann alles Nähere zur Sonnwandhütte. Seufzend wähle ich und warte.

»Maria Sonninger«, meldet sich eine fröhliche Stimme.

»Hallo, Frau Sonninger. Ich hatte eben einen Termin bei Herrn Berger, der mich an Sie verwiesen hat. Ich fange Anfang nächster Woche auf der Sonnwandhütte an und soll später auf die Lap-Alm wechseln«, erkläre ich höflich.

»Ah, du bist die Eva-Maria, die neue Kollegin, die dann die Alm schupft«, erwidert Maria, mit der ich offensichtlich sofort per Du bin, im herrlichsten österreichischen Dialekt, und mir wird klar, dass ich vermutlich auch ein Sprachproblem bekommen werde.

»Genau«, pflichte ich ihr bei.

»Dann brauch ich mal deine Kleidergröße für Dirndl und Lederhose.« Sie sagt es, als würde sie mich bitten, Milch und Brötchen zu kaufen.

»Dirndl und Lederhose?« Aus Trachten habe ich mir noch nie viel gemacht.

»Ja sicher, die Urlauber wollen ja österreichisches Traditionsfeeling auf der Hütte haben«, erklärt Maria.

»Aber ich bin Deutsche!«, stoße ich hervor.

»Das macht nix, ich hab voriges Jahr auch eine Chinesin ins Dirndl und die Lederhose gesteckt. Allerdings in eine Kindergröße, weil sie so schmale Hüften hatte, dass sie die Damenhosen immer verloren hat«, erzählt meine neue Kollegin lachend, und ich schließe die Augen, um dieses Bild wieder abzuschütteln. »Außerdem habt ihr Deutschen zum Oktoberfest ja auch alle Dirndl an.«

Ich schlucke die Antwort hinunter, dass ich nicht aus Bayern komme und auch um das Oktoberfest immer einen Bogen gemacht habe, weil ich eben mit Dirndl, Lederhosen und Stimmungsmusik absolut nichts am Hut habe. Bevor ich mir die ganze Aktion noch mal anders überlege, nenne ich ihr meine Kleidergröße.

»Super, dann kümmere ich mich gleich um die Arbeitsklei-dung. Dein Auto kannst du beim Mitarbeiterquartier parken, von dort ist es nicht weit zur Seilbahn. Zimmer hab ich un-ten aber keine mehr frei, dafür hier auf der Sonnwandhütte. Aber du ziehst ja dann eh bald auf die Lap-Alm rüber. Ich schick dir die Adresse aufs Handy, bei der Seilbahn richtest dem Josef einen schönen Gruß von mir aus und sagst ihm, dass du zur Arbeit rauf musst. Dann zahlst du die Fahrt nicht. Willst du sonst noch was wissen?«

Ich brauche einen Moment, um alle Informationen zu ver-dauen, dann verneine ich.

»Falls doch, ruf mich an. Ansonsten sehen wir uns am Montag. Pfiat di!«

»Ciao!«, sage ich noch rasch wenig österreichisch, ehe sie auflegt. Na, das kann ja heiter werden.

Kapitel 3

Während der gesamten Heimfahrt bin ich mir nicht sicher, ob ich mich freuen soll, dass ich den Job bekommen habe, oder ob ich darüber entsetzt bin, was für einer es geworden ist. Wenn ich daran denke, im Sommer drei Monate auf einer Berghütte festzusitzen, wird mir ganz übel. Aber andererseits ist es nur eine Saison, und wenn ich durchhalte, baut mein Vater mich als seine Nachfolgerin auf, und ich übernehme in einigen Jahren das Familienunternehmen. Was sind da schon ein paar Monate im Dirndl? Meine Entschlossenheit siegt schließlich, und kurz vor den Toren meiner Heimatstadt bin ich zwar todmüde von diesem Tag, aber voller Zuversicht.

Am nächsten Morgen werde ich von der Türklingel geweckt. Ich werfe mir rasch meinen Morgenmantel aus Satin über, ehe ich gähnend zur Tür tapse. Draußen steht Alfred, der Fahrer aus dem Hotel meiner Eltern.

»Guten Morgen, Frau von Gütersloh«, grüßt er freundlich und ignoriert professionell meinen Aufzug.

»Guten Morgen, Alfred. Habe ich einen Termin verpasst?«, frage ich irritiert und ziehe den Morgenmantel noch enger um mich, doch er schüttelt den Kopf.

»Nein, Ihre Mutter hat mich nur gebeten, Ihr Auto von Ihnen abzuholen. Würden Sie mir bitte den Schlüssel und die Papiere geben?« Rasch krame ich beides aus der Handtasche und überreiche es ihm. Im Gegenzug legt er einen anderen Autoschlüssel in meine Hand. Überrascht sehe ich ihn an.

»Zu welchem Wagen gehört der?«

Um Alfreds Mund spielt nur ein kleines Lächeln.

»Ich würde empfehlen, dass Sie sich etwas … Straßentauglicheres überziehen und dann nachsehen.« Er zwinkert mir zu, tippt sich dann an die Schläfe und lässt mich stehen.

In Windeseile schlüpfe ich in eine Leinenhose und einen leichten Strickpulli, dann eile ich die Treppen hinunter.

Suchend blicke ich mich um und drücke auf die Funkfernbedienung. Hinter mir klickt es, und als ich mich umdrehe, entfährt mir ein leiser Schrei. Da steht der gleiche Fiat wie der meiner Mutter, doch dieser ist babyblau und ein Cabrio. Ich ziehe mein Handy aus meiner Hosentasche und wähle.

»Gefällt er dir?«, höre ich von meiner Mutter statt einer Begrüßung.

»Er ist der Hammer, aber wem gehört er?«, will ich wissen.

»Na dir«, antwortet sie, als sollte mir das längst klar sein. »Dein Vater wollte dir ja zum Abschluss einen Mercedes SL kaufen, aber ich weiß, wie sehr dir mein Fiat gefällt. Also haben wir dir auch einen gekauft. Du musst ja mobil sein.«

Der Gedanke an einen Mercedes SL lässt mich den Kopf schütteln. Als wäre dieses Geschoss eine gute Idee für jemanden mit meiner fehlenden Fahrpraxis. Da hat mein Vater wohl nur ans Prestige gedacht. Aber auf die praktische Denkweise meiner Mutter ist Verlass.

»Wow! Danke, ich freue mich sehr. Und ich kann ihn echt gut brauchen, denn ich hab den Job!«, verkünde ich stolz. »Als Allroundkraft, wie von Papa gefordert. Am Montag fange ich an.«

»Kätzchen, das ist ja wunderbar«, freut sich meine Mutter für mich. »Und die Gegend ist ja auch erstklassig.«

Ich stutze.

»Woher weißt du, wo ich war?«

»Na, mein Auto hat doch einen Sender eingebaut, sodass ich immer weiß, wo es ist. Zur Sicherheit, falls es gestohlen wird«, teilt sie mir mit. »Und weil ich neugierig war, habe ich gestern in der dazugehörigen App nachgesehen, wo du bist.«

Man hätte mich ja auch einfach fragen können. Aber dass sie mir sozusagen nachspioniert hat, lässt mich trotzig darüber schweigen, wo genau ich arbeiten werde.

»Hat mein neues Auto das auch?«, frage ich.

»Nur, wenn du es aktivieren lässt. Keine Sorge, wir überwachen dich nicht«, beruhigt mich meine Mutter.

»Gut! Vielen Dank noch mal. Ich muss dann mal meine Sachen packen. Es ist noch einiges zu erledigen, ehe ich fahre.«

Wir verabschieden uns und ich streichle zart über den babyblauen Lack meines Autos, ehe ich wieder hoch in meine Wohnung gehe.

Am Montag ist der Fiat vollgestopft mit den Sachen, von denen ich denke, dass ich sie auf der Alm brauchen werde. Da ich nie der Typ fürs Wandern war und nicht mal Skifahren kann, ist mir Urlaub in den Bergen völlig fremd. Und nun hab ich einen Job auf einer Alm – das passt wie die Faust aufs Auge. Da der Wagen dasselbe Modell ist wie der meiner Mutter, haben wir keine Schwierigkeiten miteinander und ich genieße die Fahrt. Fast bin ich traurig, als ich am Parkplatz des Mitarbeiterquartiers ankomme, wo ich ihn zurücklassen muss. Mit Koffer und Reisetasche schleppe ich mich zur Seilbahn, wo man mich tatsächlich nach den überbrachten Grüßen von Maria gratis mitfahren lässt. Mein Gepäck und ich füllen die kleine Gondel völlig aus und so bin ich allein, als ich mit einem mulmigen Gefühl im Bauch die vielen Meter nach unten sehe. Mein Magen rebelliert wie nach zu viel Zuckerwatte und ich frage mich, wie ich Monate auf dem Berg überstehen soll, wenn mir schon der Ausblick aus der Gondel so zusetzt?

An der Bergstation sehe ich mich suchend nach einem Wegweiser um, der mich zur Sonnwandhütte führt. Diese liegt gottseidank ganz in der Nähe und ich wuchte meine Reisetasche wieder auf meine Schulter. Die Hütte ist größer als erwartet und verfügt über eine große Terrasse mit urigen Tischen und Bänken. Doch diese lasse ich links liegen und marschiere gleich ins Innere.

Ein blonder Mann in Lederhosen schießt mir entgegen, auf den Armen ein gefülltes Tablett. Er mustert mich von oben bis unten, dann ruft er nach einem Blick auf meine Reisetasche über seine Schulter: »Maria? Die Neue ist da!« und lässt mich einfach stehen. Na, das fängt ja gut an …

»Griaß di«, höre ich dann eine dunkle Stimme hinter mir und drehe mich um.

»Du bist nicht Maria«, rutscht mir dann heraus, denn vor mir steht ein dunkelhaariger Mann, ebenfalls in Lederhose. Er lacht kurz auf und seine schokobraunen Augen blitzen.

»Maria kann gerade nicht weg vom Zapfhahn. Sie hat mich gebeten, dir dein Zimmer zu zeigen. Ich bin Alex.«

Er streckt mir seine Hand entgegen, die ich zögernd ergreife.

»Eva-Maria von Gütersloh, freut mich, Sie kennenzulernen«, sage ich ganz automatisch und könnte mir im gleichen Moment mit der flachen Hand gegen die Stirn klatschen. Bei den Kollegen wäre es vielleicht besser, mit meinem Nachnamen nicht so offen zu sein, bevor unangenehme Nachfragen kommen, ob ich mit Werner von Gütersloh verwandt bin. Und tatsächlich wandern die Augenbrauen meines Gegenübers nach oben und einen Moment lang herrscht Schweigen.

»Also, falls dir das noch niemand erklärt hat: Oberhalb von tausend Metern Seehöhe gibt es kein Sie, sondern nur das Du. Und wir sind hier auf 1.730 Metern.«

Ich atme auf, dass ihn nur das gestört hat, aber er ist noch nicht fertig.

»Und hier auf der Hütte bist du nur Eva. Wenn wir Eva-Maria rufen, fühlt Maria sich auch angesprochen.«

Ich blinzle überrumpelt.

»Okay«, sage ich dann nur.

Alex nickt.

»Dann komm mal mit nach oben«, fordert er mich auf und geht voraus. Ich sehe auf die Reisetasche, die zu meinen Füßen liegt, und seufze. Die werde ich wohl oder übel selbst tragen müssen, aber wie ein Gentleman sieht Alex ohnehin nicht aus.

»Im ersten Zimmer rechts wohne ich, das zweite ist noch frei. Links ist das Bad, das müssen wir uns teilen.«

»Was?«, rufe ich erschrocken. Ich soll mir mit einem fremden Mann das Bad teilen? Das wird ja immer besser. Aber Alex winkt ab.

»Man kann es abschließen, also musst du keine Angst haben, dass ich dich beim Duschen überrasche.«

Ehrlich gesagt, wäre mir das relativ egal. Aber schon der Gedanke, dass seine Hygieneartikel einträchtig neben meinen im Schrank stehen, gruselt mich. Ich habe es auch bei meinen Exfreunden nicht vertragen, wenn sie begonnen haben, ihr Zeug in meinem Bad zu lagern. Eine eigene Zahnbürste und Haargel waren das absolute Maximum. Malte, mein letzter Freund, durfte auch noch sein Duschgel in die Ablage meiner Dusche stellen. Aber als er dann mit den Rasiersachen angerückt ist, war Schluss mit lustig und wenig später auch mit Malte.

Alex holt mich aus meinen Gedanken.

»Außerdem bleibst du ja nicht lange hier auf der Sonnwandhütte. Sobald der Lift drüben in Recking den Sommerbetrieb startet, geht's auf die Lap-Alm. Dort hast du dann dein eigenes Bad, die Zimmer wurden alle erst vor drei Jahren renoviert und modernisiert.«

Ich schlucke, entscheide mich dann aber, die Frage, die mir unter den Nägeln brennt, zu stellen.

»Strom und fließendes Wasser gibt es also auf dieser Alm?« Hoffnungsvoll sehe ich ihn an und er nickt. Ich atme erleichtert auf.

»Deine Arbeitskleidung hat Maria dir aufs Bett gelegt. Du kannst selbst entscheiden, ob du lieber Lederhose oder Dirndl anziehen willst, wenn du im Service bist«, teilt Alex mir mit.

»Und woher weiß ich, wo ich eingeteilt bin?«

»Von Maria«, folgt die Antwort, die ich mir hätte denken können.

»Ist sie die Chefin hier?«, frage ich, damit ich die Hierarchie ein wenig besser verstehe.

Alex lacht.

»Ja, bei uns hat eine Frau die Hosen an, auch wenn sie das Dirndl trägt. Sei in einer halben Stunde beim Tresen.«

Mit diesen Worten lässt er mich allein und ich öffne die Tür des Zimmers. Und schnappe nach Luft. Der Raum ist von der Decke bis zum Boden mit Holz verkleidet. Das Holzbett mit geschnitztem Kopfteil hat sicher schon über hundert Jahre auf dem Buckel und ich bete, dass die Matratze seine Enkelin ist. Das Bettzeug ist in Beige mit altmodischem braunem Blumenmuster gehalten, vor dem Bett liegt ein grob geknüpfter bunter Teppich. Alle Regale sind mit kitschigen Deckchen geschmückt und auf der anderen Seite des Zimmers führt eine Tür vermutlich auf einen kleinen Balkon. Davor hängt ein bodenlanger Vorhang in typischem rot-weißen Karo, das sich furchtbar mit dem Bettzeug beißt. Wie um Himmels Willen soll man sich hier wohlfühlen? Aber es handelt sich ja auch nicht um einen Raum für Urlauber, sondern für das Personal. Wie mich! Von der modernen Altbauwohnung in diesen Traum für Holzwürmer, aber in der Sommersaison heißt es: Augen zu und durch! Irgendwie werde ich es hier schon aushalten, wenn ich das große Ziel im Blick behalte.

Auf dem Bett liegt wie angekündigt meine Dienstkleidung: eine Lederhose, einige Blusen und Dirndl in Wadenlänge in den Farben Rot, Blau und Grün. Rasch schlüpfe ich in das rote und mache mich auf den Weg nach unten, um meinen Job anzutreten. Hinter dem Tresen flitzt eine junge Frau mit dunklen Locken im gleichen Dirndl, wie ich es trage, zwischen den Zapfhähnen hin und her und gibt Anweisungen an das Servicepersonal, das auch schon gut zu tun hat.

»Sind Sie … bist du Maria?«, korrigiere ich mich rasch und ernte ein Nicken.

»Und du bist also die Eva?«, kommt die Gegenfrage, doch sie wartet meine Antwort nicht ab. »Für heute übernimmst du die Ecke unter dem vordersten großen Schirm bis zum Aufsteller.« Sie deutet nach rechts, und ich erkenne, dass sich oberhalb der Tische kein herkömmliches Dach befindet, sondern riesige Schirme zwischen den großen Balken gespannt sind. Diese kann man bei Bedarf zuklappen und die warmen Sonnenstrahlen reinlassen, an kühlen oder regnerischen Tagen werden sie aufgespannt und mit der Unterkonstruktion verbunden, sodass Kälte und Nässe abgehalten werden. Es wirkt ein wenig wie das Cabrio unter den Gasträumen und versprüht einen ganz besonderen Charme.

»Dreh eine Runde und mach dich mit den Tischnummern vertraut, dann kommst du wieder her, denn Tisch fünfzehn hat eben die Getränke bestellt. Beim Abholen der Speisen lässt du dir erklären, was du auf dem Tablett hast. So lernst du die Karte kennen. Mit dem Boniergerät kennst du dich aus?«, fragt sie weiter und reicht mir eines sowie einen Gürtel mit Kassierhalfter. Ich bin leicht überfordert, nicke aber, denn wir hatten ein ähnliches in der Schule. Ist zwar schon eine Weile her, aber das krieg ich hin. Rasch lege ich mir den Gürtel um die Taille.

»Zum Kassieren gibst du vorerst noch einem der anderen Bescheid.« Mit diesen Worten bin ich entlassen, und ich atme kurz durch, bevor ich mir meinen Bereich ansehe. Die urigen Tische und Bänke sind sowohl für Wanderer im Sommer als auch für Skifahrer im Winter geeignet und bieten ausreichend Platz. Der Gegensatz zu den kleinen, eleganten Tischen der Restaurants, in denen ich sonst verkehre, ist enorm.

Wie von Maria angemerkt, sehe ich überall große Holzscheiben, auf denen die Tischnummern prangen. Ich bin also für die Tische fünfzehn bis sechsundzwanzig zuständig. Das sollte kein Problem werden.

Eine Stunde später ist das Mittagsgeschäft in vollem Gang, alle Plätze sind belegt, und ich revidiere meinen Gedanken. Ich rotiere und werde trotzdem nicht allen Gästen gerecht. Einige Speisen kann ich nicht mal aussprechen, von merken kann überhaupt nicht die Rede sein, und das Servieren habe ich zwar gelernt, aber geübt bin ich aufgrund der fehlenden Praxis leider gar nicht darin. Alex hat den Bereich neben meinem, und ich weiß nicht, wie er es anstellt, dass er nebenbei mit den Gästen noch scherzt und das Kassieren in meiner Hälfte übernimmt. Es ist, als hätte er vier Arme mehr als ich. Und ich merke, wie sein Blick immer öfter skeptisch an mir hängen bleibt, während ich durch die Gegend hetze. Auch am Nachmittag wird es nicht ruhiger, die Speisenbestellung verlagert sich eher auf die süße Fraktion oder die Jause. Maria hinter der Theke wirkt noch genauso frisch wie heute Vormittag. Prüfend sieht sie mich an, als ich die nächsten Getränke abhole.

»Um fünf ist Schluss«, sagt sie dann, und ich blinzle.

»Wie bitte?«

»Wir schließen um fünf«, wird sie nun konkreter. »Wenn die Seilbahn die Betriebszeiten einstellt, machen wir auch zu.«

Das klingt logisch und, wenn ich an meine schmerzenden Beine denke, geradezu himmlisch.

»Natürlich müssen wir dann noch aufräumen und alles für morgen vorbereiten, aber die Gäste verlassen gegen halb fünf fluchtartig das Lokal, damit sie nicht zu Fuß ins Tal gehen müssen.« Sie zwinkert mir zu, und ich schnappe mir mit leiser Hoffnung das Tablett.

Marias Vorhersage trifft ein, und um fünf ist die Hütte leer bis auf uns Angestellte. Die Arbeit geht nahtlos über in den Putzdienst, und auch hier muss ich tüchtig mitanpacken. Als alle fertig sind und auch die Küche blitzt, versammelt sich das ganze Team um den Tresen. Einen nach dem anderen habe ich heute kennengelernt. Maria stellt ein großes Tablett in die Mitte, die Gläser sind mit rosa Flüssigkeit gefüllt.

»Trinken wir auf die Sommersaison, die nun endgültig angelaufen ist. Und auf unsere Verstärkung Eva!«, sagt sie.

Alle greifen sofort zu, doch ich zögere.

»Keine Sorge«, beruhigt mich Maria. »Es ist Schiwasser.«
Ich blinzle.

»Ski-was?«

»Schiwasser«, wiederholt Maria und deutet auf die Tafel, die über der Theke hängt. Offenbar wartet sie darauf, dass der Groschen bei mir fällt, doch als Bergneuling habe ich keine Ahnung, was das sein soll.

»Himbeersirup, Zitronensaft und Mineralwasser«, erklärt mir Rosa, eine der Köchinnen. »Schiwasser!«

»Aber Ski schreibt man doch S-K-I«, meine ich verwirrt.

Maria grinst.

»In Österreich heißt es Schiwasser!«

»Und damit stoßt ihr an?« Ich beäuge die rosa Flüssigkeit skeptisch.

»Da wir immer wieder Kollegen aus anderen Kulturen hier haben oder solche, die aus anderen Gründen keinen Alkohol trinken, haben wir uns angewöhnt, am Ende des Tages mit Schiwasser anzustoßen«, erklärt Rosa.

»Oh, das ist sehr rücksichtsvoll.« Ich bin positiv überrascht und greife auch nach einem Glas.

Wir prosten uns zu, dann nippe ich, und ein süß-säuerlicher Geschmack breitet sich in meinem Mund aus.

»Außerdem müssen ja einige von uns noch fahren«, meldet sich Maria zu Wort. »Und mit manchen Kurven hier runter ist nicht zu spaßen.«

Ich nehme noch einen Schluck, denn das Schidings schmeckt echt gut.

»Fahren?«, frage ich nach.

»Ja klar«, antwortet die blonde Kellnerin mit dem frechen Kurzhaarschnitt. Ich glaube, sie heißt Mia. »Wir müssen ja noch runter vom Berg, und der Lift steht schon still. Links neben der Hütte geht eine Forststraße ins Tal.«

»Genau«, stimmt ihr der etwas beleibtere Koch Günter zu. »Und die nehmen wir jetzt, weil ich langsam unter die Dusche will.« Er trinkt aus, stellt das Glas aufs Tablett und klopft mit den Fingerknöcheln aufs Holz daneben. Dies ist auch für die anderen das Zeichen zum Aufbruch, und alle leeren ihre Gläser. Maria will nach dem Tablett greifen, doch Alex winkt ab.

»Lass, ich mach das. Eva will sicher zuerst duschen, und da muss ich ohnehin warten.«

Maria wirft ihm einen Luftkuss zu, greift nach ihrer Tasche und schließt sich den anderen an, die mit Abschiedsworten die Hütte verlassen. Plötzlich ist es gespenstisch still.

»Danke«, sage ich. »Wegen dem Duschen.«

Alex stellt mit geübten Handgriffen die Gläser in den Spüler und schaltet ihn an.

»Schon okay, ich dreh sowieso jetzt noch eine Runde.« Mit diesen Worten lässt er mich stehen, und ich werde das Gefühl nicht los, dass er ein Problem mit mir hat. Seufzend gehe ich nach oben, suche meinen Kulturbeutel und frische Kleidung aus meiner Tasche und stelle mich unter das erfrischende Nass.

Als ich das spartanische Bad wieder verlasse, horche ich in die Leere, um rauszufinden, ob Alex schon von seinem Spaziergang zurück ist, doch noch ist alles ruhig. In meinem Zimmer lasse ich mich aufs Bett fallen und kann fast hören, wie meine schmerzenden Füße aufatmen. Ohne mich zu viel zu bewegen, greife ich nach meinem Handy, um mich über die sozialen Medien zu informieren, was sich in der Außenwelt getan hat, während ich hier auf dem Berg im Exil bin. Gottseidank hat die Hütte WLAN, und ich tauche in die virtuelle Welt ab. Meine Kommilitonen haben alle Fotos ihrer neuen Wirkungsstätten gepostet und machen fleißig Werbung für die Hotels, in denen sie nun tätig sind. Ich lasse meinen Blick durchs Zimmer schweifen und lache sarkastisch auf. Das wäre doch mal ein originelles Posting. High Society meets Hüttengaudi. Extra-urig, statt extra-vagant. Küche in luftiger Höhe statt gehobener Küche. Rasch verlasse ich die sozialen Kanäle wieder, bevor ich erneut mit meinem Schicksal hadere. Es sind nur ein paar Monate, dann darf ich wieder zurück ins richtige Leben.

Kapitel 4

Nachdem ich mir am nächsten Morgen die Zähne geputzt habe, lasse ich meinen Blick über die Kleiderauswahl schweifen, die mir für meinen Dienst zur Verfügung steht. Da ich mich nicht überwinden kann, in die Lederhose zu steigen, wähle ich für heute das grüne Dirndl, drehe meine Haare zu einem Dutt und gehe nach unten. Vorsichtig sehe ich mich um und werfe einen Blick in die Küche.

»Morgen!«

Erschrocken fahre ich herum. Natürlich ist es Alex, der hinter mir steht, von den anderen ist ja noch niemand hier.

»Guten Morgen«, erwidere ich mit einem zögernden Lächeln. Seine schroffe Art ist mir nicht ganz geheuer.

»Suchst du was?«

»Kaffee?«, und deute auf seine dampfende Tasse.

Alex zeigt zum Tresen.

»Die Maschine steht dort drüben. Wenn du was essen willst, kannst du dich in der Küche bedienen. Die Verpflegung ist für uns gratis.« Seine Worte sind freundlich, doch sein Blick ist kühl.

»Danke«, beeile ich mich zu sagen, doch da hat er sich schon umgedreht und stapft aus der Tür.

Ich stoße die Luft aus, die ich, ohne es zu merken, angehalten habe. Leise knurrend macht sich mein Magen bemerkbar, denn nach dem ganzen Stress gestern habe ich das Abendessen schlicht vergessen. Während die Maschine brummend meinen Kaffee fabriziert, suche ich in der Küche nach etwas Essbarem. Müsli oder Frühstücksflocken finde ich hier natürlich nicht. Kochen möchte ich eigentlich nicht, denn ich bin mit der Küche hier nicht vertraut und will nicht vor Arbeitsbeginn schon Chaos verursachen. Und obwohl der Marmorkuchen fabelhaft aussieht, entscheide ich mich nur für etwas Obst. Durch die großen Glasfenster sehe ich Alex auf der

Terrasse sitzen und trete ebenfalls durch die Tür. Sofort zucke ich zusammen.

»Himmel, ist das kalt hier«, entfährt es mir.

»Ein paar Grad über Null«, informiert mich Alex, der einen kuscheligen Pullover trägt und in seiner Lederhose offenbar gar nicht friert, obwohl sie oberhalb des Knies endet. »Macht einen gleich wach.« Er nippt an seinem Kaffee und beißt in sein Speckbrot. Es schüttelt mich innerlich – wie kann man am frühen Morgen schon etwas so Deftiges essen?

Ich sehe an meinem Dirndl mit der knappen Bluse hinunter und trete wortlos den Rückzug ins Innere der Hütte an. Dort setze ich mich an einen der Tische, der eine wunderbare Aussicht auf die Berge bietet, und betrachte beeindruckt die grauen Giganten gleich gegenüber. Der Himmel zeigt sich bereits in einem reinen Hellblau, und ich frage mich, wann er mir je so weit erschienen ist. Durch die Gipfel, die ich in der Ferne entdecke, bekomme ich erst eine Vorstellung davon, wie weit man hier sehen kann. Im Tal erscheinen die Häuser wie für Ameisen gemacht, und mir wird wieder mal bewusst, wie hoch oben wir hier sind. Dann höre ich ein Motorengeräusch, und wenig später kommt auch der Rest der Mitarbeiter tratschend in die Hütte und versammelt sich um den Tresen, wo Maria sofort das Kommando übernimmt.

»Heute wird's warm, Leutl, da ist die Hütte voll. Aber lassen wir das Dach sicherheitshalber heute noch zu. Es könnte windig werden, und diejenigen, die unbedingt in die Sonne wollen, sollen sich raussetzen. Die Terrasse geben wir ganz frei, damit alle Platz haben«, beschließt sie. »Aufteilung wie gestern.«

»Da würde ich gerne was ändern«, meldet sich Alex zu Wort. »Schick Eva doch heute gleich mal in die Küche, damit sie die Gerichte kennenlernt. Gestern musste ich in ihrem Bereich noch ständig Fragen beantworten oder ihr aushelfen, weil sie nicht wusste, was sich hinter den Namen verbirgt. Kassieren muss ich die Tische sowieso, da mach ich sie gleich ganz mit.«

Ich blinzle, denn ich finde nicht, dass ich meinen Job gestern so schlecht gemacht habe. Aber er hat natürlich recht damit, dass ich einige österreichische Gerichte noch nicht kenne, die ich dann aber vielleicht auf der Lap-Alm zubereiten muss.

»Bist du sicher?«, fragt Maria skeptisch. »Das ist dann ein sehr großer Bereich für dich.«

Alex nickt.

»Ja, das schaff ich schon.«

Sie wendet sich an mich.

»Gut, dann geh dich bitte umziehen für die Küche, und dort nimmt dich Rosa dann unter ihre Fittiche. Anfangs haben einige noch Probleme mit den Speisen, das lernst du aber gleich.« Ihre Zuversicht macht mir Mut, und ich gehe rasch nach oben.

Den Rest des Tages bin ich Rosas Schatten und versuche, mir alles zu merken, was sie mir über Marillenknödel, Kaiserschmarrn, Fleischpfandl, Schweinsbraten, Nockerl, Gröstl, Haussuppe und Verhackerts Brot erzählt. Keine Ahnung, ob ich das alles ohne Anleitung zubereiten könnte, aber zumindest weiß ich jetzt, was sich hinter diesen Gerichten tatsächlich versteckt und kann es den Gästen erklären. Ich helfe beim Anrichten, Wärmen und Fertigmachen und versuche, den anderen in der Küche nicht im Weg zu stehen. Natürlich habe ich in der Schule auch in der Küche gearbeitet, aber eben nie in einem richtigen Restaurant oder Hotel, wo ich erlebt hätte, wie es tatsächlich zugeht, wenn Hochbetrieb herrscht. Und zum ersten Mal erkenne ich einen Sinn in den Praktika, auch wenn ich diese Tätigkeit in meinem endgültigen Job nie ausüben werde.

Am Abend trinken wir erneut die Runde Schiwasser, ehe sich die anderen auf den Weg ins Tal machen und Alex wieder etwas von einem Spaziergang murmelt und, dass ich ins Bad kann. Diesmal habe ich genug nebenher gegessen, sodass ich gar kein Abendessen brauche, und verschwinde unter die Dusche.

Als ich in frischen Klamotten aus dem Bad komme, höre ich leises Murmeln aus Alex' Zimmer. Ich schätze, dass er telefoniert oder äußerst ambitioniert Selbstgespräche führt. Die Luft im Zimmer ist stickig, und ich stehe auf, um die Balkontür zu öffnen. Frische Luft strömt herein, und ich will eben wieder die Füße hochlegen, da fällt mein Name, und ich bleibe wie erstarrt stehen. Natürlich ist mir bewusst, dass ich nicht lauschen sollte, aber Alex bemüht sich ja auch nicht sonderlich, sein Gespräch privat zu halten.

»Ich weiß, dass Personal im Moment Mangelware ist, aber was du uns da geschickt hast, ist keine Hilfe.«

Seine Worte treffen mich wie ein Pfeil.

»Herrgott, ich weiß, dass sie fertige Hotelfachfrau ist, wie auch immer sie das angestellt hat. Aber ich habe schon Lehrlinge ausgebildet, die zu Beginn mehr konnten als sie.«

Schweigen.

»Wir sind nur zu zweit auf der Lap-Alm. Das ist ohnehin schon eine Herausforderung, und dann stellst du ausgerechnet Eva-Maria von Gütersloh dafür ein? Soll das ein Witz sein?«

Empört schnappe ich nach Luft. Er kennt mich doch gar nicht.

»Mein Kumpel Lars hat sich oft genug darüber beschwert, dass man ihr in der Ausbildung alles hat durchgehen lassen, weil Papi Geld und Einfluss hat. Ausnahmslos alle Praxiszeugnisse waren gefälscht. Ich wette, die hatte noch nie einen Teller in der Hand und gekocht hat sie außerhalb der Schulküche maximal vor Wut, wenn was nicht nach ihrem Willen gegangen ist.«

Mein Herz setzt vor Schreck einen Schlag aus. Er meint Lars Heinrichs, der tatsächlich in meiner Berufsschulklasse war. Da arbeite ich am Arsch der Welt, und ausgerechnet hier treffe ich einen Freund eines alten Schulkollegen? Karma is a bitch!

»Ach hör doch auf, Onkel Karl«, ruft Alex nun in einer Lautstärke, die Lauschen wirklich nicht mehr nötig macht. »Den Studienabschluss kann sie sich in die Haare schmieren. Wer weiß, ob da nicht Bestechung im Spiel war. Außerdem hilft ihr der hier absolut gar nichts, wenn sie mit Tablett und Boniergerät schon überfordert ist und in der Küche nur im Weg steht.«

Er stößt laut hörbar die Luft aus. Offenbar ist er auch auf den Balkon rausgetreten und steht nun quasi direkt neben mir, nur durch eine Holzwand getrennt.

»Nein, du meinst ich muss damit leben, nicht wir. Denn immerhin ziehe ich auf die Lap-Alm mit ihr.«

Entsetzt schließe ich die Augen. Ausgerechnet mit Alex soll ich allein in einer Hütte bleiben? Wie soll das nur enden, wenn er mich jetzt schon nicht leiden kann?

Er knurrt Abschiedsworte, dann ist es plötzlich still. Mein Herz rast – vor Wut und auch vor Scham, denn ich kann nicht behaupten, dass Alex bei seinen Aussagen gelogen hat.

Keine Ahnung, ob er weiß, dass ich alles mitangehört habe, aber ich werde nicht so tun, als hätte ich es nicht.

»Die Dusche ist übrigens jetzt frei«, sage ich durch die Wand, auf deren anderer Seite Alex steht, und bin dankbar dafür, dass meine Stimme fester klingt, als meine Beine sich gerade anfühlen. Dann drehe ich mich um und werfe die Balkontür hinter mir zu. Genervt lasse ich mich quer übers Bett fallen und starre an die Holzdecke.

Muss mich meine Schummelei von der Schulzeit ausgerechnet jetzt einholen, wo ich mir geschworen habe, diesmal alles besser zu machen und mir den Job bei meinen Eltern zu verdienen? Ja, ich hatte keine Lust auf dieses Berg-Intermezzo, aber diesmal verdiene ich mir mein Arbeitszeugnis auf ehrliche Weise und werde es meinem Vater auf den Schreibtisch knallen. Alex ist der Einzige im Team, der mir seit meiner Ankunft eher frostig gegenübersteht. Genau genommen seit ich ihm meinen vollen Namen genannt habe. Und nun weiß ich auch, wieso. Unglücklicherweise werde ich ihn so schnell nicht wieder los, weil ausgerechnet er derjenige ist, mit dem ich auf die Lap-Alm wechseln werde. Und er ist auch derjenige mit ausgezeichneten Connections zu meinem Chef, denn ich schätze mal Onkel Karl dürfen ihn seine übrigen Angestellten nicht nennen. Was, wenn er tatsächlich bewirkt, dass Herr Berger mich feuert? Wenn ich es nicht mal schaffe, einen Sommer lang diesen Job zu behalten, brauche ich meinen Eltern gar nicht erst unter die Augen zu treten. Außer, um ihnen zu sagen, dass ich den heiligen Oliver heirate, um mich dann an seiner Seite ins Familienunternehmen zu schummeln.

Die Holzdecke scheint immer näher zu kommen, also springe ich hoch und tigere wild durch das kleine Zimmer. Ich bin so unglaublich sauer auf mich selbst, dass ich es mir in meiner Ausbildung so leicht gemacht habe. Wenn ich von Anfang an mit dem Eifer des letzten Jahres dabei gewesen wäre, hätte ich nun das Problem nicht, hier im Nirgendwo zu sitzen und mir von einem Kellner meine Inkompetenz vorhalten lassen zu müssen. Aber tatsächlich treffen Alex' Aussagen voll ins Schwarze. Ich bin gerade keine wirkliche Hilfe und weiß nicht, wie ich die nächsten Wochen überstehen soll, ohne unterzugehen. Die Küche ist ein hektischer Haufen, in den ich mich kaum integrieren kann, und Kellnern war in der Schule auch einfacher als in der Realität. Doch Scheitern ist gerade keine Option, wenn mein Leben auf Kurs kommen soll. Scheiße, ich muss hier raus!

Ich schlüpfe in meine Schuhe und verlasse das Zimmer und auch die Hütte. Draußen empfängt mich laue Luft. Orientierungslos sehe ich mich um. Von links bin ich gestern gekommen, also wende ich mich instinktiv nach rechts. Wenn ich nahe an der Hütte bleibe, werde ich mich schon nicht verlaufen. Und tatsächlich entdecke ich gleich unterhalb der Terrasse, die zur Sonnwandhütte gehört, eine Holzbank mit einer Lehne, die wie ein Herz geformt ist. Darauf lasse ich mich nieder, ziehe die Knie an, bette mein Kinn darauf und schlinge meine Arme um meine Beine.

Ich nehme einen tiefen Atemzug und rieche den Wald rund um mich. Das beruhigt mich etwas. Dann versuche ich, mich auf einen Lösungsansatz zu konzentrieren. Ich muss dieses Gastro-Ding so schnell wie möglich draufhaben. So übel war ich in den praktischen Fächern in der Schule eigentlich gar nicht. Ich muss nur die Theorie von damals wieder aus meinem Gedächtnis hervorkramen und umsetzen. Nur wie kann ich Alex davon überzeugen, noch ein wenig Geduld zu haben und mir nicht gleich seinen Onkel auf den Hals zu hetzen? Im ersten Augenblick, als wir uns begegnet sind, dachte ich sogar, einen Funken Sympathie in seinen braunen Augen zu entdecken. Doch als er meinen Namen gehört hat, ist der ganz schnell wieder erloschen. Aber ich bin mehr als nur mein Name. So sehr mir von Gütersloh in den letzten Jahren geholfen hat, mindestens genauso sehr wünsche ich mir in diesem Moment, dass ich einfach nur Müller heiße und einen Neuanfang machen kann, ohne die Altlasten meines früheren unmotivierten Ichs.

Meine Gedanken drehen sich im Kreis, aber wirklich weiter komme ich dadurch nicht, stelle ich seufzend fest.

»Ich dachte, du wärst noch im Bad«, höre ich plötzlich eine Stimme hinter mir. Muss er sich immer so anschleichen? Und soll das so etwas wie eine Entschuldigung sein? Ich öffne schon den Mund, um etwas Patziges zu antworten, doch dann besinne ich mich. Ich sollte ihn nicht auch noch verärgern, wenn er mich ohnehin schon für eine Belastung hält.

»Ich wollte dir eigentlich nur mitteilen, dass du schon unter die Dusche kannst«, erwidere ich nur, um zu erklären, wieso ich auf dem Balkon war.

Alex kommt um die Bank herum und lässt sich neben mir nieder. Schweigend sitzt er da und gibt mir die Gelegenheit, ihn mal genauer zu betrachten. Er trägt Jeans-Shorts und ein enges weißes Shirt, dazu blau-rot-weiße Sneakers. An seinem linken Handgelenk entdecke ich eine Uhr mit großem Zifferblatt und braunem Lederband. Sein dunkelbraunes Haar ist an den Seiten und hinten kurz geschnitten, oben ist es etwas länger und leicht gelockt. Die schokobraunen Augen mustern mich ebenfalls, als würde er abwägen, ob ich sauer bin.

»Es ist normalerweise nicht meine Art, hinter dem Rücken von jemandem über ihn zu reden«, sagt er dann und richtet seinen Blick wieder auf das Panorama, das vor uns liegt. »Aber ich schätze, du hast ohnehin schon bemerkt, dass mich dein Auftauchen hier nicht unbedingt begeistert hat.«

Ich zwinge mich, ein- und wieder auszuatmen.

»Ich bin nicht aufgetaucht«, stelle ich bemüht ruhig fest. »Ich habe meinen Dienst hier angetreten.«

Alex lacht tonlos auf.

»Gott sei Dank hast du nicht gesagt, dass du zur Arbeit erschienen bist, denn das wäre etwas weit hergeholt«, murmelt er dann.

Ich schnaufe, denn langsam verliere ich nun doch die Geduld.

»Sag mal, bist du zu allen neuen Kollegen so freundlich?«

»Wenn Arbeiten nicht nur auf dem Programm steht, sondern auch geboten wird, dann komme ich mit allen klar«, schießt er sofort zurück.

»Und nach zwei Tagen kannst du dir ein umfassendes Bild machen?«, erwidere ich genauso scharf.

»Schickimicki-Tussis erkenne ich auf den ersten Blick«, pampt er mich an. »Und wenn sie dann nicht mal was von ihrem Handwerk verstehen …«

»Schon mal was von Eingewöhnungsphase gehört? Oder glaubst du, Hüttengastronomie stand bei jedem im Lehrplan?« Wütend funkle ich ihn an, und er starrt genervt zurück.

»Hast du denn irgendwas drauf von den Dingen, die auf deinem Lehrplan standen, Frau von Gütersloh?«

Ich kann nicht fassen, dass wir streiten und trotzdem einträchtig nebeneinandersitzen. Am liebsten würde ich aufspringen und ihn anschreien. Doch irgendwas muss in dieser Bergluft sein, denn ich atme tief ein und werde wieder ruhiger.

»Lars hat nicht gelogen«, räume ich dann ein. »Ich habe mich durch alle Praktika geschummelt, nur das Nötigste getan und mich voll auf meinen bekannten Namen verlassen.«

»Zumindest gibst du es zu«, schnaubt Alex, klingt aber nicht mehr ganz so angriffslustig.

»Hast du eigentlich was gegen mich, weil ich mir damals die Zeugnisse erschlichen habe, oder weil ich die Skills dadurch jetzt nicht draufhab?«

Alex schweigt eine Weile.

»Beides«, antwortet er dann wortkarg.

Ich nicke.

»Mich für etwas zu verurteilen, das inzwischen Jahre her ist, zeugt nicht von Fairness«, entgegne ich mit ruhiger Stimme. »Immerhin können sich Menschen ändern. Sogar ich! Die Eva-Maria von Gütersloh, von der Lars dir erzählt hat, die gibt es nicht mehr. Aber die Eva, die seit gestern hier arbeitet, bemüht sich wirklich und könnte vielleicht mit ein wenig Zeit und Hilfestellung eine brauchbare Kellnerin werden. Wenn man ihr dieselbe Chance gibt, die jeder Neuankömmling erhalten sollte.«

Mit diesen Worten stehe ich auf und lasse ihn allein.

Kapitel 5

Ich werde früh wach und öffne die Balkontür, gierig nach frischer Luft, denn ich habe immer noch das Gefühl, dass mein Zimmer mich erdrückt. Die Blümchenbettwäsche, die Kitschvorhänge und das viele Holz rauben mir die Luft zum Atmen. Das Kissen ist mir zu niedrig und mein Nacken schmerzt, aber ich will nicht schwierig erscheinen und nach einem zweiten fragen.

Der Himmel ist wieder strahlend blau, und die niedrige Temperatur lässt meine Haut prickeln. Nach einem Besuch im Bad ziehe ich erneut ein Dirndl an. Heute suche ich nach etwas Wärmerem in meinen Sachen, finde aber nur einen dünnen Strickpullover, den ich überziehe, damit ich meinen Kaffee auf der Terrasse trinken kann. Trotzdem zittern meine Hände, als ich sie klamm um die Kaffeetasse lege. Was mich aber nicht davon abhält, das Panorama und die unglaubliche Ruhe hier oben zu genießen.

Plötzlich höre ich Schritte, und als ich mich umdrehe, schiebt sich ein graues Etwas in mein Sichtfeld.

»Was ist das?«, frage ich und greife danach. Es ist flauschig und entpuppt sich als graue Fleece-Weste mit rotem aufgesticktem Logo der Sonnwandhütte.

»Arbeitskleidung«, antwortet Alex. »Eigentlich für den Winter, aber morgens ist es jetzt auch noch arschkalt hier.«

Überrascht sehe ich ihn an.

»Danke«, bringe ich stotternd hervor, denn diese Geste ist wirklich nett.

»Erkältet hilfst du uns ja noch weniger«, relativiert er seine Fürsorge sofort. Rasch schlüpfe ich in die Weste und kuschle mich in das warme Fleece.

»Besser!«, murmle ich dann.

Alex lehnt sich im Stehen an den Nebentisch und sieht mich forschend an. Seine Arme hat er vor der Brust verschränkt.

Fragend hebe ich eine Augenbraue.

»Was willst du wirklich hier?«, fragt er mich dann direkt.

Irritiert blinzle ich.

»Arbeiten«, antworte ich, als läge es auf der Hand.

»Du hast Hotelmanagement auf Luxusniveau studiert und heuerst dann hier auf der Alm an«, fasst Alex zusammen. »Warum dieser Job und warum hier?«

Er spricht in normalem Ton mit mir darüber, also habe ich ihn gestern dazu gebracht, tatsächlich noch mal nachzudenken und mich nicht von vornherein abzulehnen. Aber er ist immer noch äußerst skeptisch, daher ist es besser, wenn ich meine Antwort eher vage formuliere, so wie bei Herrn Berger.

»Wenn ich in der Führungsebene eines Hotels arbeiten will, sollte ich auch den Standpunkt der Mitarbeiter im direkten Gästekontakt kennen«, wiederhole ich das Argument meines Vaters. »Ich habe keines meiner Praktika, die diesen Punkt betreffen, wirklich gemacht, wie wir beide wissen. Also will ich sie nachholen, um alle Voraussetzungen für einen Eintritt ins Management zu erfüllen.«

Alex schweigt einen Moment, doch er scheint meine Aussage zu akzeptieren.

»Warum hier?«, wiederholt er dann seine Frage und lässt mich nicht aus den Augen dabei, damit ihm keine Gefühlsregung in meinem Gesicht entgeht. Ich streiche mir eine Haarsträhne hinters Ohr.

»Glaubst du, ich will bei einem Geschäftspartner meines Vaters auftauchen und bei ihm kellnern? Ich hatte die Hoffnung, hier meine Erfahrungen möglichst unbehelligt machen zu können.« Das ist im Grunde genommen die Wahrheit.

Alex atmet tief ein und aus.

»Für dich mag das hier nur ein Zwischenstopp sein, aber für Maria, mich und die anderen ist es der Platz, wo wir hingehören«, zischt er. »Und wenn ich das Gefühl habe, dass deine fehlende Kompetenz der Sonnwandhütte Schaden zufügt …«

»Greifst du zum Handy und lässt mich von Onkel Karl feuern. Verstanden!«, vervollständige ich seinen Satz. »Aber ich krieg meine Chance?«

Alex nickt langsam.

»Dieselbe wie jeder Neuankömmling. Aber das heißt trotzdem nicht, dass ich dich leiden kann, Schickimicki. Sondern nur, dass ich nicht unfair bin.«

Ich stehe auf, greife nach meiner Kaffeetasse und mache einen Schritt auf ihn zu. Das Schokobraun seiner Augen wird zur dunklen Mousse au Chocolat und mein Magen grummelt nervös, als ich ihm ein Lächeln schenke.

»Damit kann ich leben.«

Er lehnt immer noch an dem Tisch, während ich in die Hütte gehe und meine Tasse abspüle.

Als ich aus der Küche komme, sind die anderen schon da und Maria teilt mich erneut zum Kochdienst ein. Diesmal schnappe ich mir ein paar der alten Bestellblöcke und mache mir fleißig Notizen, damit ich möglichst wenig nachfragen muss. Ich beobachte Rosa und die anderen in der Küche genau und erinnere mich an meinen praktischen Unterricht. Und langsam tauchen Erinnerungsfetzen auf. Rosa teilt mir eine Station zu und ich bin richtig stolz, dass ich keine groben Fehler mache und etwas weniger im Weg stehe. Am Nachmittag wird es ein bisschen ruhiger und wir bereiten Suppe und Einlage für den nächsten Tag vor. Als die letzte Bestellung über den Pass gegangen ist, sind die Notizblöcke voll und meine Schürze total bekleckert, aber als wir alle abklatschen und uns ans Putzen machen, ziert Rosas Gesicht ein Lächeln. Sie sieht zufriedener aus als gestern und mir fällt ein Stein vom Herzen. Nachdem die Küche glänzt, stelle ich mich zu Maria hinter den Tresen und helfe ihr beim Einschenken unserer üblichen Runde Schiwasser. Heimlich notiere ich mir auch hier die Mengen ihrer Mischung.

»Dafür und für manch anderes habe ich einen Schummler in der obersten Lade«, flüstert Maria mir augenzwinkernd zu.

»Was hast du in der Lade?«, wispere ich zurück.

»Einen Schummler, ihr würdet sagen einen Spickzettel«, erklärt sie lachend und deutet auf besagte Lade. Tatsächlich liegt dort eine Karte mit den genauen Mengenangaben für jedes Getränk. »Ab und zu habe ich ja auch mal frei.«

Interessiert greife ich danach.

»Kann ich die vielleicht für mich kopieren?«

»Brauchst du nicht«, antwortet Alex, der an den Tresen getreten ist. »Wir haben auf der Lap-Alm etwas Ähnliches, außerdem bieten wir nicht alle Getränke an, die es hier gibt. Wir sind eine kleinere Hütte mit schmalerem Angebot.«

Ich sehe auf und erkenne in seinem Gesicht, dass ihm mein Engagement gefällt. Fast könnte man meinen, den Hauch eines Lächelns um seinen Mund zu entdecken. Doch da klopft Maria schon auf das Holz, um die Aufmerksamkeit auf sich zu lenken.

»Rosa, du musst deine Küchenhilfe morgen leider wieder hergeben«, teilt sie der Küchenchefin mit. »Der Wetterbericht verspricht einen heißen Tag und die Terrasse wird sicher voll sein. Alex, Lydia und Eva übernehmen draußen, die anderen hier im Gastraum. Die Glasfronten öffnen wir komplett, genau wie die großen Schirme. Dafür schließen wir die Bauernstube hinten, sonst packen wir es nicht.«

Damit hebt sie ihr Glas und wir anderen nehmen uns eines vom großen Tablett, um es ihr gleichzutun. Kurze Gespräche entstehen noch hier und da und ich brüte ein wenig vor mich hin, während ich immer wieder an dem süß-säuerlichen Getränk nippe. Morgen heißt es also wieder kellnern, was ich fast schade finde, weil ich gerade begonnen habe, mich in der Küche wohlzufühlen. Da stellt sich Alex neben mich.

»Lydia übernimmt den Abschnitt vom Geländer vorne bis zum dritten Schirm, du die ersten vier Reihen vom Eingang weg und ich die Mitte, weil ich deinen Abschnitt ja noch mit kassieren muss«, teilt Alex uns ein. Ich nicke und versuche, mir in Erinnerung zu rufen, wie viele Tische es sind.

»Die Speisen kennst du jetzt, immer eine Reihe nach der anderen abarbeiten und wenn jemand bestellen will, mit Handzeichen zu verstehen geben, dass du ihn gesehen hast. Gäste dürfen sich nicht ignoriert fühlen. Mit Getränken immer sofort versorgen, meist ist der Durst schlimmer als der Hunger. Speisen Tisch für Tisch auftragen, das sind zwar mehr Kilometer, die du läufst, aber du verlierst den Überblick nicht und das Tablett wird dir nicht zu schwer.« Er leiert alles emotionslos herunter, den Blick auf sein Glas gesenkt. Doch mir entgeht nicht, dass seine Tipps enorm wertvoll sind, wenn ich morgen nicht wieder knapp vor dem Untergang stehen will. Er hilft mir tatsächlich. Dann sieht er auf, als wolle er sichergehen, dass ich ihn verstanden habe.

»Danke«, erwidere ich knapp und lächle, doch er zuckt nur mit den Schultern.

»Ich will ja nicht wieder deinen Bereich komplett mitbetreuen müssen«, meint er kühl.

Die anderen brechen auf und Alex schließt sich ihnen an und macht wieder einen Spaziergang. Ich frage mich ja, wo er jeden Abend hingeht, doch meinen schmerzenden Füßen ist es egal, solange ich dafür als Erste ins Bad kann.

Als ich in Shorts und Shirt nach der Dusche zurück in mein Zimmer gehe, fällt mein Blick auf den großen Holzschrank im Flur. Zögernd öffne ich ihn und entdecke Kissen, Decken und Bezüge. Nach kurzem Überlegen klopfe ich an Alex' Tür.

»Sind die Sachen für Gästezimmer oder für uns Mitarbeiter?«, frage ich ohne Umschweif, als er öffnet.

»Wir haben hier keine Gästezimmer«, antwortet er und lehnt sich an den Türstock. »Du kannst dich bedienen. Im Untergeschoss neben den Toiletten findest du eine Waschmaschine. Weißt du, wie man so was bedient?«

Nett und zickig in einem Atemzug, das muss ihm mal einer nachmachen.

»Gerade so, aber ich bin ja echt überrascht, dass ihr hier oben nicht noch mit dem Waschbrett eure Wäsche wascht«, gebe ich zuckersüß zurück.

»Als könnten deine manikürten Hände mit so was umgehen. Du kennst den Ausdruck doch nur vom Waschbrettbauch«, folgt die nächste Spitze.

»Und du kennst den Waschbrettbauch nur aus Erzählungen«, stichle ich zurück, obwohl ich mir nicht sicher bin, was sein T-Shirt tatsächlich verbirgt.

»Ein richtiger Mann definiert sich nicht durch seine Muskeln«, gibt Alex sich selbstbewusst.

»Absolut richtig, er definiert sich dadurch, wie er eine Frau behandelt. Aber davon hast du offenbar auch keine Ahnung«, schieße ich zurück, drehe mich um und widme mich wieder dem Schrank. Ich greife nach reinweißer Bettwäsche, die das hässliche Blümchendesaster ersetzen soll, und schiele nach dem dicken Kissen, das sich aber im obersten Fach befindet und somit außerhalb meiner Reichweite ist. Ich überlege noch, ob ich auf den Stuhl aus meinem Zimmer klettern soll oder eine Leiter brauche, da spüre ich, wie Alex hinter mich tritt. Er streckt sich, sodass sein Shirt nach oben rutscht und mich Lügen straft. Denn ich kann tatsächlich einen Blick auf seinen Bauch erhaschen, der sportlich definiert ist. Dann reicht er mir das Kissen, auf das ich ein Auge geworfen habe, und beugt sich zu meinem Ohr.

»Genau genommen habe ich beides«, raunt er mir leise zu und beschert mir eine leichte Gänsehaut. »Aber das zeige ich nur Frauen, die mich interessieren.«

Damit verschwindet er im Badezimmer und lässt mich ratlos zurück. Wie genau soll ich seinen letzten Satz verstehen? Dass ich es bis jetzt nicht gemerkt habe, weil ich ihn nicht interessiere? Oder dass er es mir jetzt gezeigt hat, weil ich ihn interessiere? Und warum genau interessiert mich das gerade so sehr? Mit einem Kopfschütteln verscheuche ich die Gedanken aus meinem Kopf und mache mich daran, mein Zimmer wohnlicher zu gestalten. Als das Bett frisch bezogen ist und das zusätzliche Kissen einladend auf dem Kopfteil liegt, sehe ich mich um. Die Vorhänge sind nun gar nicht mehr so schlimm, da sie sich nicht mehr mit der Bettwäsche duellieren und für sich genommen ganz heimelig wirken. Die gehäkelten Deckchen, die Nachttisch und Kommode zieren, lege ich sorgfältig zusammen und verstaue sie im Schrank. Dabei höre ich, dass die Dusche noch läuft, und meine Fantasie wandert wieder zu dem Mann, der gerade nackt darunter steht. Die Waschmaschine vergesse ich darüber fast.

Kapitel 6

Mein Wecker läutet früh am nächsten Morgen. Ich husche ins Bad und danach gleich ins Untergeschoss, um zu verhindern, dass Alex meine Wäsche auf der Leine findet. Also raffe ich schnell alles zusammen und rase damit wieder in den ersten Stock, wo ich ihm unglücklicherweise direkt in die Arme laufe. Er trägt Boxershorts und ein zerknittertes Shirt, in dem er vermutlich geschlafen hat. Die Hand vor seinem Mund versteckt ein herzhaftes Gähnen, und er blinzelt überrascht, als er mich entdeckt.

»Kannst du nicht schlafen?«, entfährt es ihm, und ich würde ihm am liebsten die Zunge rausstrecken.

»Guten Morgen«, erwidere ich stattdessen und versuche, so gut es geht, meine eben geborgene Unterwäsche vor ihm zu verstecken. Doch gerade das macht ihn erst recht darauf aufmerksam.

»Hattest du Angst, dass ich dir an die Wäsche will?«, scherzt er grinsend.

»Blödmann«, murmle ich nur und dränge mich an ihm vorbei in mein Zimmer. Dort lasse ich mich aufs Bett fallen und schreie ins Kissen. Wieso ist mir keine schlagfertige Antwort eingefallen? Ich bin doch sonst um keine schnippische Bemerkung verlegen. Seine offene Aussage, dass er mich nicht leiden kann, bringt mich aus dem Konzept, denn das habe ich so noch nie erlebt.

Doch die Zeit läuft, und meine Uhr mahnt mich zum Aufbruch, sonst muss ich heute ohne Frühstück arbeiten. Ich entscheide mich für das blaue Dirndl und schlüpfe sicherheitshalber noch in die graue Weste, die Alex mir gestern gegeben hat, damit ich meinen Morgenkaffee wieder auf der Terrasse trinken kann.

Der Tag beginnt so, wie Maria es geplant hat. Lydia, Alex und ich teilen uns die Terrasse. Alex kassiert meinen Bereich noch mit. Ich nehme mir seine Tipps zu Herzen und komme dadurch nicht ins Schleudern. Gegen halb zwölf ist die Terrasse aufgrund des warmen Wetters bis auf den letzten Platz belegt. Im Innenbereich haben wir die großen Schirme heute geschlossen. Staunend habe ich Alex und Jan heute Morgen zugesehen, wie sie die Sicherungen der riesigen Planen aus den Verankerungen gelöst und alles eingeklappt haben. Auch in der so gewonnenen Open-Air-Fläche sind alle Tische besetzt, und jeder von uns läuft nun auf Hochtouren.

Da passiert es. Lydia wird von einem Kind umgerannt und macht einen Schritt nach hinten, wo ihr ein Sonnenschirm im Weg steht. Sie steigt versehentlich auf den Ständer und knickt mit dem Knöchel um. Schon an ihrem Aufschrei erkennen wir, dass es ernst ist. Der Fuß schwillt augenblicklich böse an, und sie kann nicht mehr auftreten. Alex ist als Erster bei ihr und hilft ihr hoch.

»Sofort Eis drauf und hochlagern, aber das sieht mir nach einem Bänderriss aus«, mutmaßt er.

Auch ich eile zu ihnen und lege mir Lydias linken Arm um die Schulter. Alex übernimmt die rechte Seite, und so bringen wir sie humpelnd in den Mitarbeiterbereich. Maria folgt uns sofort.

»Damit fällst du länger aus«, stellt sie fest. »Ihr zwei geht sofort wieder an die Arbeit, ich kann euch keine Verstärkung rausschicken, weil jemand Lydia ins Tal bringen muss. Zur Bergbahn rauf schafft sie es mit dem Knöchel nicht, wir fahren sie mit dem Auto runter ins Krankenhaus. Ich seh mal, ob Jan das übernimmt.« Und schon ist sie aus der Tür, und Alex deutet mir ebenfalls, mitzukommen. Doch ich strecke Lydia auffordernd die Hand entgegen.

»Boniergerät und Geldbörse bitte! Ist noch etwas offen?«, frage ich, und sie bringt mich rasch auf Stand.

»Du willst kassieren?«, fragt Alex mich skeptisch.

»Stell dir vor, ich kann rechnen«, fauche ich ihn an, weil es mir auf die Nerven geht, dass er mir gar nichts zutraut. »Und wenn meine Kasse am Abend nicht stimmt, könnt ihr sie gerne mit meinem Gehalt gegenrechnen.«

Alex schnaubt.

»Wer hat, der hat, hm?«, entgegnet er dann provokant.

»Ja, Schickimicki hat Kohle, was für eine Überraschung«, greife ich seinen Tonfall auf. »Falls du es immer noch nicht begriffen hast, ich bin nicht wegen des Geldes hier, sondern wegen der Erfahrung. Du wolltest, dass ich mein Bestes gebe und das Ganze nicht als Spiel sehe. Also lässt du mich jetzt bitte meinen Job machen, oder willst du die ganze Terrasse allein kassieren?«

Er überlegt einen Augenblick, dann nickt er.

Im Gastbereich bemühe ich mich um ein Lächeln. Alex deutet auf der Terrasse auf eine Schneise zwischen den Tischen, und ich verstehe. Er übernimmt bis hier, und ich kümmere mich um den Rest. Verbissen kämpfen wir mit dem Strom an Gästen, doch ich habe mir in den Kopf gesetzt, dass ich nicht untergehen werde, und gebe alles. Alex' prüfende Blicke werden von Stunde zu Stunde weniger.

Gegen drei kommt er mit ernstem Gesicht zu mir, sodass ich mich schon frage, was ich falsch gemacht habe.

»Sag Maria, dass sie die Bauernstube öffnen soll, und scheuch die Leute sofort rein«, sagt er dann leise.

Ich runzle die Stirn.

»Was? Aber warum denn?«, frage ich verwirrt.

Alex deutet nur nach rechts, und ich folge ihm mit meinem Blick. Irgendetwas ist anders. Das Panorama kommt mir verändert vor.

»Er ist weg«, flüstere ich dann. »Der Hausberg, er ist weg.«

Alex verdreht die Augen.

»Das nennt man hier in den Bergen Gewitter«, antwortet er trocken. »Und jetzt gib Maria Bescheid und kümmere dich um die Gäste.«

Mit diesen Worten lässt er mich stehen und macht sich sofort an den großen Glasfronten zu schaffen, um sie zu schließen. Da fällt mir ein, dass das ganze Dach offen ist – nicht

nur die Terrasse, sondern die gesamte Gastrofläche ist un-
geschützt. Erschrocken rausche ich nach drinnen.

»Ein Gewitter zieht auf«, rufe ich Maria über den Tresen
zu, und sie nickt und greift nach unten. Dann ertönt ein kurzer Sirenenton, und alle Kellner sehen zu ihr. Ein Handzeichen genügt, und alle verstehen. Die Bauernstube wird geöffnet, die Gäste draußen informiert und nach drinnen geleitet. Ich schließe mich meinen Kollegen an und vergewis-
sere mich, dass alle offenen Bestellungen auf die neuen Tische umboniert werden, damit die Gäste das richtige Essen
erhalten. Es donnert, und ich zucke zusammen. Himmel, ist
das laut. Nun sehen auch die Letzten auf der Terrasse ein,
dass es ernst wird, und flüchten nach drinnen. Doch auch
innerhalb der Glasflächen herrscht Unruhe, denn das Gewitter steht praktisch vor der Tür, und Alex kämpft noch
mit den Verankerungen der großen Schirme. Mir wird klar,
dass dies ein Job für zwei ist und vermutlich Jan ihm normalerweise zur Seite steht. Jan, der gerade Lydia ins Tal
bringt. Ohne zu zögern, eile ich zu Alex. Er balanciert auf
Stützpfeilern, an denen die Planen festgemacht werden müssen.

»Wie kann ich helfen?«, rufe ich zu ihm nach oben.

»Du?« Er lacht auf, als hätte ich einen schlechten Witz gemacht. Ich könnte ihm an die Gurgel gehen, weil er alle
meine Worte ins Lächerliche zieht.

»Siehst du hier sonst jemanden? Also soll ich reingehen
und bedienen oder dir helfen, damit es den Gästen nicht ins
Bier regnet?«

Mit kühlem Blick sehe ich ihn an. Man merkt ihm an, dass
er seine Möglichkeiten abwägt.

»Okay, aber du tust exakt, was ich dir sage«, verlangt er.

»Verstanden.«

»Klettere auf diesen Tisch und halt hier mal die Plane fest«,
kommandiert er schließlich. Ich tue, wie mir geheißen, und
stehe plötzlich dicht neben Alex. So nahe, dass mir die kleinen Fältchen um seine Augen auffallen und sein Duft nach

Sandelholz und Kiefernnadeln. Seine Brauen sind konzentriert zusammengezogen und sein Blick scannt das Seil, das sich verheddert hat. Mit geschickten Fingern löst er den Knoten und fädelt die dicke Schnur durch die Ösen an Plane und Steher. Man sieht bei jedem Handgriff, dass er weiß, was er tut. Und er bewahrt Ruhe, obwohl schwarze Wolken sich gefährlich hinter uns auftürmen und immer wieder ein Grollen zu hören ist. Mit knappen Worten sagt er mir, was ich tun soll, und zu zweit öffnen wir alle Schirme und vertäuen sie fachgerecht, sodass sie Wind und Regen standhalten. Keinen Moment zu früh werden wir fertig, denn kaum haben wir wieder festen Boden unter den Füßen, öffnet der Himmel seine Schleusen und es schüttet wie aus Eimern. Rasch flüchten auch wir ins Trockene, und als sich die Tür hinter uns schließt, beginne ich erleichtert zu lachen. Wir haben es tatsächlich geschafft. Rasch drehe ich mich zu Alex um, der allerdings dichter hinter mir steht, als ich vermutet habe. Ich taumle, da halten mich zwei starke Hände an den Oberarmen fest und stützen mich.

»Hoppla«, rutscht es mir heraus, und ich hebe meinen Blick. Alex’ Augen sind dunkel, groß und gar nicht so finster wie sonst. Dann lässt er mich los.

»Vorsicht, noch einen Unfall können wir heute nicht gebrauchen«, sagt er leise und ganz ohne Sarkasmus in seiner Stimme. Dann schiebt er sich an mir vorbei in den Gastraum. Maria reckt beide Daumen nach oben, und ich folge Alex in die Bauernstube, um weitere Bestellungen aufzunehmen.

Bis halb fünf ist die Hütte voll bis auf den letzten Platz. Alle Wanderer hoffen, dass der Regen aufhört und sie doch noch trockenen Fußes zur Bergbahn gelangen können, aber letztlich müssen sie einsehen, dass das Gewitter zwar weitergezogen ist, aber einen Dauerregen hinterlassen hat, von dem im Wetterbericht nie die Rede war. Der Aufbruch der Gäste verzögert sich, und wir schließen später als üblich. Somit ist die Küche bei weitem noch nicht fertig mit den Vorbereitungen für den nächsten Tag, und auch wir im Service haben nach der Sperrstunde mehr zu tun als sonst, da die Gäste den Boden der ganzen Hütte mit den nassen Wanderschuhen eingesaut haben und wir wischen müssen. Schließlich ist es so spät, dass wir sogar auf die Runde Schiwasser verzichten.

»Morgen fahr ich allein rauf«, teilt Günter den anderen mit. »Ich komm etwas früher, weil ich noch Frittaten für die Suppe machen muss, und der Gugelhupf ist uns auch ausgegangen.«

Maria sieht nicht begeistert aus. Die Schicht der Küchencrew ist lang genug.

»Das kann ich doch machen«, höre ich mich sagen und bin selbst überrascht.

»Was willst du machen?«, fragt Maria.

»Frittaten und den Kuchen.« Ich zucke mit den Schultern, als läge es doch auf der Hand. »Ich bin ohnehin noch hier und kann ja rasch backen und ein paar Pfannkuchen in die Pfanne hauen.«

Maria wirft Günter einen fragenden Blick zu. Dieser nickt.

»Das Rezept für den Gugelhupf leg ich dir raus, und die Palatschinken für die Frittaten nennst du mir nicht Pfannkuchen, in Ordnung?« Er zwinkert mir zu, und ich salutiere lachend.

»Danke, Eva!«, sagt er dann.

Ich nicke nur und folge ihm in die Küche, wo er mir nähere Instruktionen gibt. Nachdem er sich verabschiedet hat, mache ich mich an die Arbeit. Auf meinem Handy suche ich meine aktuelle Lieblingsplaylist und singe laut mit, während ich die Ruhe in der Küche genieße. Ich hatte nie etwas gegen das Kochen, nur die Hektik im Vollbetrieb einer Restaurantküche bringt mich aus dem Tritt. Doch jetzt bestimme ich das Tempo. Ich beginne mit den Frittaten, denn davor graut es mir ein wenig.

»Eier, Milch, Mehl und Salz«, murmle ich konzentriert vor mich hin und suche mir die Zutaten aus der Vorratskammer und dem Kühlschrank zusammen. »Für den Kuchen dann auch noch Zucker, Kakao, Butter und Backpulver.«

Ich stelle alles zurecht und mische sorgfältig die vorgegebenen Mengen, ehe ich beginne, die Pfannkuchen – an das Wort Palatschinken muss ich mich noch gewöhnen – in einer Pfanne auszubacken. Der Stapel der duftenden Köstlichkeiten wächst, und schließlich bringe ich die Kochutensilien zur Spüle und wende mich dem Kuchen zu. Ich mache die große Küchenmaschine bereit, danach fette und mehle ich die Gugelhupfformen ein. Hozier geben *Too sweet* zum Besten, mein derzeitiges Lieblingslied, und ich tanze durch die Küche, während ich lautstark mitsinge. Die Formen sind fertig, ich drehe mich zu den Zutaten, die hinter mir auf der Arbeitsfläche stehen, und lasse vor Schreck beinahe alles fallen. Alex lehnt mit verschränkten Armen im Türrahmen und beobachtet mich mit einem amüsierten Zug um den Mund.

»Himmel, musst du mich so erschrecken?«, frage ich außer Atem.

»Müssen nicht, aber wenn du die Musik bis zum Anschlag aufdrehst, wirst du nicht hören, wenn jemand in die Küche kommt.«

»Ich dachte ja auch, dass ich allein bin«, erkläre ich, die Hand immer noch auf die Brust gepresst, in der mein Herz rast.

»Im strömenden Regen gehe selbst ich nicht spazieren«, sagt er, als würde es auf der Hand liegen. Als wäre bei diesem Mann irgendetwas logisch.

»Okay«, weiche ich aus und stoppe die Musik. »Du kannst schon mal ins Bad, wenn du möchtest. Ich habe hier noch zu tun.«

Ich wende mich wieder der Küchenmaschine zu und wiege die Zutaten ab. Dann trenne ich gekonnt die Eier und freue mich, dass ich mich nicht vor Alex blamiere und nach Eierschalen angeln muss. Dann greife ich nach der nächsten Zutat.

»Was tust du?«, fragt Alex von hinten.

»Backen!«, stelle ich klar. »Oder traust du mir nicht zu, das Gewicht von der Waage abzulesen?«

Sein ständiges Misstrauen nervt mich.

»Eva …«

»Ich habe nicht meine gesamte Ausbildung geschwänzt, sondern nur die Praktika«, falle ich ihm ins Wort, ohne mich zu ihm umzudrehen.

»Eva …«

»Günter hat mir das Rezept rausgelegt, und ich bin in der Lage, einen Marmorkuchen zu backen.« Langsam werde ich ärgerlich und schütte den Zucker auf die Waage.

»Eva, halt!«

Ich höre, dass Alex näherkommt, und schon legen sich seine Hände auf meine und nehmen mir die Zuckerdose weg.

»Was soll das?«, fahre ich ihn an.

»Das ist Salz!«, behauptet er, und ich funkle ihn an.

»Ist es nicht. Blauer Deckel Zucker, roter Deckel Salz«, erkläre ich ihm.

Wortlos hält er mir die Dose entgegen und bedeutet mir, zu probieren. Ich verziehe sofort das Gesicht. Er hat Recht.

»Aber ich hatte das Salz doch eben erst bei den Palatschinken«, erwidere ich verwirrt. Dann weiten sich meine Augen vor Entsetzen, und ich stürze zum Herd, neben dem die Palatschinken gerade auskühlen. Alex ist an meiner Seite und greift sich die oberste. Er reißt sich etwas herunter und steckt es sich in den Mund. Ich tue es ihm gleich, und sofort breitet sich wohlige Süße auf meiner Zunge aus.

»Oh nein«, flüstere ich entsetzt.

»Blauer Deckel Salz, roter Deckel Zucker«, berichtigt mich Alex.

Dann war all meine Arbeit umsonst. Und wenn Alex nicht eingegriffen hätte, dann wäre der Kuchen auch noch verdorben. Aber statt ihm zuzuhören, habe ich ihn angeblafft.

»Das war's dann wohl«, sage ich leise und lasse mich auf einen Hocker plumpsen. Ich kann gleich nach oben gehen und meine Koffer packen.

»Na ja, sie schmecken ja gut. Nur eben nicht in der Suppe. Wir können sie als Tagesdessert auf die Karte setzen, vielleicht mit Marmelade gefüllt und Schokosauce«, überlegt Alex.

»Ich meine nicht die Palatschinken«, erwidere ich kraftlos. »Sondern mich. Das ist doch die Bestätigung für dich, dass ich nicht zu gebrauchen bin. Ich kann das Telefonat mit deinem Onkel schon förmlich hören.«

»Du wirst gar nichts hören«, meint Alex.

»Ja, weil du nicht noch mal so dumm sein wirst, dich belauschen zu lassen«, murmle ich mit hängenden Schultern.

»Weil ich ihn nicht anrufen werde«, stellt er klar. »Das war ein Fehler, der vorkommen kann, wenn man arbeitet.«

Mein Kopf geht mit einem Ruck nach oben, und ich sehe ihn verblüfft an.

»Echt jetzt?«, stoße ich überrascht hervor. Ich hätte schwören können, dass er sich keine Gelegenheit entgehen lässt, um mich loszuwerden.

»Du hast angeboten zu helfen, obwohl du selbst total erledigt bist vom heutigen Tag. Und im Grunde ist ja nichts passiert«, sagt er und zuckt mit den Schultern. »Das kriegen wir schon hin.«

Überrascht hebe ich eine Augenbraue.

»Wir? Du willst mir helfen?«

»Siehst du hier sonst noch jemanden?«, wiederholt er meine Worte von heute Nachmittag.

»Aber du bist Kellner und die Küche auf der Lap-Alm wird mein Bereich sein«, stoße ich hervor.

»Sagt wer?« Alex lehnt sich mit verschränkten Armen an die Arbeitsfläche.

»Also … ich dachte … es stand doch …«, stammle ich herum und weiß gerade auch nicht, wieso ich dieser Überzeugung bin.

»Genau genommen bin ich Koch und Kellner«, stellt Alex fest. »Da es normalerweise einfacher ist, jemanden für den Service aufzutreiben, schmeiße ich auf der Lap-Alm für gewöhnlich die Küche«, erklärt er. »Aber wenn du lieber kochen möchtest, lässt sich das sicher auch arrangieren.«

Fragend sieht er mich an.

»Ich … weiß es ehrlich gesagt noch nicht«, gebe ich zu.

»Na, ein oder zwei Wochen haben wir ja noch Zeit, um das zu entscheiden«, meint Alex. »Aber jetzt schnappst du dir die Dose mit dem roten Deckel und machst dich an den Kuchen. Und ich backe neue Palatschinken.«

So kollegial und hilfsbereit habe ich ihn noch nie erlebt. Nach einem Nicken wende ich mich wieder der Küchenmaschine zu und wiege den Zucker ab. Aus den Augenwinkeln beobachte ich Alex, der mit routinierten Bewegungen den Teig für die Frittaten zusammenmischt. Dann prüft er die Konsistenz und holt sich erneut die Pfanne.

»Alles klar?«, fragt er und ich erschrecke ertappt.

»Sicher!«, beeile ich mich zu sagen und starte die Maschine. Dann atme ich tief durch und versuche, ihn auszublenden. Trotzdem spüre ich immer wieder seine Blicke auf mir. Will er abchecken, ob ich schon wieder Mist baue? Rasch kontrolliere ich noch mal das Rezept und koste verstohlen den rohen Teig, ob er auch wirklich nicht salzig schmeckt, ehe ich ihn in die Formen fülle. Nachdem alles im Ofen ist und Alex einen neuen Stapel Palatschinken gezaubert hat, räumen wir wortlos Hand in Hand die Küche auf. Dann wirft Alex einen Blick auf die Uhr.

»Ich würde sagen, wir haben gerade noch genug Zeit, um uns eine Tasse Kaffee zu holen«, meint er zufrieden.

»Kaffee? Um diese Uhrzeit?«, rufe ich entsetzt. »Willst du, dass ich die ganze Nacht nicht schlafen kann?«

Alex hält inne und schenkt mir ein leichtes Lächeln.

»Ich wollte vorschlagen, dass wir den Kuchen kosten, ehe wir ihn morgen verkaufen«, erwidert er dann. »Wenn ich eine Frau um den Schlaf bringen will, fallen mir bessere Dinge ein als eine Tasse Kaffee.«

Flirtet er da gerade mit mir oder zieht er mich auf? Wieso ist dieser Mann nur so … undurchsichtig? Sein Gesicht verrät nichts über die Absicht hinter seinen Worten und ich bemühe mich auch um Contenance.

»Mir auch, aber da mein Kollege mich für eine unfähige Schickimicki-Tussi hält, die er nicht leiden kann und lieber heute als morgen loswerden möchte, sollte ich morgen fit sein und nehme lieber den Schlaf«, kontere ich trocken. »Oh, und eine Tasse heiße Schokolade zum Kuchen.«

Nun ist es eindeutig ein Schmunzeln, das sich auf Alex’ Gesicht breitmacht.

»Bestellung notiert. Setzen wir uns in den Gastraum?«
Ich nicke.

Mit einem Teller und vier Stück Kuchen, die herrlich duften, folge ich ihm wenig später und entdecke, dass auf dem Tisch mit der besten Aussicht schon zwei Tassen warten. Alex steht am Fenster daneben und sieht auf den Hausberg. Ich stelle den Kuchen ab und trete ebenfalls ans Fenster. Der Regen hat aufgehört und die Sonne schickt ihre letzten Strahlen auf die grauen, rauen Hänge gegenüber von uns. Es ist ein atemberaubendes Schauspiel, das nur wenige Minuten dauert. Man kann hier der Sonne förmlich beim Untergehen zusehen, ehe der Berg sich in diffuses Licht hüllt und mystisch und geheimnisvoll wirkt.

»Mein Kaffee wird kalt«, sagt Alex und seine Stimme ist rau. Die Schönheit der Natur berührt offenbar auch die Einheimischen immer noch.

Wir setzen uns und nehmen uns jeder ein Stück Kuchen. Alex beißt herzhaft hinein und sieht mich dann mit großen Augen an. Oh nein, was ist schiefgelaufen?

»Der ist gut«, stößt er dann hervor, nachdem er den Bissen hinuntergeschluckt hat.

»Soll das ein Lob sein oder willst du nur deine Überraschung zum Ausdruck bringen?«, entschlüpft es mir, was ihn zum Lachen bringt.

»Eva, der Kuchen schmeckt hervorragend«, sagt er. »Ist das nun eindeutiger?«

»Ja, ist es. Vielen Dank«, antworte ich und koste ebenfalls. »Und ich schließe mich deiner Meinung absolut an.«

Alex lächelt und ich muss zugeben, dass ihm das ausgezeichnet steht. So entspannt war die Stimmung zwischen uns noch nie. Doch dann wird sein Gesicht ernst.

»Also man merkt dir natürlich die fehlende Praxis an, aber sowohl im Service wie auch in der Küche sind die Basics durchaus hängen geblieben«, stellt Alex fest. »Darf ich dir eine Frage stellen?«

Erstaunt sehe ich ihn an.

»Wenn ich dir auch eine stellen darf!«

Alex nickt.

»Warum hast du die Praktika geschwänzt? Es scheint nicht so, als hättest du grundsätzlich etwas gegen den Beruf.«

Er will es verstehen, doch so ganz sicher, wieso ich es getan habe, bin ich mir selbst nicht. Natürlich war es spaßiger, Urlaub zu machen, als zu kochen oder kellnern. Aber war Faulheit der wahre Grund?

»Auf mir lag immer ein ganz besonderer Fokus«, erzähle ich dann leise. »Mein Vater hat Geld, Freunde und Einfluss. Und zwar nicht, weil er in eine reiche Familie geboren wurde, sondern weil er und meine Mutter sich das alles erarbeitet haben. Sie haben mit nichts angefangen, das erste Restaurant eröffnet, haben hart gearbeitet und es wurden immer mehr und immer gehobenere Lokale. Dann kam das Hotel und irgendwann … ich. Jeder hat mich beobachtet, wie die Kleine von Gütersloh sich wohl macht, ob sie auch das Zeug ihrer Eltern hat. Die Fußstapfen waren riesig und …« Ich hole tief Luft, denn wirklich bewusst war mir all das bis eben selbst noch nicht. »Und ich hatte Angst.«

Alex' Augenbrauen heben sich, doch ich bin noch nicht fertig.

»Es war einfacher, das verwöhnte Luxus-Girl zu sein, als dass mir die Freunde meiner Eltern beim Scheitern zusehen. Ich hatte Angst zu versagen und habe die Praktika daher einfach gar nicht gemacht«, bringe ich es auf den Punkt.

»Aber jeder macht bei den ersten Praktika Fehler«, wirft Alex ein.

»Aber nicht bei jedem wartet die ganze Branche darauf, dass sie sich blamiert«, flüstere ich.

»Du hättest es aber auch gut machen können, die Möglichkeit bestand. Wieso hast du dir die Chance genommen, es zu schaffen?«, will Alex wissen.

Ich rühre gedankenverloren in meiner Tasse.

»Das Risiko zu versagen, erschien mir zu groß«, antworte ich. »Dann lieber Schickimicki-Tussi!« Ich versuche mich an einem Lächeln, doch Alex nimmt es mir keine Sekunde lang ab.

»Das macht Sinn«, setzt er die Mosaiksteinchen zusammen. »Deshalb bist du hier, in den Bergen, abseits vom Rummel und holst nach, was du versäumt hast.«

Ich nicke nur und spiele mit dem Tütchen Zucker, das neben meiner Tasse liegt.

»Wir waren ein gutes Team heute, als der Regen kam«, gibt Alex zu.

»Zwei Mal dachte ich, dass ich gleich von diesen Stehern falle«, gestehe ich lachend.

»Ich habe jede Sekunde damit gerechnet«, erwidert er grinsend. »Dir war schon klar, dass man dir die halbe Zeit lang unters Dirndl sehen konnte?«

Ich zucke mit den Schultern.

»Wenn es einem der Gäste während eines aufziehenden Gewitters wirklich wichtiger ist, mir unter den Rock zu schauen, als sich in Sicherheit zu bringen, nehme ich das einfach als Kompliment«, antworte ich ungerührt und bringe Alex damit zum Lachen.

»Du musst dir keine Sorgen mehr machen«, beruhigt er mich, als er wieder Luft bekommt. »Ich habe meinem Onkel schon gesagt, dass ich mich geirrt habe und du dich gut ins Team eingefügt hast.«

»Wirklich?« Verwundert sehe ich ihn an.

Er holt tief Luft und sammelt sich einen Moment.

»Du gibst dir Mühe und scheust keine Arbeit. Egal, ob es ums Kochen, Servieren oder Putzen geht. Außerdem hat bisher niemand von den Neulingen in den letzten Jahren von sich aus angeboten, zu helfen, die Hütte wetterfest zu machen. Das ist ein heikler und nicht ungefährlicher Job.«

»Ich habe gar nicht lange darüber nachgedacht«, gebe ich zu.

»Ich weiß!«

Nun ist er es, der in seiner Tasse rührt und dann einen Schluck nimmt.

»Du wolltest auch etwas wissen?«

Ich nage kurz an meiner Unterlippe und weiß nicht, ob ich meine Frage wirklich stellen soll. Aber Alex nickt mir aufmunternd zu, also wage ich es.

»Wohin gehst du, wenn du jeden Abend spazieren gehst?« Ich weiß selbst nicht, wieso mich das seit Tagen so beschäftigt.

Alex lacht auf.

»Du kriegst einen Freifahrtschein, alles zu fragen, was du willst, und das ist es, was du wissen möchtest?«

»Ja, weil ich glaube, dass mir die Antwort einiges über dich verraten wird. Und weil ich mir nicht vorstellen kann, was man in diesem … Nirgendwo jeden Abend macht.«

Ich deute auf die Weite des Berges, auf dem wir, soweit das Auge reicht, die einzigen Menschen sind. Alex schüttelt ungläubig den Kopf.

»Du willst wissen, wohin ich abends gehe?«

Ich nicke.

»Ich genieße, dass der Berg abends mir allein gehört. Kannst du ja auch mal versuchen, aber du brauchst vernünftige Bergschuhe«, wirft er ein.

»Und woher soll ich die nehmen? Das nächste Einkaufszentrum ist nicht gerade um die Ecke«, scherze ich.

»Das siehst du morgen!«

»Was? Warum?«

»Wegen übermorgen!«

»Ich versteh gar nichts mehr.«

»Das erklärt dir Maria morgen«, versichert mir Alex und steht auf. »Aber heute gehe ich zuerst duschen. Du verbrauchst nämlich ganz schön viel heißes Wasser, Schickimicki. Gute Nacht!«

Mit einem Augenzwinkern lässt er mich sitzen. Immer noch verwirrt räume ich das Geschirr weg und gehe in mein Zimmer.

Inzwischen ist es das wirklich geworden – mein Zimmer. Durch den Tausch der Bettwäsche habe ich keine Scheu mehr davor, das Licht anzumachen, und inzwischen finde ich den leichten Alm-Touch charmant. Mein Tablet verbindet sich ganz automatisch mit dem WLAN der Hütte, meine Klamotten befinden sich ordentlich einsortiert im Schrank und mein Kulturbeutel bleibt inzwischen im Bad. Ich schaffe es zwar noch immer nicht, ihn auszuräumen und meine Sachen neben die von Alex zu stellen, aber hey, ich mache Fortschritte. Natürlich sehen die Postings meiner Kommilitonen toll aus, sie haben alle Arbeitsplätze erwischt, die sich sehen lassen können. Aber mein anfänglicher Ärger darüber, dass es mich ausgerechnet hier an den Arsch der Welt verschlagen hat, ist inzwischen verpufft. Was ich heute zu Alex gesagt habe, war die Wahrheit. Hier muss ich nicht als eine von Gütersloh vor den Augen aller bestehen. Ich muss nur mein Bestes geben und meine Arbeit machen. Und wenn ich mal die Bestellungen verwechsle, dann wird mit einem Lachen darüber hinweggesehen und ich bekomme vielleicht sogar noch ein paar hilfreiche Tipps, wie ich das in Zukunft vermeiden kann. Meine

Kollegen haben Spaß und Freude an ihrem Job, auch wenn er hart ist. Sie halten zusammen und haben auch einen guten Rückhalt durch Alex' Onkel, wie ich gestern mitbekommen habe, als ein Herd kurzzeitig ausgefallen ist. Ein Anruf bei ihm hat genügt und schon war die Firma für die Reparatur auf dem Weg. Alle Mitarbeiter sind gut untergebracht, werden hervorragend verpflegt und über dem Durchschnitt entlohnt, sodass sie, ohne groß darüber nachzudenken, im Notfall auch mal länger arbeiten oder früher kommen. Die Gäste fühlen sich auf der Sonnwandhütte wohl, weil die Hütte in guten Händen ist und sie gut versorgt werden. Endlich verstehe ich die Worte meines Vaters, dass die Mitarbeiter im Gästekontakt die sind, auf die es ankommt. Und die Menschen in der obersten Ebene, also die, in die ich möchte, sind nun mal am weitesten vom Gast weg. Unsere Aufgabe ist es, für die Rahmenbedingungen zu sorgen, sodass die Mitarbeiter gerne und gut arbeiten und die Gäste dadurch zufrieden sind. Und es wurde Zeit, dass ich das endlich lerne, auch wenn es mir immer noch lieb wäre, wenn ich dafür nicht den ganzen Sommer hier festsitzen würde.

Kapitel 7

Die heiße Schokolade hat mich wohl zu gut schlafen lassen, denn am nächsten Morgen überhöre ich meinen Wecker und als ich nach unten komme, sind die anderen schon alle da. Maria blickt sich bereits suchend um, als ich in den Gastraum stürze und mir gerade noch die Dirndlschürze binde.

»Danke, Eva, dass du gestern noch so viel Einsatz gezeigt hast für den Kuchen und die Suppeneinlage«, sagt sie dann lächelnd, und alle heben ihre Kaffeetassen zum Dank.

»Dazu muss ich euch noch etwas sagen«, gestehe ich sofort, werde jedoch von Alex unterbrochen.

»Die Palatschinken, die noch nicht als Frittaten geschnitten sind, werden heute mit Marmelade und Schokosauce das Tagesdessert. Sie waren der Plan B, falls der Kuchen nichts wird.« Er zwinkert in die Runde und verschweigt dezent, dass es eigentlich ein Fehler meinerseits war.

»Das war Alex' Idee, er hat mir gestern noch geholfen«, stelle ich klar, dass die Lorbeeren nicht nur mir gehören. »Aber für die Suppe wären sie …«

»Too sweet«, ergänzt Alex, und dann beginnen wir beide zu lachen.

Auch Maria grinst.

»Alles klar, danke euch beiden! Übrigens darf ich euch an den Hüttenabend morgen erinnern«, sagt sie dann, und ich sehe überrascht auf.

»Hüttenabend? So mit Gesellschaftsspielen und gemeinsamem Singen?«

Alex wiegt den Kopf hin und her.

»Eher so mit Barbetrieb, guter Musik und Partystimmung bis neun Uhr abends«, erklärt er. »Du wurdest für die Lap-Alm engagiert, wo es das nicht gibt, also musst du auch morgen Abend nicht arbeiten.«

Aber davon will ich nichts wissen und schüttle sofort den Kopf.

»Das ist doch Unsinn, natürlich arbeite ich. Ihr müsst mir nur erklären, was zu tun ist.«

Maria wirkt erleichtert.

»Ich hatte gehofft, dass du das sagst, denn Lydias Fuß ist zwar nicht so schlimm verletzt, wie befürchtet, aber morgen fällt sie vermutlich noch aus«, berichtet sie. »Die Küche schließt wie gewohnt, und wir rüsten auf Barbetrieb um — also Mischgetränke, ein paar Cocktails, Bier und Schnaps. Die Musik wird lauter gestellt, und Günter mutiert zum DJ. Bedient wird wie gehabt. Um neun ist Schluss, bis dahin fährt auch ausnahmsweise die Seilbahn noch. Es wird also ein langer Tag.«

Rasch nicke ich, um Maria zu zeigen, dass alles klar ist. Ich sollte jede Erfahrung mitnehmen, die ich kriegen kann, also steht außer Frage, ob ich an Bord bin oder nicht.

Doch heute ist erst Freitag. Der Tag ist bewölkt, und immer wieder beginnt es leicht zu regnen. Wir haben die Terrasse nicht geöffnet, und auch die Gästezahl im Innenbereich hält sich in Grenzen, denn die wenigsten Urlauber zieht es bei diesem Wetter auf den Berg. Noch am Vormittag läutet Marias Telefon, und nach einem kurzen Gespräch ruft sie Alex zu sich. Ich hole gerade meine Bestellung ab und höre deshalb, was sie von ihm will.

»Der Getränkegroßhandel hat eben angerufen. Es ist alles vorbereitet, und wir können die Sachen für morgen schon abholen. Kannst du das machen? Ich komm hier von der Schankanlage nicht weg.«

Alex greift sofort nach seinem Gürtel mit dem Kassierhalter und nimmt ihn ab.

»Klar! Wäre es okay, wenn ich Eva mitnehme? Sie hätte gerne einen Einblick in alle Bereiche, und da wäre das eine einmalige Gelegenheit. Wer weiß, ob wir beim nächsten Hüttenabend noch auf der Sonnwandhütte sind. Außerdem braucht sie noch ein paar Sachen aus dem Tal und kommt ja sonst nicht runter.«

Maria nickt sofort.

»Sicher, fahrt nur, wir kriegen das heute schon ohne euch hin.«

Die beiden blicken mich an.

»Danke«, murmle ich überrumpelt. »Ich serviere das noch schnell und kassiere an dem Tisch.«

Als ich alles abgerechnet habe, stelle ich mich zu Alex.

»Willst du dich auch noch umziehen? Du musst nicht im Dirndl bleiben«, bietet er mir an, und ich nicke, dankbar, tagsüber mal wieder meine eigenen Sachen tragen zu können.

Zwanzig Minuten später treffen wir uns am Auto, mit dem die anderen zwischen Mitarbeiterquartier und Hütte pendeln. Ich bin in eine olivfarbene Leinenhose und einen weißen Feinstrickpulli geschlüpft, und Alex sieht mich mit hochgezogenen Augenbrauen an. Er trägt Jeans und ein weißes Shirt, und neben ihm sehe ich tatsächlich etwas overdressed aus.

»Was?«, frage ich etwas trotzig. »Ich hab nun mal keine Klamotten, die … hierher passen.«

Alex lacht auf und steigt dann ohne ein weiteres Wort ein. Die Straße ins Tal ist eng und kurvig. Nachts und bei schlechter Sicht ist es sicher gefährlich, hier noch unterwegs zu sein. Aber Alex fährt die Strecke, als würde er von seinem Zimmer ins Bad laufen. Als wir unten ankommen, atme ich trotzdem erleichtert auf.

»Danke, dass du mich mitgenommen hast«, sage ich und mustere ihn von der Seite. Er zuckt mit den Schultern.

»Du wolltest doch einen Einblick, und zum Getränkegroßmarkt kommen wir nicht so oft«, erklärt er ruhig. »Außerdem hast du gestern länger gearbeitet und für den Hüttenabend morgen zugesagt. Da hast du dir heute eine Auszeit verdient!«

Er steuert das Auto stadtauswärts.

»Ich bin ja schon gespannt, was mich morgen erwartet«, gebe ich zu. »Partymusik in voller Lautstärke und Oktoberfest-Stimmung?«

Alex schmunzelt.

»Wir sind in Österreich. Sowas kriegst du bei jedem Feuerwehrfest.« Er wirft mir einen Seitenblick zu. »Warst du noch nie beim Après-Ski?«

»Nein«, schnaube ich. »Ich kann nicht Skifahren.«

»Zum Après-Ski muss man nicht zwingend vorher Skifahren«, lacht er.

»War ich trotzdem noch nie. Und auch nicht auf dem Oktoberfest oder einem Feuerwehrfest«, gebe ich zu.

»Feuer-wehr-fest«, korrigiert er mich grinsend. »Lass dich einfach überraschen. Sicher läuft auch Partymusik, aber Günter hat eine gute Playlist, sodass für jeden Geschmack etwas dabei ist. Und es wird auf jeden Fall eine Bombenstimmung sein.«

Er freut sich offenbar schon auf morgen, und es gefällt mir, wie er strahlt.

Wenig später setzt Alex den Blinker und hält vor einem größeren Gebäude mit Glasfront. Es ist tatsächlich ein kleines Einkaufszentrum.

»Und hier ist der Getränkegroßmarkt?«, frage ich zweifelnd.

Alex schüttelt den Kopf.

»Nein, hier ist deine Gelegenheit, dir passende Klamotten und Ausrüstung für deinen Aufenthalt zu besorgen. Vor allem vernünftige Bergschuhe, wenn du dich weiter als fünf Meter von der Lap-Alm wegbewegen willst«, rät er mir eindringlich. »Ich brauche noch ein paar Hygieneartikel. In einer Stunde treffen wir uns wieder hier.«

Ich nicke und steige aus. Bekannte Modelabels suche ich hier natürlich vergebens, aber es gibt einen Laden, in dem ich meinen Kleiderschrank um alles aufstocken kann, was bisher gefehlt hat. Nachdem ich Jeans, Funktionsshirts, Pullis und eine Regenjacke erstanden habe, schickt man mich weiter in die Schuhabteilung, wo ich nach ausführlicher Beratung Bergschuhe probiere, die weniger Gewicht haben als meine High Heels und sich anfühlen, als hätte ich Wölkchen an den Füßen. Sie sind sogar in Lila erhältlich, und ich schlage zu. Voll bepackt mit Tüten wanke ich zur vereinbarten Zeit auf Alex zu, der schon am Auto auf mich wartet.

»Das alles kann man in einer Stunde einkaufen?« Seine Augen sind riesig, als er mir hilft, die Sachen einzuladen.

»Hast du daran gezweifelt, dass Schickimicki weiß, wie man Geld ausgibt?«, ziehe ich ihn auf, und er beginnt zu lachen. Seit gestern tut er das häufiger in meiner Gegenwart, und das Geräusch lässt etwas in mir vibrieren.

»Touché!«, sagt er dann und hält meinen Blick einen Moment lang fest, ehe er in den Wagen steigt.

Nach einem Zwischenstopp beim Getränkegroßmarkt quält sich das Auto wieder den Berg hoch. Ich verstehe schon, wieso eine Seilbahn gebaut wurde und dies nur eine Versorgungsstraße geblieben ist. Dabei ist die Sonnwandhütte noch eine Nummer größer als die Lap-Alm. Bei diesem Gedanken schwant mir Böses.

»Alex? Wie kommen wir auf die Lap-Alm?«

»Erst noch ein Stück diese Versorgungsstraße weiter, und am Ende gibt es eine Forststraße, die wir ausnahmsweise benutzen dürfen. Mein Onkel schickt dafür einen Jeep, der uns rüberbringt. Mit diesem Wagen würden wir steckenbleiben.«

Das klingt wirklich nach dem Ende der Welt.

»Also sind wir da oben von der Außenwelt abgeschnitten?«, schnappe ich nach Luft. »Was ist, wenn ein Notfall eintritt? Wer hilft denn dann?«

Alex' Gesichtsausdruck ist ernst.

»Wir sind die Hilfe, Eva!«, bringt er es auf den Punkt. »Es gibt drei Hütten im Umkreis von fünf Kilometern, und wenn Wanderer in Bergnot kommen, sind die Personen, die die Hütten besetzen, die erste Anlaufstelle, ehe die Bergrettung gerufen wird.«

Mit aufsteigender Panik rechne ich nach, wann mein letzter Erste-Hilfe-Kurs war. Doch noch etwas wird mir klar.

»Deshalb warst du so skeptisch ...«, murmle ich mehr zu mir selbst, doch er hört mich trotzdem und nickt.

»Da oben sind die Hüttenwirte ein Team, das Hand in Hand arbeiten muss. Für ein Ich ist da kein Platz, sonst könnten Menschen Schaden nehmen. Es gibt nur ein Wir. In erster Linie bin es natürlich ich, der in Notfällen weiß, was zu tun ist. Aber trotzdem brauche ich jemanden, auf den ich mich verlassen kann.«

Ich verstehe, was er meint. Es hängt mehr von unserer Zusammenarbeit ab, als ich bisher angenommen habe. Wenn wir beide nicht harmonieren, kann es für alle brenzlig werden.

»Das kannst du! Ich werde mein Bestes geben«, verspreche ich, und er schenkt mir einen kurzen Seitenblick und ein Lächeln.

»Ich weiß«, antwortet er nur und schafft es trotzdem, dass mein Herz einen Satz macht. Er vertraut mir. Und er traut mir zu, dass ich den Job erledige, der mir angedacht ist. Was das angeht, ist er vielleicht der Erste, der das tut. Und ich nehme mir fest vor, ihn nicht zu enttäuschen.

Es ist bereits Nachmittag, als wir die Sonnwandhütte wieder erreichen und die Getränkelieferung an Maria weitergeben, die gleich alles prüft und einkühlt. Dann packen wir beim Aufräumen mit an und verabschieden unsere Kollegen, die sich auf den Weg ins Tal machen. Der Regen hat aufgehört, und Alex bricht wieder zu seinem Spaziergang auf. Doch diesmal bin ich zu unruhig, um in mein Zimmer zu gehen. Ich streife durch die Hütte und bleibe beim Infostand stehen, der unseren Gästen die Ausflugs- und Wandermöglichkeiten in der Nähe aufzeigen soll. Auch eine Wanderkarte der Umgebung steckt dort. Ich greife nach ihr und versuche, mich zu orientieren. Dann höre ich die Tür, und Alex tritt neben mich. Er ist früher zurück, als ich erwartet habe.

»Na, willst du zu Fuß rauf zur Lap-Alm?«, scherzt er und hängt seine Jacke über den Barhocker neben mir.

»Mit meinen neuen Wanderschuhen wäre das sicher kein Problem«, gebe ich zurück und grinse.

»Habe ich dich heute verunsichert?« Alex' Blick ist forschend, und ich beschließe, ehrlich zu sein.

»Ein wenig!«, gebe ich zu. »Ich habe keine Erfahrung mit den Bergen, nicht mal als Touristin. Skifahren hat mich nie interessiert, und auch im Sommer war ich lieber am Meer als auf der Alm. Und jetzt bin ich hier irgendwo im Nirgendwo gelandet.«

Alex kombiniert schnell.

»Du hattest keine Ahnung, dass du dich für einen Job auf der Alm bewirbst?«, fragt er erstaunt, und ich schüttle den Kopf.

»Es war eine Internetseite eines bekannten österreichischen Bezirks. In der Stellenausschreibung stand La Palm, und das klang …« Ich suche nach den richtigen Worten. »Zumindest nach einem Restaurant im gediegenen Preissegment.«

Alex runzelt die Stirn.

»Und du hast den Namen nicht gegoogelt?«, fragt er dann das Offensichtliche.

»Ich wollte einen Job in einem Betrieb, der nicht Freunden meines Vaters gehört. Und bis nach Österreich reichen seine Kontakte nicht. Also habe ich mich einfach beworben. Und dann kam umgehend die Einladung zum Vorstellungsgespräch ins Büro deines Onkels, und das befindet sich ja auch in einer Nobelgegend.«

Alex nickt und geht hinter die Theke, wo er nach zwei großen Tassen greift und Kakao reinlöffelt.

»Aber er hat dir doch gesagt, dass du auf einer Hütte arbeiten sollst. Wieso hast du zugesagt?«

Ich zucke mit den Schultern und nehme auf einem Barhocker Platz. Wie wird er reagieren, wenn ich ihm die Wahrheit sage – dass mein Vater mir das Messer an die Brust gesetzt hat und die Lap-Alm nur eine Notlösung für mich ist? Alex hat Milch aufgeschäumt und schüttet sie nun vorsichtig zum Kakaopulver. Dann stellt er eine der Tassen vor mich.

Fragend blicken mich seine braunen Augen an, und ich bin überfordert.

»Hüttengastronomie klang einfach nach karierten Tischdecken und Kaiserschmarrn, nicht nach dem Nirgendwo und Wanderern in Bergnot. Es kam mir wie ein Wink des Schicksals vor, dass ich hier ganz in Ruhe alles Praktische lernen kann, ohne beobachtet zu werden«, hake ich wieder in meine ursprüngliche Geschichte ein und nehme einen Schluck Kakao. Er schmeckt hervorragend, und ich schließe voller Genuss die Augen.

»Das kannst du«, höre ich Alex dann mit ruhiger Stimme sagen. »Und es ist gut, dass du hier auf der Sonnwandhütte mal den Normalbetrieb kennenlernst, denn auf der Alm oben ist die Gastronomie wieder ganz anders. Dort kommen die Menschen tatsächlich mit Hunger oder Durst hin, nicht nur, weil die Hütte hipp aussieht oder eine coole Karte und eine tolle Terrasse hat. Dort gibt es nichts anderes in der näheren Umgebung. Und wir müssen nicht um Gäste buhlen, sondern versorgen sie. Es wird zur Herzenssache, dass sie sich wohlfühlen und gestärkt ihren Weg fortsetzen können. Oder auch nicht, weil wir sie über Nacht aufnehmen.«

Seine Augen leuchten, und er rührt selbstvergessen in seiner Tasse. Man merkt an jedem Wort, wie sehr er für die Lap-Alm brennt, wie viel Spaß ihm genau diese Form der Gästebewirtung macht.

»Du bist wie für diesen Job gemacht«, flüstere ich dann und ernte ein Lächeln von Alex. »Während ich mir alles mühsam erarbeiten muss, wirkt es bei dir so, als wärst du schon mit Tablett und Boniergerät in der Hand zur Welt gekommen.«

Mit einem Kopfschütteln sieht er mich freundlich aus seinen wachen Augen an.

»Ich war auch mal ein Anfänger«, versichert er mir. »Du musst deinen Flow einfach noch finden. Und den Spaß an der Sache.«

Ich lache humorlos auf.

»Spaß!«, sage ich dann verächtlich.

»Du weißt schon, wenn man etwas beschwingt tut, mal lacht dabei und es einem Freude bereitet«, neckt er mich. »Wie einkaufen!«

Belustigt verdrehe ich die Augen.

»Hörst du irgendwann mal auf, auf der Schickimicki-Sache rumzureiten?«

»Nope!« Seine Aussage wird von einem warmen Lächeln begleitet, das meinen Magen kribbeln lässt. Oder ist es nur der Kakao? Unsere Blicke finden sich und halten einander für einen Moment fest. Das ist nicht gut. Irgendwie schafft er es, in den Kokon einzudringen, den ich schon lange rund um mich gewoben habe, um mich zu schützen. Alles innerhalb dieser Schale gehört nur mir, weil ich meine verletzliche, unsichere Seite nicht zeigen will. Niemand darf hinter diese Mauer, nicht mal die Männer, mit denen ich zusammen war, kannten mein Innerstes. Ich bin Eva-Maria von Gütersloh, die personifizierte Selbstsicherheit. Schwäche kann ich mir nicht leisten, denn sie würde gnadenlos ausgenutzt werden. Doch wenn Alex so ist wie heute – nett und zugänglich und mit diesen kleinen Fältchen um die Augen, wenn er lächelt –, dann bringt er mich so durcheinander, dass ich nachlässig werde. Dann wächst in mir der Wunsch, dass er mich mag, und der Gedanke, dass ich bei einem Menschen wirklich sein kann, wie ich bin, dass ich keine Fassade mehr aufrechterhalten muss, reift in mir. Aber das wäre keine gute Idee. Also konzentriere ich mich wieder auf meine Tasse und trinke sie aus.

»Ich geh dann mal duschen«, beschließe ich. »Danke fürs Zuhören.« Ich sehe ihn kurz an und erkenne, dass er weiß, was ich meine. Als ich weggehe, ruft er mir noch mal nach.

»Eva?«

Mein Herz macht einen Extraschlag, und ich drehe mich rasch um. Alex zwinkert mir zu.

»Verbrauch nicht wieder das ganze heiße Wasser.«

Ich grinse und lasse mir extra lange Zeit beim Duschen.

Kapitel 8

Der nächste Tag ist sehr warm, sehr sonnig, und die Hütte sehr gut besucht. Lydia ist gottseidank doch schon wieder im Einsatz und außerdem noch zwei weitere Kellner, die ich bisher noch nicht kennengelernt habe. Sie haben Namen, die ich kaum aussprechen kann, und ich glaube, dass sie miteinander ungarisch reden.

»György und Balázs verstärken uns am Wochenende«, erklärt mir Maria, als sie mir einen Einblick in die Schankanlage gibt. »Und wenn ihr auf die Lap-Alm wechselt, bleiben sie ganz. Sonst schaffen wir die Sommersaison nicht.«

Das klingt logisch, denn immerhin wird hier jede Hand gebraucht, und wenn dann vier wegfallen, muss Ersatz her.

»Aber heute sind sie nur tagsüber im Dienst«, fügt Maria hinzu. »Der Spaß am Abend bleibt uns.« Sie grinst, und ich frage mich, ob der Hüttenabend für die Gäste oder für die Belegschaft ist. Überhaupt ist die Stimmung im Team heute wie elektrisiert. Es wird ein verdammt langer Tag, aber das scheint niemanden zu stören, ganz im Gegenteil. Alle sind voller Vorfreude.

»Arbeitskleidung für den Hüttenabend sind Lederhosen und rot-weiß-karierte Bluse oder für die Herren ein Hemd«, erklärt sie mir weiter. »Und mit den Haaren können Lydia oder ich dir helfen.«

Ich blinzle, und meine Hand wandert an meinen Hinterkopf.

»Was stimmt denn nicht damit?«

Bisher habe ich sie zu einem Pferdeschwanz zusammengebunden oder zum Dutt gesteckt.

»Alles stimmt«, beruhigt mich Maria. »Aber wir flechten sie normalerweise am Hüttenabend ein. Wenn du willst, übernehme ich das bei dir.«

Sie will, dass ich Teil des Teams bin – auch äußerlich. Das klingt irgendwie freundschaftlich und selbstverständlich.

Wieder etwas, das ich bisher kaum kennengelernt habe. Der Abend verspricht, spannend zu werden.

Als die reguläre Öffnungszeit der Sonnwandhütte zu Ende ist und die Männer die Schirme schließen für den Abend, schlüpfe ich zum ersten Mal in meinem Leben in eine Lederhose. Sie fühlt sich ungewohnt an, doch die Bluse dazu ist gottseidank nicht zu freizügig. Dann ziehe ich den Zopfgummi aus meinem blonden Haar und bürste es. Kurz darauf klopft es, und Maria steckt ihren Kopf zur Tür herein.

»Fertig?«, fragt sie mich, und ich nicke und trete vom Spiegel zurück.

»Wow, das steht dir sehr gut.« Maria nickt anerkennend. Wir sehen aus wie Zwillinge, da sie das gleiche Outfit trägt. Ihre Locken sind zu einem Kranz rund um ihren Kopf geflochten. Mit geübten Fingern teilt sie auch mein Haar und beginnt zu flechten. Nach wenigen Minuten steckt sie das Zopfende mit Haarnadeln fest und fixiert die Frisur mit Haarspray. Zwei Strähnen fallen mir frech ins Gesicht, das ich bereits dezent geschminkt habe.

»Danke«, sage ich, verblüfft, wie gut mir diese Frisur steht. Maria winkt ab.

»Kein Ding, jetzt muss ich noch Lydia helfen, und in fünfzehn Minuten geht's los.«

Und schon ist sie aus der Tür. Ich betrachte mich von allen Seiten und erkenne mich in diesem Aufzug selbst kaum wieder. Von Strandkleid und Wasserwellen zu Lederhose und Flechtkranz innerhalb von etwas mehr als einer Woche. Das soll mir mal einer nachmachen. Doch es bleibt keine Zeit, um mich in meinem Spiegelbild wiederzufinden, denn die Zeit drängt, und ich gehe nach unten.

Dort warten die anderen schon beim Tresen. Alex dreht sich um, als er meine Schritte hört, und hält in der Bewegung inne. Seine Augen werden groß, und er mustert mich von oben bis unten.

»Too much?«, flüstere ich ihm zu, als ich in Hörweite komme, und nage unsicher an meiner Unterlippe.

»Kein Stück«, raunt er leise zurück und schenkt mir ein Lächeln, das ich erleichtert erwidere. Ich erwarte noch einen flapsigen Spruch, doch er schweigt.

Da klatscht Maria schon in die Hände.

»Leute, der zweite Hüttenabend der Saison steht an, und die Seilbahn ist voll.« Ihre Augen glitzern aufgeregt, dann teilt sie die Belegschaft in Schankdienst und Service ein. »Ihr kennt die Regeln: Servieren und sofort kassieren! Flirten ja, aber Pfoten weg – das gilt für euch genauso wie für die Gäste! Kein Alkohol im Dienst! Und habt Spaß, das überträgt sich auf die ganze Stimmung!« Sie gibt Jan ein Zeichen, der am nächsten bei der Tür steht. »Lass die Meute rein!«

Günter klemmt sich hinter das provisorische DJ-Pult und wir anderen sehen zu, wie der Raum sich schnell füllt. Sofort schwärmen wir aus, um Bestellungen aufzunehmen, und ehe ich es mich versehe, bin ich mittendrin im Hüttenabend. Musikalisch habe ich mich schlau gemacht, was man bei Après-Ski so hört, und hatte schon Bauchschmerzen. Atemlose Nächte, Hände im Himmel, Zwiebel auf Köpfen, Busse ohne Räder und Fliegern, denen man zuwinkt, sind nichts, was mich hinter dem Ofen hervorlocken könnte. Aber Günter mischt Oldies und Modernes mit gerade so viel Stimmungsmusik wie nötig und vergisst auch österreichische Klassiker nicht, bei denen mir Alex einen prüfenden Blick zuwirft.

Als wieder mal ein Song mit herrlich österreichischem Dialekt läuft, ist er plötzlich an meiner Seite.

»Verstehst du den Text?«, will er wissen und beugt sich dafür näher zu mir, damit ich ihn trotz der gehobenen Lautstärke verstehe. Das haben schon zig Gäste vor ihm genauso gemacht, doch bei Alex fühle ich plötzlich seine Körperwärme und die Stelle an meinem Ellenbogen, wo er mich leicht streift, kribbelt angenehm nach.

»Ich habe noch nicht darauf geachtet«, rufe ich zurück und versuche zu ignorieren, dass sein Mund an meinem Ohr mein Inneres aufwühlt. Dann konzentriere ich mich auf die Musik.

»Kein Wort«, gebe ich zu. »Aber ich kenne das Original von Bruce Springsteen.«

Alex zieht die Augenbrauen nach oben.

»Ah, sie hat Musikgeschmack«, zieht er mich mit einem Lächeln auf.

»Ah, er hat daran gezweifelt«, kontere ich grinsend.

»Nur bis Donnerstag.« Mit einem Zwinkern ist er wieder unterwegs und singt nun laut »Heeeeey, hey Baby!« mit, was die feiernde Masse mit »Uh, ah!« beantwortet. Dabei wirkt er wie ein Fisch im Wasser und ich muss lachen. Rasch mache auch ich mich auf den Weg zur Bar, um die georderten Getränke abzuholen.

Gegen acht Uhr erreicht die Stimmung ihren Höhepunkt. Maria kämpft sich zu Günter und schnappt sich das Mikrofon.

»Habt ihr Spaß?«, wendet sie sich an unsere Gäste.

»Jaaaa!«, kommt zurück.

Maria schüttelt den Kopf.

»Ich kann euch nicht hören! Ich fragte: Habt ihr Spaß?«

Ein ohrenbetäubendes »Jaaaa!« ertönt.

Doch Maria ist noch nicht fertig.

»Wo ist mein Team?«, fragt sie und alle Mitarbeiter reißen die Hände in die Höhe. Überrumpelt tue ich es ihnen gleich.

»Habt ihr auch Spaß?«, will sie nun von uns wissen und ich stimme in das »Jaa!« mit ein.

»Wollen wir unseren Gästen zeigen, wie viel Spaß wir haben?«

Irritiert sehe ich Jan an, der mir am nächsten steht und wissend lächelt. Irgendetwas passiert hier gerade, von dem mir niemand was gesagt hat. Meine Kollegen klatschen und johlen und ich harre gespannt der Dinge, die da kommen.

Maria gibt Günter ein Zeichen und begibt sich dann vor die Bar, wo sich eine kleine Tanzfläche ergeben hat. Mia und Jan gesellen sich zu ihr und die ersten Takte von *Texas Hold 'Em* von Beyoncé ertönen. Und als der Gesang beginnt, starten die drei mit dem Linedance zu diesem Song, der vor einigen Monaten das Internet überflutet hat. Sie tanzen bis zum ersten Wuh! und dann übernehmen Günter und Rosa.

»Wir sind die nächsten«, höre ich an meinem Ohr und weiß auch ohne mich umzudrehen, dass Alex neben mir steht. Mein aufgeregter Herzschlag verrät es mir.

»Aber … ich kann das nicht«, wehre ich mich und drehe mich zu ihm. Sein Dreitagebart wirkt im abgeschwächten Licht der Hütte dunkler als sonst und auch seine Augen haben einen tieferen Braunton.

»Jeder kennt diese Choreo«, wischt er mein Argument vom Tisch und macht einen Schritt auf mich zu.

»Das heißt nicht, dass man sie auch tanzen kann.« Ich weiche zurück, weil ich einen kühlen Kopf brauche und den nicht bewahren kann, wenn er mir so nahe ist.

»Dann lernst du es eben!« Er zuckt mit den Schultern.

»Aber nicht innerhalb von Sekunden. Ich werde … alles verpatzen und dem Team Schande machen. Ich werde mich blamieren!« Leise Panik wächst in mir.

»Manchmal muss man sich schnell in neuen Situationen einfinden, Eva. Um das zu lernen, bist du hier«, erinnert er mich. »Es macht nichts, wenn es nicht auf Anhieb klappt. Da mussten wir alle durch.«

Ohne es zu bemerken, hat er mich immer weiter nach hinten gedrängt und als ich mich umsehe, befinde ich mich auf der Tanzfläche und das letzte Drittel des Liedes beginnt. Maria steht immer noch in der Mitte, während Alex und ich sie links und rechts flankieren. Er hat mich ausgetrickst, mir bleibt keine andere Wahl, als mitzuspielen. So gut es geht, versuche ich, Marias Bewegungen zu kopieren. Und Alex behält recht. Es tut der Stimmung keinen Abbruch, dass ich nicht alles perfekt hinkriege, und Maria und die anderen sind auch nicht enttäuscht von mir. Am Ende kommen alle zu uns und wir verbeugen uns unter lautem Grölen der Gäste. Es folgt der österreichische Hütten-Klassiker *Schifoan* von Wolfgang Ambros, den ich im Sommer für fehl am Platz halte, der aber von allen gefeiert und mitgesungen wird. Mit einem Kopfschütteln nehme ich lachend weitere Bestellungen auf.

Um neun schließen wir die Türen der Hütte hinter dem letzten Gast und Maria gibt den Jungs von der Seilbahn Bescheid, dass noch ein paar Nachzügler ins Tal müssen. Währenddessen erstrahlen die großen Deckenfluter und zeigen das Ausmaß der Verwüstung im Gastraum. Mir wird übel, denn es wird Stunden dauern, bis wir alles aufgeräumt haben. Maria liest meine Gedanken wohl an meiner schwindenden Gesichtsfarbe ab und legt einen Arm um meine Schultern.

»Keine Sorge, wir sind nur für die Gläser zuständig. Alles andere erledigt morgen früh eine Putzkolonne, die Herr Berger immer nach den Hüttenabenden engagiert.«

Ich atme auf. Rasch sammeln wir die heil gebliebenen Gläser ein, damit sie gespült werden können.

»Fahrt schon mal runter, ich schalte später die Maschine noch ein zweites Mal ein«, bietet Alex an.

Maria nickt dankbar.

»Aber erst noch ein Schiwasser«, beschließt sie und bereitet die Getränke vor. Alle kommen zum Tresen und greifen zu, ehe unsere Hüttenchefin das Glas erhebt.

»Auf einen gelungenen Hüttenabend und auf unseren Neuling Eva, die ihre Feuertaufe gut gemeistert hat.«

Ich sehe fragend in die Runde.

»Wir wurden alle ohne Vorwarnung ins kalte Wasser geworfen mit dem Team-Tanz«, erklärt mir Lydia. »Bei mir war es *Jerusalema* von Master KG und Nomcebo Zikode.«

Auch Rosa hebt die Hand.

»*Macarena* von Los Del Rio«, sagt sie. »Und ich hätte nie gedacht, dass man als Küchenchefin mittanzen muss.«

»Ich habe mich beim *Gangnam Style* von PSY blamiert«, lacht Jan und schlägt die Hände vors Gesicht.

»Ich habe mit *Y.M.C.A.* von den Village People einen Klassiker erwischt«, freut sich Günter.

»Und ich werde euch *Asereje*, also *The Ketchup Song* von Las Ketchup, nie verzeihen«, ertönt es von Alex.

»Hey, ich führe die Tradition nur weiter«, hebt Maria abwehrend die Hände. »Mich hat es bei meiner früheren Chefin mit *Cowboy und Indianer* von Olaf Henning getroffen. Und als ich die Führung der Sonnwandhütte übernommen habe, fand ich einfach, dass es eine gute Teambildungsmaßnahme ist.«

Alle lachen.

»Klar, wenn man sich miteinander blamiert, schweißt das zusammen«, scherzt Jan.

»Es ist eine Art Initiierungsritual«, versucht Maria sich rauszureden, was die anderen nur noch mehr belustigt.

»Das heißt, jetzt gehörst du dazu, Eva«, klopft Günter mir auf die Schulter. Die Geste berührt mich mehr, als ich zugeben würde. Ich gehöre dazu. Ich bin eine von ihnen. Weil ich mich reingehängt und zum Wohl der Stimmung und des Teams zum Affen gemacht habe. Und jedem von ihnen ist es egal, ob ich Müller, Huber oder von Gütersloh heiße. Das fühlt sich verdammt gut an. Mein Blick fällt auf Alex. Ist es ihm inzwischen auch egal? Und warum ist es mir gerade bei ihm wichtig?

Inzwischen herrscht Aufbruchsstimmung, weil alle nach diesem langen Tag einfach total erledigt sind. Und ehe ich es mich versehe, stehen Alex und ich allein im Gastraum. Er kontrolliert, wie lange der Gläserspüler noch braucht.

»Ich helfe dir«, biete ich an, doch er winkt ab.

»Lass mal, das schaff ich allein, ist ja kein Ding. Geh ruhig schon duschen.«

Dankbar nicke ich.

»Ich bin ganz schön fertig«, gebe ich zu.

»Für eine Anfängerin hast du den Hüttenabend echt gerockt«, macht Alex mir ein unerwartetes Kompliment. »War der Männertisch hinten in der Ecke aufdringlich?«

Ich lache.

»Alex, ich war jahrelang an der Uni. Wenn es eine Sache gibt, womit ich nach zig Unipartys umgehen kann, dann eine Gruppe betrunkener Männer.« Mit einem Augenzwinkern grinse ich ihn an.

»Die haben es aber auch wirklich krachen lassen«, lacht Alex.

»Klar, ich hab ja auch bei jeder Runde mitgetrunken«, kläre ich ihn auf.

Er hebt eine Augenbraue.

»Aber wir haben doch die Regel …«

»Kein Alkohol im Dienst, ich weiß«, beruhige ich ihn. »Es war nur Wasser in meinem Glas, aber das mussten die Herren ja nicht wissen, oder?«

Vergnügt grinse ich ihn an.

»Du bist ganz schön abgebrüht für ein Greenhorn«, lacht er, und ich zucke mit den Schultern. Dann wende ich mich zum Gehen.

»Schickimicki?«, ruft Alex mir nach, und ich drehe mich noch mal zu ihm. »Willkommen im Team!«

Verlegen nage ich an meiner Unterlippe, was aber nicht verhindert, dass sich ein stolzes Lächeln auf meine Lippen stiehlt.

»Danke«, sage ich leise.

Kapitel 9

Beim Morgenkaffee fallen mir fast die Augen zu, sodass ich wie jeden Morgen mit meiner Tasse auf die Terrasse gehe. Die morgendliche Kälte schreckt meine Lebensgeister auf, während ich den Blick über die grauen Schluchten des gegenüberliegenden Hausberges wandern lasse.

»So nachdenklich?«, fragt Alex, als er mit einem Morgengruß aus der Hütte tritt.

»Er wird mir fehlen, wenn wir von hier weggehen«, sage ich leise, und Alex stellt sich neben mich.

»Der gute Kaffee? Keine Sorge, wir haben auch auf der Lap-Alm eine Kaffeemaschine«, zieht er mich auf.

»Der Hausberg«, gehe ich gar nicht auf seine Frotzelei ein.

»Die Aussicht nehmen wir mit«, sagt er dann ernster.

Ich kuschle mich in die warme Weste, nehme die Tasse zwischen beide Hände und lächle ihn darüber hinweg an.

»Du hast gestern ausgesehen, als ob du Spaß hattest«, beginnt Alex dann. »Das steht dir.«

»Äh … danke?« Ich weiß nicht, ob das als Kompliment gemeint war.

»Was hast du sonst gemacht in der letzten Woche, das dir Spaß bereitet?«, fragt er weiter.

Ist das eine Fangfrage?

»Für Spaß hatte ich keine Zeit. Ich habe mich bemüht, nicht rauszufliegen«, erinnere ich ihn stirnrunzelnd. Er macht eine wegwerfende Handbewegung.

»Das hatten wir doch schon, du fliegst nicht raus, okay?«, versichert er mir noch mal. »Also du arbeitest da, wo andere ihren Urlaub verbringen. Gut, es ist nicht das, was du dir ursprünglich ausgesucht hättest, aber was spricht dagegen, jetzt eine schöne Zeit zu haben?«

Überrascht sehe ich ihn an. Wurde er in der Nacht ausgewechselt?

»Trotz der ganzen Hektik genießt du die Zeit und hast Spaß?«, weiche ich ihm aus. »Wobei? Wenn du abends spazieren gehst?«

Es war als Scherz gedacht, doch Alex sieht mich für einen Augenblick nachdenklich an.

»Komm doch heute Abend mit!«

Überrascht blinzle ich.

»Spazieren?«

Er nickt.

»Wenn die anderen ins Tal fahren, holst du dir deine Bergschuhe und eine Weste. Dann treffen wir uns genau hier. Bist du dabei?«

Mein Herz macht einen freudigen Hüpfer, während mein Verstand sich kopfschüttelnd an die Stirn tippt.

Alex bemerkt mein Zögern.

»Komm schon, was soll groß passieren? Dass du entdeckst, dass es hier gar nicht so übel ist?«

Ich lache leise und beiße mir auf die Lippe.

»Das weiß ich schon«, gebe ich dann leise zu und gehe an ihm vorbei in die Hütte.

Den ganzen Tag lang lüge ich mir selbst vor, noch über Alex' Angebot nachzudenken, dabei ist meine Entscheidung längst gefallen. Mein Schiwasser stürze ich am Abend hinunter, und sobald die anderen aus der Tür sind, gehe ich wortlos nach oben. In meinem Zimmer schlüpfe ich in Jeans, Shirt und Bergschuhe und schnappe mir eine Weste. Alex lehnt tatsächlich am Geländer und wartet auf mich.

»Ich war mir nicht sicher, ob du wirklich kommst, Schickimicki«, gibt er dann zu.

»Dabei weißt du doch schon seit ein paar Tagen, dass ich wissen will, was du abends noch so treibst.« Ich zwinkere ihm frech zu.

»Du wirst schon sehen. Los geht's!«

Er wendet sich nach rechts und schlägt den Weg durch die Bäume ein. Er ist mit grobem Schotter befestigt, und schon jetzt bin ich froh, dass ich Wanderschuhe trage. Die Luft ist würzig und frisch, obwohl es bereits Abend ist und die Temperatur tagsüber ins Sommerliche geklettert ist. Schweigend laufe ich neben Alex her. Machen wir nur einen Waldspaziergang? Soll ja stresslindernd sein. Oder gibt es da hinten noch eine andere Hütte, wo er was trinken geht? Vielleicht gibt es ja in der Nähe Tiere, die er abends füttern und in den Stall treiben muss? Was weiß ich schon, was Alex unter Spaß versteht?

Als die Bäume sich wieder lichten, stehen wir auf einem Platz, auf dem Spielgeräte aufgebaut sind. Es ist ein kleiner Geschicklichkeitsparcours, bei dem man über einen Baumstamm balanciert und sich an Ringen entlang hangeln muss. Danach setzt man seinen Weg über alte Milchkannen fort und klettert dann eine Holzwand empor, die mit dem Hausberg bemalt ist. Am Ende ist ein kleiner Felsen mit eisernem Mini-Gipfelkreuz, das es zu erklimmen gilt. Alles ist liebevoll gestaltet, und in der Mitte sitzt ein großes Murmeltier aus Holz mit grüner Hose und gelbem Hemd.

»Ein Spielplatz!?« Fragend sehe ich Alex an, der ein breites Grinsen auf dem Gesicht trägt.

»Eine Station auf dem Fridolin-Rundweg«, erklärt er und deutet auf die Figur. Dann nickt er mir aufmunternd zu. Er meint doch nicht …

»Ich soll hier klettern?«, bringe ich mühsam hervor.

»Wann warst du zuletzt auf einem Spielplatz?«, will Alex wissen und stemmt die Hände in die Hüfte.

»Äh … mit elf oder so?«

»Schauen wir mal, was du schon alles verlernt hast.« Flink schwingt er sich auf den Baumstamm und schwebt fast darüber, obwohl er wie ich feste Bergschuhe trägt. Dann dreht er sich um und sieht mich auffordernd an.

»Du wolltest Spaß«, erinnert er mich. »Spring über deinen Schatten. Hier ist niemand mehr! Der Berg gehört uns.«

Unsicher schüttle ich den Kopf. Ich bin doch kein Kind mehr.

»Aber …«

Doch Alex unterbricht mich sofort.

»Komm schon! Ich mach mit, also blamierst du dich nicht. Kein Mensch beobachtet dich. Lass einfach mal los!«

Seine Worte treffen mich. Loslassen, nicht beobachtet werden, ich sein. Tief verborgene Wünsche, die ich noch niemals vor einem anderen ausgesprochen habe. Und doch hat Alex sie erraten. Fassungslos starre ich ihn an, als er erneut winkt, dass ich ihm folgen soll. Ich nehme all meinen Mut zusammen und beschließe, ihm zu vertrauen. Er wird sich nicht lustig machen über mich, und er wird nicht urteilen. Er wird auch niemandem davon erzählen, da bin ich mir sicher. Keiner weiß, was wir hier machen.

Ich klettere auf den Baumstamm. Die ersten Schritte sind noch sehr wackelig, doch dann atme ich tief durch und versuche, meine Mitte zu finden. Ohne runterzufallen, schließe ich zu Alex auf, und gemeinsam absolvieren wir den ganzen Parcours. Bei den Ringen zeigt sich deutlich, dass Alex regelmäßig hier ist, denn jeder Handgriff sitzt. Das Spiel seiner Muskeln unter dem Shirt ist beeindruckend. Ich selbst muss bei dieser Aufgabe etwas schummeln, denn nach der Hälfte lässt meine Kraft mich im Stich, und ich lasse mich zu Boden. Aber die Milchkannen meistere ich, ohne zu wackeln, und ernte einen anerkennenden Blick von Alex. Als ich schließlich beim Gipfelkreuz bin, fühle ich mich leicht wie eine Feder. Lachend schaue ich zu Alex hinunter, der schon auf den weichen Boden gesprungen ist und mir nun ein Strahlen schenkt.

»Na siehst du, Schickimicki! Ist ja gar nicht so schwer«, zieht er mich auf, als ich neben ihn hüpfe. Dann greift er in die Tasche seiner Weste und zieht zwei Holzkugeln hervor.

»Was ist das?«, frage ich verwirrt.

»Kugeln für die Murmelbahnen«, sagt er, als würde es auf der Hand liegen.

»Murmelbahnen?«

»Ja. Da hinten. Du hast doch nicht etwa gedacht, das hier ist alles, oder?«

Eigentlich habe ich keine Ahnung, was eine Murmelbahn ist, aber ich lass mich einfach überraschen. Ich greife nach einer der Holzkugeln und ignoriere die Wärme, die von Alex' Händen ausgeht. Einträchtig gehen wir nebeneinander ein weiteres Stück den Weg entlang. Langsam begreife ich den Sinn dieses Fridolin-Rundwegs. Die Kids merken gar nicht, dass sie wandern, weil sie eigentlich nur von einem kleinen Spielplatz zum nächsten gehen.

Als der Wald sich lichtet, entdecke ich einen kleinen Hang hinunter drei Konstruktionen aus Holz, bei denen die Kugeln allein aufgrund der Schwerkraft einen vorgegebenen Parcours durchlaufen. Es sind immer zwei Bahnen nebeneinander, sodass man Wettrennen machen kann. Daneben sind kleine Wege ausgetreten, die davon zeugen, wie begeistert die Kinder diese Attraktion annehmen und der Kugel die Strecke hinunter folgen.

»Wetten, dass meine Murmel gewinnt?«, gibt Alex sich großspurig.

»Du kannst das doch gar nicht steuern«, erwidere ich, nachdem ich mir die erste Bahn mal genauer angesehen habe.

»Doch natürlich!«, widerspricht er sofort. »Es hängt von Kraft und Technik ab, mit der du die Kugel startest.« Er zeigt auf das kleine Loch, durch das man die Murmel auf die Bahn schickt, und tritt dichter zu mir. Wieso zur Hölle fühle ich seine Anwesenheit nur so intensiv? Es ist, als würde ich neben einem Schwedenofen stehen. Noch bevor man ihn berühren kann, spürt man schon die Wärme. Das ist mir noch bei keinem anderen Menschen passiert. Irritiert sehe ich ihn an und versinke sofort in seinen Augen. Ich weiß nicht, ob er mir eine Frage gestellt hat und gerade auf eine Antwort wartet, oder ob er meine Anwesenheit auch so stark fühlt wie ich die seine und ebenso verwirrt ist. Vielleicht hätte ich doch nicht mitkommen sollen. Kein Vertrauen, keine Verletzungen – daran halte ich mich seit Jahren. Doch so schwer wie bei Alex ist es mir noch nie gefallen. Abstand wäre sinnvoll. Aber nun bin ich hier und muss das Beste daraus machen.

»Na, dann zeig mal, was du draufhast!«, fordere ich ihn auf, und Alex blinzelt überrascht. Er war wohl tatsächlich auch nicht mehr beim eigentlichen Thema. Ich hebe fragend die Augenbrauen und deute auf die Murmelbahn.

Alex nickt und geht zur linken Startbahn. Ich mache mich bei der rechten bereit, ehe er das Kommando gibt und wir die Kugeln auf die Strecke schicken. Bei den engen Kurven liegt meine noch vorne, doch das Labyrinth durch die Metallstäbe hält sie zu sehr auf, und Alex geht in Führung. Wir laufen neben der Bahn her, und während ich auf jeden Schritt achte, damit ich auf dem unwegsamen Gelände nicht stolpere, wirkt Alex, als würde er sich auf dem ebenen Boden der Sonnwandhütte bewegen. Über die Wellen holt meine Kugel wieder auf und geht über das Waschbrett in Führung, bis sie schließlich als erste an der großen Kuhglocke anstößt und in den Auffangkorb kullert.

»Aber Schickimicki hat ja keine Ahnung vom Waschbrett«, rufe ich triumphierend und reiße die Hände nach oben. Alex lacht.

»Anfängerglück!«, winkt er dann ab und hat wohl recht damit, denn auf den anderen beiden Bahnen ist seine Kugel immer schneller als meine. Er freut sich diebisch über seinen Sieg.

»Wollen wir noch weiter, oder möchtest du zurück zur Hütte?«, fragt er, und mein innerer Kampf beginnt von Neuem. Während mein Kopf nach der Sicherheit meines Zimmers verlangt, klopft mein Herz aufgeregt: Mehr Zeit mit Alex!

»Was kommt denn bei der nächsten Station?«, will ich wissen, um Zeit zu gewinnen.

»Es wird dir gefallen!«, meint er lächelnd, und ich kann nicht anders, als ihm zu glauben.

Das nächste Waldstück ist finster, und besorgt denke ich daran, dass wir die ganze Strecke wieder zurückgehen müssen, ehe es dunkel wird. Wir wandern nun auf erdigem Untergrund, und der Geruch von feuchter Erde und Farn steigt in meine Nase.

Als wir auf die nächste Lichtung treten, quieke ich begeistert auf.

»Eine Schaukel!«, rufe ich und laufe sofort darauf zu. Während ich Schwung hole, sehe ich mich weiter um. Eine Wippe und eine lange Rutsche warten darauf, als Nächstes ausprobiert zu werden. Alex sitzt schon auf der Wippe bereit und grinst mich abwartend an.

»Habe ich zu viel versprochen?«

Ich seufze zufrieden.

»Nö!«

Alex lacht.

»Kommst du rüber auf die Wippe?«

Ich überlege und schüttle den Kopf.

»Nö!«

Er sucht meinen Blick und hält ihn fest.

»Los! Ich lass dich abheben.«

Mit einem Schmunzeln springe ich von der Schaukel. Da ich solche doppeldeutigen Gespräche liebe, kann ich nicht anders und steige darauf ein.

»Na, dann zeig mal, wie du das machst!«

Ich lasse mich Alex gegenüber nieder, und wir wippen zwei Mal ganz harmlos. Plötzlich lässt sich Alex mit Schwung auf den Boden krachen, und ich werde in die Luft geschleudert, sodass ich zehn Zentimeter über dem Sitzbrett schwebe. Erschrocken quietsche ich auf, aber dann beginne ich herzhaft zu lachen und kriege mich kaum noch ein. Die Situation ist so absurd! Seit über einer Stunde toben mein sonst bierernster Kollege und ich über den verlassenen Almspielplatz und benehmen uns wie Kinder. Ich schätze mal, das hat mein Vater nicht gemeint, als er verlangt hat, dass ich alle Erfahrungen der Praktika nachholen muss. Allein dieser Gedanke beschert mir den nächsten Lachanfall.

»Erstickst du, oder amüsierst du dich nur, Schickimicki?«, fragt Alex lachend, und ich ringe nach Luft, um ihm zu antworten.

»Ich habe Spaß«, antworte ich vergnügt. »Also keine Sorge, du musst nicht deine Erste-Hilfe-Kenntnisse rauskramen.«

Alex schmunzelt.

»Ach, Mund-zu-Mund-Beatmung hätte ich schon noch hinbekommen.«

Und während ich für ein paar Sekunden sprachlos bin, steht er mit einem Grinsen auf und lässt meine Seite der Wippe auf den alten Autoreifen krachen, der den Aufprall abfedert.

»Komm, eine Station schaffen wir noch, dann müssen wir umkehren, sonst wird es zu dunkel.«

Unsicher sehe ich zum Himmel. Die Sonne verabschiedet sich bereits, und ich habe mitbekommen, wie schnell die Nacht dann hereinbricht.

»Schaffen wir das denn wirklich noch?«, frage ich unsicher.

»Wenn du dich beeilst, schon. Ich würde sie dir gerne noch zeigen.«

Der Schalk ist aus seiner Stimme verschwunden. Es ist ihm offenbar wichtig, also folge ich ihm. Der Weg ist nur kurz, und doch spüre ich Alex' Anspannung, als wäre es ihm wichtig, was ich von der nächsten Attraktion halte.

Als wir aus dem Wald treten, erblicke ich Nester aus Seilen in verschiedenen Höhen, die es über Strickleitern zu erklimmen gilt. Mein Magen rumort nervös, denn ich denke an die Fahrt mit der Gondel, die an einem Stahlseil hing und bei der mir trotzdem übel wurde.

»Da sollen wir hoch?«, frage ich unsicher und schätze, wie viele Meter die Dinger über dem Boden angebracht sind.

Alex wirft mir einen prüfenden Blick zu.

»Höhenangst?«, vermutet er.

»Ein wenig vielleicht«, gebe ich zögernd zu.

»Die Aussicht von oben ist es wert! Klettere du vor mir, damit ich dir die Sicherheit gebe, dass du nicht abstürzt«, bietet er an, doch ich schüttle vehement den Kopf.

»Als Erste geh ich da sicher nicht hoch.« Schon beim Gedanken daran bekomme ich Schnappatmung.

Alex nickt verständnisvoll.

»Dann ich zuerst.«

Ohne lange nachzudenken, nimmt er die Strickleiter und setzt Fuß um Fuß auf die Holzsprossen. Es wackelt und schwingt, und leises Grauen wächst in mir. Aber auf dem Boden liegt eine dicke Schicht Rindenmulch, die einen Sturz abfangen würde.

»Eva?«, fragt Alex und sieht von oben zu mir runter. »Kommst du?«

Ich sollte umdrehen und zurückgehen. Ich sollte einfach nein sagen und warten, bis er wieder runterkommt. Ich sollte ehrlich sein und zugeben, dass mir kotzübel ist bei dem Gedanken, da raufzuklettern. Aber da ist sein Blick, und ohne weiter nachzudenken klettere ich ihm hinterher.

»Nicht runterschauen«, wiederhole ich immer wieder murmelnd.

Alex hat das Nest erreicht und klettert behände über den Rand. Das habe ich gar nicht bedacht – ich muss da rüber. Die Strickleiter wackelt nun weniger, und meine Schritte werden sicherer. Ich greife nach dem Nest, da spüre ich, dass Alex mit seiner Hand meine Handgelenke umschließt.

»Ich hab dich, es kann nichts mehr passieren«, sagt er beruhigend. Doch während seine Worte mich tatsächlich etwas entspannen, schaltet mein Herz aufgrund seiner Berührung in den nächsten Gang. Wild klopft es, und ich sehe zu Alex hoch, der in aller Ruhe auf mich wartet. Von meinen Handgelenken aus beginnt mein ganzer Arm zu kribbeln. Alex hingegen macht nicht den Anschein, als würde ihm unser Körperkontakt ebenfalls unter die Haut gehen. Vielleicht ist das für ihn nichts Besonderes? Möglicherweise macht er das mit allen neuen Kolleginnen, und dieser Ausflug ist eine

Teambuilding-Maßnahme vor dem Umzug auf die Lap-Alm? Dieser Gedanke versetzt mir einen leichten Stich, der allerdings dazu beiträgt, dass ich mich wieder aufs Klettern konzentriere und es so tatsächlich ins Nest schaffe.

Alex lächelt mich an.

»Gerade rechtzeitig.« Er deutet auf den Horizont, und ich folge seiner Hand mit meinem Blick. Mir stockt der Atem. Die Sonne geht haargenau hinter dem Gipfel des Hausbergs unter und strahlt ihn von hinten an. Es ist ein Naturschauspiel, das seinesgleichen sucht. Schweigend beobachten wir, wie der Himmel sich immer mehr verfärbt, bis der glühende Ball ganz verschwunden ist.

»Hat es sich gelohnt, dass du dich überwunden hast und raufgeklettert bist?« Alex' Stimme ist rauer als sonst.

»Wunderschön!«, flüstere ich immer noch ergriffen. Dann räuspere ich mich. »Zeigst du das allen neuen Kolleginnen?« Die Worte kommen über meine Lippen, ehe ich darüber nachdenken konnte. Aber die Frage brennt mir unter den Nägeln. Alex wirkt überrascht.

»Bis jetzt hat sich noch keine dafür interessiert, was ich abends mache.«

Unsere Blicke finden sich und halten einander für einen Moment fest. Und wieder spüre ich seine Anwesenheit. Bilde ich es mir nur ein, oder ist da eine Spannung zwischen uns? Seine Augen wandern über mein Gesicht, als wollten sie es scannen. An meinen Lippen bleiben sie kurz hängen. Dann blinzelt er.

»Wir sollten jetzt wieder runter und uns auf den Rückweg machen«, mahnt er. Vorbei ist der Moment. Mit einem Nicken drehe ich mich um, sodass ich wieder rücklings auf die Strickleiter steigen kann. Es ist eng hier im Nest und wackelig, daher gestaltet sich das schwierig. Als ich auf allen Vieren bin, verliere ich das Gleichgewicht und falle kopfüber auf Alex. Seine starken Arme halten mich fest, und mein Kopf landet auf seiner Brust. Sein typischer Duft nach Sandelholz und Kiefernnadeln steigt in meine Nase, und ich atme ihn tief ein. Seine Nähe, sein Geruch, seine Hände auf meinem Körper – all das setzt mich für einige Sekunden außer Gefecht. Mein Magen flattert, mein Herz rast, und gleichzeitig fühle ich eine so starke Ruhe, als würde ich nach einem langen Fußmarsch in einem bequemen Ohrensessel Platz nehmen. Alles an ihm ist warm und einladend, und ich will mich an ihn kuscheln wie eine Katze an einen Kachelofen.

»Bist du verletzt?«, fragt Alex nach einigen Sekunden und holt mich damit wieder in die Wirklichkeit. Gott, wie peinlich! Was ist denn nur los mit mir? Ich bin doch sonst nicht so anfällig für dieses Gefühlszeug.

»Nur mein Stolz«, antworte ich und löse mich von ihm. Sofort protestiert mein Körper, will den Abstand zu ihm wieder verringern. Doch mein Verstand gewinnt, und so klettere ich vorsichtig die Strickleiter hinunter und bin froh, wieder festen Boden unter den Füßen zu haben. Alex landet Sekunden später neben mir und zeigt nach rechts.

»Ein Stück in diese Richtung ist eine Abkürzung rauf zur Sonnwandhütte«, erklärt er. »Dann kommen wir an, bevor es dunkel wird.«

Diese Strecke ist nicht so gut befestigt wie der Fridolin-Rundweg, und ich muss aufpassen, nicht umzuknicken oder zu stürzen. Alex geht die Strecke in strammem Tempo, und ich frage mich, ob tatsächlich das Tageslicht so schnell schwindet oder ob er vor der Situation vorhin davonläuft. Er muss es auch gespürt haben.

Es dämmert schon, als wir bei der Sonnwandhütte ankommen und ich nach Luft ringe.

»Was ist los, Schickimicki? Keine Kondition?«, zieht Alex mich auf.

»Zumindest nicht beim Berglauf«, gebe ich zu. »Wolltest du vor Fuchs und Wolf flüchten, oder wieso bist du so gerannt?«

Ich stemme die Hände in die Hüften und atme tief ein.

»Ich wollte nicht, dass du die Krise kriegst, wenn du mit einem fremden Mann im Dunkeln unterwegs bist.« Alex zwinkert mir zu, und ich grinse.

»Mit Männern im Dunkeln weiß ich umzugehen. Egal, auf welche Art sie mir gefährlich werden können.«

Alex nickt beeindruckt.

»Das klingt sehr wehrsam«, meint er dann.

»Ja, ich habe einige Selbstverteidigungskurse absolviert«, stimme ich ihm zu. »Aber wer sagt denn, dass ich mich gegen jeden Mann im Dunkeln wehren will?«

Mit einem Schulterzucken und einem Lächeln wende ich mich zum Gehen. Dann sehe ich noch einmal zurück.

»Danke, dass du mich mitgenommen hast. Bis morgen!«

»Gute Nacht!« Auf Alex' Lippen liegt ein Lächeln, an das ich noch denken muss, als ich später im Bett liege. Das Tablet bleibt heute aus, und meine Lieblingsserie ist mir egal. Auf mein aktuelles Buch kann ich mich nicht konzentrieren, denn meine Gedanken kreisen die ganze Zeit um Alex und was er in mir auslöst. Denn dieses Gefühl erinnert mich an Thoren, und das macht mir eine Heidenangst.

Kapitel 10

Nach einer unruhigen Nacht sitze ich schon früh mit meiner Kaffeetasse an meinem Lieblingstisch und betrachte den Hausberg, den nun die ersten Sonnenstrahlen kitzeln. Er ist uralt und hat schon so viel gesehen, was hier auf dem Berg gegenüber passiert ist. Vielleicht könnte er mir einen Rat geben, wenn er sprechen könnte. Denn Alex ist anders als die Männer, zu denen ich mich bisher angezogen gefühlt habe. Viele waren interessant für einen One-Night-Stand, und oft habe ich auch zugegriffen, wenn sich die Gelegenheit dazu bot. Einige waren so anziehend, dass mir ein Mal nicht gereicht hat und eine lockere Affäre entstand. Aber sobald es mir zu eng wurde und der Mann hinter meine Fassade blicken wollte oder gar konnte, habe ich alle Stricke gekappt und bin abgehauen. Alex jedoch ist drauf und dran, alle Mauern einzureißen und scheinbar mühelos die Maske zu durchschauen, hinter der ich mich schon so lange verstecke. Und das alles, bevor er mir körperlich nahegekommen ist. Trotzdem verspüre ich diesmal keinen Fluchtinstinkt. Ganz im Gegenteil – ich will … mehr. Meine Gedanken beginnen sich schon wieder zu drehen. Um mich abzulenken, stelle ich die Musik an, die den ganzen Tag leise im Hintergrund läuft. Wenn Gäste hier sind, erzeugen die Gespräche eine Geräuschkulisse, sodass ich kaum mitbekomme, welche Songs laufen. Nun ist es still, und ich summe die Lieder leise mit.

»Guten Morgen«, grüßt Alex mich und schlendert mit einer Tasse Kaffee herüber.

»Darf ich mich setzen?«

Er wirkt frisch und munter und sieht gut aus in seiner Lederhose und dem hellblau karierten Hemd. Ich hingegen fühle mich, als hätte ich die ganze Nacht durchgefeiert. Und der Grund dafür sieht mich fragend an. Ich nicke stumm.

»Hast du Muskelkater von gestern?«, beginnt Alex das Gespräch.

»Eigentlich nicht. Vielleicht bin ich doch nicht so eingerostet, wie befürchtet.« Ich versuche mich an einem Lächeln, das er erwidert. Mein Blick fällt wieder auf den Hausberg.

»Der Sonnenuntergang gestern war wirklich einzigartig«, sage ich dann leise. »Und ich hab schon einige gesehen, daher kann ich das beurteilen.« Langsam finde ich wieder zu meiner frechen Art.

Alex lacht.

»Wer hätte gedacht, dass Schickimicki in der Welt rumgekommen ist?«

Die Beachboys singen *Kokomo* im Hintergrund und ich grinse.

»Wie passend!«, finde ich und singe mit. »Aruba, Jamaika …«

»Ja, ja, und du hast alles schon gesehen«, zieht Alex mich auf. Ich lehne mich zurück, nippe am Kaffee und überlege.

»Aruba vor einigen Jahren zu Weihnachten, aber ohne Tanne verliert das Fest sein Flair für mich, also ist es keine schöne Erinnerung. Auf Jamaika war ich in Kingston – Musik und Rum vom Feinsten. Key Largo kenne ich auch, aber die Partys in Key West waren besser. Was noch? Auf den Bermudas waren die Leute wahnsinnig nett. Nur auf den Bahamas fand ich es nicht so prickelnd. Aber ich muss gestehen, dass ich Montego Bay nicht kenne.«

Alex sieht mich einige Sekunden lang stumm an. Vielleicht habe ich nun erreicht, was für mich am besten wäre – dass er mich wieder für eine abgehobene Schickimicki-Tussi hält und auf Abstand zu mir geht. Denn so wie die Dinge gestern lagen, schaffe ich es nicht aus eigener Kraft. Außerdem will ich mich nicht verstellen – nicht hier. Und wieso sollte ich lügen? Ja, ich war schon an verdammt vielen Orten auf dieser Welt. An vielen mit meinen Eltern und an anderen allein. Alex schweigt immer noch und ich wünsche mir fast, dass er endlich eine abfällige Bemerkung macht und diese Spannung zwischen uns durchbricht. Er kämpft mit sich, das sieht man ihm an. Dann sucht sein Blick den meinen.

»Montego Bay solltest du noch nachholen. Da gibt es bombastische Strandhotels, coole Golfplätze und die Korallenriffe im Meeresschutzgebiet des Montego Bay Marine Park bieten gute Bedingungen zum Schnorcheln und Tauchen.«

Mir bleibt der Mund offen stehen. Mit allem hätte ich gerechnet, aber nicht damit.

»Du warst schon dort?«

Alex nickt.

»Es ist ein großer Hafen für Kreuzfahrtschiffe und ich habe eine Zeit lang auf einem gearbeitet und dort angelegt. An meinen freien Tagen habe ich mit ein paar Kollegen die Stadt unsicher gemacht.«

Fassungslos blinzle ich. Alex ist für mich so untrennbar mit den Bergen verbunden, dass ich mir nicht vorstellen kann, dass er je woanders gearbeitet hat. Ich schnappe nach Luft, wie ein Fisch auf dem Trockenen. Da trudeln unsere Kollegen ein und ersparen mir eine Antwort. Alex steht auf, beugt sich dann aber noch mal zu meinem Ohr.

»Du bist nicht die Einzige, die mehr Seiten hat, als man ihr auf den ersten Blick zutraut«, raunt er mir zu und geht zu Maria. Na toll, jetzt bin ich noch mehr durcheinander als vor einer halben Stunde. Das kann ja ein heiterer Tag werden.

Anders als bisher werden Alex und ich heute nicht im selben Bereich eingeteilt. Lydia, Mia und ich übernehmen die Terrasse und Alex bleibt mit Jan im Gastraum. Am Nachmittag hole ich gerade Germknödel aus der Küche, als ich Maria höre, die nach Alex ruft.

»Du hast Besuch«, und deutet auf die Bauernstube, die heute eigentlich für Gäste geschlossen ist. Mit einem Nicken verschwindet Alex durch die Tür und mir wird flau im Magen. Ist Herr Berger hier und will sich selbst ein Bild davon machen, ob ich gute Arbeit leiste? Mit einem Kopfschütteln rufe ich mich zur Ordnung und serviere meine Bestellung. Dass Alex Besuch hat, muss ja nichts mit mir zu tun haben. Er hat ein eigenes Leben und ich habe keine Ahnung davon, wie mir heute Morgen klar geworden ist. Zwar mag er mich leicht durchschauen, aber er selbst ist verschlossen wie eine Muschel. Vielleicht hat er ja eine Freundin, die ihn besucht. Der Gedanke zieht schmerzhaft in meiner Brust und doch lasse ich ihn zu. Es wäre das Beste. Vergebene Männer sind tabu.

In Gedanken versunken hole ich die Getränkebestellung vom Tresen, als Alex aus der Bauernstube kommt und sich suchend umsieht. Als er mich entdeckt, winkt er mich zu sich.

»Maria, ich brauche Eva kurz«, informiert er unsere Chefin und sie nickt wenig überrascht. Oh Gott, ich bin geliefert! Der Besuch hat doch etwas mit mir zu tun. Ich darf diesen Job nicht verlieren, wenn ich die Chance auf die Firma meiner Eltern nicht begraben will. Mit schweißnassen Händen gehe ich in die Bauernstube, wo tatsächlich ein Mann an einem der Tische sitzt. Aber es ist nicht Herr Berger. Trotzdem kommt er mir bekannt vor, wenn ich nur wüsste, woher. Nicht vom Studium … und auch nicht aus dem Bekanntenkreis meiner Eltern … fieberhaft denke ich nach.

Alex macht eine einladende Bewegung mit der Hand.

»Eva, ich möchte dir jemanden vorstellen. Das ist …«

»Lukas Behrends«, spreche ich den Gedanken aus, der mir eben durch den Kopf geschossen ist. »Sie sind der Fernsehkoch aus … *Strandküche*. Richtig?«

Mein Gegenüber lächelt und nickt.

»Das stimmt, aber eigentlich bin ich nicht beruflich hier«, antwortet er. »Nenn mich bitte einfach Lukas.« Er streckt mir die Hand entgegen und ich ergreife sie.

»Lukas ist mein Cousin«, klärt Alex mich auf. »Und würde gerne inkognito bleiben.«

Lukas lächelt mich entschuldigend an.

»Ja, ich habe in der Vergangenheit nicht immer gute Erfahrungen mit der Presse gemacht.«

Ich kann mich daran erinnern, dass seine Scheidung für ziemliche Schlagzeilen gesorgt hat.

»Das kann ich verstehen.«

Nur, was wollen die beiden von mir? Abwartend sehe ich die zwei Männer an.

»Lukas hat die Lap-Alm für das übernächste Wochenende gebucht. Er möchte mit seiner Verlobten und ihren Freunden dort ein wenig feiern, ohne dass man am nächsten Tag Fotos davon in der Zeitung findet«, erklärt Alex.

»Bei der Hochzeit werden wir es vermutlich nicht ganz verhindern können«, bedauert Lukas und nippt an seinem Schiwasser.

Ich setze mich zu den beiden.

»Wieso brennt ihr dann nicht durch und heiratet irgendwo, wo man dich nicht erkennt?«

Lukas lacht leise und lehnt sich zurück.

»Anna will hier heiraten – zuhause«, erklärt er. »In Tracht in unserem Heimatdorf, wo wir aufgewachsen sind. In der Kirche, in der wir beide getauft wurden und unsere Erstkommunion gefeiert haben. Mit unserer Familie.« Er sagt es so feierlich und so voller Vorfreude, dass ich keinen Zweifel daran habe, dass dies auch sein Wunsch ist. »Da ist alles schon organisiert, aber wir wollen unseren Freunden aus Sterenholm – wo wir jetzt wohnen – unsere Heimat vorher schon ein wenig zeigen. Und da ist mir die Hütte eingefallen, in der Alex im Sommer arbeitet.«

Alex nickt.

»Und weil ich da nicht allein arbeite, holen wir auch dich ins Boot unserer kleinen Geheimaktion. Onkel Karl weiß natürlich Bescheid und ist auch einverstanden.«

»Also ist Herr Berger dein Vater?«, versuche ich die Familienkonstellation zu verstehen. Aber beide Männer schütteln den Kopf.

»Nein, er ist auch mein Onkel, also der Bruder meiner Mutter«, klärt Lukas auf.

»Ah, okay. Gut, ich bin dabei. Was ist zu tun?«, will ich wissen, denn immerhin bin ich ja nicht zum Mitfeiern da, sondern um die Gäste zu betreuen.

»Wir müssen die Hütte entsprechend vorbereiten, Lebensmittel organisieren und dafür sorgen, dass niemand weiß, wer sich eingemietet hat. Also kein Wort zu niemandem!«, schärft Alex mir ein.

Ich hebe überrascht die Augenbrauen.

»Das ist doch selbstverständlich!«, rufe ich entrüstet. »Was denkst du denn von mir?«

Alex' Blick ruht auf mir und er legt seinen Kopf etwas schief.

»Entschuldige, ich vergaß. Diskretion steht ja in dem Preissegment, in dem Eva-Maria von Gütersloh für gewöhnlich verkehrt, an oberster Stelle.«

Ich könnte vor Wut an die Decke gehen. Ich soll Lukas' Inkognito wahren, aber meinen Namen posaunt Alex einfach raus. Konnte er mir nicht die Chance geben, dass Lukas und seine Freunde mich einfach nur als Eva kennenlernen? Und dazu kommt noch seine gestelzte Ausdrucksweise. Wie zu erwarten war, springt Lukas auf meinem Namen an.

»Gütersloh? So wie Werner von Gütersloh?«

Ich ergebe mich meinem Schicksal und nicke.

»Ja, das ist mein Vater.«

»Interessanter Mann, dein Vater. Wir haben uns mal auf einem Charity-Event kennengelernt. Er hat eine Menge Einfluss in der Branche. Beeindruckend, wenn man bedenkt, dass er nicht in eine altbekannte Gastro-Familie hineingeboren wurde, sondern sich alles selbst erarbeitet hat.« Lukas nimmt erneut einen Schluck.

»Ja, meine Eltern haben ausgezeichnete Arbeit geleistet.« Diesen Satz sage ich schon automatisch, wenn jemand ein Loblied auf meinen Vater singt.

Lukas sieht mich forschend an.

»Du warst auf dieser Eliteschule, oder? Ich wurde vor Kurzem eingeladen, dort einen Vortrag zu halten, und da fiel auch dein Name.«

Natürlich! Das war ja auch ein Grund für meine Aufnahme: dass man mit unserem Namen werben kann.

»Das ist richtig. Aber Diskretion habe ich nicht nur dort gelernt. Der Fokus der Presse lag bei diversen Veranstaltungen im Hotel meiner Eltern auch auf mir. Folglich weiß ich, wie mühsam es sein kann, bei jedem Schritt auf der Hut sein zu müssen.« Dann lehne ich mich über den Tisch zu Alex. »Oder ganz einfach ausgedrückt: Schickimicki hatte auch schon Ärger mit den Schmierblättern und würde denen niemals eine Information in die Hände spielen.«

Sauer funkle ich ihn an, dann wende ich mich mit einem Lächeln an Lukas.

»Ich freue mich, dass ihr auf der Lap-Alm feiert. Wir werden unser Bestes geben, dass ihr ein wunderschönes Wochenende habt. Darf ich dir jetzt noch etwas bringen? Die Germknödel werden von den Gästen heute besonders gelobt.«

»Ich muss leider wieder nach Recking. Anna war heute mit ihrer Mutter wegen der Blumen für unsere Hochzeit unterwegs, und ich ahne Böses.«

Ich runzle die Stirn.

»Warum?«

Lukas reibt sich mit beiden Händen übers Gesicht.

»Sie ist selbst Floristin und hat einen eigenen Laden in Sterenholm. Also hat sie ganz genaue Vorstellungen davon, wie der Blumenschmuck aussehen soll. Es würde mich nicht überraschen, wenn sie nur die reinen Blumen bestellt hat und alles selbst steckt.«

Alex winkt ab.

»Niemand macht Gestecke wie Anna. Wenn sie das will, dann lass sie! Bevor sie an ihrem Hochzeitstag wegen der Blumen nervöser ist als wegen der Trauung«, findet er, und ich stimme ihm zu. Lukas murmelt, dass wir vermutlich recht haben.

»Ich muss jetzt leider wieder an die Arbeit«, entschuldige ich mich. »Hat mich gefreut, Lukas!«

Er reicht mir zum Abschied die Hand.

»Mich auch, Eva! Wir sehen uns in zwei Wochen!«

Der Rest des Tages fliegt nur so an mir vorbei, denn in mir kocht immer noch die Wut über Alex' Aussage. Hier bin ich einfach nur eine Servicekraft auf einer Hütte – so wie alle anderen. Mein Name tut hier nichts zur Sache, vor allem nicht vor Lukas. Nun wächst in mir wieder das Gefühl, Erwartungen erfüllen zu müssen. Als wir am Abend das Schiwasser ausgetrunken haben, gehe ich sofort nach oben und würdige Alex keines Blickes. Wütend werfe ich die Tür hinter mir ins Schloss und greife nach meinem Handy. Doch das Abtauchen in die Welt der sozialen Medien lenkt mich heute nicht ab. Meine ehemaligen Kommilitonen posten immer noch wie verrückt, aber es ist mir egal. Alles fühlt sich an, als wäre es ewig her und ganz weit weg. Denn das, was mich gerade beschäftigt, spielt sich hier ab. Genervt beschließe ich, duschen zu gehen.

Ich bleibe extra lange unter dem warmen Wasser stehen und freue mich über den Gedanken, dass für Alex dann nur noch kaltes übrig ist. Anschließend ziehe ich mein Schlafshirt mit dem großen Gänseblümchen an, das mir gerade so bis zu den Oberschenkeln reicht.

Unruhig tigere ich im Zimmer herum – meine Gedanken flitzen wie Flipperkugeln durch meinen Kopf. Schließlich reicht es mir, und ich stapfe zu Alex' Tür und hämmere dagegen, bis er aufmacht. Er ist in der Zwischenzeit in dunkelblaue Shorts und ein enges weißes Shirt geschlüpft, das eindrucksvoll zur Geltung bringt, was sonst hinter dem Arbeitshemd versteckt bleibt.

»Wo brennt es denn?«, will er wissen, doch weiter kommt er nicht.

»Sag mal, was ist eigentlich dein Problem?«, fauche ich ihn an und ignoriere, wie gut er in den Sachen aussieht. »Warum konntest du vor deinem Cousin nicht den Mund halten? Weshalb musstest du unbedingt meinen Namen ins Spiel bringen? Wir haben uns darüber unterhalten, dass ich froh bin, hier alles Praktische in Ruhe lernen zu können, ohne beobachtet zu werden. Du hast gesagt, dass ich das kann.

Ich dachte, du würdest verstehen, was ich meine. Und dann plauderst du meinen Namen aus – vor Lukas Behrends! Es macht mich nervös genug, dass ich einen der besten Köche Deutschlands bewirten soll. Und dann musst du ihm auch noch stecken, dass ich die Tochter von Werner von Gütersloh bin? Sodass noch mehr Druck auf mir lastet? Was habe ich getan, dass du mir das antust?«

Vor Wut zitternd stehe ich vor Alex, der die Hände in die Taschen seiner Sweat-Shorts steckt.

»Es tut mir leid«, sagt er leise, doch seine Worte dringen nicht zu mir durch.

»Nein, ich will wissen, warum!«

Auffordernd sehe ich ihn an, die Hände in die Hüften gestemmt.

»Eva … Das war nicht so gemeint. Ich wollte … du hast …«

Er bricht ab und fährt sich mit beiden Händen durch die Haare, sodass sie nach allen Seiten abstehen.

»Vielleicht solltest du noch ein paar Nomen und Adjektive in deine Sätze einbauen, denn so wird das keine ordentliche Erklärung.« Wild gestikulierend gehe ich noch einen Schritt auf ihn zu. Reflexartig hält Alex meine Hände in der Luft fest. Vermutlich hat er Angst, dass ich auf ihn einschlage oder ihm das Gesicht zerkratze.

»Du hast getanzt«, unterbricht er mich laut, und ich halte inne. »Auf dem Hüttenabend, obwohl ich gewettet hätte, dass du dich eher auf der Toilette einschließt. Und du hast dich so gefreut, als deine Murmel das Rennen gewonnen hat. Der Sonnenuntergang hat dich sprachlos gemacht und so tief berührt, dass du heute Morgen noch davon gesprochen hast. Es war dir egal, ob dir Fingernägel abbrechen oder man dir unter den Rock schauen kann, als wir die Schirme wegen des Gewitters schließen mussten. Du hättest die ganze Nacht in der Küche verbracht, um für Günter Palatschinken und Gugelhupf zu backen. Und du hattest Spaß dabei, hast gesungen und getanzt.«

Ungläubig starre ich ihn an.

»Und deshalb kannst du mich nicht leiden?«, bricht es aus mir heraus.

Sein Blick ist gequält, und mir wird bewusst, dass er immer noch meine Handgelenke festhält. Ein Kribbeln wandert von dort durch meinen Körper. Ich sehe, wie tief er atmet, wie sehr er mit sich kämpft, sehe es in seinem Gesicht, fühle es förmlich. Unsere Augen haben einander gefunden, halten einander fest, und ich habe das Gefühl, dass sich rund um mich alles dreht. Dann schluckt er.

»Nein«, sagt er leise. »Das alles sind Gründe, warum ich dich leider leiden kann.«

Mein Herz bleibt stehen. Ein Teil von mir freut sich riesig über seine Aussage, aber ein anderer Teil versteht langsam gar nichts mehr. Ich schüttle irritiert den Kopf.

»Aber wieso hast du mich dann vor Lukas verraten?«

»Eva …«, fleht er leise, doch ich bleibe hart.

»Nein, ich will es wissen.«

Ich merke, wie sich etwas in ihm anspannt.

»Du hast mich gefragt, was ich von dir denke. Und in diesem Augenblick dachte ich, dass du gut zu Lukas passen würdest.«

Meine Augenbrauen schnellen in die Höhe.

»Dein Cousin heiratet bald«, erinnere ich ihn.

Alex seufzt.

»Ich meine zu jemandem wie Lukas. Es gibt ja noch andere, die so bekannt sind wie er. Andere, die deinen Vater kennen. Andere, die sich in deinen Kreisen bewegen und wohlfühlen. So viele andere als …« Er bricht ab.

»Andere als …?«

Er versucht, meinem Blick auszuweichen, aber ich lasse ihn nicht. Seine braunen Augen werden weich.

»Eva … Ich werde das jetzt nicht sagen«, murmelt er und verrät mir damit genug, dass ich es endlich verstehe. Und es trifft mich wie ein Glockenschlag.

»Andere als dich«, wispere ich. »Du warst unsicher und eifersüchtig …«

In meiner unfassbaren Überraschung lasse ich meine Hände sinken, doch er nimmt seine nicht fort, und so finden sich unsere Fingerspitzen. Es ist, als würde mich jede kleine Berührung elektrisieren. Wieder bricht ein Stück der Mauer ein, die ich nur noch mit Mühe aufrechterhalten kann. Die vielen Informationen und Wendungen der letzten Minuten muss ich erst mal verdauen.

»Es war idiotisch«, versucht Alex, sich herauszureden.

»Es war unnötig«, korrigiere ich ihn leise, und Erstaunen macht sich in seinem Gesicht breit. »Du hast recht, es gibt genug von denen. Aber keiner hat mich je so zum Lachen gebracht, wie ich es auf dem Spielplatz getan habe. Keiner hat mir ohne Hintergedanken einen Sonnenuntergang gezeigt. Keiner hätte mich darauf hingewiesen, dass ich den roten und den blauen Deckel verwechselt habe. Keiner hat mich wirklich ins Team geholt. Keinem war mein Vorname wichtiger als mein Nachname. Keiner hat sich wirklich für die Eva hinter der ganzen von-Gütersloh-Geschichte interessiert.«

Wir verschränken unsere Finger miteinander, der Griff unserer Hände wird stärker, und mein Herzschlag beschleunigt sich. Nervös und zittrig sehe ich ihn an. So viele Männer gab es schon in meinem Leben, und bei allen war ich abgeklärt und cool. Aber dieser eine bringt mich total aus dem Gleichgewicht, indem er nur meine Hände in seinen hält. Wie soll das weitergehen? Ich warte darauf, dass Panik in mir aufsteigt, doch nichts passiert. Mein Verstand setzt wohl gerade aus, und mein Herz galoppiert vor sich hin und harrt fröhlich der Dinge, die da kommen.

Auch Alex ist von meinen Worten sichtlich ergriffen. Doch er wirkt ernst, und mit einem Mal spüre ich Distanz.

»Eva …« Seine Stimme ist rau, und er schließt die Augen, während er weiterspricht. »Das hier darf nicht passieren. Und es wird auch nicht passieren.«

Damit habe ich nicht gerechnet. Wie von einem Pfeil getroffen lasse ich ihn los. Es fühlt sich an, als hätte ich mich an ihm verbrannt. Die Blase, die sich rund um uns gebildet hat, zerplatzt, und mein Kopf wird wieder klar. Er hat recht! Was habe ich mir nur dabei gedacht? Ich bin hier, um zu lernen und um einen Platz in der Firma meiner Eltern zu ergattern. Und ich werde nicht das Ziel aus den Augen verlieren, wegen ein bisschen Händchenhalten und netten Gesten. Damit habe ich mir schon einmal die Finger verbrannt.

»Da bin ich deiner Meinung«, antworte ich schließlich gefasst, auch wenn mein Herz vehement protestiert.

Prüfend sieht Alex mich an, und ich halte seinem Blick stand und nicke.

»Lassen wir alles auf einer freundschaftlichen Basis«, schlägt er vor. In mir nagt trotzdem noch dieses aufkeimende Gefühl, das ich nicht zuordnen kann, doch ich schlucke es hinunter. Tief durchatmen und die Schale stärken, denn der Kern geht keinen was an.

»Klar, die paar flapsigen Sprüche und das bisschen Flirten muss man ja nicht ernst nehmen. Wenn sich Kollegen gut verstehen, kommt das schon mal vor.« Ich mache eine wegwerfende Handbewegung und wende mich zum Gehen. »Ach übrigens, ich habe leider das heiße Wasser aufgebraucht. Aber eine kalte Dusche ist heute vermutlich genau das Richtige für dich.«

Alex lacht leise.

»Kalt duschen ist gut für den Kreislauf.«

»Und für das Herz – falls du eins hast«, füge ich mit leisem Sarkasmus hinzu und gehe. Ich bin schon an meiner Zimmertür, da ruft Alex mir noch etwas nach.

»Schickimicki? Das nächste Mal, wenn du an meine Tür klopfst, zieh dir was an.«

Ich blicke an meinem Shirt hinunter, das meine Beine kaum und meinen Po nur gerade so verdeckt. Dann lege ich den Kopf etwas schief und sehe ihn treuherzig an.

»Woran hast du gedacht? Spitzenwäsche?«

Mit der Sicherheit, dass Alex jetzt wirklich eine kalte Dusche braucht, lasse ich ihn stehen, ohne seine Antwort abzuwarten. Ich ignoriere das leise Ziehen in meiner

Herzgegend, denn mein Verstand sagt mir, dass die Sache nun geklärt und gegessen ist. Ja, wir finden uns sympathisch, aber sind beide der Meinung, dass wir es dabei belassen sollten. Das ist doch eine gute Ausgangsposition für unsere weitere Zusammenarbeit. Oder nicht?

Kapitel 11

Am nächsten Morgen stehe ich im Gastraum schon an der Kaffeemaschine, als Alex durch die Tür kommt. Er bemerkt mich erst nicht, weil er angeregt telefoniert. Am Panoramafenster lehnt er sich mit der Hüfte an einen der Tische und sieht nicht so aus, als wäre es ein angenehmes Gespräch. Auf seiner Stirn zeichnet sich eine steile Falte ab. Ich mache auch ihm eine Tasse Kaffee. Gerade als ich sie hinter ihm auf den Tisch stelle, legt er auf und reibt sich mit der freien Hand über die Augen.

»Schlechte Nachrichten?«, vermute ich, und er fährt herum. »Ich hab dir Kaffee gemacht.«

»Danke.« Er nimmt einen Schluck und behält die Tasse in der Hand. »Nein, nicht schlecht, aber sie betreffen auch dich. Mein Onkel hat beschlossen, die Lap-Alm schon dieses Wochenende zu öffnen. Das Wetter ist konstant gut, der Liftbetrieb wird von Recking aus aufgenommen, und der neue Wanderweg ist fertig. Er spricht jetzt noch mit György und Balázs, wann die beiden hier für uns übernehmen können, und dann heißt es Koffer packen.«

In meinem Magen rumort es. Nun wird es also ernst.

»Okay«, sage ich, und meine Stimme zittert leicht. Dass diese Nachricht ausgerechnet heute kommt, nach unserem Gespräch gestern, ist Ironie des Schicksals. Gerade jetzt wären mir ein paar Tage Abstand ganz recht, aber stattdessen steckt man uns zu zweit in eine Almhütte. »Gib mir Bescheid, wenn du Näheres weißt. Ich gehe noch ein wenig an die frische Luft.«

Ohne darauf Rücksicht zu nehmen, dass meine kuschelige Fleece-Weste noch in meinem Zimmer liegt, verlasse ich die Sonnwandhütte und werde von den niedrigen Temperaturen sofort dafür bestraft. Zitternd versuche ich, mich an meinem Kaffee zu wärmen. Als ich Alex heute Morgen sah, kam alles wieder hoch, was wir einander gestern gesagt oder vielmehr gestanden haben. Und mein Herz stolpert verdächtig. Doch wir sind uns einig, dass nichts zwischen uns passieren wird. Es war ein schwacher Moment, ein Ausrutscher, ein Fehler. Freche oder flapsige Sprüche: ja; ernste Gespräche über Gefühle: nein. Wenn wir uns daran halten, werden wir auch die nächsten Wochen ohne Zwischenfälle überstehen. Und das wäre gut, denn auch wenn ich grundsätzlich nichts gegen Spaß mit einem Mann habe, ist mir inzwischen klar, dass bei Alex irgendwas anders ist, dass ich stärker auf ihn reagiere als auf jeden vor ihm. Und damit würde es nicht einfach belanglos zwischen uns bleiben. Er kann es unter meine Schale schaffen und mich wirklich verletzen.

Maria und die anderen treffen ein, und ich gehe mit ihnen wieder ins Warme. Alex kommt gleich zu uns und spricht mit Maria über die Entscheidung von Herrn Berger.

»Ich dachte mir schon, dass er bald öffnen will. Wir werden euch vermissen«, meint sie lächelnd. »Aber ich denke, Eva ist gut vorbereitet, und du hast eine sehr gute Partnerin für dieses Jahr.« Sie nickt Alex zu und geht hinter den Tresen.

Er sieht zu mir, und in seinem Blick liegt die gleiche Unsicherheit, die ich auch in mir fühle. Und diesmal bin ich davon überzeugt, dass es nicht an meiner fachlichen Kompetenz liegt. Ich merke, dass wir einander anstarren, und räuspere mich schnell. Mit einem großen Schluck ist mein Kaffee ausgetrunken, und ich bringe die Tasse zur Spülmaschine.

»Aufgeregt?«, fragt Maria mich leise, und ich nicke. »Du machst dich inzwischen gut im Service. Kein Vergleich zu deiner Leistung bei deiner Ankunft. Auf der Lap-Alm habt ihr nicht so starken Betrieb wie hier. Es ist eher eine Nebenroute. Das wird schon!« Aufmunternd zwinkert sie mir zu und teilt uns dann dieselben Bereiche zu wie gestern. Ich atme auf, weil ich somit nicht direkt mit Alex zusammenarbeite.

Als wir am Abend mit Schiwasser anstoßen, bedauern auch die anderen, dass Alex und ich beim Hüttenabend am Samstag nicht mehr dabei sein werden.

»Einen hätte ich schon gerne noch mitgemacht«, gebe ich wehmütig zu.

»Dann kommst du im nächsten Sommer einfach ganz auf die Sonnwandhütte«, erwidert Jan und klopft mir freundschaftlich auf die Schulter. Ich spüre Alex' Blick, bevor ich ihn sehe. Er weiß, dass ich nicht plane, noch mal wiederzukommen.

»Mal sehen«, weiche ich Jan aus.

Dann mahnt Maria zum Aufbruch, und schon bald sind Alex und ich allein.

»Du hast also den anderen verschwiegen, dass ich nur hier bin, um meine Praktika nachzuholen«, stelle ich fest, während wir das Geschirr in die Spülmaschine räumen.

Er legt das Geschirrtuch zur Seite und atmet tief durch.

»Hör mal, es tut mir leid, dass ich Lukas gesagt habe, wer du bist. Das heißt aber nicht, dass ich alles herumgetratscht habe, was du mir erzählt hast. Mir ist klar, dass du mir da großes Vertrauen entgegengebracht hast.«

Ich halte einen Moment inne.

»Lukas hätte mich auch von einer Veranstaltung meines Vaters wiedererkennen können. Außerdem gab es Fotos und Artikel über mich in der Zeitung«, räume ich ein. »Also Schwamm drüber.«

Alex lacht auf.

»Gestern Abend standest du deshalb noch wie eine Furie vor meiner Tür, und heute ist es halb so schlimm?«

Ich seufze.

»Ja, manchmal ändern sich Dinge. Und mit neuen Erkenntnissen relativiert sich manches.«

Alex lehnt sich gegen die Spülmaschine und verschränkt die Arme.

»Und welche Erkenntnisse wären das?«

»Vielleicht die, dass du mich inzwischen doch nicht ganz so sehr zum Kotzen findest wie bei meiner Ankunft.« Es klingt beiläufig, dabei hat dieser Punkt seit gestern tatsächlich einiges in ein anderes Licht gerückt.

»Also direkt bei deiner Ankunft fand ich dich nicht zum Kotzen«, wirft Alex ein.

»Stimmt, erst, als du meinen Namen gehört hast. Das hat man dir richtig angesehen«, erinnere ich mich mit bitterem Ton zurück.

Alex kratzt sich im Nacken.

»Da ist wohl noch eine Entschuldigung angebracht für meine übereilten Vorurteile.«

Doch ich schüttle den Kopf.

»Nein, die Dinge, die man dir über mich erzählt hat, waren ja nicht gelogen. Du hattest allen Grund zur Skepsis. Und wer weiß, ob ich ohne deinen Gegenwind so kräftig gerudert wäre. Aber ich wollte dir beweisen, dass mehr in mir steckt als das verwöhnte It-Girl.«

Alex blickt auf.

»Warum wolltest du das?«

Weil ich den Job um jeden Preis behalten musste. So lautet die volle Wahrheit, aber diese wäre wohl im Moment nicht hilfreich.

»Weil ich nicht wollte, dass du mich feuern lässt«, formuliere ich es nicht ganz so direkt. »Und weil ich … dich von Anfang an nicht zum Kotzen fand.« Woher kam diese Bemerkung denn jetzt? Erschrocken sehe ich Alex an, dessen Gesichtsausdruck eine Mischung aus Belustigung und Verzweiflung ist.

»Und wieder sind wir da gelandet, wo wir gestern Abend schon waren«, murmelt er, und ich wiege den Kopf.

»Na ja, wir stehen einen Meter voneinander entfernt und haben keinen Körperkontakt«, merke ich an. »Das ist schon eine Verbesserung zu gestern.«

Erneut treffen sich unsere Augen, und ich versinke in dem warmen Schokobraun.

»Außerdem hast du angefangen«, füge ich flüsternd hinzu, und Alex seufzt. Eine Weile breitet sich Schweigen zwischen uns aus, aber niemand bewegt sich vom Fleck.

»Ich brauche frische Luft, ich geh eine Runde spazieren«, beschließe ich dann.

»Ich könnte dir den oberen Teil des Fridolin-Rundwegs zeigen«, bietet Alex an, und ich schüttle fassungslos den Kopf.

»Ich versuche gerade, dir aus dem Weg zu gehen«, stelle ich klar. »Weil das hier …« Ich deute mit dem Zeigefinger zwischen uns hin und her. »… nicht aus dem Ruder laufen darf.«

Alex hebt die Augenbraue.

»Eva, spätestens in drei Tagen sitzen wir zu zweit in einer kleinen Almhütte fest.«

Auch wenn ich diesen Punkt gerade mit allen Mitteln aus meinen Gedanken verbanne, hat er recht. Wir müssen miteinander klarkommen. Ich atme tief durch.

»Keine Sonnenuntergänge, keine Netznester, in die wir uns zu zweit quetschen, und du fasst mich nicht an«, stelle ich die Regeln auf. Alex nickt.

»Dann müssen wir gleich los, damit wir vor Sonnenuntergang zurückkommen, die Nestschaukeln lassen wir aus, und wenn du irgendwo das Gleichgewicht verlierst, lass ich dich fallen«, erwidert er todernst.

»Deal«, antworte ich schmunzelnd und gehe mich umziehen.

In Wanderkleidung gehen wir zehn Minuten später los. Alex schlägt diesmal den Weg nach links ein, und es geht ein Stück bergauf an der Seilbahnstation vorbei, die jedoch schon im Feierabend vor sich hindöst. Die erste Station, die wir erreichen, ist ein Kleinkinderspielplatz mit überschaubarem Klettergerüst und einer Rutsche.

»Hier, das ist perfekt für dich«, meint Alex grinsend. »Da fällst du nicht tief, wenn du das Gleichgewicht verlierst.«

Sarkastisch verdrehe ich die Augen.

»Du hast ja nur Angst, dass ich vor dir oben bin«, behaupte ich, und Alex lacht auf.

»Ich habe höchstens Angst, dass du dir dann was darauf einbildest.«

Wir sehen einander kurz an, dann laufen wir los und klettern auf das Gerüst, als hätte jemand ein Startkommando gegeben. Es ist tatsächlich keine Herausforderung, und Alex ist in drei großen Schritten oben. Triumphierend blickt er auf mich herab.

»Na, wer bekommt jetzt den Höhenflug?«, ziehe ich ihn auf und klettere gleich weiter zur Rutsche. Gleichzeitig bete ich, dass sie nicht zu schmal ist und mein Hintern steckenbleibt, denn dann müsste ich vor Scham im nächsten Erdloch versinken. Doch ich habe Glück und flitze ohne Probleme wieder zu Boden.

Als Nächstes entdecke ich einen Hasen aus Holz, der mittels einer riesigen Feder am Boden befestigt ist und auf dessen Rücken man Platz nehmen kann. Rasch setze ich mich auf das Schaukeltier und wippe vor und zurück. Lachend werfe ich den Kopf in den Nacken und fühle mich frei und sorglos wie schon lange nicht mehr. Als mir herrlich schwindlig ist, halte ich wieder inne und sehe Alex, der noch an der Rutsche lehnt und mich still beobachtet.

»Ist was?«, frage ich und steige vom Hasen ab, doch er schüttelt den Kopf.

»Alles bestens! Ich freue mich nur, dass du den Sinn des Spaziergangs offenbar endlich verstanden hast.« Er schenkt mir ein Lächeln, das ich erwidere. »Wir sollten weiter, damit wir noch eine oder zwei Stationen schaffen, bevor wir wieder umkehren müssen.«

Der Wind frischt etwas auf und weht mir den würzigen Geruch des Rindenmulchs in die Nase, der auf dem Spielplatz verteilt wurde. Wahrscheinlich gibt es dieses Zeug auch in der Stadt unter den Spielgeräten in den Parks, aber dort hätte ich mich nie und nimmer auf ein Wipptier gesetzt oder hätte eine Rutsche ausprobiert. Deshalb verbinde ich den Duft unweigerlich mit diesem Bergspielplatz. Und mit der Sonnwandhütte. Und mit Alex.

Schweigend gehe ich neben ihm her, als er mich durch ein dunkleres Waldstück dirigiert. Ich fröstle leicht, obwohl ich eine Weste trage. Alex sieht mich fragend von der Seite an, und für einen Moment habe ich das Gefühl, dass er etwas sagen will, doch dann überlegt er es sich anders. Erst einige Minuten später meint er: »Wir sind da.«

Ich sehe mich um und sehe nur ein Drahtseil zwischen zwei hohen Pfosten.

»Und was ist das?«

»Ein Flying Fox.«

»Was?«

»Also eigentlich ist es eine Seilrutsche. Flying Fox ist dann die Version für Erwachsene mit viel höheren Geschwindigkeiten«, räumt Alex ein, aber ich verstehe immer noch nur Bahnhof. Er erkennt es offenbar an meinem Gesichtsausdruck.

»Ich zeig es dir«, meint er. »Warte hier!«

Ich stelle mich unter den ersten Pfosten und sehe ihm zu, wie er ans andere Ende geht und dann etwas zu mir bringt, was aussieht wie ein runder Kunststoffteller an einem dicken Strick, das am Drahtseil befestigt ist.

»Setz dich«, fordert er mich auf.

»Äh, wie?«

»Du nimmst es zwischen die Beine und setzt dich. Wie bei einem Tellerlift beim Skifahren«, erklärt er.

»Ich kann nicht Skifahren«, erwidere ich stirnrunzelnd. »Und unter einem Tellerlift verstehe ich einen kleinen Lastenaufzug, um Speisen in ein anderes Stockwerk zu bringen.«

Alex lacht.

»Ausnahmsweise mal keine Gastro heute.«

Dann hilft er mir, korrekt auf dem Ding zu sitzen. Ich stehe dafür auf den Zehenspitzen, und Alex hält die Verbindungsschnur nach oben fest. Als seine Hand die meine berührt, setzt mein Herz einen Schlag aus, um dann mit doppelter Geschwindigkeit und Lautstärke loszurasen.

Vorsichtig sehe ich zu ihm hoch, um herauszufinden, ob er es hören kann. Sein Blick ist forschend, und der Ausdruck auf seinem Gesicht viel zu ernst. Es ist wieder dieser Kampf darin zu erkennen, den ich nun schon einige Male gesehen habe. Welche Schlachten ficht er wohl in seinem Kopf aus, wenn er mich so ansieht?

»Alex …«, will ich ihn gerade fragen, da siegt etwas in ihm. Mit entschlossenem Ausdruck in seinen Augen lässt er die Schnur los. Ein Ruck, und ich verliere den Boden unter den Füßen und rausche quiekend das Seil entlang. Erst verfluche ich ihn, doch schon nach wenigen Metern überwiegt der Spaß, und mir entfährt ein Jauchzen. Völlig außer Atem komme ich am anderen Ende an und steige ab.

»Das war genial«, rufe ich Alex entgegen. Vorüber ist der Moment von eben, und ich schiebe beiseite, dass es beinahe wieder eigenartig geworden wäre zwischen uns.

»Dann musst du mal einen richtigen Flying Fox ausprobieren«, rät er mir und winkt mich zu sich. »Damit überquerst du dann Schluchten oder Flüsse mit einer Wahnsinnsgeschwindigkeit. Natürlich bist du dann professionell mit einem Geschirr gesichert.«

Begeisterung sprüht aus jedem seiner Worte, und er fügt noch mehr Erklärungen hinzu, denen ich nur mit halbem Ohr folge. Denn ich erkenne eine neue, sehr abenteuerlustige Seite an ihm und eine Freude, die ihn noch sympathischer macht. Und das ist nicht gut. Verzweifelt versuche ich, meine mich schützende Schale festzuhalten, wie eine Decke, die man um die Schultern gelegt hat und an der nun der Wind zerrt. Doch ich merke, wie er sich wieder einen Quadratmillimeter meines Herzens unter den Nagel gerissen hat. Und ich kann nichts dagegen tun.

»Eva?«, reißt Alex mich aus meinen Gedanken.

»Hm?«

Er lächelt.

»Wir sollten zurück. Du weißt schon, kein Sonnenuntergang«, erinnert er mich, und ich frage mich, was das jetzt noch ändern soll. Ich versuche, mich wieder darauf zu besinnen, wieso es keine gute Idee ist, ihm näherzukommen. Und wenn es mir wieder einfällt, schwöre ich, dass ich es als Mantra vor mich hin beten werde. Aber mein Kopf ist wie leergefegt. Stattdessen fühlt sich alles in mir zu Alex hingezogen, wie Eisen zu einem Magneten.

»Diesmal gibt es keine Abkürzung, und wir müssen denselben Weg wieder zurück«, informiert er mich. Ich nicke und mache einen Schritt auf ihn zu. Weil ich gerade einfach nicht anders kann. Und dann passiert etwas, das alles verändert. Alex weicht vor mir zurück. Am liebsten würde ich im Erdboden versinken. Er hat mir eindeutig gesagt, dass zwischen uns nichts passieren darf und auch nicht wird. Und ich gerate erneut in Versuchung. Es ist egal, ob ich mich an meine Beweggründe noch erinnern kann. Er hat seine eigenen, und die sind ihm offenbar äußerst bewusst und wichtig. Ich sollte das respektieren.

Ich setze ein Lächeln auf und gehe weiter, als wäre es ohnehin meine Absicht gewesen, an ihm vorbei zurück zur Hütte zu gehen. Gekonnt überspiele ich, dass ich mich schäme, fast die Kontrolle verloren zu haben. Aber es ist nichts Eindeutiges passiert, und ich nehme mir fest vor, dass ich mich ab sofort wieder im Griff haben werde. Auch wenn es sich anfühlt, als hätte ich mir eben die Finger verbrannt, und die Wunden schneiden sich tief in mein Herz, von dem ich gar nicht wusste, dass es noch so empfinden kann.

Auf dem Rückweg konzentriere ich mich auf das Geräusch, das der Wind in den Bäumen macht, den Geruch des Waldes und die Aussicht auf den Hausberg. Bewusst atmend kämpfe ich gegen das Brennen hinter meinen Augen an. Ich bin eine starke, unabhängige Frau, die keinen Mann in ihrem Leben braucht. Und bis wir an der Sonnwandhütte ankommen, habe ich mich wieder gefangen.

»Danke für die Tour, es hat wieder Spaß gemacht.« Ich schenke ihm ein unverbindliches Lächeln und gehe dann in mein Zimmer, ohne eine Antwort abzuwarten.

Mit einem tiefen Seufzer falle ich auf mein Bett. Ich bin hier, um zu lernen. Ich werde alles aufsaugen, was Alex mir an Wissen vermitteln kann, aber ich werde die Finger von ihm lassen und darauf achten, dass wir einen Sicherheitsabstand einhalten. Ich werde mir das Büro neben dem meiner Eltern schnappen, und wenn ich bewiesen habe, dass ich genau dort hingehöre, erst dann – und keinen Tag früher – werde ich wieder an einen Mann denken. Und noch während ich mir all das vornehme, verscheuche ich den Gedanken an schokoladenbraune Augen aus meinem Kopf. Stattdessen überlege ich, wie ich das bisher Gelernte auf das Hotel meiner Eltern übertragen kann. Hier auf der Sonnwandhütte läuft der Betrieb wie ein Uhrwerk, und zwar, weil alle Räder ineinandergreifen. Es gibt ein Team und keine Einzelkämpfer, es ist ein Miteinander, das ich in dieser Form bisher noch nirgends gesehen habe. Ich schnappe mir mein Tablet und öffne die Notizen-App. Wie kann man das Zusammengehörigkeitsgefühl, das hier alles reibungslos laufen lässt, auch an einem anderen Standort hervorrufen? Eigentlich sollte es einfacher sein, da die Lokale und das Hotel meiner Eltern keinem Saisonbetrieb unterworfen sind, sondern dauerhaft geöffnet haben. Somit ist auch der Personalwechsel wesentlich geringer. Und trotzdem ist nur ein Haufen Individualisten zu finden und kein vernünftiges Team. Ich setze mich mit dem Tablet auf den Balkon und spiele gedanklich verschiedene Ansätze durch, bis es dunkel wird und ich das Gähnen nicht mehr zurückhalten kann. Und ich bin stolz darauf, dass ich mich wieder aufs Wesentliche konzentriert habe und nicht mehr an Alex denken musste. Na ja, zumindest fast.

Kapitel 12

Auch den nächsten Tag beginne ich mit einer Tasse Kaffee auf der Terrasse. Was wird mir dieses Ritual fehlen. Doch heute lässt sich Alex nicht blicken und kommt erst in den Gastraum, als Maria und die anderen bereits da sind.

»Guten Morgen!«, grüßt er und stellt sich gleich so hin, dass alle wissen, dass er etwas zu verkünden hat. »Ich habe eben mit meinem Onkel telefoniert. György und Balázs übernehmen ab morgen, also werden Eva und ich heute unsere Sachen packen. Morgen früh geht es bis zum Herbst ab auf die Lap-Alm für uns.«

»Dann auf einen guten letzten Tag«, hebt Jan die Kaffeetasse und prostet uns zu. Die anderen tun es ihm gleich.

»Jetzt aber keine Rührseligkeit, Anfang September kommen die beiden ja wieder, bis wir hier zusperren. Und heute hat sich ein Firmenausflug angekündigt, da ist die Hütte zu Mittag brechend voll«, prophezeit Maria und teilt uns ein. Diesmal arbeite ich mit Jan und Mia in einem Bereich, und Alex sehe ich höchstens im Vorbeihuschen, denn Maria behält recht, und wir kommen bis zum Abend kaum zum Verschnaufen.

Nach dem Schiwasser verabschieden wir uns von den anderen, denn es ist nicht sicher, ob wir uns morgen früh noch sehen werden.

Ich will eben auf mein Zimmer, da höre ich Alex hinter mir.

»Brauchst du morgen Hilfe mit dem Gepäck?«

Überrascht drehe ich mich um.

»Ich hatte auch keine Hilfe, als ich angekommen bin.« Beschämt reibt er sich den Nacken.

»Ja, das war nicht besonders nett von mir.«

Ich zucke mit den Schultern.

»Ich bin nur deine Kollegin. Und ich habe die Reisetasche bis zur Sonnwandhütte allein geschleppt, da ist es auf die Treppe nach oben auch nicht mehr angekommen.«

Alex verdreht die Augen.

»Am Anfang war alles …«

Ich stoppe ihn mit einer Handbewegung.

»Das hatten wir schon! Es war verkorkst, dann entspannter, anschließend explosiv emotional, und nun sind wir bei kompliziert und verkrampft angekommen«, fasse ich die Situation zusammen.

Mit einem leisen Stöhnen fährt er sich mit beiden Händen durch die Haare. Ich wünschte, er hätte es gelassen, denn nun stehen sie wild ab und lassen ihn so menschlich und verletzlich wirken, dass in meinem Magen etwas zaghaft flattert, was sich eigentlich ruhig verhalten sollte. Dann macht er einen Schritt auf mich zu und greift mit seiner rechten Hand nach meiner linken. Die Stimmung verändert sich augenblicklich. Nun fühlt sich mein Bauch an, als würde er mich gleich abheben lassen.

»Und wenn ich dir sage, dass ich kompliziert und verkrampft nie wollte?«, raunt er mir leise zu und heftet seinen Blick auf unsere Hände.

»Und was soll jetzt daraus werden?«, flüstere ich und streiche mit meinem Daumen über seinen Handrücken. Einfach weil ich nicht anders kann. Er schüttelt leicht den Kopf.

»Ich weiß es nicht«, gibt er zu. »Freundschaftlich und vertraut?«

Ich lache leise.

»So sieht bei dir freundschaftlich aus?« Ich hebe unsere Hände hoch, und er seufzt.

»So sieht es aus, wenn ich mich nicht mehr voll im Griff habe.«

Sein Geständnis überrascht mich.

»Schön zu hören, dass das nicht nur mir passiert«, flüstere ich und sehe ihm in die Augen. Das Schokobraun zieht mich in seinen Bann. In meinen Ohren rauscht es, und ich bin mir nicht sicher, ob ich noch atme. Auch seine zweite Hand greift nach meiner, und er tritt einen Schritt näher an mich heran. Sandelholz und Kiefernnadeln hüllen mich ein, und seine Nähe setzt alle meine Warnfunktionen außer Gefecht. Ich lasse seine Hände los, aber nur, um meine Arme um seine Mitte zu legen, während er mich an die Brust zieht und eng umschlungen hält. Ich fühle mich sofort wohl und geborgen.

»Eva«, sagt er mit rauer Stimme, und ich hebe den Kopf, um ihn anzusehen. »Ich bin mir immer noch sicher, dass das keine gute Idee ist mit uns.«

Ich nicke.

»Ich mir auch!«

Alex lacht leise und streicht mir eine vorwitzige Strähne hinters Ohr. Diese Geste macht mich noch wehrloser, als ich ohnehin schon bin.

»Und jetzt?«

Ich zucke mit den Schultern.

»Was hast du denn bisher gemacht, um dich von deinen Kolleginnen fernzuhalten?«

Alex verdreht die Augen.

»Herrgott, deine Vorgängerinnen waren mir völlig egal. Und Maria, Mia und Lydia mag ich, aber als Frauen lassen sie mich kalt. Nur du bringst mich um den Verstand.«

Ich lege den Kopf schief.

»Im Guten oder im Schlechten?«

»So«, murmelt er und dreht mich mit einer schnellen Geste, sodass ich die Wand im Rücken spüre. Er atmet schwer, und seine Augen sind dunkel und groß. Sein Blick fällt auf meine Lippen.

»Alex!« Es ist mehr ein Hauchen. »Hier ist die Grenze. Wenn du einen Millimeter weitergehst, schwöre ich, dass es keine Chance mehr für einen Rückzieher gibt.«

Ich sehe wieder den Kampf in seinem Gesicht, doch ich spreche weiter.

»Wir könnten dem Funken zwischen uns nachgeben und diese Nacht miteinander verbringen. Wir könnten vereinbaren, dass es nur diese eine gibt. Was auf der Sonnwandhütte passiert, bleibt auf der Sonnwandhütte. Und morgen auf der Lap-Alm fangen wir neu an. Aber es darf nicht alles noch komplizierter machen. Wir können uns nicht aus dem Weg gehen, wenn es nur uns beide gibt auf dieser Hütte.«

»Das stimmt.« Man merkt ihm an, dass es ihm schwerfällt, die Situation zu beurteilen.

»Kriegen wir das hin? Nur diese eine Nacht?«

Mein Herz klopft, und ich bin mir selbst nicht sicher, ob ich will, dass er nickt, mich küsst und alles geschehen lässt, oder doch noch auf die Notbremse steigt.

»Ich weiß es nicht«, gibt Alex heiser zu.

Ich lächle schwach.

»Dann schlage ich vor, wir bleiben bei freundschaftlich vertraut!«

Er schluckt, nickt aber.

»Du hast recht! Aber …«

»Ja, ich weiß! Keine kurzen Nachthemden mehr vor dir.« Ich hebe die Finger zum Schwur. Alex grinst.

»Das wäre sehr nett, aber eigentlich wollte ich dir sagen, dass das nicht heißt, dass ich dich jetzt nicht mehr aufziehe, Schickimicki.«

»Es würde mir auch etwas fehlen, wenn du nicht mehr darauf rumreiten würdest«, sage ich lachend.

»Und jetzt schließ die Augen«, bittet er mich.

Skeptisch sehe ich ihn an.

»Alex.«

»Vertrau mir!«

»Das tue ich!«

»Gut, das sind schon mal vielversprechende Voraussetzungen für die Lap-Alm.« Er zwinkert mir zu. »Und jetzt schließ die Augen.«

Mit einem Seufzen und leichtem Herzklopfen tue ich es. Ich fühle, wie er näherkommt, atme seinen Duft ein und spüre dann eine zarte Berührung auf meiner linken Wange. Die Stelle kribbelt, und ich verharre still. Dann öffne ich die Augen und stelle fest, dass ich allein bin.

In meinem Zimmer packe ich meine Sachen und versuche, meinem Herzen einzureden, weshalb es so besser ist. Als alles, das ich morgen früh nicht mehr benötige, in meiner Reisetasche verstaut ist, gehe ich duschen und setze mich mit dem Tablet wieder auf den Balkon. Ich habe gestern beschlossen, dass ich meine Pläne für die Mitarbeiterführung nach meiner Rückkehr sofort meinen Eltern vorstellen werde. Und es gibt noch viel zu tun.

In Jeans und Pullover schultere ich am nächsten Morgen die Reisetasche und gehe die Stufen in den Gastraum hinunter. Für einen Kaffee sollte noch Zeit sein, dann kommt der Jeep, den Herr Berger uns schickt und der uns auf die Lap-Alm bringen wird. Ich trage die Bergschuhe, Jeans und eine Jacke, denn noch ist es sehr kühl draußen. Alex ist schon unten und hat mir eine Tasse Kaffee bereitgestellt.

»Guten Morgen, möchtest du auch etwas essen?«, fragt er, doch ich schüttle den Kopf. Ich bin nervös, und mein Magen würde keine Nahrung vertragen im Moment. Er hingegen ist voller Vorfreude und Tatendrang.

»Du wirkst angespannt«, attestiert mir Alex nach einem prüfenden Blick. »Komm, iss eine Kleinigkeit. Wir müssen die Küche auf der Lap-Alm erst putzen, bevor wir sie benutzen können.«

Er überlegt einen Moment, dann verschwindet er in der Küche, um kurz darauf mit einem Teller wieder aufzutauchen. Wortlos schiebt er ihn mir über den Tresen, und ich entdecke ein großes Stück Marmorkuchen.

»Da kann ich wirklich nicht widerstehen«, gebe ich grinsend zu und nehme einen Bissen.

»Ich weiß.« Alex schenkt mir ein Lächeln. »Du bist ein Leckermaul.«

Für einen Augenblick finden sich unsere Blicke, doch ich konzentriere mich rasch wieder auf den Kuchen. Kaum habe ich ihn aufgegessen, hören wir Motorengeräusche. Alex strahlt mich an.

»Es geht los«, ruft er und räumt mit schnellen Handgriffen unser Geschirr in die Spülmaschine.

»Du bist so aufgekratzt«, stelle ich lachend fest.

Er kommt zu mir und legt seine Hände auf meine Schultern.

»Das hier, Eva, ist Hüttengastronomie. Aber die Lap-Alm ist ein Abenteuer. Man weiß nie, was am nächsten Tag passiert, und jedes Jahr ist anders als das davor.«

Seine Berührung bringt mich mal wieder total aus dem Tritt.

»Das hier war schon Abenteuer genug für meinen Geschmack.« Meine Stimme ist leise. »Ich weiß nicht, ob ich noch mehr schaffe.«

Alex' Blick wird weich.

»Du bist ja nicht allein«, beruhigt er mich. »Wir werden die Sache schon schaukeln.«

Ich nicke zaghaft.

»Aber jetzt müssen wir los.« Wie selbstverständlich greift er auch nach meiner Reisetasche und bringt sie mit seiner nach draußen. Dort wartet ein großer Geländewagen auf uns, und Alex begrüßt den Fahrer. Nachdem auch ich seine Hand geschüttelt habe, quetsche ich mich auf den Rücksitz, und Alex verstaut unser Gepäck. Dann machen wir uns auf den Weg. Die Versorgungsstraße ist schmal und steil, aber zumindest noch asphaltiert. Nach einigen Hütten, die wir passieren, ist sie jedoch zu Ende, und eine Schranke sperrt die weiterführende Forststraße ab. Alex öffnet sie, und ab hier wird die Fahrt abenteuerlich. Es geht über Stock und Stein über mehr oder weniger befestigte Wege. Mehr als einmal denke ich, wir haben uns verfahren und sind im Nirgendwo gelandet, doch dann kristallisiert sich wieder eine Straße heraus, auch wenn sie durch den dichten Wald führt. Schließlich kommen wir auf eine Lichtung, die einen atemberaubenden Blick auf den Gipfel des Hausbergs freigibt. Wir sind ihm viel näher als noch bei der Sonnwandhütte, und ich sehe ihn aus einem anderen Blickwinkel. Und er ist wunderschön. Graue, zerklüftete Felsen erheben sich majestätisch und eindrucksvoll in den Himmel. Ich schnappe nach Luft, was Alex bemerkt. Mit einem Lächeln zwinkert er mir zu.

»Schau mal da!« Er zeigt nach links, und da sehe ich eine Berghütte. Sie ist um einiges kleiner als die Sonnwandhütte, mit überschaubarer Terrasse davor und einem ausgebauten Dachboden, wie man an den Fenstern erkennen kann.

»Das ist sie?«

»Willkommen auf der Lap-Alm!«

Der Geländewagen hält, und der Fahrer lädt unsere Taschen und Kisten aus, in denen ich die Grundausstattung an Lebensmitteln vermute. Dann verabschiedet er sich, denn er will bis zum frühen Nachmittag zurück im Tal sein. Alex gibt mir einen groben Überblick über das Gelände.

»Hier weiter kommt man in etwa einem Kilometer zum Sessellift, der von Recking aus auf den Berg führt. Richtung Osten liegt in anderthalb Kilometern die nächste Hütte, insgesamt sind es drei im Umkreis von fünf Kilometern. Und der neue Sessellift von Obertupfing liegt in diese Richtung.« Er deutet hinter uns. »Aber lass uns mal reingehen.«

Alex zückt einen Schlüssel und sperrt die Tür auf. Abgestandene Luft schlägt uns entgegen.

»Wundere dich nicht, hier ist seit Ende März niemand mehr gewesen.«

Er geht zielstrebig ins dunkle Innere und macht sich an den Fenstern und Fensterläden zu schaffen. Neugierig sehe ich mich um, während Licht und frische Luft den Raum durchfluten. Ein uriger Gastraum mit Theke erwartet mich, der weniger altbacken ist, als ich befürchtet habe. Boden und Decke sind aus Holz, das sicher noch original ist, während die Wände mit gröberem Putz behandelt und weiß gestrichen wurden. Sie geben dem Innenraum eine helle, einladende Note. Die Tische ähneln jenen in der Sonnwandhütte, sind jedoch ein wenig kleiner. Die Bänke stehen noch zusammengeräumt an der Wand, sodass wir leichter putzen können. In der Ecke entdecke ich einen kleinen Kamin, der sehr heimelig wirkt, auch wenn er natürlich kalt ist. Rechts neben der Theke geht es in die überschaubare Küche.

»Wir müssen hier keine Sternemenüs kochen«, entschuldigt sich Alex, der neben mich getreten ist, nachdem er auch alle restlichen Fensterläden geöffnet hat.

»Ich finde sie schön«, sage ich nur. »Große Küchen haben etwas Einschüchterndes.«

Er schenkt mir ein Lächeln, als wäre er froh, dass ich das so sehe.

»Hier geht es zu den Toiletten und zum Waschraum.«

Ich schüttle ungläubig den Kopf.

»Diese Ausstattung überrascht mich sehr, wenn ich mir die Umgebung so ansehe.«

Alex nickt und wirkt ein wenig stolz.

»Fließendes Warm- und Kaltwasser auch zum Duschen, alle Zimmer mit integriertem kleinem Bad und eigener Toilette, Waschmaschine und Trockner für alle im Waschraum zugänglich. Das wurde alles letzten Frühling bei der Grundrenovierung eingebaut. Onkel Karl hofft auf den Ausbau der Seilbahn und noch mehr Touristen als im Moment. Also hat er schon mal vorgesorgt und die Lap-Alm für eine Hütte in dieser Höhe top ausgestattet.«

Beeindruckt sehe ich mich um.

»Wie viele Zimmer gibt es?«, will ich wissen und betrete den Waschraum, der klein, aber funktional eingerichtet ist.

»Sieben, davon werden zwei von uns belegt. Also können wir in fünf Räumen Gäste unterbringen. Allerdings wird die Hütte derzeit nur selten vorab gebucht. Manchmal beherbergen wir Wanderer, die es nicht mehr rechtzeitig zur Seilbahn geschafft haben oder vom schlechten Wetter überrascht wurden.«

Alex bleibt mit einem Sicherheitsabstand vor der Tür stehen, der mir heute schon den ganzen Tag über aufgefallen ist. Er versucht bewusst, die Situation zwischen uns zu entschärfen, und ich finde es gut so.

»Dann sollten wir mal unsere Sachen reinholen und die Lebensmittel verstauen«, schlage ich vor und schlüpfe aus meiner Jacke. Tatsächlich finden sich in den Kisten sämtliche Vorräte, die wir für die ersten Tage benötigen. Während wir auspacken, erklärt mir Alex, wie und wo wir bestellen und vor allem, wie wir versorgt werden. Diesbezüglich gibt es einen Zusammenschluss mit den anderen beiden Hütten. Alle Bestellungen werden mit der Seilbahn auf den Berg gebracht und dann mit dem Traktor unseres Nachbarn verteilt.

»Aber die Zusammenarbeit geht viel weiter als das. Da muss ich dir noch etwas zeigen.«

Er winkt mich in einen Nebenraum und zeigt auf ein Gerät.

»Das ist unser Notstromaggregat. Bei Stromausfall wird es mit diesem Schalter eingeschaltet, hauptsächlich für die Kühlung in der Küche. In der Nacht verteilen wir Taschenlampen an die Gäste und raten ihnen, schlafen zu gehen. Wenn der Strom hier oben ausfällt, kann es dauern, bis das repariert wird, und wir müssen die Ressourcen schonen.«

Ich nicke.

»Und wir haben zwei Funkgeräte, die unabhängig von Strom und Telefonnetz funktionieren«, erklärt er weiter. »Damit sind wir mit den anderen Hütten verbunden und werden angefunkt, wenn es einen Notfall gibt.«

Er zeigt mir die Geräte und auch, wie man sie bedient.

»Kommt das häufig vor?«

Alex schüttelt den Kopf.

»Nein, aber wir müssen darauf vorbereitet sein.«

Mir ist ein wenig mulmig, wenn ich daran denke, dass er dann irgendwo im Nirgendwo im Einsatz ist und ich hier allein festsitze.

»Handyempfang?«, frage ich, um mich davon abzulenken.

Alex lacht.

»Manchmal! Und ab und zu sogar mit Internet.« Er zwinkert mir zu, und ich stöhne. Von der Außenwelt abgeschnitten.

»Mit dem Ausräumen sind wir fertig. Jetzt muss die Hütte nur noch geputzt werden.«

»Nur noch«, wiederhole ich voller Sarkasmus.

»Keine Lust auf Staubsauger und Putzlappen?«, neckt Alex mich sofort.

»Gehört Hütte-Putzen zu deinen Hobbys?«

Alex lacht.

»Klar, was soll man denn sonst hier oben machen? Komm, wir fangen mit dem Gastraum und der Küche an. Ich koche und esse lieber im Sauberen.«

Da ist was dran! Die folgenden Stunden befreien wir die Lap-Alm vom Staub der letzten Monate. Während ich noch in der Küche Hand anlege, ist Alex schon dabei, mit Kissen und Decken dem Gastraum mehr Gemütlichkeit zu verleihen. Als ich schließlich fertig bin, erwartet mich geballter Hüttenzauber in modernen großen Karos. Sogar Holz hat er schon in den Kamin geschichtet, der damit nur darauf wartet, an einem grauen Tag entzündet zu werden und knisternde Behaglichkeit und Wärme zu verströmen.

»Hier sind wir fertig«, meint Alex und reicht mir eine große Tasse Kaffee.

»Ich habe in der Küche ein paar Schnittchen für uns vorbereitet«, sage ich und ernte Stirnrunzeln.

»Du meinst, du hast ein paar Brote belegt?« Ich nicke.

»Eva, langsam solltest du etwas Österreichisch lernen.«

»Wie soll man sich das nur alles merken?«, beschwere ich mich. »Wiener sind Frankfurter, Pfannkuchen sind Frittaten, Berliner sind Krapfen, und wie nennt man Frikadellen nochmal?«

Alex grinst.

»Fleischlaberl!«

»Und euer Schiwasser kann kein korrekt Deutsch sprechender Mensch lesen. Es heißt ja auch Skifahren – S-K-I.«

Entrüstet werfe ich die Hände in die Luft und bringe Alex damit endgültig zum Lachen.

»Willkommen in Österreich!«

Ich falle in sein Gelächter mit ein. Als wir uns wieder gefangen haben, hole ich den vorbereiteten Imbiss, und wir lassen uns die Brote schmecken.

»Soll ich dir mal die Zimmer zeigen?«, schlägt Alex nach dem Essen vor. »Dann machen wir zuerst die sauber, die wir beziehen. Den Rest erledigen wir morgen.«

Ich nicke und greife nach meiner Reisetasche.

»Zwei sind hier unten, aber die lasse ich normalerweise für Gäste frei, falls sich jemand am Fuß verletzt und deshalb hier übernachtet. Da wären die Treppen dann ein Hindernis, das wir so einfach gleich vermeiden.«

Alex geht vor mir die Treppe nach oben und sieht mich vor den Zimmertüren stehend fragend an.

»Du hast freie Auswahl!«

Unsicher schaue ich den kleinen Flur entlang.

»Ähm … welches hast du immer?«

Er deutet auf die erste Tür rechts.

»Dann nehme ich eines der anderen, es ist mir egal.«

»Bring deine Sachen hier rein«, rät er mir und zeigt auf das Zimmer gleich daneben. »Dieses hat den schönsten Ausblick auf den Hausberg, und dem hast du doch beim Abschied von der Sonnwandhütte so nachgetrauert.«

Wieder mal zeigt sich, wie aufmerksam er ist.

»Perfekt, danke!«, sage ich und überspiele, wie sehr ich mich darüber freue.

Alex lächelt mir zu und geht dann in sein Zimmer. Als ich meine Tür öffne, entfährt mir ein überraschter Laut. Der Raum ist zwar klein, aber hell, einladend und in einer tollen Mischung aus urig und modern eingerichtet. Boden und Decke sind aus Holz und die Wände weiß, wie in der restlichen Hütte. Vor der Balkontür hängt ein zarter, weißer Vorhang und daneben ein schwerer, dunkelgrüner, damit man verdunkeln kann, ohne die Fensterläden schließen zu müssen.

Ich schiebe beide zur Seite und schnappe nach Luft. Alex hat nicht übertrieben, denn das Panorama, das sich vor mir erstreckt, ist atemberaubend. Der Hausberg liegt genau gegenüber, der Himmel zeigt nicht eine einzige Wolke, der Wald ringsumher ist von sattem Grün und die Wiesen mit bunten Blumen übersät. Es dauert einige Minuten, bis ich mich von diesem Anblick losreißen kann und mich wieder meinem Zimmer zuwende. Schrank und Bett sind ebenfalls aus demselben Holz wie Decke und Boden, wirken aber sehr neu. Bettdecke und Polster fehlen noch, doch diese finde ich im Schrank, als ich ihn öffne. Rasch hole ich sie heraus und gehe damit auf den Balkon, um sie an der frischen Luft kräftig aufzuschütteln.

»Schickimicki, weißt du denn überhaupt, wie man Betten bezieht?«, höre ich dann vom Nachbarbalkon, der wie auf der Sonnwandhütte mit einem Sichtschutz von meinem getrennt ist. Ich muss schmunzeln, denn er kann es nicht lassen.

»Ich würde sagen, ich kenne mich besser aus mit der Wäsche, die man im Bett trägt, als mit Bettwäsche. Aber wenn ich dir die Betten nicht schön genug mache, kannst du gerne in die Zimmermädchen-Uniform schlüpfen«, kontere ich und ernte ein Lachen.

»Du findest alles, was du brauchst, im großen Schrank im Waschraum.«

»Woher willst du wissen, was ich im Bett brauche?«

Von nebenan kommt ein Stöhnen.

»Ich meine Laken und Bezug für Kissen und Decke, Schickimicki! Den Rest überlasse ich meiner Fantasie.«

»Ich würde dir ja schöne Träume wünschen, aber dafür ist es noch zu früh!«

»An die Arbeit jetzt, sonst komm ich wirklich noch auf dumme Gedanken.«

Ich spare mir eine Antwort und beiße mir auf die Unterlippe. Denn ich fürchte, dafür ist es schon zu spät.

Ich schnappe mir Staubwedel und Staubsauger und putze mein Zimmer ordentlich durch. Auch die Fenster werden sauber gemacht. In besagtem Schrank finde ich die benötigten Utensilien fürs Bett in einem Wollweiß mit dezenten grünen Karos, passend zum Vorhang. Als Kissen und Decke damit bezogen sind, sehen sie äußerst hübsch aus auf dem Bett, und ich fühle mich in meinem kleinen Reich wohl. Wie von Alex schon angemerkt, hat das Zimmer Waschbecken, Dusche und Toilette in einem kleinen Raum direkt dabei. Er ist winzig, aber zweckmäßig angeordnet und mit rauen Fliesen in einem hellen Grau ausgestattet. Und das Wichtigste ist, dass das Bad nur mir gehört und ich meine Zahnbürste und die anderen Hygieneartikel aus meinem Kulturbeutel ausräumen kann, ohne dass sie jemand anderes zu sehen bekommt.

Als ich auch diesen Raum geputzt und mich eingerichtet habe, mache ich mich auf den Weg in die Küche, wo ich auf Alex treffe.

»Gut, dass du kommst. Wir können gemeinsam Abendessen kochen und gleich die Gerichte auf unserer Karte üben.«

Er umschreibt höflich, dass nur ich sie üben muss. Rasch greife ich nach einer der bereitliegenden Schürzen und binde sie mir um. Anschließend wasche ich mir gründlich die Hände und stelle mich zu ihm.

»Dann, zeig mal, was wir hier alles zaubern.«

Er schiebt mir die Karte zu.

»Frittatensuppe, Gulaschsuppe, Speckknödel, Würstel, Ofenkartoffel, Gröstl mit und ohne Speck, Kaiserschmarrn, Apfelstrudel, Brote«, fasse ich zusammen. Das meiste habe ich auf der Sonnwandhütte schon mal gekocht. Das sollte alles machbar sein. Alex lässt mir den Vortritt und hält sich im Hintergrund, während ich zu kochen beginne. Da und dort gibt er Tipps, wie die österreichischen Klassiker gemacht werden. Am Ende stehen Knödel, Gröstl und Kaiserschmarrn vor uns, und er wirkt zufrieden. Es ist Abend geworden, und Alex hat einen Tisch im Gastraum für uns gedeckt.

»Was möchtest du trinken?«, fragt er vom Tresen aus, als ich die Gerichte auftrage.

»Schiwasser, bitte!«

Alex schmunzelt.

»Wenn ich an dein Gesicht denke, als wir dir zum ersten Mal gesagt haben, wir trinken Schiwasser«, gluckst er.

»Na siehst du, inzwischen bin ich schon eine von euch«, scherze ich, doch er nickt ernst.

»Ja, Eva. Bist du!«

Er bringt uns die Getränke, und wir nehmen gegenüber voneinander Platz. Mir fällt auf, dass er einen der großen Tische gewählt hat. Wie schon den restlichen Tag hält er auch hier möglichst viel Abstand. Ich akzeptiere es wortlos.

Die Sonne geht unter, und Dunkelheit breitet sich aus. Da die Lap-Alm abgeschieden liegt und wir auch nicht ins Tal blicken können, fällt mir auf, wie dunkel die Nacht hier auf dem Berg ist. Es ist Neumond, und der Himmel ist tiefschwarz. Mit dem Schiwasser in der Hand blicke ich nach draußen, wo meine Augen nichts ausmachen können.

»Fast ein wenig gruselig«, murmle ich.

»Was genau?«

»Diese Finsternis hier und das Wissen, dass kilometerweit keine Menschenseele ist«, erkläre ich und nehme einen Schluck. Es schmeckt wie bei Maria.

»Sieh es einfach so: In der Großstadt ist die Gefahr viel größer, dass jemand in der Nähe ist, der dir etwas Böses will«, meint Alex pragmatisch und probiert sein Gröstl.

»Trotzdem sehe ich in der Stadt einfach mehr. Da ist es nie wirklich dunkel, weil überall Licht in den Fenstern ist oder Straßenlaternen leuchten. Hier weiß ich nicht mal, ob da drüben ein Baum steht oder ein Reh.«

Ich wende den Blick bewusst vom Fenster ab und konzentriere mich auf mein Essen.

»Ich weiß, was du meinst«, lenkt Alex dann ein.

Mit einem Schnauben werfe ich ihm einen ungläubigen Blick zu.

»Du würdest, ohne zu zögern, nach draußen gehen und mit der Dunkelheit eins werden. Du bewegst dich mit solcher Sicherheit hier oben, dass du die Bäume nicht mal sehen musst, um zu wissen, dass dort eine Eiche und da drüben eine Kastanie steht.«

Alex schmunzelt.

»In dieser Höhe wachsen weder Eichen noch Kastanien«, erklärt er. Dann wird er ernst. »Aber mir ging es wie dir, als ich auf dem Schiff gearbeitet habe. Da war es auch anfangs unheimlich, nicht zu wissen, wie viele Kilometer Wasser unter dem Schiff sind und was sich dort verbirgt.«

Ich halte inne.

»Es ist immer noch eine unmögliche Vorstellung, dass du auf einem Kreuzfahrtschiff angeheuert hast«, gebe ich dann lachend zu.

»Warum?«

»Weil … na, weil du einfach so bergverbunden bist. Und weil ich mir dich in einer weißen Uniform nicht vorstellen kann.«

Ein Lächeln erscheint auf seinem Gesicht. Dann legt er das Besteck beiseite und nimmt sein Handy aus der Hosentasche. Nach kurzem Suchen schiebt er es mir entgegen. Das Display zeigt ein Bild von ihm mit deutlich kürzeren Haaren, glatt rasiertem Gesicht und breitem Grinsen. Er trägt eine weiße Hose, ein weißes kurzärmeliges Hemd mit Namensschild und Schulterklappen.

»Wow«, entschlüpft es mir, denn er sieht tatsächlich großartig aus. »Steht dir fast so gut wie die Lederhose.«

Wir lachen beide.

»Wie kam es, dass du auf einem Schiff gearbeitet hast?«, will ich dann wissen und esse weiter.

»Man bewirbt sich und bekommt den Job, wie überall sonst auch.« Alex zuckt mit den Schultern.

»Haha! Ich meine, wieso du da gearbeitet hast.« Alex schiebt seinen leer gegessenen Teller von sich und widmet sich dem Knödel.

»Ich wollte die Welt sehen und habe keine reichen Eltern, die mir alles schon als Kind gezeigt haben.« Er sieht mich nicht an und merkt somit nicht, dass mich diese Spitze getroffen hat. Dafür will sein Onkel ihn im Familienunternehmen haben, und meine Eltern legen mir Steine in den Weg.

»Wie lange warst du denn an Bord?«, frage ich, um mir nichts anmerken zu lassen.

»Etwas mehr als zwei Jahre.«

»Wow! So lange. Als Koch oder im Service?«

»Im Service.«

Mir fällt auf, dass er zwar meine Fragen beantwortet, aber von sich aus nicht mehr erzählt. Außerdem meidet er Augenkontakt. Er möchte nicht mehr über sich erzählen. Und ich beschließe, es zu respektieren. Erneut sehe ich durchs Fenster, als ich etwas Helles entdecke.

»Da!«, rufe ich und deute nach draußen, doch da ist es schon vorbei.

»Was?« Alex sieht mich besorgt an.

»Eine Sternschnuppe! Kann das sein?«

Alex nickt lachend.

»Das ist der Vorteil, wenn es so dunkel ist: Man sieht, was am Himmel passiert. Komm, wir gehen nach draußen«, schlägt er vor und steht auf.

»Aber …«

»Komm schon, Schickimicki! Sei kein Hasenfuß! Wir bleiben auch in der Nähe der Hütte.« Als wir aus der Tür treten, löscht Alex das Licht, und ich schreie kurz auf.

»Nur, damit wir den Nachthimmel perfekt sehen können. Keine Sorge, ich bleib bei dir«, beruhigt er mich, wobei seine Nähe eher die gegenteilige Wirkung auf mich hat. Langsam gewöhnen sich meine Augen an die Dunkelheit und ich kann Alex schemenhaft ausmachen. Auch sein Blick ist auf mich geheftet und er steht verdammt nahe bei mir. Ich schließe die Augen, um es auszublenden, doch habe nicht damit gerechnet, dass sich meine anderen Sinne dadurch schärfen. So steigt mir neben dem Geruch des feuchten Grases und der Bäume auch der typische Alex-Duft in die Nase. Und ich höre seinen Atem. Doch nicht nur den, denn es ist hier keinesfalls leise in der Nacht. Dort knacken Äste leise im Wind, da schuhut eine Eule und neben uns raschelt etwas. Ich greife reflexartig nach Alex und erwische seine Hand. Sofort erstarre ich, denn Körperkontakt ist in unserer Lage eher kontraproduktiv. Doch Alex verschränkt in aller Ruhe seine Finger mit meinen und zieht mich zu sich. Die Geschwindigkeit meines Herzschlages legt einen Zahn zu und ich frage mich, wie lange das arme Ding das wohl durchhält. Ich mache einen Schritt auf Alex zu, will ihm noch näher sein, doch da dreht er mich sanft zur Seite und zeigt nach oben.

»Da war gerade noch eine«, sagt er und ich brauche einige Sekunden, bis ich mich wieder an die Sternschnuppe erinnere. »Sie sind früh dran heuer. Normalerweise kommen sie erst Mitte August.«

»Hast du dir was gewünscht?«, wispere ich und sehe ihn von der Seite an. Sein Lächeln schmilzt sich durch alle Barrieren direkt in mein Herz.

»Nein, es ging zu schnell.«

»Der Nachteil an Sternschnuppen – sie kündigen sich nicht an.«

Erneut schaue ich nach oben.

»Wahnsinn, wie viele Sterne man hier sieht.«

»Keine Wolken, kein Mondlicht, keine Lichtverschmutzung«, erklärt Alex. Dann schweigen wir beide und genießen die Aussicht.

»Meine kleine Nichte liebt die Sterne.«

»Du hast eine Nichte?«

»Ja, Theresa ist fünf und die Tochter meiner Schwester. Sie wohnen nicht mehr hier, aber wenn sie zu Besuch kommen, muss Onkel Alex immer mit ihr auf den Berg oder Kathrin und sie besuchen mich, wenn ich hier oben arbeite. Und abends schauen wir uns die Sterne an. Zu Ostern haben wir zusammen in aller Früh ferngesehen, weil wir beide schon wach waren und die anderen noch geschlafen haben. Da gab es im Kinderprogramm ein Gedicht, das ich mal in der Schule auswendig lernen musste.

Es heißt Sternenfänger, keine Ahnung, von wem es ist. Es geht so:

Weißt du, wie man Sterne fängt?
Man geht im Dunkeln raus.
Da sieht man sich die Sterne an
und sucht sich einen aus.
Man holt ein kleines Kästchen raus
und hält es in die Luft,
da schlüpft der Stern dann gerne rein,
wenn man ihn freundlich ruft.
Wenn man den Stern gefangen hat,
dann flüstert man ihm zu:
Lieber Stern, ich wünsch mir was,
doch was erfährt nur du!
Bevor es hell wird, lass den Stern
dann bitte wieder frei.
Er schwebt zu seinem Platz zurück,
dann ist die Nacht vorbei.«

Ich merke erst jetzt, dass ich die Luft angehalten habe. Seine warme Stimme hat die Finsternis rund um uns freundlich gemacht und die Sterne funkeln am Himmel, als würden auch sie seinen Worten lauschen. Wie konnte ich diese Friedlichkeit vor einer halben Stunde noch gruselig finden?

»Und hat Theresa beim nächsten Sternenhimmel einen Stern eingefangen und sich was gewünscht?«

Alex lacht leise.

»Na klar, sie ist eine kleine Entdeckerin und muss alles probieren. Aber ob der Wunsch in Erfüllung ging, weiß ich nicht. Sie hat ihn mir nicht verraten.«

Ich lehne mich leicht mit dem Rücken an ihn und fühle mich sicher und geborgen.

»Was würdest du dir wünschen, wenn du einen Stern fangen könntest?«, frage ich Alex leise. Er beugt sich näher an mein Ohr.

»Dass du morgen nicht mehr in diesen engen Leggings und dem Top putzt. Denn wenn du dabei zur Musik tanzt, ist das die pure Folter!«

Ich schnappe empört nach Luft und drehe mich zu ihm um.

»Das wünschst du dir?«, frage ich ihn und stemme lachend die Hände in die Hüften.

»Absolut!« Er nickt eifrig. »Noch einen Tag überstehe ich das nicht.«

»Was soll ich denn bitte tragen? Eine Uniform konnte ich nirgends finden.«

»Eine alte Jogginghose und ein unförmiges Shirt«, schlägt Alex vor.

»Sowas besitze ich nicht und mein Schlafshirt hast du mir auch verboten.« Mit hochgezogenen Augenbrauen sehe ich ihn an.

»Ich habe nur gesagt, lauf nicht darin vor mir rum.« Er hebt einen Zeigefinger.

»Womit dann?« Ich verlagere mein Gewicht auf eine Seite und verschränke die Hände vor der Brust.

»Ich sehe morgen mal nach, ob ich noch einen alten Kartoffelsack finde.«

Meine Augen verengen sich zu Schlitzen.

»Völlig egal, du weißt inzwischen, was sich darunter verbirgt, und kannst es nicht einfach ausblenden.«

Empört blickt er mich an.

»Eva, bitte!«

Ich lache, dann werde ich ernst.

»Weißt du, was ich mir wünsche?« Ich mache einen kleinen Schritt auf ihn zu und er lässt mich gewähren.

»Was denn?«

Ich wünsche mir, dass ich die Zeit manipulieren kann. Dann könnte ich ihn jetzt küssen, zulassen, was zwischen uns schwelt und knistert, es ausleben, auskosten und jede Sekunde unseres Zusammenseins genießen. Und dann alles wieder zu dieser Sekunde zurückdrehen, ohne dass es verkrampft und kompliziert ist. Aber das kann ich ihm nicht sagen.

»Ich wünsche mir, dass mein Kaiserschmarrn noch nicht eiskalt geworden ist«, antworte ich stattdessen und zerstöre die Spannung, so wie er davor.

»Schauen wir nach, ob dein Wunsch in Erfüllung geht.«

Alex macht das Licht in der Hütte wieder an und wir kehren an den Esstisch zurück. Natürlich ist das Essen jetzt kalt, aber der Schmarrn schmeckt trotzdem.

Wir machen einen Schlachtplan für morgen, bei dem ich mich um die restlichen Zimmer kümmere und Alex die Terrasse fit für die Gäste macht. Denn am Samstag öffnen wir. Ich kann es kaum erwarten.

Kapitel 13

Beim Frühstück am nächsten Morgen gehen wir beide wieder auf Abstand. Und ich nehme mir fest vor, dass es diesmal auch am Abend so bleiben wird. Die Leggings von gestern trage ich erneut, aber ich habe ein weites T-Shirt dazu gewählt und lasse Alex' musternden Blick unkommentiert. Nach einer Tasse Kaffee schnappe ich mir den Staubsauger und nehme mir wie geplant die Gästezimmer vor.

Die Grundreinigung dauert länger als gedacht und so ist es schon früher Nachmittag, als ich mich auf die Suche nach Alex mache. In der Küche habe ich ein leichtes Mittagessen vorbereitet und will ihm Bescheid geben. Doch die Terrasse ist leer und auch im Gastraum finde ich ihn nicht.

»Alex?«, rufe ich draußen.

»Im Schuppen.«

Neugierig gehe ich um die Hütte herum und entdecke ein kleines Nebengebäude, aus dem ein Rumpeln ertönt. Dann erscheint Alex mit einigen Sonnenschirmen unter dem Arm in der Tür.

»Brauchst du Hilfe?«

Er drückt mir die Schirme in die Hand.

»Bring die auf die Terrasse, ich komme mit den Ständern nach.«

Gemeinsam stellen wir alles auf und verstauen dann die Kunststoffhüllen, die auf den Schirmen waren, wieder im Schuppen. Dabei fällt mein Blick auf ein Mountainbike.

»Verleihen wir auch Fahrräder?«, frage ich ihn.

»Das ist meines«, erklärt Alex. »In der Nähe gibt es eine Mountainbike-Strecke, und einige Wege eignen sich gut zum Radfahren. Außerdem muss ich ab und zu mal zu den anderen Hütten, und wir haben ja sonst kein Fortbewegungsmittel.«

»Also gibt es hier keinen Fridolin-Weg mit Spielplätzen, damit du abends was zu tun hast«, necke ich ihn, und er grinst.

Nach dem Essen deute ich auf die Küche.

»Gibt es noch etwas, das wir vorbereiten müssen? Ansonsten würde ich mich mal ans Kochen machen, denn die Suppen und Strudel müssen wir ja schon heute zubereiten.«

Alex schüttelt den Kopf.

»Alles andere ist so weit fertig. Und während du kochst, mache ich die Bestellung für morgen.«

Nach dem Essen schnappe ich mir die Rezeptmappe, die Alex mir gestern gezeigt hat, und halte mich streng an die Vorgaben, damit auch wirklich alles so schmeckt, wie es hier üblich ist. Kurz vor fünf steckt Alex schnuppernd den Kopf durch die Tür.

»In der ganzen Hütte duftet es«, beschwert er sich grinsend.

»Du kannst gerne kosten, ob es auch so schmeckt, wie es riecht«, biete ich ihm an und halte ihm einen Löffel entgegen.

»Wenn es für dich okay ist, verschieben wir das. Ich würde gerne vor dem Abendessen noch duschen gehen, denn im Schuppen war es ziemlich staubig.«

Sofort tauchen Gedanken von ihm nackt unter der Dusche in meinem Kopf auf, die ich mühsam verdränge.

»Klar, ich bin ohnehin noch nicht ganz fertig«, sage ich leichthin, und er geht. Nachdem die Spülmaschine mit dem ersten Geschirrberg läuft, decke ich denselben Tisch, den Alex gestern gewählt hat. Als er wenig später die Treppe runterkommt, sind seine Haare noch feucht und locken sich frech. Mit einer schnellen Handbewegung streicht er sie sich aus der Stirn. Er trägt Jeans und ein schwarzes enges Shirt, das das Muskelspiel bei dieser Bewegung deutlich zeigt. Ich könnte ihn umbringen! Aber ich schwöre mir, dass ich keinen Ton sagen werde und der Abend heute ohne Zwischenfälle, Knistern oder Funken zu Ende gehen wird.

»Was möchtest du essen?«, frage ich ihn freundlich, als würde ich seine Bestellung aufnehmen.

»Was hast du denn gekocht?«

»Frittatensuppe, Gulaschsuppe und Apfelstrudel sind schon fertig. Speckknödel habe ich nur vorbereitet, könnte ich aber fertig machen, genau wie Würstel natürlich. Aber ich habe noch Ofenkartoffeln ausprobiert mit der Schnittlauchsauce, die ich bisher nicht kannte«, zähle ich ihm mein Werk der letzten Stunden auf.

»Dann nehme ich die Gulaschsuppe und eine Ofenkartoffel«, entscheidet sich Alex.

»Mit Speck-Käse-Füllung oder nur mit Schnittlauchsauce?«

»Gerne mit Füllung. Und als Dessert einen Apfelstrudel bitte.«

»Sehr gerne.«

»Und was möchtest du trinken? Wieder Schiwasser?«

»Ja, bitte!«

»Und zum Nachtisch mache ich dir einen Kakao.«

Er lächelt mich warm an, und ich flüchte mit einem Nicken in die Küche.

Gespannt beobachte ich Alex wenig später, als er die Gulaschsuppe probiert. So etwas habe ich noch nie gekocht und bin mir nicht sicher, ob sie so schmecken soll. Aber er nickt anerkennend und beißt in sein Brötchen, das hier ja Semmel heißt.

»Also, du bist echt nicht schlecht in der Küche. Hast du dir schon überlegt, ob du lieber kochen oder kellnern möchtest?«, fragt mich Alex dann.

»Habe ich noch nicht«, antworte ich ehrlich. »Im Moment mache ich einfach nur, was gerade zu erledigen ist.«

»Konntest du denn bis jetzt die Erfahrungen sammeln, die du dir vorgestellt hast?«, erkundigt er sich, und ich beginne auch zu essen, um Zeit zu gewinnen.

»Ich war Köchin, Kellnerin, Zimmermädchen, Reinigungskraft und wie auch immer man es bezeichnet, wenn man in luftigen Höhen Dachplanen von überdimensionalen

Schirmen schließt«, fasse ich zusammen. »Rezeptionistin fehlt mir noch …«

»Das folgt, wenn mein Cousin mit seinen Freunden hier ankommt«, wirft Alex ein.

»Und bei den Bestellungen wäre ich gerne dabei.«

Er nickt.

»Die nächste machen wir gemeinsam«, verspricht er. »Damit hast du ja schon eine Menge gelernt.«

»Ja, aber das war noch nicht alles«, sage ich dann leise. »Ich habe auch noch gelernt, Teil eines Teams zu sein – von einem großen und jetzt von einem kleinen.«

Alex sieht mich an und schluckt, doch ich bin noch nicht fertig.

»Und, dass man Spaß haben sollte. Bei der Arbeit und auch danach.«

»Langsam findest du deinen Flow«, sagt Alex und wirkt fast ein wenig stolz. Ich bin mir nicht sicher, ob er auf mich stolz ist oder auf sich selbst, weil er einen nicht unwesentlichen Teil dazu beigetragen hat.

»Ich hole dann mal die Ofenkartoffeln«, weiche ich ihm aus.

Diese waren noch dampfend heiß, als ich sie vorhin aus dem Ofen genommen habe, nun sind sie auf eine essbare Temperatur abgekühlt. Ich richte zwei Teller an und stelle einen davon vor Alex. Überrascht sieht er auf.

»Was ist das?«

»Also, ich habe eine nach eurem Rezept zubereitet. Die andere ist vielleicht eine nette Variante für Kinder, weil sie ein wenig verspielter aussieht. Und man kann sie gut warmhalten.«

Ich habe eine Kartoffel eingeschnitten mit je einem Zentimeter Abstand und diese dann mit Öl bestrichen und mit Salz bestreut. Nach fünfundvierzig Minuten im Backrohr haben sich die Scheiben oben gefächert, sind aber unten immer noch verbunden, sodass sie sehr hübsch aussehen.

»So können wir die ursprüngliche Ofenkartoffel mit Käse oder mit Speck und Käse gefüllt anbieten und die neue nur mit der Schnittlauchsauce. Was meinst du?« Nervös sehe ich ihn an. Wie nimmt er es auf, dass ich die Karte verändern will?

Alex kostet erst, dann nickt er.

»Schmeckt lecker, ist einfach zuzubereiten und sieht toll aus. Die Kids werden sie lieben.«

Erleichtert lächle ich ihn an.

Auch der Apfelstrudel besteht den Geschmackstest, und ich atme auf. Dann legt Alex das Besteck zur Seite und greift nach seiner Kaffeetasse.

»Eva, ich würde vorschlagen, dass du morgen mal in der Küche bleibst. Du hast schon alles vorbereitet, und ich kann dir versprechen, dass es nicht besonders stressig wird. Die Saison startet hier gerade erst.«

Auch ich nippe an meiner heißen Schokolade, die er sorgfältig zubereitet hat.

»Einverstanden!«

»Und für den Sonntag entscheiden wir neu. Am Montag haben wir Ruhetag«, informiert er mich.

»Jetzt schon? Wir haben doch eben erst geöffnet.«

»Jeden Montag«, beharrt Alex.

»Okay!«

»Vielen Dank für das leckere Essen.« Er steht auf und bringt sein Geschirr in die Küche, wo er die Spülmaschine neu belädt. In stummem Einverständnis machen wir klar Schiff und sagen dann Gute Nacht.

Am nächsten Tag warte ich nervös in der Küche auf die ersten Bestellungen. Alex lag richtig, die Gäste trudeln nur langsam ein. Anders, als ich es bisher in Gastro-Küchen erlebt habe, wird es hier nur selten stressig. Ich kann mir Zeit nehmen, die Gerichte liebevoll anzurichten und auch auf Sonderwünsche einzugehen. Egal, ob etwas dazu- oder weggelassen werden soll, Portionen für Kinder auf zwei Tellern geteilt werden sollen oder jemand nur ein kleines Stück

Strudel möchte, Alex und ich schaffen es, dass alle Gäste die Lap-Alm satt und zufrieden wieder verlassen.

Als wir schließen, kümmert sich Alex darum, dass die Terrasse wetterfest gemacht wird und der Gastraum für den nächsten Tag blitzblank ist. Ich bringe die Küche wieder auf Vordermann.

»Morgen tauschen wir mal«, schlägt Alex vor.

Und so kommt es, dass ich am nächsten Tag den Gästen die Karte erkläre, Essensempfehlungen gebe und bei der Auswahl behilflich bin. Ich notiere Sonderwünsche, versichere, dass es kein Problem ist, die Gulaschsuppe mit Brot und nicht mit Semmel zu bestellen, und richte Alex in der Küche das Lob der Gäste aus. Nur bei den Fragen nach Wegstrecken und Gehzeiten muss ich mich noch an meinen Kollegen wenden, der alles freundlich erklärt und Wanderkarten verteilt.

»Hier fehlt es mir noch gehörig an Wissen«, seufze ich am Abend, als Alex und ich gemeinsam essen. Er wirkt nachdenklich.

»Morgen früh machen wir erst die Bestellungen für die nächsten Tage und dann fahre ich mit der Seilbahn ins Tal.«

»Du lässt mich allein hier oben?«, entfährt es mir überrascht.

Alex schmunzelt.

»Du bist ja schon groß. Ich hoffe, du wirst die Hütte nicht gleich in Brand stecken, wenn man dich ein paar Stunden unbeaufsichtigt lässt. Und bis zum Abend bin ich wieder da.«

Damit ist das Thema für ihn vom Tisch, und er geht in die Küche.

Kapitel 14

Der Montag beginnt sonnig und klar. Zur verabredeten Zeit erscheine ich im Gastraum, wo Alex mit den Bestellbüchern schon auf mich wartet. Er hat es sich auf einem der großen Tische bequem gemacht und deutet auf zwei Tassen Kaffee, die er schon vorbereitet hat.

Nach einer Stunde habe ich alles verstanden, und Alex hat telefonisch bestellt, was wir in den nächsten Tagen brauchen.

»Auf Mails oder allgemein das Internet verlassen wir uns hier besser nicht«, meint er und packt zusammen. »Ich muss dann los und bin gegen fünf wieder da.«

»Isst du dann hier zu Abend? Dann koche ich schon mal«, biete ich an.

»Ja und nein!«, antwortet Alex. »Ich esse hier mit dir, aber du kochst heute nicht. Ich habe eine Überraschung für dich.«

Mein dummes Herz macht einen Satz, dabei essen wir jeden Abend zusammen, seit wir hier sind.

Ehe ich weiter nachhaken kann, ist er mit einem »Schönen Tag!« aus der Tür und fährt mit dem Rad zur Seilbahn.

Etwas planlos streife ich durch die Hütte. Ich räume etwas auf und starte die Waschmaschine. Dann versuche ich, am Konzept für meine Eltern weiterzuarbeiten, aber so richtig geht mir das heute nicht von der Hand. Das Internet streikt, also lassen mich auch die sozialen Medien hängen, und mein Buch lege ich auch bald zur Seite. Es ist erst Mittag. Entschlossen schlüpfe ich in meine Bergschuhe und beschließe, mir die Gegend ein wenig anzusehen. Die Hütte schließe ich ab und schlage einen Wanderweg ein. Ich fotografiere jede Abzweigung, damit ich auf dem Rückweg nachvollziehen kann, von wo ich gekommen bin. Schon nach wenigen Minuten überträgt sich die Ruhe der Natur auf mich. Meine Schritte werden gleichmäßiger, die Schultern entspannen sich, und ich atme tief ein. Die Luft ist würzig und sauber, und ich habe das unbändige Verlangen, meine Lungen bis zum Anschlag mit ihr zu füllen. Ich bin allein unterwegs, und obwohl ich das sonst hasse, fühle ich mich heute nicht einsam. Die Bäume rauschen leise, die Vögel zwitschern, und die hochgewachsenen Blumen wiegen sich im Wind. Es ist warm, aber nicht heiß, obwohl die Sonne vom wolkenlosen Himmel strahlt. An einem großen Stein lege ich eine Rast ein und nehme einen großen Schluck aus der Wasserflasche, an die ich gottseidank im letzten Moment noch gedacht habe. Ich genieße die Aussicht auf die schroffen Felsen des Hausbergs, der hier allgegenwärtig ist. Als mein Blick auf meine Uhr fällt, erschrecke ich. Ich bin schon viel länger unterwegs als gedacht und sollte mich dringend auf den Rückweg machen. Konzentriert verfolge ich meine Schritte zurück und komme tatsächlich wieder bei der Lap-Alm an. Dort tigert Alex schon vor der Tür auf und ab.

»Eva, gottseidank!«, ruft er, als er mich entdeckt, und eilt mir entgegen. Einige Schritte, bevor er mich erreicht, bleibt er jedoch stehen.

»Ist alles okay?« Besorgt mustert er mich.

Ich blinzle irritiert.

»Ja, wieso denn nicht? Ich war nur eine Runde spazieren.«

Alex schnaubt und fährt sich mit den Händen durchs Haar.

»Kannst du das bitte machen, wenn jemand hier ist?«

Oh Mist, hätte ich auf der Hütte bleiben müssen?

»Du hast mir nicht gesagt, dass die Lap-Alm immer besetzt sein muss«, merke ich kleinlaut an und bringe Alex damit zum Lachen.

»Darum geht es doch gar nicht. Aber du kennst dich hier oben nicht aus, und du hast keine Wanderkarte …«

»Die könnte ich ohnehin nicht lesen.« Ich hebe die Hände, und Alex fährt sich über die Stirn.

»Wie hast du dann den Rückweg gefunden?«

»Ich habe auf dem Hinweg von jeder Abzweigung Fotos gemacht und notiert, wo ich lang gegangen bin.« Zum Beweis halte ich mein Handy hoch. »Und mich auf dem Rückweg daran orientiert.«

Alex sieht mich einige Sekunden fassungslos an.

»Das habe ich noch nie gehört«, gibt er dann zu.

Ich lege den Kopf zur Seite.

»Hast du mir nicht gestern Abend erklärt, dass ich schon groß bin und du darauf vertraust, dass ich auf mich aufpassen kann?«, frage ich ihn treuherzig.

»Ich sagte, dass du die Hütte schon nicht in Brand stecken wirst.«

»Et voilà, sie steht noch!« Ich grinse ihn fröhlich an, während er die Augen schließt und offenbar nicht weiß, ob er lachen oder wütend werden soll.

»Eva«, sagt er dann ernst. »Wenn du die Hütte verlässt, gib mir bitte Bescheid, und wenn ich nicht da bin, häng einen Zettel an die Tür vom Schuppen mit der Zeit, wann du losgegangen bist, wann du in etwa zurück sein willst und der Richtung, in die du gehst. Damit ich weiß, ob du einen längeren Ausflug zur Nachbarhütte geplant hast oder ob ich Alarm schlagen muss, wenn du abends nicht zurück bist.« Er sieht mich eindringlich an, bis ich nicke.

»Alles klar, ich denk daran. Aber jetzt ist alles okay, ich hab nur Hunger.«

Auf Alex' Gesicht erscheint ein Lächeln.

»Das trifft sich gut, ich habe eingekauft.«

Er deutet mit dem Kopf nach drinnen, und ich folge ihm in die Küche, wo sein geöffneter Rucksack steht. Mit schnellen Handgriffen packt er ihn aus, und ich nehme die Zutaten unter die Lupe. Dann kombiniere ich schnell.

»Du willst Pizza backen?«

Meine Augen strahlen, denn ich liebe Pizza.

»Ich dachte mir, nach ein paar Wochen österreichischer Hausmannskost kannst du vielleicht mal was anderes vertragen.« Er scheint sich darüber zu freuen, dass seine Überraschung gelungen ist.

»Du hast ja keine Ahnung, wie sehr!«

Gemeinsam bereiten wir den Teig zu und belegen ihn nach unseren Wünschen. Und schon wenig später zieht der verlockende Pizzaduft durch die Hütte. Wir nehmen an unserem Stammtisch Platz, und ich beiße genüsslich in die italienische Köstlichkeit.

»Oh mein Gott, ist das gut«, stöhne ich und ernte einen tadelnden Blick von Alex. »Was?«

»Du treibst mich heute in den Wahnsinn«, murmelt er und nimmt ebenfalls einen Bissen.

»Weil ich esse?«

»Weil du solche Geräusche machst!«

»Schmatze ich?«

»Du stöhnst!«

»Tut mir leid, das gehört sich natürlich nicht beim Essen«, gebe ich zu.

»Darum geht es doch gar nicht!«

»Aber ich dachte, darum geht es. Dass ich gestöhnt habe.«

»Ganz genau!«

»Jetzt bin ich verwirrt.«

»Es geht darum, dass du gestöhnt hast, aber nicht darum, dass du es beim Essen getan hast.«

»Aber ich habe wegen der Pizza gestöhnt, weil du einfach gut gekocht hast.«

»Normalerweise stöhnen Frauen in meiner Gegenwart aus anderen Gründen.«

Oh!

Ich könnte jetzt natürlich die Klappe halten oder die Situation entschärfen, indem ich über etwas anderes spreche.

»Bist du im Bett denn auch so gut wie in der Küche?«

Okay, ich habe mich dafür entschieden, mit dem Feuer zu spielen.

»Ob Bett, Küche, Tresen, Sofa oder Boden spielt dabei normalerweise keine Rolle.«

Ich schmunzle.

»Also, du beschwerst dich, dass ich dir mit meinem Stöhnen Kopfkino bereitet habe, und bringst dann so einen Spruch?«

»Du hättest das Thema fallenlassen können.«

»Du hättest mein Stöhnen ignorieren können.«

»Ich wünschte, ich könnte es.«

Wir sehen einander an, und wieder mal wird mir klar, dass wir beide eine tickende Zeitbombe sind. Rund um uns bauen sich so viele unterdrückte Gefühle auf wie Mauern aus Dynamit. Und irgendwann wird ein Funke reichen, damit uns alles um die Ohren fliegt.

Ich lasse meinen Blick nach draußen schweifen.

»Was ist das denn?«, frage ich und deute auf die Terrasse.

»Fahrräder«, erklärt Alex wenig hilfreich, und ich verdrehe die Augen.

»Aber wieso zwei?«

»Ich hab dir eines mitgebracht, damit wir die Gegend ein wenig erkunden können.« Er sagt es ganz selbstverständlich.

»Du hast mir ein Fahrrad gekauft?« Ich fasse es nicht.

»Nein, es ist das Rad meiner Schwester. Ich habe es mir geliehen für den Sommer. Sie braucht es schon seit Jahren nicht.«

Alex winkt ab, als wäre es keine große Sache.

»Das ist lieb von dir, danke!«, bringe ich über meine Lippen, froh, dass man mir nicht anmerkt, wie gerührt ich davon bin. Ich fühle mich seiner Anziehungskraft hilflos ausgeliefert. Kann er nicht in irgendeiner Hinsicht ein Arschloch sein oder eine Seite von sich zeigen, die mir nicht gefällt? Kann er nicht irgendwas tun, damit die blöden Schmetterlinge endlich aufhören, so wild zu flattern?

»Ich seh mal nach der Wäsche«, sage ich dann und fliehe vom Tisch. Vergessen ist die gute Pizza, denn ich will nur weg von ihm, bevor ich alles infrage stelle. Eine Weile bin ich im Wäscheraum beschäftigt, danach gehe ich gleich in mein Zimmer. In meinem Kopf herrscht Jahrmarkt, denn alles dreht sich, und von jeder Ecke schreit jemand anderes auf mich ein. Die Vernunft macht die Schmetterlinge in meinem Bauch zur Schnecke, und mein Herz beschwert sich, dass niemand ihm Beachtung schenkt, obwohl es Boogie tanzt. Mein Magen startet eine Rebellion, weil er immer noch Hunger hat, und meine Zielstrebigkeit hat eine Demo angezettelt mit großen Plakaten, auf denen Firmenleitung steht. Und so ganz nebenbei pikst mich meine Ehrlichkeit ganz ungemütlich und erinnert mich daran, dass ich Alex nicht die ganze Wahrheit erzählt habe, weshalb ich wirklich hier auf dem Berg gelandet bin. Die Story vom Lernen ohne Druck und Nachholen der Skills klingt einfach besser als die Tatsache, dass meine Eltern mich wegen meiner jahrelangen Faulheit nicht in ihrer Firma haben wollen und mir stattdessen das Messer an die Kehle gesetzt haben. Sie halten mich für unfähig. Wenn ich mich jetzt von meinen Hormonen leiten lasse und das mit Alex und mir nicht gut geht, dann werde ich diesen Job verlieren. Und er ist meine letzte Chance, denn ich muss ins Unternehmen meiner Eltern. Wenn mein Ruf mir bis hier in die Einöde vorausgeeilt ist, dann ist er das auch längst in der deutschen Gastronomie. Wenn Werner von Gütersloh seiner Tochter nicht seine Firma anvertraut, wird mich auch keiner von seinen Bekannten und Freunden in die Führungsebene seines Betriebes holen. Dann bleibt mir nur noch Oliver und ein Leben als hauptberufliche Ehefrau. Aber ich will auf meinen eigenen Beinen stehen. Meine ganze Zukunft hängt daran, dass ich diesen Job behalte. Und da kann ich mir einfach keine Affäre mit dem Neffen meines Chefs anfangen. Auch wenn er mir noch so gut gefällt.

»Erst die Firma, dann ein Mann!«, bete ich flüsternd einige Male vor mich hin, in der Hoffnung, mein Innerstes damit zum Schweigen zu bringen. Dann werde ich von einem leisen Klopfen unterbrochen.

»Eva? Bist du da?«

Ich atme tief durch und sammle mich. Dann stehe ich auf und öffne die Tür.

»Was gibt's?«, bemühe ich mich um einen leichten Ton.

Alex hält mir einen Teller entgegen.

»Ich bring dir noch was von deiner Pizza, du hast kaum was gegessen.«

Ehrliche Sorge steht in seinem Gesicht, so wie heute Nachmittag, als ich von meiner Wanderung zurückgekommen bin. Und sie wirft mich aus der Bahn. Denn in all meinen lockeren Beziehungen in der Vergangenheit habe ich nie erlebt, dass sich mein Partner um mich gesorgt hat. Wir waren essen, unterwegs in Clubs oder auf anderen Veranstaltungen, haben Reisen unternommen, aber keiner der Männer an meiner Seite hat sich je um mich gekümmert. Vielleicht hätten sie es getan, wenn ich sie nahe genug an mich herangelassen hätte. Möglicherweise habe ich auch absichtlich solche Typen anziehend gefunden, die hauptsächlich auf sich selbst fokussiert waren, damit sie gar nicht erst versuchten, hinter meine Fassade zu blicken. Aber Alex hat meine Schale durchbrochen – kontinuierlich und beharrlich. Vermutlich sogar, ohne es bewusst getan zu haben. Und diese kleine Geste, diese Sorge, ob ich genug gegessen habe, sie knackt auch das letzte Stück. Ich fühle mich schutzlos, wehrlos.

Blinzelnd versuche ich, mich zu sammeln.

»Es war noch Wäsche in der Maschine, und dann hatte ich keinen Hunger mehr.«

»Du bist abgehauen!« Er glaubt mir meine Ausrede keine Sekunde. Müde reibe ich mir über die Augen, nehme ihm dann aber den Teller ab.

»Danke! Ich wollte vermeiden, dass ich dich weiter … in den Wahnsinn treibe«, umschreibe ich leise, dass ihn mein Stöhnen angemacht hat. Alex seufzt.

»Du atmest, das allein treibt mich schon in den Wahnsinn.« Es ist als Scherz gemeint, doch dafür kommt es zu ernst aus seinem Mund. Ich schließe die Augen und schüttle den Kopf über diese absurde Situation. Warum ist das in Liebesfilmen immer so einfach? Sie will ihn, er will sie – zack, Happy End. Etwaige Schwierigkeiten lösen sich so nebenbei von selbst. Und wir?

»Alex …«

Er hebt die Hände.

»Nein, ich hätte nichts sagen sollen, entschuldige. Wir waren uns einig, dass zwischen uns nichts passieren darf.«

Ich sehe ihn an, doch sein Blick ist auf die Decke gerichtet.

»Warum?«, platzt es aus mir heraus.

»Warum was?« Alex sieht mich irritiert an.

»Warum nicht?«, wispere ich leise.

Meine Vernunft jault entsetzt auf, denn wenn ich nach seinem Grund frage, wird er auch meinen wissen wollen. Aber mich beschäftigt diese Sache, seit er mich zum ersten Mal zurückgewiesen hat, und für Vernunft habe ich gerade keine Nerven.

»Eva, wir beide, das bleibt sind kein One-Night-Stand«, murmelt er dann.

»Ich weiß!«, gebe ich zu. »Bei uns gibt es nur ganz oder gar nicht!«

Alex macht einen Schritt auf mich zu und legt seine Hände an meine Ellbogen. Langsam gleitet er nach unten, bis er meine Finger mit seinen verschränkt.

»Wir sind zwei Züge, deren Gleise eine Zeit lang nebeneinanderher verlaufen. Aber wir haben andere Ziele im Leben, und die passen einfach nicht zueinander«, seine braunen Augen sehen mich an, und ich entdecke Trauer. »Also ist einmal nicht genug und ganz leider keine Option mit Zukunft. Darum sollte besser gar nichts passieren.«

Er lässt mich los, als wollte er seine Worte damit unterstreichen.

Ich nicke schweigend. Er hat recht, aber in diesem Moment hasse ich ihn dafür, dass er so vernünftig ist.

»Und jetzt iss noch was, du brauchst morgen Kraft«, fährt Alex nun in neutralerem Ton fort. »Wir öffnen wieder, und nach der Arbeit probieren wir die Räder aus. Damit du die Gegend mal auf sichere Weise erkundest.«

Überrascht sehe ich auf.

»Du willst morgen Abend eine Radtour machen?«

Alex zuckt mit den Schultern.

»Es hat sich nichts verändert, Eva. Wir sind Freunde! Wir wollen mehr, aber es geht nicht, also machen wir das Beste draus. Oder siehst du das jetzt anders?«

Ich schließe für einen Moment die Augen und atme tief ein und aus.

»Nein, natürlich nicht!« Mein Lächeln spiegelt sich auf seinem Gesicht wider.

»Dann bis morgen!« Er hebt grüßend die Hand und geht wieder nach unten.

Mit der Pizza setze ich mich auf den Balkon und versuche, die letzte Viertelstunde zu verarbeiten, während ich esse. Wie kann sich etwas so richtig anfühlen, wenn es so falsch ist? Warum können zwei Menschen so gut harmonieren, wenn sie nicht füreinander bestimmt sind? Und wie konnte sich Alex so mühelos in mein Herz schleichen? Als ich Alex' Zimmertür höre, bringe ich mein Geschirr nach unten in die Küche. Unschlüssig stehe ich dann in der Küche. Ich könnte wieder nach oben gehen und an meinem Konzept für meine Eltern arbeiten. Aber es zieht mich viel mehr zu den Vorratsschränken, und schon wenig später habe ich mir eine Schürze umgelegt und wiege Zutaten für einen Marmorkuchen ab.

Kapitel 15

Am Dienstag wartet schon der Marmorgugelhupf, der in der Nacht noch fertig geworden ist, als Alex zum Frühstück kommt. Ich habe bereits Kaffee vorbereitet und jedem zwei Stück Kuchen abgeschnitten.

»Wow, womit habe ich das denn verdient?«, entfährt es Alex überrascht, als er den gedeckten Tisch sieht.

»Das ist ein Vorschuss, damit du mich heute Abend bei der Radtour nicht versehentlich verlierst«, scherze ich.

»Ach Schickimicki, die Zeiten, in denen ich dich loswerden wollte, sind doch längst vorbei.« Alex zwinkert mir zu, und ich bewundere ihn dafür, dass er so locker mit der Lage umgehen kann. Um zu überspielen, dass mir das noch nicht so gut gelingt, nehme ich einen Schluck Kaffee.

»Küche oder Service?«, fragt Alex dann und beißt in den Kuchen.

Ich überlege einen Moment.

»Service, wenn es für dich okay ist.«

Er nickt, und die übrige Zeit besprechen wir Dienstliches.

Der Tag startet ruhig, drei Wanderer kommen vom Lift direkt zu uns und erkundigen sich nach geeigneten Wegstrecken. Ich hole Alex aus der Küche, höre aber gut zu, was er ihnen erzählt, damit ich diese Informationen bald schon selbst weitergeben kann. Gegen Mittag kommen zwei kleinere Gruppen, und die Terrasse ist voll. Trotzdem herrscht keine Hektik. Alle Gäste scheinen Zeit mitgebracht zu haben, sind zufrieden und geduldig, nachdem sie ihren ersten Durst stillen konnten. Ich kann mich um jeden Tisch in Ruhe kümmern, plaudere ein wenig mit den Wanderern und gehe sicher, dass sich alle wohlfühlen. Alex zaubert in der Küche jeden Sonderwunsch, dekoriert liebevoll die Kinderteller und kommt auch mal nach draußen, um zu sehen, ob es allen schmeckt. Er strahlt eine große Zufriedenheit aus, obwohl er die Küche ganz allein rockt und gut zu tun hat.

Am Nachmittag kommt noch mal ein kleiner Ansturm zur Kaffee-und-Kuchen-Zeit, und ich frage nach den absolvierten Wanderungen, verarzte Blasen sowie kleine Schürfwunden und serviere Gebackenes. Es ist immer was zu tun, aber nie stressig.

Als wir schließen, sieht Alex mich auffordernd an.

»Noch genug Energie für eine Radtour?«

»Klar, ich ziehe mich nur noch rasch um.«

Alex wartet schon auf mich und kontrolliert die Räder. Dann stellt er die Sitzhöhe auf mich ein. Dabei sind wir einander erneut sehr nahe, und ich muss mich zusammenreißen, damit er nicht merkt, dass mich das immer noch sehr durcheinanderbringt. Doch offenbar bin ich nicht besonders erfolgreich.

»Entspann dich, Eva«, raunt er mir leise zu und schenkt mir ein wissendes Lächeln. Dann reicht er mir einen pinken Helm. »Safety first!«

»Meinst du damit die schrille Farbe, damit ich leichter gefunden werde, wenn ich abstürze?«, frage ich schmunzelnd.

»Es ging mir eher um deinen Kopf, falls du ohne Stützräder das Gleichgewicht verlierst.« Alex grinst schelmisch, und ich muss lachen.

»Großstadtpflanze auf Mountainbike – klingt wie der Name einer abstrakten Statue.«

Alex winkt ab.

»Von starr und verharren kann keine Rede sein. Rauf auf den Drahtesel, wir fahren mal gemütlich hier rechts«, kommandiert er und fährt voraus.

Ich folge ihm, und wieder nimmt mich die Landschaft sofort für sich ein. Das hier ist der krasse Gegensatz zu angelegten Beeten und Parks, die so übermäßig gepflegt sind, dass man die Natur dahinter nur noch erahnen kann. Hier wachsen die Blumen, wie der Samen ausgefallen ist, die Bäume sind krumm und stehen mal dicht zusammen, mal weit auseinander, und niemanden kümmert es, wie hoch das Gras ist. Die Wege sind frei, mal mit Schotter befestigt, und mal wurde nur die Erde festgefahren. Alex gibt ein gemütliches Tempo vor und weist mich immer wieder auf eine schöne Aussicht oder auf eine Besonderheit in der Natur hin. Bei jeder Wegkreuzung hält er an und erklärt mir, wohin welcher Weg führt.

»Keine Sorge, niemand erwartet, dass du dir das gleich merkst. Aber ich möchte, dass du mal davon gehört und es gesehen hast.« Wieder ist da diese Fürsorge, die mich gestern schon berührt hat.

»Rotkäppchen verspricht, dass sie nicht vom Weg abkommt, um Blumen zu pflücken«, scherze ich.

»Ich würde mir bei dir auch eher um den Kuchen Sorgen machen.«

Entrüstet schnappe ich nach Luft.

»Böse Verleumdung!«

Wir lachen beide.

»Komm, wir fahren hier rechts. Da geht's zur Mountainbikestrecke.«

»Wohin? Du glaubst doch nicht wirklich, dass ich den Berg runterfahre, oder?« Mit großen Augen sehe ich ihn an.

»Heute nicht, weil der Lift nicht mehr fährt, um uns wieder raufzubringen.« Alex zwinkert mir zu.

Als wir beim Startpunkt angekommen sind, werfe ich einen Blick auf die Strecke und tippe mir dann an den Helm.

»Du hast ja nicht mehr alle Tassen im Schrank, wenn du da runterfährst.«

»No risk, no fun! Aber keine Sorge, heute bring ich dich wieder wohlbehalten zur Hütte.«

Er dreht um, und wir machen uns auf den Weg zurück.

Während der Fahrt wird mir mehr und mehr der krasse Kontrast zwischen den Restaurants meiner Eltern und der Hüttengastronomie bewusst. Vor allem hier auf der Lap-Alm, wo alles total entschleunigt ist und die Lebensmittel auch noch nach dem aussehen dürfen, was sie sind. Während in der gehobenen Gastronomie alles teilweise so verändert und in seine Bestandteile zerlegt wird, dass man das

Ursprungsprodukt, das dann an oder auf irgendwas serviert wird, gar nicht mehr erkennt. Nachdenklich radle ich hinter Alex her und achte gedankenverloren nicht auf den Weg. Eine große Wurzel blockiert mein Vorderrad, verdreht es abrupt, und ehe ich es mich versehe, lande ich unsanft auf dem Boden.

»Scheiße, Eva!« Alex ist in Sekunden bei mir. »Bist du verletzt?«

Unruhig scannen seine Augen meinen Körper, was ich fast spüren kann. Und ich kann nicht behaupten, dass es unangenehm ist.

»Eva!« Seine laute Stimme reißt mich aus meinen unpassenden Gefühlen.

»Der rechte Ellenbogen schmerzt etwas und das linke Knie.« Ich deute nach unten, wo bereits Blut über das Schienbein rinnt. Alex hastet zu seinem Rad, an dem hinten am Sattel eine kleine Tasche hängt. Rasch nimmt er sie ab und geht neben mir wieder in die Hocke. Er sprüht Desinfektionsmittel auf die blutende Wunde und säubert sie behutsam.

»Eine Schürfwunde, aber nicht tief«, attestiert er dann. »Kannst du auftreten?«

Ich rapple mich hoch und stehe auf.

»Ja, kein Problem«, beruhige ich ihn dann und richte das Rad wieder auf. Alex wirft auch darauf einen prüfenden Blick.

»Es scheint nichts abbekommen zu haben.«

Ich lache auf.

»Dann hat es die Wurzel wohl nur auf mich abgesehen. Ich hätte doch besser die Stützräder nehmen sollen. Und du willst mich den Berg runterjagen, wenn ich hier auf dem geraden Weg schon einen Unfall baue.«

Aber er wirkt immer noch besorgt.

»Bist du sicher, dass dir nicht mehr passiert ist?«

»Alles okay«, winke ich ab.

»Kannst du fahren?«

»Kein Problem!«, versichere ich ihm und scheuche ihn wieder zu seinem Rad.

Auf der Lap-Alm bringt Alex unsere Räder in den Schuppen, während ich uns zwei große Gläser Schiwasser mache.

»Danke für die Radtour!« Ich reiche Alex ein Glas, als er in den Gastraum kommt.

»Ist leider nicht so reibungslos gelaufen, wie gehofft.« Er wirkt zerknirscht.

»Du konntest ja nichts dafür, dass ich mich auf die Schnauze gelegt hab. Hätte ich mal auf den Waldboden gesehen, hätte ich ihn nicht geküsst.« Ich zucke mit den Schultern.

Alex erwidert nichts. Sein Blick fällt auf meine Lippen.

»Stopp!«, rufe ich. »Du kannst nicht gestern vernunfttriefend erklären, dass zwischen uns nichts passieren darf, und mich heute so anschauen.«

Er räuspert sich.

»Sorry, natürlich! Brauchst du Hilfe beim Verbinden der Wunde?«

Mit hochgezogenen Augenbrauen sehe ich ihn an.

»Ich habe in den letzten Tagen unzählige Blasen und Schürfwunden verarztet. Ich schätze, dann schaffe ich meine eigene auch. Wir sehen uns morgen, gute Nacht!«

Mit diesen Worten bin ich schon auf der Treppe und gehe in mein Zimmer. Nachdem ich geduscht und meinen Kratzer versorgt habe, arbeite ich weiter am Konzept für meine Eltern, das ich nach meinen heutigen Erkenntnissen um einen Punkt erweitere.

Kapitel 16

Am nächsten Tag bemerke ich schon am frühen Morgen, dass es ein heißer Tag wird. So habe ich das Wetter hier am Berg noch nicht erlebt, seit ich hier bin. Als ich auf den Balkon trete, fehlt die klare Luft. Stattdessen schlägt mir warme Feuchtigkeit entgegen. Ich ziehe mich an und gehe nach unten, wo Alex das Frühstück schon vorbereitet hat.

»Was machen Knie und Ellenbogen?«, fragt er, und ich lächle.

»Werden in den nächsten Tagen in den schönsten Farben schillern, aber sonst ist alles okay«, versichere ich ihm.

Auch heute entscheide ich mich zu kellnern, und Alex verzieht sich in die Küche. Die Terrasse ist den ganzen Tag über gut besucht, nach der Mittagszeit wird es allerdings unerträglich schwül.

»Ich wusste gar nicht, dass es hier am Berg so drückend sein kann«, sage ich zu Alex beim Abholen einer Bestellung. Alarmiert blickt er hoch und eilt nach draußen. In der Tür bleibt er stehen, als wäre er gegen ein Hindernis gestoßen. Sein Blick wandert prüfend zum Himmel, dann dreht er sich zu mir um.

»Wir servieren noch die zubereiteten Speisen, und wenn die Gäste aufgegessen haben, empfehlen wir ihnen dringend, zum Lift zu gehen und ins Tal zu fahren. Neue Bestellungen nehmen wir nicht mehr an. Die Leute müssen runter!«, meint er leise, aber eindringlich. Fragend sehe ich ihn an, da fährt er schon fort.

»Ich versuche gleich, mit dem Handy Internetempfang zu bekommen, aber ich wette, es gibt eine Unwetterwarnung für unser Gebiet, die nur niemand in diesem blöden Funkloch empfängt.«

Er eilt hinter die Hütte, wo man am ehesten eine Chance auf Empfang hat. Ruhig gehe ich von Tisch zu Tisch, kassiere und rate den Gästen, sich auf den Rückweg zu machen, damit sie noch trocken zur Seilbahn kommen. Alex’ Blick ist ernst, als er wenig später zurück in die Hütte geht. Ich folge ihm, doch er achtet nicht auf mich, sondern sucht hinter dem Tresen das Funkgerät. Gespannt verfolge ich, wie er die Nachbarhütte anfunkt und um ein Wetterupdate bittet. Knarzend kommt Antwort, die ich nicht verstehe. Alex antwortet im Dialekt. Als er das Gerät wieder zur Seite legt, sieht er besorgt aus.

»Alex, was ist los?«

»Die Leute müssen ins Tal, am besten sofort. Es gibt eine violette Unwetterwarnung, und es kann gefährlich werden. Wir versuchen gerade rauszufinden, wo die Front hängt. Die Seeberg-Hütte ist am höchsten, die erwischt es als Erstes. Aber die Alarmkette geht von einer Hütte zur nächsten, weiter reichen die Funkgeräte nicht. Also muss ich warten, bis wir als Letzte Bescheid bekommen. Pack ein paar Sachen ein«, weist er mich an.

Verwirrt sehe ich ihn an.

»Sachen?«

»Kleidung und Waschzeug für dich. Du fährst auch mit dem Lift ins Tal.« Er klingt besorgt, und sein Blick hält meinen fest. »Mein Onkel wird noch eine Unterkunft für dich auftreiben, ich gebe ihm gleich Bescheid.«

Forschend sehe ich ihn an.

»Du meinst, wir fahren ins Tal.«

Alex schüttelt den Kopf.

»Nein, nur du! Die Hütte muss besetzt bleiben.«

»Sie ist besetzt! Durch uns! Ich werde nicht alleine gehen.« Mein Gesichtsausdruck lässt keine Widerrede zu. Doch in diesem Augenblick meldet sich das Funkgerät.

»Schick die Wanderer weg«, zischt Alex mir noch zu, ehe er sich meldet.

Einige Tische auf der Terrasse sind schon leer, hier ist man meinem Rat schon gefolgt. Ich kontrolliere, ob noch Rechnungen offen sind, dann mache ich auf mich aufmerksam und teile den Gästen die brenzlige Situation mit.

»Liebe Gäste, es zieht eine schwere Unwetterfront direkt auf uns zu. Es ist kein Grund zur Panik gegeben, aber schlagen Sie jetzt den direkten Weg zum Lift ein, der Sie sicher ins Tal bringen wird. Wir empfehlen Ihnen auch, dort sofort in Ihre Unterkunft zu fahren.«

Allgemeine Aufbruchsstimmung macht sich breit. Alex, der gerade aus der Hütte kommt, nickt zufrieden.

»Sichere bitte die Terrasse«, weist er mich an. »Alles, was nicht niet- und nagelfest ist, muss rein. Auch Schirme und Ständer. Ich schließe die Fensterläden und hole Holz.«

»Was sagen die anderen Hütten?«

»Die Front sieht böse aus, die Seeberg-Hütte schätzt maximal noch eine Viertelstunde, bis es sie erwischt. Also haben wir noch etwa eine halbe. Ich hoffe, der Lift kann noch alle heil runterbringen. Willst du nicht doch gehen?« Er bittet mich fast darum.

Ich schüttle den Kopf.

»Mein Platz ist hier. Bei dir.« Die letzten beiden Worte füge ich leise hinzu, ehe ich beginne, alles, was der Sturm wegfegen könnte, in eine Ecke des Gastraums zu bringen. Als ich fertig bin, sichere ich auch unsere Balkone und schließe die Fensterläden im ersten Stock. Unten macht Alex gerade die Tür zu und schüttelt sich.

»Der Wind nimmt schon mächtig zu.«

»Was können wir noch tun?«, frage ich und sehe mich um.

»Von draußen ist alles verstaut, die Läden sind zu, wir haben Holz, falls es kühl wird, Essen ist da, Strom ist gesichert, und die Hütte hat einen guten Blitzableiter. Uns bleibt nur warten und hoffen!«

Einen Moment lang sehen wir einander an, und wieder ist da dieses Knistern.

»Ich frag mal beim Lift nach, wie die Lage dort ist.« Alex greift nach dem Funkgerät, und ich fühle mich ein wenig verloren. Kurzerhand gehe ich in die Küche und beginne aufzuräumen, denn Alex hat seinen Arbeitsplatz fluchtartig verlassen. Nebenbei verarbeite ich noch die geöffneten

Produkte zu einer Art Eintopf. Das Rezept habe ich bei meinem letzten Koch-Einsatz im hütteneigenen Kochbuch entdeckt. Schnuppernd kommt Alex in die Küche.

»Das riecht ja gut«, meint er, wird jedoch von einem heulenden Rütteln an den Fensterläden unterbrochen.

»Was sagen die Leute vom Lift?«, frage ich nach.

»Die letzte Fahrt war schon abenteuerlich, aber es sind alle im Tal, und Manfred, der Liftwart, ist als Letzter runter. Wer jetzt noch am Berg ist, muss hier übernachten.«

Erschrocken sehe ich auf.

»Wie können wir wissen, ob noch jemand unterwegs ist?«

Alex zuckt mit den Schultern.

»Können wir nicht. Es gibt keine Zählung an Wanderern, die hochkommen. Zumal ja auch einige von Hütte zu Hütte wandern und nicht denselben Lift ins Tal nehmen wie bei der Bergfahrt.«

Seine Miene zeigt Sorge, die auch ich verspüre.

»Wollen wir essen?«, frage ich, um ihn abzulenken, und er nickt.

Die Deckenleuchten geben dem Raum eine gemütliche Atmosphäre. Wir wählen einen Tisch in der Mitte des Raumes, da ich das Rütteln an den Fensterläden unheimlich finde. Auch das nahende Donnern lässt meinen Magen flau werden. Alex scheint es zu bemerken.

»Hey«, sagt er und lenkt meine Aufmerksamkeit auf sich. »Wir werden das Unwetter schon gut überstehen.« Er legt seine Hand neben meine auf den Tisch, sodass unsere Finger sich leicht berühren. Und sofort verspüre ich ein Kribbeln an der Stelle. Alex erzählt ein wenig von der letzten Saison, um mich abzulenken, als ich hochschrecke.

»Hast du das gehört?«, frage ich aufgeregt, und Alex horcht angestrengt. Doch er schüttelt den Kopf.

»Da, wieder!«, rufe ich und bin mir sicher, dass es kein Geräusch des Gewitters ist. Nun hat Alex es auch vernommen und hastet zur Tür.

»Verdammt!«

Mit diesen Worten ist er draußen, und ich springe auf. Ich höre ihn rufen und dann laute Stimmen. Also habe ich richtig gelegen, und da sind Menschen unterwegs. Noch ehe ich einen klaren Gedanken fassen kann, geht die Tür auf, und Wanderer poltern in die Hütte. Es sind vier Erwachsene und drei Kinder, die mir verängstigt entgegenblicken. Sie wurden offenbar vom Unwetter überrascht.

»Alle Mann rein, hier seid ihr in Sicherheit«, sage ich beruhigend und lächle einem kleinen Mädchen zu, das sich an das Bein seiner Mutter klammert. »Und dann mal raus aus der Regenkleidung.«

Alex kommt als Letzter und verschließt sorgfältig die Tür.

»Sind alle da? Ist jemand verletzt?«, fragt Alex und sieht in die Runde.

»Wir sind komplett, und es geht uns gut, nur Emma ist umgeknickt«, sagt einer der Männer, der ein Mädchen um die vierzehn stützt.

»Dann kommst du gleich mal mit mir«, beschließt Alex und greift Emma unter die Arme. Er führt sie zu einer der Bänke, hilft ihr aus dem Regenponcho und öffnet vorsichtig ihren rechten Turnschuh. Da ich mir sicher bin, dass das Mädchen gut versorgt ist, kümmere ich mich um die anderen.

»Hat jemand nasse Sachen?«, erkundige ich mich, und fast alle nicken.

»Die Schuhe lassen wir gleich hier stehen, und ich bringe euch auf die Zimmer, wo ihr alles, was nass ist, auszieht. Wir haben einen Wäschetrockner.«

Emmas Vater und seine Frau bringe ich mit dem kleinen Bruder im Erdgeschoss unter. Die anderen drei begleite ich nach oben. Dann bringe ich allen frische Hand- und Badetücher und sammle die nassen Sachen ein. Da die meisten auch schmutzig geworden sind, werfe ich sie gleich in die Waschmaschine. Da kommt Alex in den Waschraum und öffnet den Medizinschrank.

»Wie geht es Emma?«

»Ein Salbenverband, und morgen kann sie schon wieder vorsichtig auftreten. Es war wohl mehr der Schreck, dass sie jetzt nicht mehr im gewohnten Tempo weiterkonnte. Ich habe sie im zweiten Zimmer hier unten abgesetzt, damit sie auch aus den nassen Klamotten rauskommt.«

»Dann sehe ich mal nach ihr.«

Als ich auf dem Weg zu den Zimmern bin, donnert es draußen gewaltig, und ich erschrecke. Auch der kleine Junge scheint sich zu ängstigen, denn ich höre ein Aufschluchzen hinter der Tür. Wir brauchen einen Plan, um die Lage zu beruhigen.

Ich sammle auch Emmas Kleidung ein und wähle das Kurzprogramm der Waschmaschine. Da kommt Alex herein, in der Hand zwei Jogginghosen und zwei Pullis sowie Socken.

»Hättest du für die Frauen vielleicht noch Ersatzkleidung? Bis alles trocken ist, dauert es ja noch eine Weile, und bestimmt macht sich langsam Hunger breit«, fragt er und kratzt sich etwas verlegen am Kopf.

»Klar!« Rasch suche ich in meinem Schrank nach geeigneten Sachen. Auch Emma bringe ich etwas von mir zum Anziehen, obwohl ihr alles bestimmt noch etwas zu groß ist. Für die beiden Kinder habe ich kurze Bademäntel gefunden, und die Socken von mir gehen ihnen fast bis zu den Knien. Den Rest wickeln wir einfach in warme Decken.

»Was machen wir zu essen?«, frage ich Alex, als ich in den Gastraum komme.

»Dein Eintopf steht noch auf dem Herd und ist warm. Ansonsten sehen wir mal, was sie möchten.«

»Die Kinder haben Angst«, stelle ich dann fest.

»Das kann ich verstehen! Sie sind in ein heftiges Gewitter geraten und konnten nicht schnell weiter, weil Emma alle gebremst hat. Ein Glück, dass du sie gehört hast.«

Er lächelt mir zu, wendet sich dann dem Kamin zu. Darin brennt schon ein munteres Feuer, das er wohl entzündet hat, als ich mich um die Kleidung gekümmert habe.

Kurz darauf finden sich alle im Gastraum ein, wo es warm und gemütlich ist. Alex und ich haben die Tische zusammengeschoben, sodass wir alle beisammensitzen können. Der Sturm rüttelt immer noch an den Fensterläden, und es donnert furchtbar laut.

»Vielen Dank, dass wir hier unterkommen. Aber … also … ich fürchte, wir haben nicht genug Bargeld dabei, um eine Übernachtung zu bezahlen«, druckst einer der Männer verlegen herum.

»Jetzt ist es mal wichtig, dass ihr alle im Trockenen und in Sicherheit seid. Um den Rest kümmern wir uns später«, winkt Alex ab. »Ihr habt bestimmt Hunger!«

Das kleine Mädchen sieht ängstlich und traurig aus. Ich gehe vor ihm in die Hocke.

»Hallo, ich bin Eva«, sage ich leise. »Und du?«

»Lisa!«, kommt schüchtern die Antwort.

»Lisa, was möchtest du denn gerne essen?«

Die Kleine sieht zu ihrer Mutter hoch und hat mit einem Mal Tränen in den Augen. Verwirrt blicke auch ich die Frau an. Habe ich was Falsches gesagt?

»Lisi, ich weiß, dass wir es dir versprochen haben, aber ich kann nichts für dieses Gewitter.« Entschuldigend streicht sie dem Mädchen über den Kopf.

»Wolltest du ins Tal?«, kombiniere ich, doch die Kleine schüttelt schluchzend den Kopf.

»Wir wollten ein Picknick machen. Aber dann kamen die schwarzen Wolken, und wir mussten schnell zum Lift. Und dann ist Emmi umgeknickt und …«

Langsam verstehe ich, was sie meint, und überlege.

Ich gehe zu Alex und erkläre ihm den Wunsch der Kleinen.

»Hier vor dem Feuer ist doch viel Platz, weil wir die Tische verschoben haben. Haben wir genug Decken, um auf dem Boden zu essen? Dann machen wir das versprochene Picknick hier, und die Kinder sind abgelenkt und fürchten sich vielleicht weniger.«

Er nickt.

»Das kriegen wir hin. Gute Idee, Eva!«

So oft hat er meinen Namen schon ausgesprochen, doch jetzt läuft mir dabei ein wohliger Schauer den Rücken hinunter. Alex geht nach hinten, um die Decken zu suchen, und ich wende mich an unsere Gäste.

»Also nach dem chaotischen Start will ich euch alle herzlich auf der Lap-Alm begrüßen«, wende ich mich an die ganze Gruppe. »Wir liegen hier weit über tausend Metern Seehöhe, und somit gibt es kein Sie, also keine förmliche Anrede. Ich bin Eva, und mein Kollege heißt Alex. Wir werden euch umsorgen, bis das Wetter und der Liftbetrieb ein Fortsetzen eurer Tour wieder möglich machen.«

Lisas Mutter lächelt mich an.

»Ich bin Lea, und das sind mein Mann Benno und unsere Tochter Lisa.«

»Und ich bin Rüdiger«, meldet sich der Mann, der Emma gestützt hat. »Meine Frau heißt Merle, und das ist unser Sohn Albert. Emma, unsere Tochter, kennt ihr ja schon.«

Ich winke in die Runde.

»Das ist ja mal ein guter Anfang. Lisa hat mir verraten, dass ihr ein Picknick geplant habt, aber vom Gewitter überrascht wurdet. Alex hat einige Decken organisiert, und hier vor dem Feuer ist es kuschelig warm. Ich würde vorschlagen, wir verlegen das Picknick einfach nach drinnen und machen es uns hier gemütlich.«

Die Gruppe ist begeistert, und sofort packen alle mit an, damit die Decken ausgelegt werden.

»Wir geben euch mal die Speisekarte der Hütte und besprechen dann, was wir euch aktuell zaubern können. Außerdem hat Eva einen tollen Eintopf gekocht, von dem ebenfalls noch reichlich da ist«, bietet Alex an.

»Oh, den würde ich gerne nehmen. Wärme von innen können wir gut gebrauchen«, meint Merle, und die anderen Erwachsenen schließen sich ihr an. Alex geht in die Küche, und ich setze mich zu Emma, der wir ein großes Kissen unter den verletzten Fuß geschoben haben.

»Was darf ich dir bringen?«

»Ich hätte gerne eine Suppe, aber … was sind Frittaten?«, erkundigt sie sich schüchtern. Dem Dialekt nach kommt die Truppe aus Deutschland.

»Klein geschnittene Eierkuchen. Sie sind sehr lecker. Möchtest du sie probieren?«

Sie nickt.

»Und kann ich dann einen Kaiserschmarrn bekommen?«, fragt sie mit großen Augen, und ich lächle sie an.

»Na klar!«

Die zwei anderen Kinder sehen ratlos aus.

»Worauf habt ihr denn Lust?«, will ich wissen.

»Auf Würstchen«, sind die beiden sich einig.

»Und auf welche?«

Ich ernte Schulterzucken. Offenbar sind ihnen die österreichischen Begriffe auch ein Rätsel.

»Kommt mal mit.«

Ich strecke die Hände aus, die Kinder ergreifen sie und begleiten mich im Bademantel in die Küche. Dort entere ich den Kühlschrank und zeige ihnen unsere Vorräte. Beide entscheiden sich für Frankfurter mit Ketchup und eine Semmel. Ich salutiere spaßhaft und begleite sie dann zu ihren Eltern, wo sie sofort unter eine Kuscheldecke schlüpfen.

»Das Essen kommt sofort«, verspreche ich und gehe zurück in die Küche.

»Du machst das toll mit den Kindern«, sagt Alex. Unsere Augen finden sich und ich spüre ein Kribbeln im Bauch, das nichts mehr mit körperlicher Anziehung zu tun hat.

»Hast du Kinder in deiner Familie?«, holt er mich wieder ins Hier und Jetzt.

»Nein, ich habe ehrlich gesagt auch keine Ahnung, woher das kommt.«

»Naturtalent«, raunt er leise in mein Ohr, als er vier Teller Eintopf an mir vorbei nach draußen balanciert. Ich lache leise und bereite die Würstchen für die Kinder zu.

Nachdem alle satt sind und wir Kakao und Tee verteilt haben, macht sich Stille in der Runde breit. Die beiden Familien haben darauf bestanden, dass Alex und ich uns zu ihnen setzen. Das Gewitter scheint seinen Höhepunkt überstanden zu haben.

»Wir haben drüben bei den Spielsachen ein großes Buch entdeckt. Kann uns jemand daraus vorlesen?«, bittet Albert und sieht uns Erwachsene flehend an. Da ich der Kiste mit dem Spielzeug am nächsten sitze, greife ich danach.

»Sagen aus Österreich«, lese ich vor. »Dann musst eindeutig du vorlesen, Alex!«

»Wisst ihr was?«, fragt Alex und sieht die beiden Kleinen an. »Ich erzähle euch lieber eine Geschichte, die sich angeblich hier in den Bergen zugetragen hat. Meine Nichte liebt sie sehr. Einverstanden?«

Die Kinder nicken und kuscheln sich an ihre Eltern. Dann beginnt Alex von einem feigen Schneider zu erzählen, der von den Dorfbewohnern als Scherz zu einem Wettkampf um die Hand der Prinzessin angemeldet wurde. Die Geschichte ist lang und spannend, doch ich kann seinen Worten kaum folgen. Es ist wieder eine neue Seite an Alex, die ich kennenlerne. Der Geschichtenerzähler, der die Kinder mit blumigen Worten und liebevollen Beschreibungen in seinen Bann zieht und sie beruhigt, ohne dass sie es mitbekommen. Mein Herz klopft laut, denn es weiß, dass es verloren ist. Keine Mauer, kein Brett, nicht mal mehr ein löchriger Gartenzaun schützt es vor Alex. Er hat jede Faser meines Herzens in Besitz genommen. Und endlich verstehe ich, weshalb er sich so wehrt, dass etwas zwischen uns passiert. Denn schon jetzt raubt mir der Gedanke, ihn zu verlassen, nicht mehr jeden Tag mit ihm zu verbringen, den Atem.

Ich höre, dass der Sturm wieder lauter wird und sehe unauffällig zu Alex, ob er es auch bemerkt hat. Er fängt meinen Blick auf und nickt unmerklich, ohne seine Erzählung zu unterbrechen. Einige Minuten später kommt er zum Ende. Alle klatschen und so überhören wir beinahe, dass das Funkgerät sich meldet.

»Entschuldigt, das ist die Nachbarhütte. Mal sehen, was sie brauchen«, meint Alex leichthin und lässt sich nicht anmerken, dass es ein Notfallfunkgerät ist und somit etwas nicht stimmt. Ich sammle die leeren Tassen ein und folge Alex.

»Verstanden, danke!«, höre ich noch. Alex' Gesichtsausdruck gefällt mir nicht.

»Was ist los?«

Er verstaut das Funkgerät mit ernster Miene.

»Der Sturm bringt eine zweite Front. Die Seeberg-Hütte ist schon ohne Strom.«

Ehe ich etwas erwidern kann, ist er an mir vorbei in den Gastraum gerauscht. Rasch stelle ich die Tassen in die Spülmaschine und gehe in den Waschraum, um die Kleidung aus dem Trockner zu holen.

Alex räuspert sich, als ich neben ihn trete.

»Leider legt das Gewitter noch eine weitere Runde ein. Es könnte sein, dass es einen Stromausfall gibt. Daher bitte ich euch, dass ihr in eure Zimmer geht. Wir bringen euch Taschenlampen.«

Ich helfe Rüdiger, Emma in ihr Zimmer zu bringen und gebe ihr dann eine Taschenlampe.

»Brauchst du noch etwas?«, frage ich fürsorglich.

Emma grinst.

»Ein Fernsehgerät mit Streamingdienst wäre nicht schlecht«, scherzt sie. »Ich kann sicher noch nicht schlafen.«

Nachdenklich tippe ich mir mit dem Zeigefinger ans Kinn.

»Ich kümmere mich mal um die anderen, dann komme ich noch mal zu dir.« Nachdem wir alle mit Wasserflaschen und Taschenlampen ausgestattet haben, hole ich etwas aus meinem Zimmer.

»Wo willst du denn hin?«, fragt Alex auf dem Flur.

Ich halte mein Tablet hoch.

»Zu Emma. Sie kann noch nicht schlafen und würde gerne fernsehen. Und ich habe auf der Sonnwandhütte einige

Serien auf mein Tablet runtergeladen, damit ich sie hier auch ohne Internet schauen kann.«

»Bleibst du bei ihr?«

Ich schüttle den Kopf.

»Ich denke, sie kommt mit dem Tablet allein klar.«

Sein Blick ruht auf mir.

»Und was machst du?«

Ich zucke mit den Schultern.

»Wieso willst du das wissen?«

Er hadert einen Moment mit sich.

»Ich habe einen tragbaren DVD-Player und eine Menge DVDs in meinem Zimmer. Falls du nicht schlafen kannst ...«

Es ist eine Einladung und mein Herz stolpert überrascht. Den ganzen Nachmittag lang merke ich schon, wie sich die Situation zwischen uns verändert und immer mehr in eine Richtung läuft. Können wir den Kurs noch ändern? Wollen wir ihn denn wirklich noch ändern?

Es donnert und das Licht flackert.

»Ich sollte zu Emma, ehe der Strom ausfällt«, sage ich leise und eile nach unten. Wie erwartet freut sich die Teenagerin wie verrückt über das Tablet.

»Oh mein Gott, du hast die neue Staffel runtergeladen«, keucht sie auf und deutet auf eine Serie.

»Jap, und schon zur Hälfte gesehen. Viel Spaß damit, sie ist großartig«, versichere ich ihr und verabschiede mich.

Oben bleibe ich unschlüssig im Flur stehen. Ich sollte schlafen gehen. Es wäre besser, keine Komplikationen heraufzubeschwören. Und wenn ich in Alex' Zimmer gehe, wird es wahrscheinlich nicht freundschaftlich zwischen uns bleiben, das liegt heute den ganzen Tag schon in der Luft. Wie oft standen wir einander nun bereits gegenüber und wollten mehr. Und jedes Mal hat der Kopf gewonnen. Wird das heute ein weiterer Akt desselben Stücks? Oder beginnen wir ein neues? Wie oft kann man nein zu etwas sagen, das man so sehr will? Doch bisher sind wir immer in die knisternden Situationen hineingeschlittert, wurden davon überrascht. Heute entscheide ich mich bewusst: Gehe ich den Schritt vorwärts, oder ziehe ich mich zurück? Und dann liegt meine Hand plötzlich auf Alex' Türklinke. Das Herz hat die Entscheidung getroffen, ohne den Kopf zu fragen. Noch ehe ich sie hinunterdrücken kann, öffnet sich die Tür und Alex steht mir gegenüber.

»Es ist eine verdammt blöde Idee«, wispere ich die letzten Zweifel des Verstandes, ohne ihn aus den Augen zu lassen.

»Actionfilm oder Komödie?«, fragt er und ich erkenne, dass auch er schneller atmet.

»Alex!«

»Eva, es war ein langer Tag. Das Gespräch, das jetzt folgen wird, haben wir schon wie oft geführt? Immer waren wir uns am Ende einig, dass nichts passieren darf. Und doch hat sich alles wenige Tage später wiederholt. Können wir das Reden heute bitte einfach überspringen und uns einen Film ansehen?«

Er hat nicht gesagt, dass etwas zwischen uns passieren wird. Er hat aber auch nicht betont, dass nichts passieren wird.

»Action«, sage ich nach kurzem Zögern und trete ein. »Lass es richtig krachen.«

Alex lacht und wendet sich dem DVD-Regal zu.

»Wow!« Ich bin beeindruckt, wie viele Filme er hier stehen hat.

»Das Problem mit dem Internet ist nicht neu«, zwinkert er mir zu. »Also habe ich meine alte Sammlung kurzerhand hier nach oben verlagert und einen tragbaren DVD-Player gekauft. Aber mein E-Reader ist auch gut gefüttert.« Er deutet auf seinen Nachttisch, wo ein ähnliches Modell liegt wie auf meinem. Gerne würde ich einen Blick hineinwerfen und herausfinden, was er gerade liest, aber das scheint mir zu persönlich. Also bleibe ich abwartend im Raum stehen.

»Mach es dir ruhig schon mal bequem«, fordert Alex mich auf. Er scheint sich für eine DVD entschieden zu haben und bereitet das Gerät vor. Vorsichtig setze ich mich auf sein

Bett, das genug Platz für uns beide bietet. Alex stellt ein Stand-Tablett in Kniehöhe zwischen uns, wie man es fürs Frühstück im Bett verwendet. Dort platziert er den DVD-Player, auf dem bereits die bekannte Melodie eines Produktionsstudios läuft. Ich entspanne mich und richte die Kissen in meinem Rücken. Alex reicht mir eine Flasche Wasser.

»Du warst dir aber sehr sicher, dass ich komme«, bemerke ich mit leichtem Grinsen. Alex lacht.

»Ja, ich hatte schon so ein Gefühl, dass du nicht vernünftiger bist als ich.«

Ich sehe ihn an, und das Braun seiner Augen ist im schummrigen Licht fast schwarz. Und ich fürchte, darin zu ertrinken. Doch eine wilde Schießerei aus dem Film lenkt uns ab. Eine Zeitlang folgen wir schweigend der Handlung.

»Das ist doch ein Witz«, rufe ich nach dem nächsten Geballer. »Wenn der Hauptdarsteller zwei Mal schießt, fallen vier Gegenspieler tot um. Die anderen schießen öfter, als sie Patronen im Magazin haben, und er hat nicht mal einen Kratzer.«

Alex hebt die Hände.

»Du sagtest Action. Von realistisch war nie die Rede.« Ein fettes Grinsen prangt auf seinem Gesicht, und ich werfe ihm ein Kissen entgegen.

»Hey, pass auf, Schickimicki! In Kissenschlachten bin ich ungeschlagen. Ich trainiere regelmäßig mit Theresa«, warnt er mich. Provokant ziele ich erneut auf seinen Kopf.

»Krieg!«, ruft er und feuert zurück, bis ich mich lachend ergebe.

»Stopp! Wenn eines der Dinger reißt, muss ich die Federn mit dem Staubsauger entfernen, das klingt nicht so spaßig.«

Alex lacht.

»Also doch vernünftig!« Sein Blick ist warm und lässt meinen Magen kribbeln. Ich nehme eines der Kissen, lehne es knapp neben ihm gegen das Kopfteil und kuschle mich hinein.

»Findest du?«, frage ich ihn dann mit unschuldigem Augenaufschlag. Er schluckt sichtlich und rutscht neben mich, sodass mein Kopf neben seiner Schulter liegt.

»Soll ich einen anderen Film einlegen?«, bietet er mir an, doch seine Stimme verrät, dass seine Gedanken nicht mehr bei der DVD sind.

»Nein, schon gut. Er ist schön laut, sodass man das Donnern und den Wind nicht mehr hört.«

»Hast du Angst?«

Ich sehe ihn von unten an.

»Neben dir nicht!«, sage ich leise. Sein Duft von Sandelholz und Kiefernnadeln kitzelt meine Nase, und ich atme tief ein. Sofort entspanne ich mich und schließe für einen Moment die Augen. Als ich sie wieder öffne, hat sich etwas verändert. Mein Kopf liegt nicht mehr auf dem Kissen, sondern auf Alex' Schulter. Und meine Hand ruht auf seinem Brustkorb. Eben will ich mich aufsetzen und entschuldigen, da hebt Alex seine linke Hand und legt sie wie in Zeitlupe auf meine rechte. Wärme durchflutet mich und ein wohliges Glücksgefühl. Wenn diese Berührung schon so viel in mir auslöst …

»Schläfst du?«, flüstert Alex neben mir und lässt mich den Gedanken nicht zu Ende denken.

»Nein, aber wenn das die Voraussetzung ist, dass du deine Hand dort lässt, wo sie jetzt ist, kann ich gerne eine Weile so tun, als ob.«

Ich spüre an der Bewegung seines Brustkorbes, dass er lacht.

»Eva …«

»Nein!«, unterbreche ich ihn sofort. »Halt sofort die Klappe! Immer wenn wir reden, versauen wir alles.«

»Aber …«

»Ich weiß!«

»Es ist …«

»Ja!«

»Aber …«

»Genau!«

»Eva!«

»Alex, sieh mich an! Kannst du mir glaubhaft versichern, dass du dich noch bis zum Ende der Saison von mir fernhalten kannst, ohne dabei verrückt zu werden?«

Er schluckt und schüttelt dann langsam den Kopf.

»Dann schieben wir alles, was jetzt noch passiert, morgen einfach dem Unwetter in die Schuhe«, flüstere ich. »Denn ich halte es keine Sekunde länger aus, nicht das zu tun.«

Mit der freien Hand fahre ich durch sein Haar, das sich tatsächlich so gut anfühlt, wie ich es mir vorgestellt habe. Ich gebe einen verzückten Laut von mir, den Alex mit einem Augenrollen quittiert.

»Du machst mich fertig mit deinen … Tönen, dem Stöhnen, Seufzen, Singen … Und dieses Knabbern an der Lippe heute.«

»Nicht zu vergessen das Atmen«, spotte ich lächelnd.

Ich lasse meine Finger von seinen Haaren hinunter zu seinem Gesicht wandern, an seinen Schläfen vorbei zu seiner markanten Kieferpartie, die von einem Dreitagebart überzogen ist, der akkurat ausrasiert ist. Alex' Augen schließen sich unter meiner Berührung und öffnen sich erst wieder, als ich zart über seine Lippen fahre. Etwas lodert in seinem Blick auf, doch ehe er sich bewegt, liegt eine Frage in seinen Augen. Er wird mich nicht überfallen, er wird sich nicht einfach nehmen, was er will – nicht ohne sich davor versichert zu haben, dass ich einverstanden bin. Leicht beuge ich mich ihm entgegen und gebe ihm den Hauch eines Kusses, der nur Bruchteile einer Sekunde dauert. Und doch reicht er, um den Damm zu brechen. Alex erwidert ihn sofort, zieht mich in seine Arme und intensiviert den Kuss. Das Kribbeln in meinem Bauch explodiert, und ich fühle mich, als würde ich schweben, ohne ein Gefühl für Zeit und Raum. Ich spüre nur, wo sein Körper mich berührt, und seinen Kuss, der liebkosend und fordernd zugleich ist. Alex gibt und nimmt und zeigt in jeder Sekunde, wie lange er sich schon zurückhält. Seine rechte Hand umfasst mein Gesicht, während seine linke meinen Rücken hinunterwandert und mir eine Gänsehaut beschert. Ich löse mich von seinem Mund und küsse mich seinen Hals entlang.

»Eva, wie machst du das nur? Ich will dich gleichzeitig auf Händen tragen und auf den Boden werfen und schmutzige Dinge mit dir tun«, keucht er.

»Boden, Küche, Bett, ich bin mit allem einverstanden«, raune ich ihm zu, und er stöhnt auf. Rasch küsse ich ihn erneut auf den Mund.

»Wir müssen leiser sein. Heute sind Kinder im Haus«, erinnere ich ihn.

»Warum ausgerechnet heute?«, beschwert sich Alex, der den DVD-Player mit einer Hand ganz nebenbei zuklappt und in Sicherheit bringt, denn es ist besser, wenn jetzt nichts mehr zwischen uns steht.

»Das Gewitter, du weißt schon. Dem wir morgen die Schuld an allem geben.«

Er lacht und macht sich am Reißverschluss meiner Weste zu schaffen.

»Als ich mir dich in meinem Bett vorgestellt habe, hattest du zugegebenermaßen entschieden weniger an.«

Ich kichere.

»Bedaure, aber du hast mir verboten, im kurzen Schlafshirt an deine Tür zu klopfen.«

»Erinnere mich bloß nicht daran!«

»Und auch nicht in Leggings und engem Top!«

»Eva!«

»Ich wollte ja noch duschen und mich in Spitzenwäsche werfen, bevor wir den Film sehen, aber der Strom …«

»Mit dem Vorschlag kann ich arbeiten«, unterbricht mich Alex, steht auf und hebt mich hoch, als wäre ich eine Feder. Ich quieke auf.

»Ruhig, die Kinder!«, scherzt nun er.

»Welcher Vorschlag?«

»Duschen! Und untersteh dich, noch mal von Spitzenwäsche zu sprechen.«

Im Bad lässt er mich zu Boden. Wir ziehen einander unter ständigem Küssen aus und wandern weiter unter den warmen Wasserstrahl. Als wir uns gegenseitig ausgiebig eingeseift und erkundet haben, greift Alex nach seinem Kulturbeutel und holt Kondome heraus.

»Maria hat sie mir am letzten Tag in die Hand gedrückt«, erklärt Alex lachend. »Wir waren wohl nicht so unauffällig, wie wir dachten.«

Mit einem Schulterzucken nehme ich eines aus der Schachtel und verschmelze in einem innigen Kuss mit ihm. Und im Laufe der Nacht sind wir froh, dass Maria sich für eine Großpackung entschieden hat.

Kapitel 17

Etwas weckt mich.

»Ich muss weg!«

Im ersten Impuls will ich auf die Nummer des Taxiunternehmens meines Vertrauens hinweisen, die in der Küche hängt. So, wie ich es schon viele Male gemacht habe, als ein Mann nachts mein Bett wieder verlassen hat. Doch dann werde ich wacher und erinnere mich, was in den letzten Stunden passiert ist. Und dass dieser Satz keinen Sinn ergibt.

»Was?«, murmle ich.

»Ich muss weg!«, wiederholt Alex eindringlich, und ich erkenne den Ernst in seiner Stimme. Sofort bin ich hellwach und setze mich auf. Er steht voll angezogen im Zimmer und hält mir etwas entgegen. Draußen dämmert es gerade erst, und ich will die Nachttischlampe anmachen, damit ich ihn besser sehen kann. Doch nichts passiert.

»Der Strom ist ausgefallen«, schlussfolgere ich, und Alex nickt. Nun erkenne ich auch, was er mir entgegenstreckt. »Das ist das Notfallfunkgerät.«

»Es ist deines, das andere nehme ich mit. Auf Leitung eins erreichst du mich, auf zwei die Nachbarhütte und auf drei Manfred, den Liftwart«, erklärt mir Alex schnell. »Ich muss jetzt los!«

»Was? Wohin? Du kannst mich doch hier nicht allein lassen!«, rufe ich panisch und springe aus dem Bett.

»Ein Baum wurde vom Sturm entwurzelt und droht, aufs Seil der Seilbahn zu stürzen. Wir müssen das verhindern!«

Nun ist also einer der Notfälle eingetroffen, von denen er gesagt hat, dass sie so gut wie nie passieren.

»Wir?«

Fahrig streiche ich mir die wirren Haare aus dem Gesicht.

»Jede Hütte schickt so viele helfende Hände, wie entbehrt werden können.«

»Und ich?«, stoße ich hervor.

»Du kümmerst dich um die Lap-Alm und um unsere Gäste. Du schaffst das!«, schärft Alex mir ein. »Weißt du noch? Wir sind hier die Hilfe! Über das Funkgerät bleiben wir in Kontakt.«

Alles geht so schnell, dabei sollten wir doch eigentlich über die letzte Nacht sprechen. Stattdessen bricht er in den Unwettereinsatz auf.

»Alex …«, beginne ich, doch er legt mir den Zeigefinger auf die Lippen.

»Nicht!«, bittet er und zieht mich in eine Umarmung. Ich entspanne mich sofort. Er lässt mich los, dreht sich um und geht ohne ein weiteres Wort.

An Schlaf ist nicht mehr zu denken, also schlüpfe ich in mein Zimmer und ziehe mich an. Dann prüfe ich in der Küche, ob das Notstromaggregat seinen Dienst verrichtet und die Kühlung funktioniert. Vorsichtig werfe ich einen Blick nach draußen in den erwachenden Tag und stelle fest, dass gestern wohl einige Bäume dran glauben mussten. Die Terrasse ist übersät mit abgerissenen Zweigen und anderem Schmutz, doch es scheint auf den ersten Blick nichts kaputt zu sein. Es ist kühl und immer noch windig, aber am Himmel sind nur ein paar wenige Wolkenfelder zu entdecken, die schon aufreißen. Es scheint, als hätten wir das Schlimmste überstanden. Ich schlüpfe in meine Weste und drehe eine Runde um die Hütte, um sicherzugehen, dass auch hier alles in Ordnung ist. Dann greife ich nach einem Besen, um die Terrasse zu fegen. Doch ich werde das mulmige Gefühl nicht los, das sich seit Alex' Aufbruch in mir breitmacht. Unwettereinsatz klingt nach Feuerwehr und nicht nach ein paar Hüttenwirten, die Seilbahnen vor Bäumen retten. Sollten das nicht Profis machen? Die Helfer könnten verletzt werden. Alex könnte verletzt werden. Ich zwinge mich, diesen Gedanken weit wegzuschieben, genau wie jene über die vergangene Nacht. Ich habe jetzt keine Zeit, um darüber zu grübeln. Ich muss funktionieren, denn jetzt hängt hier alles an mir.

Langsam wachen auch unsere Gäste auf, und ich mache für alle Frühstück. Mit großer Erleichterung stelle ich fest, dass wir inzwischen wieder Strom haben. Also koche ich Kaffee, Tee und Kakao, richte Kuchen an, bereite Eier zu und plündere den Kühlschrank, um die vielen ungeplanten Mäuler satt zu kriegen. Als alle schmausen und auch ich mir eine Tasse Kaffee gönne, fällt mein Blick auf das Funkgerät. Alex ist nun schon ein paar Stunden weg. Die nagende Sorge um ihn lässt meinen Magen rebellieren, sodass ich an feste Nahrung gar nicht zu denken wage. Tapfer nehme ich es zur Hand und versuche, ihn zu erreichen. Doch niemand meldet sich. Ich schließe die Augen und schlucke die aufsteigende Panik wieder hinunter. Auch auf der Frequenz von Manfred, dem Liftwart, erhalte ich keine Rückmeldung. Nur die Nachbarhütte ist erreichbar.

»Alex, ich dachte, du schneidest mit den anderen den verdammten Baum um?«, kommt es knarzend aus dem Gerät. Ich reime mir mehr zusammen, als ich durch den österreichischen Dialekt tatsächlich verstehe.

»Hier ist Eva!«, melde ich mich. »Von der Lap-Alm. Alex ist unterwegs, aber ich wollte fragen, ob ihr mit den Helfern Kontakt habt, ich erreiche ihn nicht.«

»Hallo, Eva!«, ertönt es nun auf Hochdeutsch. »Wir haben auch noch keine Rückmeldung bekommen.«

»Bei uns sind gestrandete Wanderer, die wissen wollen, ob sie heute noch ins Tal können«, erkläre ich unsere Lage.

»Manfred wirst du vor halb neun nicht erreichen«, teilt mir die undeutliche Stimme mit. »Wird davon abhängen, ob die Männer den Baum sichern können oder ob er auf die Liftanlage kracht. Dann ist die Saison für heuer gelaufen, und wir müssen alle mit Jeeps über den langen Weg runterbringen.«

Im Moment wäre mir das egal, solange Alex wieder heil zurückkommt.

»Dann hoffen wir mal das Beste! Danke!«

Ich beende das Gespräch und teile die neuen Erkenntnisse den anderen mit. Dann gehe ich in die Küche und mache eine Bestandsaufnahme der Lebensmittel. Die neue Lieferung fürs Wochenende sollte eigentlich heute eintreffen, daher neigen sich die Vorräte langsam dem Ende zu. Und so wie es aussieht, brauche ich zumindest noch ein Mittagessen für alle. Ich gebe mein Bestes, um die Leute bei Laune zu halten, zu kochen und die Hütte in Ordnung zu bringen. Zumindest kann Emma ihr verletztes Bein wieder normal belasten, sodass dem Rückweg zum Lift nichts im Wege stehen würde. Sofern wir dort jemanden erreichen. Zu Mittag gibt es Ofenkartoffeln für alle, die begeistert angenommen werden.

Als sich kurz nach zwei endlich das Funkgerät meldet, hoffe ich, endlich von Alex zu hören. Doch es ist die Nachbarhütte.

»Der Baum konnte gesichert werden, alles in Ordnung. Die Helfer schneiden noch zwei weitere um, die angeknackst sind. Aber ab halb vier kann der Lift die Vorräte nach oben und die Wanderer nach unten bringen. Manfred ist erreichbar, melde die Gäste vorher an, damit er auf sie wartet.«

Ich bedanke mich für die Informationen, und in der Hütte macht sich Aufbruchsstimmung breit. Ich notiere Namen und Anschrift, damit Alex ihnen die Rechnung für die ungeplante Übernachtung schicken kann. Gegen halb vier kontaktiere ich den Liftwart und gebe Bescheid, dass sich eine Gruppe auf den Weg zu ihm macht. Gerade als ich die beiden Familien vor der Hütte verabschiede, tuckert der Traktor heran, der die Vorräte vom Lift abholt. Das Fahrzeug hält und nimmt meine Wanderer mit. Erleichtert winke ich ihnen hinterher, denn nun kann ich sicher sein, dass sie heil am Lift ankommen. Ich mache in der Hütte klar Schiff, da höre ich das Tuckern schon wieder, und unsere Lebensmittel-Lieferung trifft ein. Mühsam schleppe ich alles in die Küche und verstaue es in Kühlung und Vorratsschränken.

»Sieht aus, als hättest du alles im Griff, Schickimicki«, höre ich plötzlich und fahre herum.

»Alex!«, rufe ich erleichtert, als ich ihn in der Küchentür stehen sehe.

»Die Hütte steht noch, die Vorräte aufgefüllt, die Gäste abgereist, und als ich sie beim Lift getroffen habe, wurde in den höchsten Tönen von dir geschwärmt.« Er schenkt mir ein warmes Lächeln, das mich ganz verlegen macht. Denn seine Worte klingen nicht überrascht, sondern so, als hätte er es nicht anders erwartet. Er hat an mich geglaubt, und das bedeutet mir sehr viel.

»Und wie ist es bei dir gelaufen?«, frage ich dann.

»Mit ein wenig gewagter Motorsägenakrobatik haben wir alle Bäume klein gekriegt, die eine akute Bedrohung für den Lift waren. Den Rest muss sich die Forstverwaltung ansehen«, erzählt er, und ich gehe um den Küchenblock herum zu ihm. Bei näherer Betrachtung fällt mir seine zerrissene Weste auf. Und noch etwas.

»Alex, du blutest! Bist du verletzt? Wieso bist du nicht ins Tal zum Arzt gefahren?«, sprudelt es aus mir heraus.

»So schlimm ist es nicht, höchstens ein Kratzer. Außerdem wollte ich nach dir sehen«, räumt er dann ein. »Ich bin heute Morgen sehr schnell verschwunden und hab dich allein gelassen mit … allem.« Er meint nicht nur die Hütte und die Gäste.

»Gestern kam uns das Unwetter noch ganz gelegen.« Ich werfe ihm einen Blick zu, unsicher, wie er heute zu allem steht. Doch er sieht zu Boden und lacht leise.

»Ja, und am Morgen hat der Einsatz alles … unterbrochen.«

Ich mache einen Schritt auf ihn zu und will nach seiner Hand greifen, um ihn an mich zu ziehen. Doch Alex weicht zurück. Wie ein Schwerthieb durchfährt mich diese Geste.

»Eva, ich bin von Kopf bis Fuß voller Schmutz«, erklärt er. »Lass mich schnell duschen und frische Sachen anziehen, okay?«

Ich nicke, immer noch etwas unsicher.

»Hast du Hunger?«

»Ich sterbe fast!«, gibt er zu.

»Dann koche ich etwas, während du dich frisch machst.«

Alex lächelt.

»Das klingt super! Essen wir gemeinsam?« Wärme liegt in seinem Blick.

»Klar!«

Er wendet sich zum Gehen.

»Ach Alex?«, halte ich ihn noch einmal auf. »Wieso habe ich dich mit dem Funkgerät nicht erreicht?«

Er kratzt sich verlegen am Hinterkopf.

»Das habe ich im Morgengrauen auf dem Weg zum Lift irgendwo verloren. Es ist wohl aus der Tasche gerutscht. Aber Martin hat gesagt, du hast seine Frau erreicht und die hat dich auf dem Laufenden gehalten«, meint Alex.

»Schon, aber …« Ich stocke kurz. »Ich hab mir trotzdem Sorgen gemacht.«

»Tut mir leid!«

Unsere Blicke finden sich und halten einander fest, bis Alex sich räuspert.

»Ich gehe duschen.«

Allein in der Küche überlege ich, worauf Alex wohl Lust hat, und bereite eine große Pfanne Gröstl zu. Als er nach fast einer Stunde immer noch nicht da ist, gehe ich die Treppe nach oben und klopfe vorsichtig an seiner Tür.

»Alex?«, rufe ich, als sich drinnen nichts rührt. Keine Antwort.

Zaghaft drücke ich die Klinke nach unten und schaue durch den Spalt ins Zimmer. Alex liegt in Shirt und Shorts auf seinem Bett und schläft. Auf seinem rechten Oberarm ist ein tiefer Kratzer zu sehen, das Fläschchen mit dem Desinfektionsspray steht noch auf dem Nachttisch. Leise hole ich das Verbandszeug aus dem Badezimmer und lege den Verband an. Die kühle Salbe weckt Alex.

»Was machst du hier? Was ist passiert?«, fragt er verwirrt.

»Du bist eingeschlafen«, erkläre ich sanft und klebe ein großes Pflaster auf seine Wunde. »Eine Nacht ohne nennenswerten Schlaf und der frühmorgendliche Unwettereinsatz, der den ganzen Tag gedauert hat, haben dich geschafft. Bleib liegen, ich bring dir was zu essen hoch.«

Alex hält nichts von meinem Vorschlag und will aufstehen, doch er merkt selbst, dass sein Körper streikt.

»Wir wollten doch gemeinsam essen«, protestiert er. »Und reden.«

Prüfend sehe ich ihn an.

»Vorschlag: Ich esse mit dir hier oben und daneben sehen wir uns eine seichte Sitcom an. Für alles andere ist morgen Zeit.«

Er will widersprechen, doch ich lege ihm den Finger auf die Lippen, so wie er es heute Früh getan hat. Kapitulierend nickt er.

Mit den Tellern in der Hand komme ich wenig später zurück und entdecke, dass Alex schon alles vorbereitet hat. Wir scherzen neben dem Essen ein wenig über die Serie, doch schon kurz nachdem er das Besteck zur Seite gelegt hat, wird er still und als ich nachsehe, ist er erneut eingeschlafen. Ich schließe den DVD-Player, räume ihn und unser Geschirr weg und werfe eine dünne Decke über Alex, bevor ich das Licht lösche und das Zimmer verlasse. Und eine halbe Stunde später liege auch ich todmüde im Bett. Was für ein Tag!

Kapitel 18

Am nächsten Tag schlafen wir beide aus. Alex' Cousin kommt heute mit seiner Verlobten und ihren Freunden, daher ist die Hütte für die Allgemeinheit geschlossen. Alex und ich sind deswegen erst ab dem frühen Nachmittag gefragt und holen den Schlaf der letzten zwei Tage nach. Gegen zehn komme ich in den Gastraum. Alex war wohl schon früher wach und bringt gerade die Sachen, die wir vor dem Sturm in Sicherheit gebracht haben, wieder an ihre Plätze. Ich sehe ihm eine Weile zu, ohne dass er mich bemerkt, und erkenne, dass er den verletzten Arm schont. Mit einem »Guten Morgen!« trete ich aus der Hütte.

Alex dreht sich zu mir und schenkt mir ein Lächeln.

»Guten Morgen, Schlafmütze!«

Ich drohe ihm mit dem Zeigefinger.

»Hey! Selber Schlafmütze!«, ziehe ich ihn auf.

Er schließt getroffen die Augen.

»Es tut mir so leid! Wir wollten essen und …«

»Schon gut!«, unterbreche ich ihn und berühre ihn am Unterarm. »Die beiden Tage waren mit Notfällen gespickt und haben uns beide viel Kraft gekostet.«

Sein Blick fällt auf meine Hand und er greift nach ihr.

»Eva …«, beginnt er leise und ich bekomme mit einem Mal Panik. Ich bin weiß Gott oft genug morgens nicht allein aufgewacht und es war nie ein Problem für mich, wenn mein Gegenüber mit mir über die vergangene Nacht sprechen wollte. Meist war es ein stummes Einverständnis, dass unsere gemeinsame Zeit noch vor dem Frühstück zu Ende war, und niemals hat es mir etwas ausgemacht. Aber Alex' ernster Blick macht mich heute nervöser, als ich bei meinen Abschlussprüfungen war.

»Ich brauch einen Kaffee!« Mit diesen Worten lasse ich ihn los und gehe in die Hütte zurück. Das warme Getränk beruhigt meinen aufgewühlten Magen ein wenig.

»Willst du was essen?«, fragt Alex, als er hereinkommt.

»Nein, danke! Ich bin vom späten Abendessen gestern noch satt. Ich kümmere mich mal um die Zimmer für Lukas und seine Freunde.«

Es ist eine Ausflucht, doch Alex akzeptiert sie.

»Okay! Sie haben sich für heute Abend Würstchen und Stockbrot am Lagerfeuer gewünscht. Soll ich dir später zeigen, wie man den Teig macht?«

»Gerne, wenn ich dann schon fertig bin.«

Ich räume meine Tasse in die Spülmaschine und mache mich an die Arbeit. Sorgfältig mache ich alle Räume für die neuen Gäste bereit, kontrolliere doppelt, ob auch wirklich alles da ist und ich nichts vergessen habe. Es wurde für fünf Pärchen gebucht, somit brauchen wir alle verfügbaren Gästezimmer. Als ich mich nicht noch länger drücken kann, gehe ich zu Alex in die Küche.

»Hey, da bist du ja!«, ruft er. »Der Teig ist schon fertig, aber ich kann dir gern noch mal das Rezept erläutern.«

»Ist draußen nichts mehr vorzubereiten?«, erkundige ich mich.

»Fürs Lagerfeuer habe ich alles aufgeschichtet und rundherum Bänke platziert.«

»Dann könnte ich noch …«

»Eva, gehst du mir aus dem Weg?«

Seine direkte Frage lässt mich kurz nach Luft schnappen. In mir tobt ein Kampf der Gefühle. Ein Teil von mir will sich einfach nur in seine Arme stürzen, doch ein anderer würde am liebsten abhauen, denn er weiß, dass Alex der einzige Mann ist, der mich bis in die Grundfesten meiner Seele verletzen könnte.

»Ich …«, beginne ich, ohne eine Ahnung, was ich ihm sagen soll.

»Hallo? Ist jemand zu Hause?«, ist vom Eingang eine Stimme zu hören.

Alex sucht meinen Blick.

»Wir sind in der Küche«, ruft er dann und schiebt sich an mir vorbei durch die Tür. Seine plötzliche Distanz ist förmlich spürbar. Ich folge ihm und setze ein Lächeln auf, denn unsere Gäste sind offenbar angekommen. Sechs Männer und vier Frauen stehen im Gastraum. Mit einem lauten »Xandi« fliegt eine Frau förmlich in Alex' Arme, und er drückt sie lächelnd an sich. Ein spitzer Pfeil namens Eifersucht trifft mich, doch ich rufe mich zur Ordnung. Einerseits, weil ich keinerlei Besitzansprüche an Alex stellen kann, und andererseits, weil Lukas neben den beiden steht und sie lächelnd betrachtet. Es dürfte sich also um seine Verlobte handeln, die Alex ja ebenfalls schon seit Kindheitstagen kennt. Als sie Alex losgelassen hat, klopft Lukas seinem Cousin freundschaftlich auf den Oberarm, was Alex mit schmerzverzerrtem Gesicht zusammenzucken lässt. Reflexartig mache ich einen Schritt auf die beiden Männer zu.

»Was ist denn los?«, will Lukas irritiert wissen und deutet auf den Arm.

»Ach, wir hatten gestern einen kleinen Unwettereinsatz, und ich habe eine Schramme abbekommen, nichts Wildes«, winkt Alex ab, und meine Augenbrauen schnellen in die Höhe. Lukas' Blick wandert zu mir und dann wieder zu Alex.

»Eva scheint das anders zu sehen«, wirft er ein und streckt auch mir die Hand entgegen. »Schön, dass wir uns wiedersehen.«

Mit einem Lächeln ergreife ich sie.

»Danke, ich freue mich auch. Willkommen auf der Lap-Alm«, wende ich mich freundlich an alle.

»Das ist meine Verlobte Anna!«, stellt Lukas mir die braunhaarige Frau an seiner Seite vor und bestätigt damit meine Vermutung. Ich schüttle auch Annas Hand, deren Blick ebenfalls zwischen Alex und mir pendelt.

»Und das sind Lilly, Paul, Lexi, Niko, Livia, Frederik, Johnny und Frank.« Ich versuche, mir alle einzuprägen. Gar nicht so einfach.

»Möchtet ihr erst mal euer Gepäck auf die Zimmer bringen und euch frisch machen?«, frage ich und erhalte zustimmendes Nicken.

Alex zeigt Livia, Frederik, Johnny und Frank die unteren Zimmer, und ich lotse die übrigen in den ersten Stock. Als alle untergebracht sind, gehe ich wieder in die Küche. Alex holt gerade den Teig aus dem Kühlschrank.

»Der muss jetzt um einen Stock gewickelt werden, damit man ihn über dem Lagerfeuer backen kann. Das gibt eine herrlich rauchige Note«, erklärt er mir, als wären wir vorhin nicht bei einem wichtigen Gespräch unterbrochen worden.

»Genau, und ich zeige Eva gerne, wie man das macht, während du dich schonst«, höre ich Lukas hinter uns sagen.

»Du?«, entfährt es Alex lachend, doch Lukas bleibt ernst.

»Ja, ich! Oder hast du schon vergessen, wer es dir gezeigt hat, als du zum ersten Mal mit ans Lagerfeuer durftest?«, kontert er und drängt Alex leicht zur Seite, bis dieser nachgibt und sich mit einem Seufzen an die Arbeitsplatte lehnt. Mit ruhigen Worten leitet Lukas mich an, und ich folge seinen Anweisungen.

»Perfekt!«, lobt Lukas, als ich den ersten Stock präsentiere, und ich lächle. Alex wirkt etwas sauer, doch Lukas lässt sich nicht beirren.

»Als ich mit Manfred gequatscht habe, hat er vom Unwetter erzählt und dass ein Ast einen Helfer böse erwischt hat.«

Er wirft seinem Cousin einen fragenden Blick zu.

»Es ist wirklich nicht so tragisch«, beteuert Alex. »Eva übertreibt.«

Ich starre weiter auf das Stockbrot, damit ich um eine Antwort herumkomme.

»Du hast auf jeden Fall in den nächsten Tagen das Haus voller Köche, die dich – besser gesagt euch – unterstützen werden.« Ich sehe auf, und Lukas zwinkert uns zu.

»Oh«, mache ich überrascht. »Ist Anna denn auch Köchin?«

Er schüttelt den Kopf.

»Nein, sie ist Gärtnerin und Floristin. Aber Lilly und Niko haben Koch gelernt, und Johnny und Frederik sind angelernt. Außerdem haben wir dann noch Paul als Kellner und mit Livia und Frank zwei Konditoren dabei.«

»Wow«, erwidere ich beeindruckt.

»Ja, jetzt, wo wir alle hier sind, müssen in Sterenholm fast alle Lokale schließen«, kommt es kichernd von der Tür. Wir drehen uns um, und ich versuche, mich an den Namen der jungen Frau zu erinnern, die ihr braunes Haar über die Schulter wirft. Sie erkennt es wohl an meiner nachdenklich gerunzelten Stirn.

»Ich bin Lexi, die Schwester von Lilly«, erklärt sie.

»Ja, das sieht man«, merke ich an, denn die beiden sind Zwillinge. »Dann bist du aber keine Köchin, richtig?«

Sie schüttelt den Kopf.

»Nein, ich leite mit meiner besten Freundin Sylvie eine Eventagentur«, erzählt sie und nascht etwas Teig.

»Sylvie? Ist sie auch mitgekommen?«, versuche ich mich an die übrigen Namen zu erinnern.

Lukas schüttelt den Kopf.

»Sylvie und ihr Mann Georg sind erst vor Kurzem Eltern geworden und reisen mit ihrer kleinen Susanne erst zur Hochzeit an. Noch hängt die Kleine an Mamas Milchbar, und ein Bergaufenthalt wäre zu anstrengend. Und bei meiner besten Freundin Mariella und ihrem Mann Daniel ist es genauso. Bianca ist zwei Wochen jünger als Susanne.«

Er wirkt voller Sehnsucht, als er von den Kindern seiner Freunde erzählt, doch mein Bauchgefühl sagt mir, dass ich besser nicht nach seinen eigenen Kinderplänen fragen sollte.

»Das sind ja ganz entzückende Gründe, um zu Hause zu bleiben«, erwidere ich stattdessen.

»Das stimmt! Die Kinder meiner Schwester sind schon alt genug, um ein paar Tage mit Oma und Opa zu verbringen. Meine Eltern sind vor einem halben Jahr zu uns nach Sterenholm gezogen, damit Lilly und ihr Mann Paul ein wenig Unterstützung mit Lucy und Tim haben«, erzählt Lexi.

Das klingt nach einem großen, bunten, eingeschworenen Freundeskreis, und mir wird mit einem Mal klar, dass sich keiner meiner ehemaligen Kommilitonen oder Bekannten bei mir gemeldet hat, seit ich hier auf dem Berg bin. Früher hätte ich das mit einem Schulterzucken und einem »Na und?« quittiert. Ich war immer auf mich allein gestellt, und Freundschaften glichen eher oberflächlichen Bekanntschaften. Was ich auch so wollte, denn Freundschaft heißt vertrauen können und vertrauen müssen. Und das habe ich immer tunlichst vermieden. Wer sich nicht verletzbar macht, kann nicht verletzt werden. Doch jetzt gibt es jemanden, dem ich vertraue. Automatisch fällt mein Blick auf Alex, der ihn auffängt, ihn schon erwartet hat und festhält. Schnell lenke ich meine Aufmerksamkeit wieder auf den Teig und bereite die übrigen Stockbrote vor.

»Fertig!«, sage ich schließlich.

»Wenn ihr schon Hunger habt, können wir das Lagerfeuer entzünden«, meldet sich nun Alex zu Wort.

Lukas stimmt zu, und Lexi gibt den anderen Bescheid.

Die Bänke sind nicht rund ums Feuer aufgestellt, denn Alex hat auf die Windrichtung geachtet, sodass niemand den Rauch ins Gesicht bekommt. Die Feuerstelle hinter der Hütte ist befestigt und abgesichert. Der Lagerfeuerromantik steht also nichts im Wege. Bald schon sitzen alle mit Stöcken in den Händen vor dem Feuer und grillen Brot und Würstchen. Für die meisten der Gruppe ist das auch eine Premiere, da sie dies so nicht kennen. Nur Lukas, Anna und Alex sind Profis und helfen dem Rest mit Rat und Tat, damit nichts verbrennt, aber auch nicht roh bleibt. Nicht immer klappt dieses Vorhaben, und wir haben eine Menge Spaß beim Essen. Ich versorge alle mit Getränken. Schon im Gastraum hat die Frage nach dem Schiwasser alle beschäftigt. Als ich dann eines gemischt habe, hat Johnny mit seinem Ruf: »Es ist pink, das nehme ich!« alle erheitert. Er und Frank sind auch ein reizendes Paar, das sehr verliebt ist, wobei Johnny das offensichtlicher zeigt, jedoch Frank mir und Alex noch skeptische Blicke zuwirft. Ich vermute, dass er in seinem Leben nicht nur positive Reaktionen auf seine Homosexualität erfahren hat, und ich versuche, ihm mit einem offenen Lächeln zu zeigen, wie wunderbar ich seine tiefe Verbundenheit mit Johnny finde. Lexi hat es wohl bemerkt und mir zwischendurch verraten, dass die beiden seit einem Jahr verheiratet sind, genau wie sie und Niko. So sind Lukas und Anna wohl die vorletzten der Clique, die Ja zueinander sagen. Nur Livia und Frederik fehlen noch. Und es ist auch Frederik, der mich aus meinen Gedanken reißt.

»Also, als ihr was von Brot und Würstchen erzählt habt, habe ich das ja für einen Scherz gehalten«, gibt der schwarzhaarige Mann mit den tiefblauen Augen zu. »Aber das ist wirklich lecker!«

Niko lacht.

»Und das aus deinem Mund, obwohl es hier weit und breit keinen Fisch gibt!«

Alex runzelt die Stirn.

»Fisch? Wir haben ein Stück in diese Richtung einen Almsee.«

Lilly winkt ab.

»Rick hat in Sterenholm eine typische Fischkneipe und wir alle sind süchtig nach seinen Fischbrötchen.«

»Wie ein Kneipenwirt siehst du gar nicht aus«, spricht Alex aus, was ich mir gedacht habe.

»Bei uns ist einiges eher unkonventionell«, zwinkert Frederik ihm zu.

Nach dem Essen räume ich mit Pauls und Nikos Hilfe die Teller in die Hütte. Alex wird von Anna und Lukas immer noch zur Schonung verdonnert.

»Eva zeigt uns schon, wo was hinmuss«, zeigt Lukas sich überzeugt, was mir ein wenig schmeichelt, auch wenn die Aufgabe nun wirklich keine Herausforderung ist. »Vertrau ihr!«

»Ich vertraue Eva blind«, kommt prompt Alex' Antwort und ich lasse um ein Haar die Teller fallen.

Mit Getränken kehren wir zu den anderen zurück und Livia klatscht in die Hände.

»Wie es bei einem Junggesellenabschied so Brauch ist – habe ich mir sagen lassen –, spielen wir etwas Peinliches. Lexi und ich haben uns ein wenig schlau gemacht, was ihr in Österreich als Teenager gespielt habt. Wir kamen auf Flaschendrehen, also dass man eine Flasche dreht und denjenigen, auf den die Flasche zeigt, dann küssen muss. Da wir aber lauter Paare sind, hat das keinen Reiz.«

Genau genommen sind wir ja nicht alle Paare, aber das behalte ich für mich.

»Dann kamen wir natürlich auf Pflicht oder Wahrheit, aber was soll bitte hier auf der Alm eine blamable Pflicht sein, wenn weit und breit niemand ist außer uns? Also spielen wir Wahrheit oder Kurzer. Wir haben Fragen vorbereitet – private, weniger private und sehr private. Derjenige, auf den die Flasche zeigt, muss die oberste Frage auf dem Stapel beantworten, zeigt die Flasche ins Feuer, müssen alle antworten. Wenn man etwas absolut nicht beantworten will, trinkt man dafür einen Kurzen.«

Vergnügt sieht sie in die Runde und offenbar sind alle einverstanden.

»Nach zwei Jahren Ich habe noch nie war es Zeit für etwas Neues«, raunt mir Lilly zu. Ich lächle ihr zu und will die Gruppe allein lassen, doch Anna sieht mich irritiert an.

»Eva, du spielst doch mit, oder?« Sie sagt es, als wäre sie fest davon ausgegangen, also nicke ich und setze mich wieder. Ich finde es nett von ihr, dass sie mich so in ihre Abendplanung mit einbinden, dabei bin ich doch eine Fremde.

Alex holt Gläser und eine Flasche mit klarem Schnaps und bringt auch eine leere mit zum Drehen. Anna gibt der Flasche einen Stoß und prompt zeigt diese auf Alex. Lexi greift zur obersten Karte.

»Ein Klassiker: Verrate uns deinen Lieblingssong!«, liest sie vor und sieht Alex auffordernd an. Dieser grinst.

»*Bar Song Tipsy* von Shaboozey«, antwortet er dann ohne Umschweife. Anna beginnt zu lachen.

»Bei dir dreht sich wirklich alles um Gastronomie, oder?«

Alex hebt entschuldigend die Hände.

»Die Gastro ist einfach wie ein Virus«, meint Lilly lächelnd.

»Und wen sie mal erwischt hat, den lässt sie nicht so bald wieder los«, stimmt Lexi ihrer Schwester zu.

»Ja, mich hat sie auch voll infiziert«, gestehe ich leise, verheimliche jedoch, dass das erst hier passiert ist. Dann überlege ich. »Aber hast du nicht eigentlich erzählt, dass du eine Eventagentur leitest?«

Lexi nickt.

»Stimmt, aber ich war einen Sommer lang bei Lilly im *L&P* als Aushilfe in der Küche und dann habe ich rund um Lucys Geburt die Büroarbeit in der Pension erledigt. Und in der Agentur *Strandkorb* habe ich ja jetzt auch laufend mit Caterern und Konditoren zu tun, also ganz weg bin ich nicht aus dem Bereich.« Vergnügt sieht sie Johnny an. »Aber niemand lebt so für sein Lokal wie Johnny.«

Doch der winkt ab.

»Wir waren bei den Lieblingssongs«, erinnert er uns wieder an das Spiel.

»Eben und du hast deine Lieblingssongs zum Programm in deiner Bar gemacht«, meint auch Frederik. »Ich muss es wissen, denn immerhin prangt *The Time of My Life* groß im Bar-Bereich meines Lokals, seit du ihn übernommen hast, und alles ist knallpink und glitzert.«

Überrascht sehe ich auf.

»Es glitzert?«, frage ich nach und ernte Nicken von allen.

»Das *Watermelon* hat seinen Namen von Dirty Dancing«, erklärt Johnny. »Und alles, was pink und glitzernd zu kriegen war, habe ich entsprechend gekauft.«

Er sagt es, als wäre es selbstverständlich.

»Eine glitzernde Cocktailbar neben einem typischen Fischrestaurant in einer Kleinstadt an der Ostsee?«, fasse ich skeptisch zusammen.

»Wobei die beiden Lokale tagsüber eins sind und nur beim Abendbetrieb das Restaurant von der Bar abgetrennt und geschlossen wird«, erklärt Frederik mit einem Grinsen und meine Augenbrauen wandern fast bis zum Haaransatz.

»Und es funktioniert«, fügt Johnny stolz hinzu.

Alex dreht die Flasche und sie zeigt auf mich.

»Was ist deine liebste Fernsehserie?«, stellt er die Frage.

»*Gilmore Girls*«, antworte ich, ohne nachzudenken, denn ich habe die Serie schon mindestens zehnmal komplett gesehen. Lilly klatscht mit mir ab.

»Da kann Livias *Sex and the City* nicht mithalten.«

Lachend greife ich nach der Flasche, die als Nächstes auf Lexi zeigt.

»Mit wem in der Runde würdest du gerne für einen Tag das Leben tauschen?«, lese ich vor.

»Mit niemandem«, erwidert Lexi ernst. »Als Zwilling ist man froh, wenn man mal nicht verwechselt oder vertauscht wird.« Es scheint so, als hätte ihr das schon öfter zugesetzt. Dann dreht sie mit einem Lächeln die Flasche und das Los fällt auf Lilly.

»Welches Abenteuer würdest du gerne erleben?«, stellt Lexi ihr die Frage.

Lilly überlegt. »Nach Island reisen und einen Vulkan sehen und gleich daneben das Eis.«

Paul greift nach seinem Handy und erntet einen verwirrten Blick seiner Frau.

»Was denn? Du wirst in ein paar Jahren dreißig und so lange merke ich mir das nicht.«

Wir brechen in Gelächter aus und Lilly greift nach der Flasche, die als Nächstes auf Lukas zeigt.

»Was war der größte Fehler deines Lebens?«

»Meine erste Hochzeit!«, antwortet er wie aus der Pistole geschossen. Ich habe in den Klatschblättern davon gelesen und auch von der Scheidung, die anfangs ziemlich schmutzig war. Seine Exfrau bewegt sich auf dem Parkett der High Society und hat wohl einige Spitzen gegen die Neue ihres

Mannes abgeschossen. Aber Anna scheint das Thema entspannt zu sehen, denn sie kuschelt sich an seine Brust.

»Solange du das nicht in ein paar Jahren auch über deine zweite sagst«, zieht sie ihn liebevoll auf.

»Anni, du weißt, was man sagt: Wichtig ist nicht, wer meine Erste war. Es zählt nur, dass du meine Letzte sein wirst.«

Die zwei küssen sich und werden von einem gemeinschaftlichen »Ooooooh!« ihrer Freunde begleitet. Es ist so viel Wärme in diesem Freundschaftskreis, alle freuen sich aus vollem Herzen für Anna und Lukas. Ich kenne das nicht. Dieses Pure, dieses volle Vertrauen, dieses Ich-Sein-Können. Und ich spüre erneut eine Einsamkeit, die ich noch nie gefühlt habe.

Lukas' Dreh wählt Johnny als Nächsten aus.

»Wie viele Menschen hast du schon geküsst?«, fragt er und Johnny trinkt mit einem fetten Grinsen einen Kurzen.

»Nicht, weil ich es euch nicht sagen will«, erklärt er dann und stellt das Glas auf das Tablett. »Ich habe schlicht und ergreifend nicht mitgezählt. Aber ich muss gestehen, dass es sicher ein paar Dutzend waren.«

Als Nächstes zeigt die Flasche in meine Richtung.

»Welche Person in dieser Runde würdest du am liebsten küssen?«, liest Johnny und zuckt amüsiert mit den Augenbrauen. Alle Blicke liegen auf mir.

»Anna und Lukas bei der Hochzeit auf die Wange, um ihnen zu gratulieren.« Ein Lächeln dazu und ich bin aus dem Schneider. Schnell drehe ich, damit es weitergeht, und Alex ist an der Reihe. Ich greife nach der nächsten Karte.

»Was ist das Seltsamste, das du jemals gegessen hast?«

Alex überlegt kurz. »Ackee mit Salzfisch auf Jamaika, und es hat mich nicht überzeugt«, antwortet er dann mit angewidertem Gesichtsausdruck. Er dreht die Flasche, die ins Feuer zeigt.

»Also an alle: Was war euer schlimmster Liebeskummer?«

Lilly meldet sich als Erste: »Ben Simmer in der dritten Klasse, nach vier Tagen und einem Kuss war Schluss, und ich war am Boden.«

Lexi folgt ihrer Schwester: »Robert, als er mich betrogen hat, aber heute bin ich sehr dankbar dafür.« Sie wirft Niko einen verliebten Blick zu.

»Susi Neuner im Kindergarten, als sie lieber mit Martin als mit mir gespielt hat«, antwortet Paul trocken. »Da habe ich beschlossen, von nun an auf die Richtige zu warten. Die mir dann auf einem Ball Sekt über die Jacke geschüttet hat.« Lilly zeigt lachend auf sich.

Niko sieht ernst aus. »Lexi, als sie mich für ihr Studium verlassen hat.«

»Schatz, das zählt nicht, wir sind jetzt verheiratet«, merkt seine Frau an, aber Paul hebt die Hand. »Doch, das zählt, ich habe noch nie jemanden so leiden sehen wie Niko.«

»Vermutlich ich, als Lukas nach unserer gemeinsamen Nacht heimlich aus meinem Bett und aus Recking verschwunden ist und geheiratet hat, ohne es mir vorher zu sagen«, wirft Anna ihre Geschichte ins Rennen.

»Ja, das könnte unsere Story toppen«, gibt Niko grinsend zu.

Lukas schüttelt den Kopf: »Ich hab nie wen anderen geliebt außer Anna. Ich war nur zu blöd, es zu merken. Also gab es keinen Liebeskummer.«

»Julio«, beantwortet Johnny die Frage, und Lexi lacht.

»Johnny-Schatz, der Mann hieß Julian«, verbessert sie ihn, doch Johnny wischt ihr Argument vom Tisch. »Julio-José-Juan, ist doch egal. Er ist zurück nach Spanien, ich bin mit gebrochenem Herzen zu euch nach Sterenholm, und wenig später kam Frank, und alles andere war nur Pillepalle.«

Damit amüsiert er uns alle.

Frederik ist an der Reihe. »Kein Liebeskummer war je so schlimm für mich wie der Tag, an dem Frank verschwunden ist und ich gleichzeitig auch Livia verloren hab, weil wir die Gegenwart des anderen nicht mehr ertragen haben.«

»Bei mir war es Frederik«, gibt Frank zu, dass er in einen seiner Freunde verliebt war. »Aber ich bin froh, dass die Freundschaft das überlebt hat.«

»Liegt wohl in der Familie, ich hatte auch den größten Liebeskummer wegen Frederik«, stimmt Livia ihm zu. »Und zwar so elendslange, dass er immer noch Grund zum Wiedergutmachen hat.«

»Ich bemühe mich jede Nacht, meine Schuld zu begleichen«, wirft Frederik mit einem Grinsen ein.

Frank schüttelt sich. »Too much information! Das ist immer noch meine kleine Schwester.«

Klingt so, als hätten die drei ein eigenartiges Liebesdreieck hinter sich, das sich aber mittlerweile in Wohlgefallen aufgelöst hat. Nun sehen alle mich an.

»Ich glaube, so richtig Liebeskummer hatte ich bisher noch nie«, gebe ich zu. Ebenso wenig wie eine ernst zu nehmende Beziehung oder jemanden, in den ich verliebt war. Aber das müssen die anderen ja nicht wissen.

Alex ist der Letzte, doch er greift zu einem Glas und trinkt schweigend. Anna und Lukas sehen aus, als hätten sie nichts anderes erwartet, und ich habe das Gefühl, dass ich etwas Wichtiges über Alex nicht weiß. Anna dreht und wählt Niko aus.

»Was ist das Romantischste, was du jemals für jemanden getan hast?«

Niko überlegt kurz, ehe er lächelt. »Ich denke, als ich unsere Hochzeit neu organisiert habe, nachdem Lexi sie abgesagt und die Verlobung gelöst hat.«

Ich hebe die Hand. »Warte mal, du hast alles noch mal geplant, was sie abgesagt hat?«

Lexi schüttelt den Kopf. »Ich hatte mit meiner besten Freundin eine Mega-Hochzeit geplant, die aber einfach nicht meine war. Letztlich hat sie statt mir ihren Georg geheiratet, und Niko hat kurz nach Mitternacht eine kleine, heimliche Zeremonie für uns am Bootssteg geplant.«

»Na ja, wir waren alle im Dunkeln dabei, sooo heimlich war sie also nicht«, gibt Lilly zu bedenken.

»Aber das wusste ich ja nicht«, erwidert ihre Schwester schulterzuckend. »Die Fackeln wurden erst entzündet, als wir schon Mann und Frau waren. Dann habe ich gesehen, dass alle Freunde und unsere Familien doch anwesend waren.«

Das klingt nach einem traumhaften Tag. Niko küsst Lexi, und erneut liegt große Verbundenheit zwischen allen Anwesenden in der Luft. Dann dreht er, und die Flasche zeigt auf Alex.

»In wen warst du das erste Mal verliebt?«, liest Niko vor.

Alex zögert kurz.

»In Anna!«

Livia verschluckt sich an ihrem Getränk.

»Was?«, fragt sie dann fassungslos. »Noch ein Love-Triangle?«

Aber Alex winkt ab.

»Eine Schwärmerei in meiner frühen Teenagerzeit. Die Nandl und der Luki waren aber immer schon ein eingeschworenes Zweierteam. Und ich bin ja auch ein paar Jahre jünger als die zwei, Anna hat nicht mal gemerkt, dass ich männlich war.«

Anna sieht aus, als hätte sie nichts von seinen Gefühlen geahnt.

»Xandi«, sagt sie bedauernd. »Sicher hab ich das, aber du standest halt nie … zur Debatte. Du warst der Cousin von Luki und Tom und somit irgendwie Familie. Lukas und ich haben ja auch ewig nicht gecheckt, dass wir mehr sind als Freunde.« Sie sieht Alex entschuldigend an, doch er lacht.

»Jetzt mach kein Drama! Bei der Hochzeit schenkst du mir einen Tanz, und wir sind quitt.«

Auch Anna wirkt erleichtert. »Gerne auch mehr als einen!«

Frederik kommt als Nächster dran.

»Hast du schon einmal absichtlich jemanden belogen, den du liebst?«, stellt Alex die Frage und weicht meinem Blick aus.

Frederik nickt ernst. »Ja, als ich Livia gesagt habe, dass ich sie nicht will.«

Johnny wirft die Hände in die Höhe.

»Ich hätte dich am liebsten umgebracht. Wie man nur so dumm sein kann. Wäre ich hetero, hätte ich sie dir vor der Nase weggeschnappt«, zetert er, dabei ist die Geschichte der beiden ja offensichtlich gut ausgegangen.

»Du hast dir ja letztlich auch einen Hansen geangelt. Wir wissen, dass wir unwiderstehlich sind«, zieht Frank ihn auf, und alle brechen in Gelächter aus.

Als Nächstes fällt das Los auf Anna.

»Was war das Letzte, weshalb du geweint hast?«, fragt Frederik.

Anna senkt den Blick ins Feuer.

»Mein negativer Schwangerschaftstest vor zwei Monaten.«

Alle schweigen betreten. Mein Bauchgefühl, Lukas besser nicht nach der eigenen Kinderplanung zu fragen, war wohl richtig. Anscheinend gibt es hier Probleme. Anna schüttelt sich, als müsse sie den schlechten Gedanken loswerden, und dreht die Flasche, die in meine Richtung zeigt.

»Was war dein schönstes Date?«, liest sie die nächste Frage vor. Meine Antwort hätte vor ein paar Wochen sicher noch anders gelautet. Denn ich hatte spektakuläre Dates mit gemieteten Restaurants, gecharterten Yachten oder Essen auf Dachterrassen mit unglaublichem Ausblick. Aber letztlich ging es bei allen nur darum, mich zu beeindrucken. Keiner hat sich überlegt, womit er mir eine Freude machen kann. Und keines dieser Dates hat mir etwas über mein Gegenüber verraten, denn so sollte es auch sein – oberflächlich und chic, statt tiefgreifend und echt. Alle hatten sie eine Verabredung mit der Jungen von Gütersloh. Die Eva-Maria hinter dem ganzen Schein hat niemanden interessiert. Bis auf einen, für den ich einfach nur Eva bin, der mein Herz so mühelos berührt, obwohl es ganz und gar nicht geplant war. Und mit einem Mal weiß ich, welche Antwort die ehrliche ist.

»Es war kein richtiges Date«, räume ich ein. »Aber wir haben uns gemeinsam Sternschnuppen angeschaut, und dann hat er mir ein Gedicht vorgetragen, das er mal in der Schule gelernt hat.«

Lilly sieht mich mit großen Augen an.

»Süße, dir ist klar, dass das für manche Frauen das furchtbarste Date ihres Lebens wäre?«

Ich lache, vermeide aber jeden Blick zu Alex.

»Vielleicht hatte ich einfach schon schlimmere«, zwinkere ich ihr dann zu und greife nach der Flasche.

»Hast du schon einmal überlegt, ob du eine andere sexuelle Orientierung hast?«, lese ich und sehe dann nach, wen die Flasche ausgewählt hat. Es ist Johnny, der die Frage mit einem überzeugten: »Nein!« beantwortet und dreht. Erneut trifft es mich.

»Was war deine letzte Lüge?«

»Bitte sag, es war die Antwort mit dem Date«, platzt Lilly heraus, und ich lache.

»Es war tatsächlich auf diesem Date. Mein Gegenüber hat mich gefragt, was ich mir wünschen würde, wenn ich einen Stern einfangen könnte. Meine Antwort war, dass mein Essen nicht kalt geworden ist. Tja, das war gelogen.«

Livia lächelt.

»Und was hast du dir tatsächlich gewünscht?«

»Das war nicht Teil der Frage«, antworte ich mit einem Zwinkern.

Als Nächsten erwischt es Paul.

»Was war das Verrückteste, was du je im Namen der Liebe getan hast?«

Er sieht Lilly an.

»Ich bin für die Frau meines Lebens Hunderte Kilometer weit weg ans Meer gezogen und habe auf einer Wiese unser Traum-Restaurant gebaut. Jetzt sogar mit Pension. Und ich habe es nie bereut.«

Die beiden küssen sich, und ich glaube ihm jedes Wort. Erneut zeigt die Flasche auf mich. Paul liest und pfeift durch die Zähne.

»Jetzt kommen wir wohl zu den indiskreten Fragen: Hast du schon mal jemanden betrogen?«

»Nein«, antworte ich wie aus der Pistole geschossen. Ich mag viele Fehler in meinem Leben gemacht haben, aber dieser würde mir nicht im Traum einfallen. Außerdem hätte ich aufgrund fehlender Beziehung auch nie die Möglichkeit gehabt. Aber ich habe immer darauf geachtet, dass die Fronten klar waren zwischen mir und den Männern, mit denen ich mich getroffen habe.

Ich drehe, Alex ist dran, und die Frage bleibt mir fast im Hals stecken.

»Wann und mit wem hattest du das letzte Mal Sex?« Es ist Ironie des Schicksals, dass ich ihn das frage, wo ich die Antwort doch genau kenne. Alex grinst.

»Her mit dem Kurzen, das geht euch nämlich gar nichts an«, sagt er zwinkernd und ohne rot zu werden.

»Was war der verrückteste Ort, an dem du jemals Sex hattest?«, fragt er dann Frederik, auf den die Flasche zeigt.

»Ein Segelboot«, antwortet dieser, und Livia fügt glucksend hinzu: »Das wir fast zum Kentern gebracht haben.«

»Nie wieder fahre ich mit dir auf so einer Nussschale.« Frederik lacht.

»Es würde ja schon reichen, wenn ihr gewisse Dinge nicht auf der Nussschale macht«, merkt Frank an.

Als Nächstes müssen wir alle antworten.

»Hast du schon mal mit jemandem aus der Runde geschlafen oder geknutscht?«, stellt Frederik die Frage. Natürlich beantworten alle unsere Gäste sie mit Ja. Und Alex und ich stecken in der Klemme. Lügen? Zugeben? Trinken? Wir zögern beide, dann kommt unerwartete Hilfe von Anna.

»Doofe Frage, bei so vielen Pärchen«, meint sie nur kopfschüttelnd. »Ich drehe als Nächste.« Tut es und befreit Alex und mich von der Antwort. Jedoch nur kurzfristig, denn erneut geht die Frage an alle, und diese ist nicht minder prekär.

»Hattest du schon mal einen One-Night-Stand?«

Lilly, Anna, Livia und Niko antworten mit Nein, während Lexi, Johnny, Paul, Lukas, Frederik und Frank nicken. Auch ich reihe mich mit einem »Ja!« ein.

Alex überlegt. »Ich denke schon!«

Während die anderen sich über seine Antwort wundern, trifft sie mich wie ein Giftpfeil. Er denkt also, dass aus seinem letzten Abenteuer nicht mehr werden sollte. Dem Abenteuer, bei dem ich zum ersten Mal gehofft habe, dass es der Anfang von etwas ist und nicht schon der Höhepunkt war. Also bereut er doch, was zwischen uns passiert ist. Ich merke gar nicht, dass die Flasche auf mich zeigt, bis mich alle ansehen. Offenbar wurde die Frage schon gestellt.

»Mit wem hattest du bisher den besten Sex deines Lebens?«, wiederholt Livia. Die Frage passt wie die Faust aufs Auge. Denn keine der durchaus beeindruckenden Performances zwischen den Laken fällt mir so spontan ein wie die Leidenschaft und tiefe Verbundenheit, die ich mit Alex gefühlt habe. Da schwang einfach so viel mehr mit als nur die körperliche Lust aufeinander.

»Ich denke, mit meinem letzten One-Night-Stand«, antworte ich leise und benutze absichtlich eine ähnliche Formulierung wie Alex. Ich merke aus dem Augenwinkel, wie er aufsieht, spüre seinen Blick, doch weiche ihm aus. Ja, ich habe zugegeben, dass er mich verletzt hat. Noch etwas, das zutiefst untypisch für mich ist. Denn für gewöhnlich wahre ich den Schein mit aller Kraft. Doch hier oben, in dieser Runde, wo alles so echt erscheint, da ist es für mich nur natürlich, dass auch ich mich hinter keiner Maske verstecke. Und doch reicht es mir nun.

»Entschuldigt mich, es war ein langer Tag, und ich gehe besser ins Bett. Bis zum Frühstück morgen, gute Nacht!«

Alle nicken, wünschen mir schöne Träume und verabschieden sich, als wäre ich eine von ihnen. Und ich wünschte, ich wäre es, denn solche Freunde sind sehr wertvoll. Mit meinen völlig durcheinandergeratenen Gefühlen stehe ich auf und gehe.

Auch als ich nach einer ausgiebigen Dusche im Bett liege, kann ich noch keinen klaren Gedanken fassen. Alles in meinem Kopf dreht sich, und in meiner Brust schmerzt es furchtbar. Immer noch habe ich Alex' Worte in meinem Ohr. So oft war ich nur ein One-Night-Stand oder eine lockere Affäre, und nie hat es mir etwas ausgemacht. Doch jetzt könnte ich die Frage nach dem Liebeskummer beantworten, denn so muss es sich anfühlen, wenn das Herz bricht.

Da klopft es leise an meiner Tür.

»Eva?« Es ist Alex' Stimme, doch ich kann jetzt nicht mit ihm sprechen. Was soll es auch bringen? Eine Entschuldigung? Dass es ein Fehler war? Dass wir Freunde bleiben sollen? Dass wir als Team gut zusammenarbeiten? Das weiß ich alles. Aber zum ersten Mal in meinem Leben wollte ich mehr. Und ich habe jetzt keine Kraft, um mich hinter einer Maske zu verstecken. Ich verhalte mich ruhig und warte, bis sich Schritte entfernen. Irgendwann schlafe ich ein.

Kapitel 19

Unausgeschlafen tappe ich am nächsten Morgen in die Küche und bereite das Frühstück vor. Ich habe kaum ein Auge zugemacht, und in den wenigen Stunden, in denen ich geschlafen habe, träumte ich immer wieder vom Lagerfeuer und der sich drehenden Flasche. Ein starker Kaffee soll meine Lebensgeister wieder wecken. Als ich etwas im Gastraum poltern höre, wird mir flau im Magen, denn wer sollte sonst so früh schon wach sein, wenn nicht Alex? Doch entgegen meiner Erwartung steckt Lukas seinen Kopf zur Küchentür herein.

»Dachte ich es mir doch, dass ich Kaffee rieche«, meint er. »Guten Morgen!«

»Dir auch einen guten Morgen, willst du schon eine Tasse?«

Er schüttelt den Kopf.

»Erst muss ich duschen, dann kommt das Frühstück. Ich war schon eine Runde joggen. Die frische Bergluft muss ausgenutzt werden.«

»Sehr sportlich«, lobe ich ihn.

Forschend sieht er mich an.

»Ist alles okay bei dir? Wurde es dir gestern Abend zu … familiär?«

Ich zögere kurz.

»Nein, ihr seid eine sehr sympathische Clique. Beneidenswert, wenn man solche Freunde hat.«

Lukas nickt und greift doch nach einer Tasse, die ich mit Kaffee fülle.

»Ich kenne die meisten auch erst seit ein paar Jahren. Aber man wird sehr schnell adoptiert.«

Ich lächle sanft.

»Es ist schön, euch hier zu haben, aber ich bin hier nur die Köchin und Kellnerin. Ich hätte eurer Runde gestern gar nicht beiwohnen sollen.«

Lukas' Blick fixiert mich.

»Nur die Kellnerin, hm?«

Ich halte ihm stand.

»Absolut!«

Lukas trinkt seinen Kaffee aus.

»Wir haben nur die Hütte mit gefülltem Kühlschrank gemietet, Eva!«, stellt er klar. »Das Personal war kein Teil der Abmachung, wir können uns problemlos selbst versorgen. Alex ist als mein Cousin hier, nicht als Hüttenwirt. Und es stand für ihn außer Frage, dass du auch dabei sein sollst. Deshalb hat er dich mir vorgestellt. Von Köchin und Kellnerin war nie die Rede, und es tut mir leid, dass das für dich nicht so klar war. Falls du dich unwohl fühlst mit uns, musst du nicht bleiben, du kannst dir ein paar schöne Tage im Tal machen. Aber Anna und ich würden uns sehr freuen, wenn du dieses Wochenende mit uns verbringst.«

Überrascht sehe ich auf.

»Alex hat … aber warum?«, stottere ich, und Lukas zuckt grinsend mit den Schultern, sieht aber aus, als wüsste er mehr als ich. Ich habe also die Wahl, kann mir freinehmen oder zwei Tage Teil dieses Freundeskreises sein. Die Entscheidung fällt mir leicht.

»Ich bleibe gerne«, sage ich leise und lächle Lukas dankbar an.

Er nickt fröhlich und stellt seine leere Tasse in die Spüle.

»Ich dusche schnell und zaubere uns dann Frühstück«, beschließt er. Doch in der Tür dreht er sich noch mal um. »Und Eva? Ich hatte so ein Gefühl, dass es dir vielleicht lieber ist, wenn ich deinen Nachnamen vor den anderen nicht so breittrete. Es weiß sonst niemand, dass du Werner von Güterslohs Tochter bist.«

Ohne eine Reaktion von mir abzuwarten, verschwindet er.

Natürlich bleibe ich in der Küche und helfe Lukas, der kurz darauf frisch geduscht wiederkommt. Gegen acht tauchen dann auch die anderen auf und versammeln sich auf der Terrasse, wo wir die Tische zusammengestellt haben. Alex ist der

Letzte, der nach draußen kommt, als wir schon alle beisammensitzen. Es ist ein munterer Haufen. Da klopft Lexi mit ihrem Buttermesser an die Kaffeetasse und hebt sie dann hoch.

»Entsprechend unserer Tradition ein Toast von jedem. Also worauf trinken wir heute?«

Anna hebt die Hand.

»Und bitte keine kitschigen Toasts auf Lukas und mich, sonst wird mir noch schlecht. Ich war ja jetzt schon eine Weile hier in Recking, bringt mich lieber auf den neuesten Stand.«

Ich muss bei ihren unverblümten Worten lachen. Lexi räuspert sich.

»Ich trinke auf den Großauftrag, den Sylvie und ich an Land gezogen haben. Eine riesige Familie feiert den neunzigsten Geburtstag des Familienoberhaupts mit einer großen Strandparty. Es wird mich in die Verzweiflung treiben, denn die Tochter und Enkeltochter des Jubilars sind alles andere als einfach und sich nicht einig darüber, was sie möchten, aber es bringt Kohle in die Kasse.«

Lilly meldet sich als Nächste.

»Paul und ich haben die Freigabe unserer Baupläne erhalten. Nach der Hauptsaison starten wir den Anbau fünf weiterer Zimmer.«

Alle klatschen begeistert.

»Jetzt ich«, ruft Niko. »Ich werde nächstes Jahr noch weitere Kochkurse ins Leben rufen, und zwar für Kochen mit wenig Zutaten und Resteverwertung. Es gab in dem Bereich große Nachfrage, und ich finde es wichtig, der Lebensmittelverschwendung entgegenzuwirken.«

»Und ich bin sehr stolz auf meinen Koch, dass er das macht, und stelle ihm gerne weiterhin die Küche für die Abendkurse zur Verfügung«, wirft Lilly ein.

»Also, Niko ist in deinem Restaurant angestellt?«, versuche ich die Zusammenhänge zu verstehen und ernte Nicken.

»Wir bieten nur Frühstück und Mittagessen an«, erklärt mir Paul. »Niko arbeitet in dieser Zeit für uns. Und am Abend gibt er zwei Mal die Woche in unserer Küche Kochkurse, die er aber selbst auf die Beine stellt und mit denen Lilly sonst nichts zu tun hat.«

»Das klingt toll!« Ich proste ihm mit meiner Kaffeetasse zu. Nun räuspert sich Johnny.

»Frank und ich haben beschlossen, dass wir einen Hund adoptieren«, verrät er dann. »Nur über die Rasse sind wir uns noch nicht so ganz einig.«

Frank prustet.

»Weil du keinen Hund willst, sondern eine Ratte«, wirft er ein.

»Ein Chihuahua ist ein Hund!«

»Eine Katze ist größer!«

»Welche Rasse möchtest du denn?«, mischt sich Livia ein und sieht ihren Bruder fragend an.

»Einen Retriever oder Berner Sennenhund.«

»Jap, da gehen die Vorstellungen schon weit auseinander«, merkt Frederik mit hochgezogenen Augenbrauen an.

»Vielleicht könnt ihr euch auf einen mittelgroßen Hund einigen?«, schlägt Alex vor.

»Fasst mal zusammen, was euch wichtig ist bei eurem Hund, also welche Merkmale er haben soll. Manche Hunde können zum Beispiel besser allein bleiben als andere, und die verschiedenen Rassen brauchen unterschiedlich viel Bewegung. Und dann könntet ihr zu einem Tierheim in eurer Nähe fahren und den Mitarbeitern eure Vorstellung sagen. Dann zeigt man euch Hunde, die zu euch passen können. Und vielleicht ergibt sich so alles von selbst.«

Frank sieht Johnny von der Seite an.

»Das klingt gut, was meinst du?«

Johnny lächelt.

»Ja, irgendwie fühlt es sich auch besser an, einem Hund aus dem Tierheim ein neues Zuhause zu geben.«

Die beiden küssen sich, und ich bin mir sicher, dass sie einen passenden Vierbeiner für sich finden werden.

»War denn jemand in letzter Zeit im *Blatt & Blüte*?«, erkundigt sich Anna, und ich reime mir zusammen, dass es sich hierbei um ihren Laden handelt. Livia salutiert.

»Natürlich! Ich sehe regelmäßig nach dem Rechten und melde hiermit, dass alles bestens ist. Deine Mitarbeiterin hat die Floristik voll im Griff, und Klaus hegt und pflegt seine Pflanzen wie immer.«

»Mit den beiden habe ich wirklich Glück gehabt«, murmelt Anna beruhigt.

»Du kannst ganz stressfrei die Zeit bis zur Hochzeit hierbleiben und alles vorbereiten«, meint auch Livia. »Übrigens haben Frank und ich uns Gedanken über eure Torte gemacht. Am Abend zeigen wir euch ein paar Vorschläge.«

Anna hebt die Hand.

»Ich will kein knutschendes Paar ganz oben, kein Pink und keine überladene Dekoration«, stellt sie klar.

»Genau diese Elemente wollte ich auch weglassen.« Frank nickt zustimmend. »Weißes Fondant, angedeutete weiße Edelweiß am Rand und ein A & L aus Holz ganz oben könnte ich mir gut vorstellen. Oder wir lassen alles in schlichtem Weiß und schmücken mit echten Blüten?«

Anna überlegt.

»Wir könnten die Blumen vom Brautstrauß aufgreifen und das Thema fortführen.«

»Und über die Füllung sprechen wir heute Abend.« Livia zeigt beide Daumen nach oben.

»Die beiden Geschwister haben eine gemeinsame Konditorei mit zwei Cafés. Livia bäckt für das Tagesgeschäft, und Frank macht die Torten für die speziellen Anlässe«, erklärt mir Lexi.

»Dann seid ihr alle selbstständig?«, frage ich noch mal nach. »Lilly und Paul haben eine Pension mit Restaurant, Niko seine Kochkurse, Lexi die Eventagentur, Anna einen Blumenladen, Livia und Frank eine Konditorei, Frederik und Johnny eine Kneipe mit Bar, und Lukas ist Fernsehkoch.«

Alle nicken. Ich sitze mit der wohl bodenständigsten Clique an einem Tisch, mit der ich je Zeit verbracht habe, und jeder und jede steht auf eigenen Beinen und führt einen Betrieb. Wenn ich da an die Kreise denke, in denen meine Eltern verkehren, bilden sich diese Menschen alle sehr viel darauf ein, was sie beruflich machen. Dabei ist vieles geerbt, oder sie haben mit der Betriebsführung kaum etwas zu tun, weil das Geschäftsführer erledigen. In dieser Runde hier sind alle offenbar sehr erfolgreich in ihren Berufen, aber der Erfolg lässt sie nicht abheben. Und ich lerne etwas, das ich in all den Jahren nie wirklich verstanden habe, weil es mir anders vorgelebt wurde: Wer wirklich etwas geleistet und sich selbst etwas geschaffen hat, ist stolz darauf, aber nicht hochmütig.

Die Unterhaltung ist weitergegangen, und ich bemühe mich, ihr wieder zu folgen. Lukas hatte wohl recht, und Anna gestaltet die Blumenarrangements und ihren Brautstrauß selbst.

»Und eine große Bitte haben wir noch, und zwar an dich, Alex«, wendet sich Lukas nun an seinen Cousin.

»Brauchst du noch einen Trauzeugen?«, lacht Alex, doch Lukas schüttelt den Kopf.

»Nein, das macht Mariella, so wie ich bei ihr. Aber wir wünschen uns, dass du auf unserer Hochzeit singst.«

Ich blinzle. Alex kann singen?

»Was? Wieso ich?«, wehrt der sofort ab.

»Niko wird auch singen, genau genommen sogar den Großteil«, erklärt Anna. »Aber bei einem Song, den wir uns wünschen, muss er leider passen. Darum brauchen wir dich bitte!«

Alex wirkt etwas überfordert.

»Und um welches Lied geht es?«

Lukas lächelt.

»*Schena Mensch* von Folkshilfe.«

Alex grinst.

»Verstehe, dass man das als Deutscher nicht einwandfrei kopieren kann.«

Niko zuckt mit den Schultern.

»Die Melodie habe ich inzwischen mit der Gitarre drauf, aber beim Dialekt bin ich raus. Sollen wir es mal versuchen?«

Er holt rasch seine Gitarre und stimmt kurz die Saiten. Dann beginnt er zu spielen. Ich kenne das Lied nicht, aber als Alex' Stimme einsetzt, bin ich froh, dass ich sitze. Sie ist nicht zu tief und nicht zu hoch für einen Mann, klar wie ein Gebirgsbach, und sie geht mir unter die Haut wie keine zuvor. Ich versuche zu verstehen, worum es in dem Song geht, schaffe es aber nur bruchstückhaft. Lukas hat seinen Arm um Anna gelegt, und sie lächelt glücklich. Danach klatschen alle begeistert Beifall.

»Du hast eine Wahnsinnsstimme«, attestiert auch Niko Alex sofort. »Kannst du zufällig auch Bass spielen? In unserer Band in Sterenholm wäre noch ein Platz frei.«

Alex hebt abwehrend die Hände.

»Kann ich nicht, und eigentlich singe ich auch nur für den Eigengebrauch und nicht vor Publikum.«

Anna wirft ihm einen Dackelblick zu.

»Okay, für euch mache ich eine Ausnahme«, gibt Alex sich geschlagen. »Aber nur den einen Song!«

Sie jubelt.

»Vielleicht könnte Niko ja einen Klarinettisten auch gebrauchen«, meint sie dann verschmitzt.

Niko lacht.

»Also bist du doch Musiker.«

»Nicht nur ich!« Alex deutet auf Anna und Lukas. »Luki spielt Trompete und Nandl Querflöte. Wir waren sogar eine Zeit lang in der Musikkapelle von Recking.«

»Nein!«, entfährt es Livia. Sie kann es nicht fassen.

Anna und Lukas nicken.

Lexi sieht auf die Uhr.

»Wollen wir dann nicht langsam los?«

»Was habt ihr denn heute vor?«, frage ich freundlich.

Lexi stellt das Geschirr zusammen, während sie mir antwortet.

»Also, die Männer bezwingen den Berg mit dem Mountainbike, und wir Mädels machen eine Wanderung zu einem Wasserfall.«

Ich erinnere mich daran, dass Alex mir die Strecke erst kürzlich erklärt hat.

»Falls ihr Hilfe wegen des Wegs braucht, sagt Bescheid. Den kann ich euch erklären.«

Alex grinst zufrieden, und Anna lächelt.

»Das trifft sich gut, denn du kommst ja mit. Oder nicht?«

Überrumpelt sehe ich in vier fragende Gesichter.

»Ich … also … gerne!« Es ist, als würde ich dazugehören, und das fühlt sich sehr gut an.

Wenig später stehe ich in Wanderkleidung im Gastraum und fülle meine Thermosflasche mit Wasser. Alex kommt aus der Küche und legt fünf Lunchpakete auf den Tresen.

»Hier, eure Verpflegung! Möchtest du eine der Wanderkarten mitnehmen?«

Er klingt freundlich, aber ich kann seine Distanz spüren, und sie tut mir weh.

»Ja, zur Sicherheit.« Tapfer lächle ich und breite die Karte aus. Ich suche die Lap-Alm und fahre mit dem Finger den Weg nach, wie Alex es mir gezeigt hat. »Die Strecke nehmen wir, und bis zum Abendessen sollten wir wieder da sein.«

Alex nickt nur, und für einen Moment finden sich unsere Augen. In meinem Inneren zieht sich etwas sehnsüchtig zusammen. Ehe ich noch etwas sagen kann, kommen die anderen in den Gastraum und packen das Essen in ihre Rucksäcke. Dann gehen wir los.

Die vier sind sehr witzig, und die Zeit vergeht wie im Flug. Sie sind gute Freundinnen und haben eine ganz eigene Dynamik in ihrer Gruppe. Jede von ihnen ist sehr individuell und ganz sie selbst, aber gemeinsam ergeben sie ein homogenes Ganzes. Irgendwann lässt Anna sich etwas zurückfallen, während Lexi und Lilly Livia aufziehen, weil sie bald die letzte unverheiratete Frau in der Runde sein wird. Meinem

Bauchgefühl folgend bleibe ich bei Anna. Nach einiger Zeit bricht sie das Schweigen.

»Was läuft da zwischen Alex und dir?«, fragt sie direkt.

Ich tue so, als würde mich ihre Frage verwundern.

»Wir sind Kollegen und befreundet!«

Anna wirft mir einen ernsten Blick zu, mit dem sie mir wohl zu verstehen geben will, dass ich die Ausflüchte lassen soll.

»Ich weiß, dass da mehr zwischen euch ist«, stellt sie dann fest.

Als ich etwas erwidern will, kommt sie mir zuvor. »Er hat dich Lukas vorgestellt, und das hat er noch bei keiner Frau seit Anja gemacht.«

Ich blinzle, denn der Name ist mir neu.

»Anja?«

Anna sieht mich forschend an.

»Seine Exfreundin. Sie waren zusammen auf der Tourismusfachschule und sind nach dem Abschluss miteinander erst auf ein Kreuzfahrtschiff und dann nach Wien gegangen«, erklärt sie mir dann.

»Alex war in Wien?«

»Also, vom Schiff wusstest du? Aber von Anja und Wien nicht?«, hakt Anna nach, und ich nicke.

»Anja und Alex waren in der Schule schon ein Paar und haben sich gegenseitig gepusht. Die beiden waren die Besten ihres Abschlussjahrgangs.«

Ich schüttle ungläubig den Kopf.

»Davon hat Alex kein Sterbenswort gesagt. Er hat mich immer in dem Glauben gelassen, dass er eine Lehre gemacht hat als Koch und Kellner«, murmle ich, und Anna nickt.

»Tiefstapeln sieht ihm ähnlich«, meint sie dann. »Anja wollte die Welt sehen, und das Schiff kam ihr da gelegen. Alex hat im Service angeheuert, weil ihm das immer schon großen Spaß gemacht hat, und Anja wurde bald die stellvertretende Hotelmanagerin. Dann wollte sie in die Hauptstadt und dort Karriere machen in einem der besten Häuser. Alex und sie haben eine Anstellung in einem der führenden Hotels in Wien bekommen. Für ihn war sie die Frau seines Lebens, für sie hat er seine Heimat und die Berge aufgegeben, weil es ihr hier zu eng war. Nur leider hat Anja auf der Karriereleiter die Abkürzung über das Bett ihres Chefs genommen, statt sich die Beförderung zu erarbeiten.«

»Ach du Scheiße!«, entfährt es mir. Darum hat er gestern bei der Frage nach dem Liebeskummer nicht geantwortet. So eine Verletzung sitzt sicher tief.

»Als Alex es erfahren hat, ist er zurück nach Recking gezogen und arbeitet seither auf der Sonnwandhütte oder hier auf der Lap-Alm«, erzählt Anna weiter, und nun ist es an mir, die Mosaiksteinchen richtig zusammenzusetzen.

»Deshalb hasst er die High Society so sehr«, murmle ich.

»Genau!« Anna bleibt stehen und wartet, bis ich sie ansehe. »Er war noch nie der Typ für eine schnelle Nummer mit einer Frau. Es gab, soweit ich weiß, ein paar lockere Geschichten, die aber auch über einen längeren Zeitraum liefen. Darum lehne ich mich mal aus dem Fenster und tippe, dass du der One-Night-Stand bist, von dem er gestern gesprochen hat.«

Ich schweige, denn nie im Leben hätte ich gedacht, dass wir so schnell auffliegen.

»Tu ihm nicht weh, Eva«, bittet mich Anna leise. »Er ist einer von den Guten, und die sind inzwischen selten.«

»Das weiß ich«, gebe ich zu. »Aber im Moment bin ich mir nicht sicher, wer hier wem wehtut.« Meine Worte sind nur ein Flüstern, doch Anna kombiniert haarscharf.

»Habt ihr nicht darüber geredet?«

Ich reiße einen langen Grashalm ab und lasse ihn durch meine Finger gleiten.

»Wir waren uns die ganze Zeit einig, dass nichts passieren wird zwischen uns. Bis zu diesem schweren Gewitter.« Ich mache eine kleine Pause. »Und danach war gleich der Unwettereinsatz, seine Verletzung und nun ihr ...«

Anna atmet geräuschvoll aus.

»Und dann dieses Spiel gestern und seine Aussage. Und plötzlich warst du in der One-Night-Stand-Schublade, ohne dass du es selbst gewusst hast.«

Ich nicke.

»Aber du willst eigentlich mehr?«, schlussfolgert Anna und formuliert es als Frage. Ich lasse sie unbeantwortet, aber mein Gesichtsausdruck reicht ihr wohl.

»Oh Mann, da hat Alex wohl ganz schön ein Brett vor dem Kopf.«

»Es ist nicht seine Schuld, dass er unsere gemeinsame Nacht bereut und ich nicht«, verteidige ich ihn, ohne zu wissen, wieso.

Anna holt Luft und will etwas dazu erwidern, doch ich hebe die Hand.

»Das Thema ist erledigt und ich wäre dir dankbar, wenn dieses Gespräch unter uns bleibt«, bitte ich sie, und sie nickt.

»Kann man die Füße in den kleinen See da vorne stecken?«, ruft Lilly von vorne, und Anna und ich eilen zu ihr.

Am Abend übernehmen Niko, Lilly und Lukas die Küche und zaubern ein tolles Abendessen. Auch die Männer hatten viel Spaß mit den Mountainbikes und sind wohlbehalten zurückgekommen. Gerade als wir den Tisch decken wollen, klingelt mein Handy. Überrascht greife ich danach, denn wir haben hier so gut wie nie Empfang. Als ich den Namen meiner Mutter lese, entschuldige ich mich und eile hinter den Schuppen, da dort die Verbindung am stabilsten ist.

»Mama? Ist alles in Ordnung?«, frage ich alarmiert.

»Ja, natürlich! Darf ich mich nicht erkundigen, wie es meiner Tochter geht?« Meine Mutter lacht, doch es klingt etwas aufgesetzt.

»Mir geht es gut, danke der Nachfrage!«

»Wie ist die Arbeit?«

»Sie macht Spaß«, antworte ich ehrlich. »Und ich konnte schon einige tolle Ideen für unsere Betriebe sammeln. Vor allem, was die Mitarbeiterführung angeht. Papa hatte recht, dass die Mitarbeiter die Säulen des Unternehmens sind. Ich bin sicher, wenn ich erst eingestiegen bin bei euch, dann können wir in dem Bereich einiges verbessern und …«

»Eva-Maria«, unterbricht mich meine Mutter. »Wir haben Oliver die Geschäftsführung übertragen. Dein Vater und ich wollen etwas kürzertreten und uns vom Tagesgeschäft mehr zurückziehen.«

Ihre Worte sind wie eine Eisdusche.

»Ihr habt was?«, stoße ich fassungslos hervor.

»Kätzchen, dein Vater hatte in letzter Zeit öfter Probleme mit seinem Herzen. Nichts Ernstes, aber er ist gerade auf einem Kuraufenthalt. Es muss vorgesorgt werden, wenn wir ausfallen sollten. Und du hast keine Erfahrung und dich nie um das Unternehmen gekümmert.« Es ist eine sachliche Erklärung, keine Entschuldigung, die ich eigentlich erwartet hätte.

»Oliver war doch schon sein Stellvertreter. In dieser Position hätte er alles am Laufen halten können, wenn ihr euch eine Auszeit nehmt. Die Geschäftsführung sollte nach euch an eine von Gütersloh gehen. Das habt ihr mir mein Leben lang vorgebetet.«

Meine Mutter schnaubt.

»Und du hast dich mindestens ebenso lang dagegen gewehrt!«

»Was soll das eigentlich?«, fahre ich sie an. »Ich habe alle Ausbildungen abgeschlossen. Wir hatten eine Abmachung! Eine Saison arbeite ich in sämtlichen Bereichen der Gastronomie und dafür steige ich im Herbst ins Unternehmen ein und werde als eure Nachfolgerin aufgebaut. Und ich habe mich an alles gehalten. Ich sitze hier am Arsch der Welt, wo sich Fuchs und Hase gute Nacht sagen. Ich koche, kellnere, putze und kümmere mich um gestrandete Wanderer. Ich tue alles, was Papa von mir verlangt hat, damit er mir das versprochene Büro und den Job in der Firma gibt.«

»Das heißt ja nicht, dass du nicht bei uns anfangen kannst«, wirft meine Mutter ein.

»Als was? Als Olivers Sekretärin, die dafür sorgt, dass es ihrem Chef an nichts mangelt?«, rufe ich wütend. »Ich habe mich als Führungskraft ausbilden lassen. Jahrelang! Weil ihr es wolltet, weil es sich für eine von Gütersloh so gehört. Ich habe dieses ganze Theater mit einer Saison ehrlicher Arbeit mitgespielt. Und dann fallt ihr mir so in den Rücken?«

Sie will noch etwas sagen, doch ich bin zu enttäuscht und sauer, also lege ich einfach auf. Ich fasse es nicht! Sie wollten mich nur aus dem Weg haben, damit sie alles für die Übergabe an Oliver vorbereiten konnten. Es war nie ihr Plan, dass ich tatsächlich das Büro neben ihrem bekomme und sie mir die Firma irgendwann übergeben. Darum haben sie mir auch eine Beziehung mit Oliver nahegelegt, denn dann wäre alles in der Familie geblieben, was ohnehin schon in die Wege geleitet war.

Ich höre Schritte und gehe zurück zur Hütte. Offenbar wollte mich Alex eben zum Essen holen, denn er kommt mir auf halbem Weg entgegen. Ich bemühe mich um ein Lächeln, denn diese Menschen hier haben es nicht verdient, dass ich ihnen mit meiner nun unterirdischen Laune den Abend verderbe.

Als wir alle um den großen Tisch sitzen, kommt wieder die Servicekraft in mir durch und ich beginne, die anderen zu bedienen. Doch Lukas schüttelt den Kopf.

»Setz dich einfach und iss mit uns. Du gehörst doch jetzt dazu«, meint er freundlich.

»Na ja, ihr seid alle schon ewig Freunde oder sogar Familie«, werfe ich ein.

»Und du gehörst zu Alex, also Schluss damit«, wischt Anna mein Argument vom Tisch. Verdattert schaue ich sie an und dann in die Gesichter der anderen, bis ich bei Alex ankomme. Er weicht mir aus, starrt stattdessen hochkonzentriert auf seinen Teller, doch ich sehe, dass sein Kiefer angespannt ist.

»Was habt ihr denn gezaubert?«, wende ich mich an die Köche. Was Lilly, Lukas und Niko aus den vorhandenen

Lebensmitteln kreiert haben, schmeckt wunderbar, und bald sitzen wir alle pappsatt um den Tisch.

»Eigentlich müssten wir nun einen Spaziergang machen«, lacht Livia.

»Es wird bald dunkel und jetzt entfernt sich bitte niemand mehr weiter als fünfzig Meter von der Hütte«, wirft Alex ein. »Da muss uns was anderes einfallen, damit wir etwas Bewegung bekommen.«

»Habt ihr denn Musik hier oben?«, erkundigt sich Lexi.

»Klar, die Anlage lässt sich per Bluetooth mit jedem Handy koppeln.«

»Perfekt«, freut sich Lexi. »Und Onkel Johnny klemmt sich hinter den Tresen.«

»Ich habe Urlaub«, beschwert der sich, allerdings mit einem Grinsen, das ihn Lügen straft. »Aber okay, wenn ihr drauf besteht, dann sehe ich mal, was ich mixen kann.«

»Das klingt toll, darf ich dir über die Schulter schauen?«, frage ich sofort, denn als Barkeeper habe ich mich noch nicht oft versucht.

»Ich muss dich aber warnen«, meint Livia ernst. »Johnnys Cocktails machen hochgradig süchtig!«

Ich tue so, als müsste ich überlegen.

»Das riskiere ich! Wenn ich abhängig werde, muss ich das berühmte *Watermelon* eben mal besuchen und mir die glitzernde Pracht mit eigenen Augen ansehen.«

»Ja, unbedingt!« Anna ist begeistert.

Also stehe ich wenig später mit Johnny hinter dem Tresen, während er die Getränkebestände prüft und überlegt, was er daraus mixen kann. Ich spüre seine Konzentration, aber sehe auch die Freude, mit der er sich die Cocktails ausdenkt. Jedes Paar versorgt er mit einer Kreation mit passendem Namen, bei Anna und Lukas ist es beispielsweise Love actually. Anstelle der hohen oder stilvollen Cocktailgläser müssen hier auf der Lap-Alm normale Longdrinkgläser reichen, aber das tut der Begeisterung keinen Abbruch. Zuletzt füllt er ein rosa Getränk in zwei Gläser und reicht sie Alex und mir.

»Und wie heißt der?«, erkundigt sich Alex lachend. »On the top of the mountain?«

Johnny lächelt verschmitzt.

»Ich würde mal sagen: Why not?«

Alex verschluckt sich und muss husten, doch Johnny greift seelenruhig nach seinem eigenen Glas und gesellt sich zu Frank und Frederik. Auch ich koste und schmecke eine alkoholische und leicht abgewandelte Variante unseres Schiwassers und finde, Johnny hat es perfekt getroffen. Niko und Lukas haben sich inzwischen um die Anlage gekümmert und drehen nun die Musik lauter. Und im Nu ist unsere eigene kleine Party in vollem Gange. Wir haben mächtig Spaß und tanzen. Doch mir fällt auf, dass ich von jedem meiner Tanzpartner an Alex weitergereicht werde. Kaum wende ich mich jemand anderem zu, wird meine Hand schon wieder in die von Alex gelegt und ein Stromstoß fährt durch meinen Körper, als ich seine Wärme spüre. Aber er weicht meinem Blick aus. Ich fühle die Distanz und von Mal zu Mal fällt es mir schwerer, den Schein zu wahren, obwohl ich mir geschworen habe, dieser tollen Clique ihren Aufenthalt nicht zu verderben, indem Alex und ich in Streit geraten. Als Niko einen langsamen Song auflegt und alle Paare sich finden, weicht Alex vor mir zurück. Entschlossen greife ich nach seinem Arm und ziehe ihn mit nach draußen. Nachdem ich die Tür sorgfältig geschlossen habe, drehe ich mich mit funkelnden Augen zu ihm.

»Sag mal, was ist eigentlich dein Problem? War das der Grund, aus dem du mir immer gesagt hast, es ist keine gute Idee, dass zwischen uns was passiert? Weil du die Frauen danach behandelst wie eine Getränkedose – man knackt sie, man genießt sie und dann wirft man sie weg?«

Alex schnaubt und ich sehe Wut und Enttäuschung in seinen Augen.

»Das sagst ausgerechnet du? Miss Schickimicki Queen of One-Night-Stand?«

Ich schnappe nach Luft.

»Du hast mich als One-Night-Stand bezeichnet«, fauche ich, doch Alex geht gar nicht darauf ein.

»Hattest du wenigstens Spaß in der spontanen Nacht mit dem Hinterweltler vom Arsch der Welt, wo sich Fuchs und Hase gute Nacht sagen?« Der durchdringende Blick seiner braunen Augen nagelt mich fest, kein Wimpernzucken würde ihnen jetzt entgehen.

»Was?«

»Ich habe dein Telefonat mitbekommen.« Er spuckt mir die Worte förmlich vor die Füße. »Und jetzt würde ich gerne die ganze Wahrheit von dir hören. Warum bist du hier?«

Das Gespräch mit meiner Mutter. Oh mein Gott!

»Alex …« Ich versuche, nach seiner Hand zu greifen, doch er entreißt sie mir sofort. »Es ist nicht so, wie es klingt.«

Er lacht auf.

»Es klingt so, als hättest du mich angelogen. Es war nie dein Wunsch, deine fehlenden Praktika nachzuholen. Dein Vater hatte genug vom verwöhnten Töchterchen und wollte, dass du mal die reale Arbeitswelt kennenlernst, ehe du in seiner Firma die Füße hochlegst.«

»Stopp!« Ich atme tief durch. »Ja, es war der Wunsch meines Vaters, dass ich die praktischen Erfahrungen nachhole. Er meinte, ich muss die Sicht der Mitarbeiter kennen, ehe ich für sie verantwortlich bin. Aber ich wollte wirklich seine Firma übernehmen, wenn er sich zur Ruhe setzt, ich wollte die nächste Generation von Gütersloh werden, die die Restaurants und das Hotel weiterführt, vielleicht noch erweitert, verbessert. Ja, ich war früher ein faules Stück, aber ich habe die Kurve bekommen. Ich will arbeiten und dann stolz auf das schauen können, was ich geschafft habe. So wie all die Leute da drinnen!« Ich deute auf die Lap-Alm. »Die Abmachung war: Eine Saison, in der ich alle Jobs durchlaufe, dann werde ich in die Firma eingebunden, bis ich soweit bin, sie zu übernehmen. Aber hinter meinem Rücken hat er seinem Stellvertreter die Geschäftsführung übergeben. Sie haben mich gelinkt! Und deshalb war ich heute am Telefon so ungehalten.

Und so …« Alex sieht mich abwartend an und ich atme tief durch. »Unfair! Es tut mir leid, was ich gesagt habe. In Wahrheit haben meine Eltern nie daran geglaubt, dass ich schaffe, was sie von mir erwarten. Erst die Ausbildung, dann das Studium und jetzt – dieser Job hier. Sie haben nie an mich geglaubt. In meinem ganzen Leben hat nur ein Mensch je an mich geglaubt. Du!«

Überrascht blinzelt Alex mich an, doch ich gebe ihm keine Chance, etwas zu sagen.

»Ich weiß nicht, was in mich gefahren ist, vorhin so einen Bullshit zu reden. Seit ich hier bin, habe ich zum ersten Mal das Gefühl, richtig atmen zu können, zu leben, ohne Erwartungen erfüllen zu müssen. Ich bin hier frei und glücklich und habe gar keinen Bock mehr auf diese ganze Scharade zwischen Glanz und Glamour. Eigentlich mag ich alles an der Lap-Alm. Die Art, wie ich mich hier um die Gäste kümmern kann, die Echtheit, das Bodenständige, das leckere und vernünftige Essen ohne Chichi, die Natur und …« Ich hole tief Luft und sammle Mut. »Und meinen Kollegen, auch wenn er ab und an ein wenig eigensinnig ist.«

Alex schüttelt den Kopf, als könne er nicht glauben, was ich sage.

»Du … aber warum hast du seit gestern immer abgelenkt, wenn ich mit dir reden wollte?«

»Ich hatte Angst, dass du bereust, was zwischen uns passiert ist. Also hab ich lieber nichts gesagt«, gebe ich leise zu.

»Verdammt, Schickimicki, da hab ich wochenlang darauf gehofft, dass du mal die Klappe hältst, und dann suchst du dir den schlechtesten Zeitpunkt dafür aus«, erwidert er mit rauer Stimme.

»Ich hätte es nicht ertragen, wenn du unsere Nacht als Fehler sehen würdest. Für mich war sie … Mit dir ist alles anders. Zum ersten Mal möchte ich, dass jemand die wahre Eva sieht. Denn bei dir kann ich einfach ich sein.«

Ich nage unsicher an meiner Unterlippe und sein Blick fällt darauf. Langsam kommt er näher.

»Was war unsere Nacht für dich?«, fordert er mich leise auf, meinen Satz zu vervollständigen.

Mein Herz schlägt wild und ich weiß nicht, was ich sagen soll. Er hat noch keinen Ton darüber verloren, wie er dazu steht. Möglicherweise blamiere ich mich bis auf die Knochen, wenn ich ihm meine Gefühle gestehe und er mich nur als netten Zeitvertreib für zwischendurch gesehen hat oder es einfach nicht so toll fand und es bei diesem einen Mal belassen möchte.

»Eva?«

Ich schlucke.

»Sie hat sich angefühlt, als könne sie der Beginn von etwas Echtem sein«, flüstere ich dann.

In seinen Augen explodieren kleine Silvesterraketen und um seinen Mund spielt ein Lächeln. Dann senkt er seine Lippen auf meine und zieht mich liebevoll an sich. Ich schlinge meine Arme um ihn und verliere den Boden unter den Füßen. Lange küsst er mich, innig und intensiv. Als wir uns nach einer kleinen Ewigkeit wieder voneinander lösen, lehnt er seine Stirn gegen meine.

»Geh mit mir zur Kirchweih!«, bittet er mich dann.

»In die Kirche?«, wiederhole ich verwirrt und bringe ihn zum Lachen.

»Nein, zur Kirchweih. Bei uns nennt man es Kirtag. Das ist ein Zeltfest in Recking«, erklärt er. »Wir fahren morgen gemeinsam mit den anderen ins Tal. Am Montag haben wir ohnehin Ruhetag. Wir brauchen ein vernünftiges Date, denn Lilly hat recht: Sternschnuppen und ein Gedicht klingen jetzt nicht besonders einfallsreich.«

Er will mich mitnehmen in das Dorf, wo er aufgewachsen ist. Es fühlt sich an wie eine Ehre.

»Einverstanden!«, wispere ich. »Obwohl ich noch mal betone, dass ich Sternschnuppen und Gedicht toll fand.«

Erneut küssen wir uns, werden jedoch nach einiger Zeit von Gemurmel unterbrochen.

»Her mit den Wetteinsätzen, ich hab ja gesagt, dass sie es allein auf die Reihe kriegen«, höre ich eine leise Frauenstimme.

»Dann haben sie euch anderen was voraus! Bisher musste ich mich immer einmischen, bis ihr es gerafft habt«, sagt nun ein Mann in derselben Lautstärke.

»Bei uns nicht«, hält sie wieder dagegen.

»Nandl, wir können euch hören«, ruft nun Alex, ohne mich loszulassen.

»Wir gehen ja schon, lasst euch nicht stören«, kichert sie und geht gemeinsam mit Johnny wieder in die Hütte.

»Ich glaube, wir sollten ihnen was erklären«, meint Alex nun und streicht mir eine Strähne hinters Ohr.

»Nö, die haben uns schon bei Wahrheit oder Kurzer durchschaut. Alles andere war ein abgekartetes Spiel.«

Alex lacht und wir folgen den beiden Arm in Arm.

Drinnen erhebt sich erfreutes Gemurmel und strahlende Gesichter empfangen uns. Die Party geht weiter, und Alex und ich lassen einander den restlichen Abend nicht mehr los.

Kapitel 20

Am Sonntag herrscht schon am frühen Morgen Aufbruchsstimmung. Lilly, Paul, Niko und Lexi müssen sofort nach dem Frühstück los. Sie haben einen Flug gebucht, damit sie abends schon im *L&P* sind. In der Hauptsaison wird jede Hand gebraucht, und in ein paar Wochen reisen sie ja schon zur Hochzeit erneut nach Österreich. Die Vier verabschieden sich von Alex und mir, als würden wir einander ewig kennen. Und tatsächlich fühlt es sich auch für mich so an. Livia, Frederik, Johnny und Frank fahren mit dem Auto zurück und haben daher noch Zeit für einen Brunch. Ich bin etwas nervös wegen des Kirtags, aber Anna winkt ab.

»Die Leute in Recking sind alle nett und entspannt. Und am Kirtag mischen sich immer Urlauber unter die Einheimischen.«

»Ich würde aber lieber nicht als Touristin auffallen«, gebe ich zu.

»Dann zieh dir ein Dirndl an, damit kann man hier auf einem Dorffest nichts falsch machen«, rät Anna mir zwinkernd, und ich nicke dankbar.

»Geht ihr auch auf dieses Fest?«

»Ja, aber nur kurz. Dann feiern wir mit Lukas' Vater Geburtstag.«

Lukas legt lächelnd zwei Kuverts vor uns auf den Tisch.

»Was ist das?«, fragt Alex.

»Deine schriftliche Einladung zur Hochzeit«, erklärt Lukas. »Bei der Feier werden die Karten kontrolliert, damit sich keine Presseleute ins Lokal schummeln können.«

»Und warum zwei?«, wundere ich mich.

Anna sieht mich an, als würde ich das Offensichtliche nicht kapieren.

»Äh, das ist deine!«

»Meine?«, stoße ich überrascht hervor. »Aber wir kennen uns doch erst seit Freitag.«

Lukas lacht.

»Du bist Alex' Freundin«, erinnert er mich.

»Seit gestern«, bringe ich es auf den Punkt.

»Na hoffentlich bis zur Hochzeit noch immer!«, gluckst Anna.

»Ich habe aber gar nichts Hübsches anzuziehen.«

Nun lacht auch Alex.

»Darf ich dich daran erinnern, in welcher Rekordzeit du Unmengen an Zeug eingekauft hast, als du das erste Einkaufszentrum hier gesehen hast?«

Anna knufft ihn in die Seite.

»Eva, es ist eine Trachtenhochzeit, das steht auch in der Einladung. Also gilt auch hier: Ein Dirndl passt immer. Mach dir keinen Kopf, was du anziehst. Wir möchten, dass du auf jeden Fall kommst!«

Und ihr ehrlicher Wunsch macht mich überglücklich.

»Außerdem darfst du dir unmöglich entgehen lassen, wie ich in einer Lederhose aussehe«, lacht Johnny.

»Du könntest ja auch einen Trachtenanzug tragen, wie wir anderen Nordlichter«, wirft Frank ein. Johnny schüttelt ungläubig den Kopf.

»Aber wo bleibt denn da der Spaß?«

Gegen Mittag fahren wir alle ins Tal. Mit gepacktem Rucksack sitze ich also neben Alex in der Seilbahn und schwebe beinahe lautlos seinem Heimatdorf entgegen.

»Und hier wohnst du, wenn du nicht gerade auf der Sonnwandhütte oder auf der Lap-Alm bist?«, frage ich und lasse meinen Blick über die Häuser gleiten, die von hier aussehen, als wären sie für Ameisen gemacht.

»Ja«, antwortet Alex nur. »Du musst also keine Sorgen haben, dass du dich hinter einem Busch umziehen und unter einer Brücke schlafen musst.« Er überlegt einen Moment. »Genau genommen haben wir hier gar keine Brücke.«

Er grinst, und ich verdrehe die Augen. Meine steigende Nervosität amüsiert ihn schon den ganzen Tag.

»Sind deine Eltern auch auf dem Zeltfest?«, erkundige ich mich dann vorsichtig.

Er nickt.

»Ganz Recking wird dort sein. Aber mach dir keinen Kopf, sie haben mich schon mal mit einer Frau gesehen.« Er lacht, legt mir seinen Arm um die Schulter und küsst meine Stirn. Über dieses Thema sollten wir vielleicht noch mal ausführlicher reden. Aber bevor ich Luft holen kann, kommen wir an.

Nach einer großen Verabschiedung schlagen Alex und ich den Weg nach rechts ein, bis wir zu einem großen Haus kommen. Das Erdgeschoss ist weiß mit braun-roten Fensterläden, und der erste Stock ist mit Holz vertäfelt. Es wirkt urig und gemütlich. Genau so, wie ich es mir vorgestellt habe. Er schließt die Hintertür auf, und ich folge ihm ins Haus und gleich in den ersten Stock. Dort zeigt er mir Bad und Schlafzimmer.

»Zieh dich ruhig schon mal um, ich seh mal überall nach dem Rechten«, sagt er und ist mit einem Kuss wieder aus der Tür. Ich mache mich frisch und ziehe das Dirndl an, das ich eigentlich sonst zum Arbeiten trage.

Eine Stunde später schlendern Alex und ich Hand in Hand durch Recking. Das Bergdorf ist wirklich bezaubernd, und der Ausblick auf den Hausberg ist von hier aus wunderschön. Schon als wir das Haus verlassen, hören wir die Musik vom Kirtag.

»Noch spielt die Musikkapelle, aber bald übernimmt die Band, und dann wird die Stimmung gemütlicher.« Er sieht mich forschend an, als wäre er sich nicht sicher, was ich von der Dorf-Idylle halte.

»Wie kommt die Kapelle eigentlich ohne euch drei klar?«, erkundige ich mich grinsend. Alex lacht.

»Oh, ich denke, ganz gut. Wir haben ja schon als Teenager wieder aufgehört, als es uns zu uncool wurde. Außerdem war keiner von uns sonderlich begabt, also war unser Verlust sicher zu verschmerzen.«

Als wir das Festgelände erreichen, staune ich. Es gibt zusätzlich zum Zelt noch ein Kinderkarussell und ein Kettenkarussell für Erwachsene. Außerdem eine Schießbude, die Alex sofort ansteuert. Mit geübten Handgriffen lädt er das Plastikgewehr und schießt mir eine Rose, die zur Farbe des Dirndls passt.

»Die kannst du dir zwischen Kleid und Bluse stecken«, erklärt er mir, als ich sie hilflos ansehe, und zeigt mir, wie.

Dann gehen wir ins Zelt, essen Grillhuhn und Bratwurst und trinken Almdudler.

»Lecker!«, befinde ich. »Fast so gut wie Schiwasser.«

Auf dem Kettenkarussell glaube ich in Alex' Armen tatsächlich, zu fliegen. Dann landen wir im etwas kleineren Barzelt. Für das Bier aus der nahegelegenen Brauerei kann ich mich nicht erwärmen, aber ich tröste Alex damit, dass Bier grundsätzlich nicht nach meinem Geschmack ist.

»Eher Champagner«, zieht er mich auf.

»Da gibt es durchaus ein paar leckere Tropfen«, gebe ich ihm recht. »Aber aufgrund deiner Ausbildung nehme ich an, dass du das bereits weißt.«

Er führt gerade sein Glas zum Mund und hält in seiner Bewegung inne.

»Wie meinst du das?«, fragt er dann argwöhnisch.

»Auf der Tourismusfachschule werdet ihr vermutlich auch mal mit Champagner zu tun gehabt haben, oder?« Ich beobachte ihn genau, doch er lässt sich nicht in die Karten schauen.

»Das hab ich dir nie erzählt.«

Er trinkt und stellt sein Glas auf den Stehtisch.

»Anna!«

Er lacht humorlos auf.

»Ich schätze, dann brauche ich gar nicht zu fragen, was sie dir noch erzählt hat.«

Er meidet meinen Blick, doch ich nehme seine Hand.

»Wie wäre es, wenn wir einen kleinen Spaziergang machen und du mir noch ein wenig von Recking zeigst?«

Es ist inzwischen dunkel geworden, aber die Luft ist noch warm und der Himmel sternenklar. Alex nickt, und wir verlassen das Zeltfest. Wir gehen ein paar Minuten, dann bleibt er stehen.

»Größer ist Recking nicht. Die Welt, in der ich aufgewachsen bin, scheint auf den meisten Landkarten nicht mal auf. Es ist streng genommen kein Dorf, sondern nur eine Rotte, also ein loser Dorfverbund mehrerer Häuser. Der Sessellift hat es in den letzten Jahren etwas wachsen lassen, aber ursprünglich ging Recking nur bis dort vorne.«

Er zeigt auf eine Grenze, an der man deutlich zwischen Altbauten und Neubauten unterscheiden kann.

»Ich finde es schön«, antworte ich. »Jeder hat seine Privatsphäre. Als würde einem hier zum Leben einfach mehr Platz eingeräumt.«

»Ja, viel Platz zum Leben, aber wenig zum Erleben.« Er steckt seine Hände in die Hosentasche. Ich schweige, warte, bis er weiterspricht.

»Anna hat dir von Anja erzählt.«

Ich nicke, während er meinem Blick ausweicht.

»Sie war überrascht, dass ich nichts von ihr wusste.«

Alex lacht auf.

»Klar, das ist ja auch eines der ersten Themen, die man mit jemandem bespricht, den man gerade erst kennenlernt. Hi, ich bin Alex, und meine Ex hat mich gegen unseren Chef eingetauscht, weil sie durch ihn schneller die Karriereleiter hochgeklettert ist.«

Ich warte einen Moment ab und schaue in die Sterne. Dann schüttle ich den Kopf.

»Bei dir klingt es, als wärst du die minderwertigere Entscheidung gewesen, als hätte sie sich für eine Suite statt für das Standardzimmer entschieden. Treffender wäre: Meine Ex war so auf ihren Aufstieg in der High Society fixiert, dass sie dafür mich und unsere Liebe verraten hat.«

Alex zuckt mit den Schultern.

»Keine Ahnung, ob es Liebe war von ihrer Seite.« Er sagt es leise, fast zu sich selbst, und wir setzen uns wieder in Bewegung.

»Aber Anja und ihr Verhalten waren der Grund, weshalb du mich von vornherein abgelehnt hast, oder?«

Ich bleibe stehen und sehe ihn fragend an. Alex lacht auf.

»Eva-Maria von Gütersloh, die Tochter von Werner von Gütersloh, gefeiertes It-Girl, gefürchtete Partylöwin, der Inbegriff einer Jet-Setterin. Du wurdest schon in die Schicht hineingeboren, in die Anja immer wollte. Was war dein letzter Urlaub? Zwei Wochen Karibik?«

Ich seufze.

»Malediven«, gebe ich zu.

»Und dann hast ausgerechnet du auf mich eine Anziehung wie ein Magnet auf einen Eisennagel. Das klang wie eine vorprogrammierte Katastrophe.«

Er schüttelt den Kopf, als könne er es immer noch nicht glauben.

»Alex …«

Doch er stoppt mich mit einer Handbewegung.

»Ich bin glücklich hier, aber Anja war es zu eng und zu klein. Und genau das war immer der größte Streitpunkt zwischen uns.«

Ich nehme seine Hand und warte, bis er mich ansieht.

»Ich finde es in Recking heimelig und gemütlich.«

»Ja, jetzt!«, erwidert er leise. »Eva, ich bin wirklich froh, dass wir zu unseren Gefühlen stehen, aber ich bin nicht blauäugig. Ich will nicht wieder irgendwo in der Ferne mein Glück suchen, sondern hierbleiben. Ich brauche die Berge und die klare Luft, die Weite und auch mal die Einsamkeit. Für eine Großstadt bin ich nicht gemacht. Das Gebiet wird touristisch ausgebaut, und auf kurz oder lang steigt die Nachfrage nach einem Restaurant oder einer Pension. Und die werde ich dann decken. Meine Zukunft liegt hier! Und deine?«

Er sucht meinen Blick, hält ihn fest, sucht in meinen Augen nach einer Antwort. Wenn ich denn eine hätte.

»Das weiß ich im Moment nicht«, gebe ich zu. »Bis vorgestern wäre die eindeutige Antwort gewesen, dass die Firma meines Vaters meine Zukunft ist, denn dieser Weg wurde mir in die Wiege gelegt und von mir erwartet. Jetzt bin ich gerade … planlos. Aber egal, was ich mir jetzt ausmale oder welche Ideen ich für mich habe, in meinem Kopf bist du dabei immer an meiner Seite. Also ich würde mal sagen, bis zum Ende der Sommersaison habe ich hier noch einen Job, und danach sehen wir weiter. Ist das für dich in Ordnung?«

Alex nimmt mich in den Arm und nickt mit einem Lächeln.

»Nach vierundzwanzig Stunden Beziehung ist das wesentlich mehr, als ich erwarten dürfte. Tut mir leid, dass unser Start nicht voller rosa Wolken und einem Himmel voller Geigen ist.«

Er lehnt seine Stirn an meine, und ich schmiege mich an ihn.

»Ich mag Wolken ohnehin lieber weiß, und Geigen konnte ich noch nie leiden.«

Alex lacht und küsst mich.

»Gehen wir nach Hause?« In seiner Stimme schwingt ein Unterton mit, der mich ganz kribbelig macht. Rasch nicke ich, und wir drehen um. In seinem Schlafzimmer liegen Dirndl und Lederhose schnell in einer Ecke, und wir beschäftigen uns mit wichtigeren Dingen als mit alten Geschichten über Exfreundinnen.

Als ich am nächsten Morgen aufwache und die Augen öffne, beobachtet mich Alex.

»Du weißt, dass das gruselig ist, oder?«, frage ich ihn verschlafen und kuschle mich eng an ihn.

»Eva, ich muss dir was sagen.« Sein Ton ist ernst, und ich rücke etwas von ihm ab, um ihn besser betrachten zu können.

»Das hier ist mein Zuhause, aber nicht mein Haus«, erklärt er dann und sieht mich abwartend an.

»Wessen Haus ist es dann?« Ich reiße die Augen auf. »Oh mein Gott, gehört es Anja?«

»Was?« Alex sieht mich verwirrt an. »Himmel, nein!«

Ich atme auf.

»Meinen Eltern.«

Seinem Blick nach zu urteilen, fürchtet er, dass ich jetzt schreiend davonlaufe.

»Okay!«, antworte ich langsam und warte, ob noch etwas kommt.

Alex streicht nervös die Decke glatt.

»Genau genommen habe ich keine eigene Wohnung, weil ich während der Sommer- und Wintersaison ohnehin entweder auf der Sonnwandhütte oder auf der Lap-Alm bin. Und für die paar Wochen dazwischen lohnt es sich einfach nicht.«

Ich setze die Puzzlestücke zusammen.

»Darum wohnst du im Haus deiner Eltern.« Der Satz geht noch einmal durch meinen Kopf, und ich reiße die Augen auf. »Du wohnst bei deinen Eltern«, kombiniere ich. »Darum sind wir durch die Hintertür rein und gleich die Treppe hoch.«

Alex nickt etwas beschämt.

»Ich hab nur dieses Zimmer und ein eigenes Bad.«

Ich spinne den Gedanken weiter.

»Also wenn ich jetzt einen Kaffee trinken möchte …«

»… müssen wir in die Küche zu meinen Eltern runter.«

Erst ist es ein Lächeln, dann ein Grinsen, und schließlich lache ich lauthals, sodass ich kaum mehr Luft bekomme.

»Das ist eine völlig neue Erfahrung für mich!« Ich wische mir die Lachtränen aus den Augen.

»Schlimm?«, fragt er und macht kleine Falten in die Bettdecke.

Ich hebe sein Kinn und küsse ihn sanft.

»Überhaupt nicht! Ich kenne das nur einfach nicht, dass ich den Eltern meiner Eroberung über den Weg laufen könnte. Nicht mal, als wir noch Teenager waren. Die waren alle viel zu beschäftigt. Meinst du, es wird für deine Eltern … komisch?«

Alex schüttelt den Kopf.

»Ich hab sie gestern vorgewarnt, dass ich nach dem Kirtag hier schlafe und jemanden mitbringe. Es könnte nur sein, dass sie jetzt absichtlich den ganzen Vormittag in der Küche sitzen, damit sie dich nicht verpassen.«

Ich nage an meiner Unterlippe.

»Und wenn sie mich nicht mögen?«

Alex schüttelt den Kopf.

»Meine Eltern haben meine Entscheidungen in puncto Frauen schon immer akzeptiert.«

Trotzdem bin ich aufgeregt, als wir eine halbe Stunde später die Küche betreten. Tatsächlich ist Alex' Mutter gerade dabei, zu kochen. Er tritt zu ihr an den Herd und gibt ihr einen Kuss auf die Wange.

»Morgen, Mama! Was wird das denn Leckeres?«

»Rindsbraten, aber wenn du willst, kannst gleich weitermachen statt mir.« Dann dreht sie sich um und entdeckt mich.

»Guten Morgen!«, grüße ich freundlich.

»Ja, man sollte meinen, ich hätt' meinem Sohn ein paar Manieren beigebracht«, sagt sie dann kopfschüttelnd, und Alex verdreht hinter ihr die Augen. Ich verbeiße mir ein Schmunzeln. »Alexander, vorstellen hättest du uns schon können.« Sie wirft ihm einen strengen Blick zu.

»Wollte ich noch«, beteuert er, doch ehe er noch etwas hinzufügen kann, macht sie eine wegwerfende Handbewegung.

»Guten Morgen, ich bin die Doris«, wendet sie sich wieder an mich.

»Eva, hallo!« Ich ergreife ihre ausgestreckte Hand, und sie legt ihre linke noch über unsere beiden Hände. Es fühlt sich herzlich an, als würde sie mich in die Familie aufnehmen.

»Magst was frühstücken?«, fragt sie mich dann fürsorglich. »Kaffee hätt ich fertig, aber ich kann dir auch einen Tee machen. Und was zu essen? Eier vielleicht? Oder eine Semmel mit Butter und Marmelade oder Schinken und Käse?«

Etwas überfordert blinzle ich.

»Kaffee wäre nett, vielen Dank!«

Doris sieht mich abwartend an, und Alex gluckst hinter ihr.

»Sie lässt dich nicht aus dem Haus, ohne dass du was gegessen hast«, prophezeit er mir. »Das geht mir schon seit fast dreißig Jahren so.«

Dafür gibt sie ihm einen leichten Klaps auf den Arm.

»Sei froh, dass ich immer schau, dass du was isst, sonst wäre ja gar nichts geworden aus dir!«

Es ist witzig, die beiden miteinander zu sehen. Sie haben scheinbar ein sehr gutes Verhältnis zueinander. Erst ist es ein wenig eigenartig, mit ihnen in der Küche zu sitzen, doch Alex und Doris scheinen sich nicht unwohl zu fühlen in der Situation, also entspanne ich mich auch ein wenig. Doris bringt mir Kaffee und stellt die Tasse zusammen mit Milch und Zucker auf den Tisch. Alex setzt sich zu uns.

»Woher kennt ihr euch denn?«, möchte Doris dann wissen und sieht von Alex zu mir. »Machst du Urlaub hier?«

»Mama, kein Kreuzverhör«, bittet Alex sie, doch in seiner Stimme ist ein scharfer Unterton. »Eva ist meine Kollegin auf der Lap-Alm.«

»Wenn du mir gesagt hättest, dass du nur eine Kollegin mitbringst, hätte ich natürlich das Gästezimmer für sie fertig gemacht.« Doris zeigt sich bestürzt, doch ist leicht zu durchschauen.

»Vielen Dank, aber wir brauchen auf der Lap-Alm auch nur mehr ein Zimmer«, antworte ich mit einem Zwinkern, und sie lächelt breit. Dann steht sie auf und klopft Alex auf die Schulter.

»Sie gefällt mir.«

Alex verbirgt sein Gesicht hinter den aufgestützten Händen und bringt mich damit zum Lachen.

»Doris, vielleicht nehme ich jetzt doch eine Semmel mit Butter und Marmelade. Kann ich dir helfen?«, frage ich, doch sie deutet mir, dass ich sitzen bleiben soll.

»Marille oder Erdbeere? Ich hab alle zwei selbst eingekocht«, erzählt sie stolz.

»Dann koste ich beide«, beschließe ich und gehe ihr trotzdem zur Hand.

Nachdem wir gefrühstückt haben, erkundigt sich Doris, ob wir zum Mittagessen noch bleiben.

»Danke, Mama, aber du hast mich heute genug in Verlegenheit gebracht«, lehnt Alex lächelnd ab.

»Geh, Bub! Ich bin deine Mama, das ist mein Job«, grinst sie ihn an, und ich muss schon wieder lachen. »Packt mal zusammen, ich geb euch was mit rauf, dann müsst ihr heute nix mehr kochen.«

Alex will etwas sagen, aber ich lege meine Hand auf seinen Arm.

»Doris, das wäre wirklich sehr lieb von dir. Zu einem selbstgekochten Essen sage ich nicht nein.«

Sie streicht mir über den Oberarm und sieht mich warm an.

»Dann kommt doch nächste Woche noch mal runter, hm? Am Sonntagabend mit dem letzten Lift oder am Montag in der Früh. Und dann essen wir gemeinsam.«

Alex wirft mir einen fragenden Blick zu, und ich nicke.

»Machen wir, Mama! Ich melde mich noch, wann wir genau kommen.«

Während wir unsere Sachen wieder in die Rucksäcke packen, entschuldigt sich Alex bei mir.

»Ich hätte nicht gedacht, dass sie so indiskret ist und so … einnehmend«, stöhnt er.

»Sie ist ganz toll«, halte ich dagegen.

Er hält lächelnd inne, lässt das Hemd, das er eben in der Hand hatte, wieder aufs Bett fallen und zieht mich an sich.

»Du bist toll«, raunt er mir zu und küsst mich. Als der Kuss jedoch leidenschaftlicher wird, gehe ich auf Abstand.

»Darf ich dich dran erinnern, dass da unten deine wissbegierige Mutter in der Küche ist, wir aber am Berg eine ganze Hütte für uns haben?«

Alex' Augen leuchten auf.

»Du hast recht, lass uns hier abhauen.«

Eine Stunde später sitzen wir schon im Sessellift und fahren – mit Essen, das locker für zwei Tage reicht – der Lap-Alm entgegen. Eng an Alex gekuschelt höre ich, wie die Geräusche der Traktoren und Autos leiser werden und bald nur noch leise Kuhglocken und das monotone Surren des Lifts die Stille durchbrechen.

In der Hütte angekommen, lassen wir uns das mitgebrachte Mittagessen schmecken.

»Was hältst du von einem kleinen Spaziergang?«, fragt Alex dann.

»Hatten wir nicht andere Pläne?«, necke ich ihn, und er lacht.

»Aufgeschoben ist nicht aufgehoben«, verspricht er dann. »Komm, ich will dir was zeigen.«

Also stehe ich kurz darauf wieder in Bergschuhen vor der Hütte. Wenn mir jemand vor ein paar Wochen erzählt hätte, dass ich öfter Bergschuhe als High Heels trage, hätte ich ihn ausgelacht.

Hand in Hand marschieren wir los, und Alex gibt zielstrebig die Richtung vor. Nach knapp einer Stunde taucht ein glitzernder Bergsee vor uns auf. Er ist kleiner als jener, auf den ich mit der Mädels-Clique gestoßen bin, aber liegt malerisch eingebettet.

»Gott, ist der schön«, entschlüpft es mir. Alex gluckst neben mir und zieht mich an sich.

»Also, nicht dass ich etwas dagegen habe, wenn du mich Gott nennst, aber Alex reicht.«

»Blödmann!« Ich verdrehe die Augen. »Kann man in dem baden?«

Er lächelt, als hätte er die Frage erwartet, und deutet auf einen Steg, der rechts von uns auftaucht.

»Ein Bergsee ist ziemlich kalt. Aber grundsätzlich kann man darin baden.«

Wir setzen uns auf das warme Holz, und ich kann nicht fassen, wie ruhig es hier ist. Außer dem Summen der Bienen ist nichts zu hören. Nichts deutet auf angrenzende Zivilisation hin. Es gibt gerade nur Alex und mich, und ich finde es himmlisch. Aber es ist auch ziemlich warm.

»Schade, dass ich keinen Bikini dabeihabe. Wieso hast du mir nicht gesagt, wohin wir gehen?« Ich knuffe Alex in die Seite, und er lacht.

»Eva-Schatz, der See ist im Privatbesitz meines Onkels, und es führt kein öffentlicher Wanderweg daran vorbei. Wer also nicht genau weiß, wohin er muss, kommt hier nicht her.«

Er sieht mich mit einem Grinsen an.

»Okay …« Ich warte noch auf die Pointe seiner Aussage, doch er küsst mich stattdessen. An dieses Alternativprogramm könnte ich mich natürlich auch gewöhnen. Ich sinke mit dem Rücken auf den Steg und lasse mich ganz in den Kuss fallen. Bald schon macht sich Alex an meinem Shirt zu schaffen und am Knopf meiner Hose.

»Was genau tust du da?«, murmle ich an seinen Lippen und ernte erneut ein Lachen.

»Wenn du nicht von selbst draufkommst, dann zeige ich es dir.« Alex gibt mir noch einen schnellen Kuss, dann zieht er sich selbst das Shirt über den Kopf und öffnet seine Wanderschuhe. Hose, Boxershorts und Socken streift er in einem Zug ab, dann springt er splitterfasernackt in den See. Ich schnappe nach Luft, weil mich kalte Wassertropfen treffen und ich endlich begriffen habe, was er vorhin meinte. Wenn außer uns hier niemand sein darf, wozu brauchen wir dann Badesachen? Schnell entledige auch ich mich meiner Klamotten und springe Alex hinterher, der schon im kalten Nass seine Runden zieht.

Prustend tauche ich auf.

»Herrlich!«

Die niedrige Temperatur des Sees ist erfrischend, und wir plantschen eine Weile herum. Dann legen wir uns auf den Steg und lassen uns von der Sonne trocknen. Alex zaubert eine Packung Manner-Schnitten aus dem Rucksack.

»Die dürfen beim Wandern einfach nicht fehlen«, erklärt er mir und bietet mir die österreichische Köstlichkeit an. Ich bin schon auf der Sonnwandhütte auf den Geschmack gekommen und greife begeistert zu.

»Ein See, der nur uns gehört, Sonne, Wärme und Manner-Schnitten«, schwärme ich mit geschlossenen Augen. »Kann dieser Tag denn noch schöner werden?«

Ich spüre, dass Alex näher an mich heranrutscht.

»Ich kann es ja mal versuchen«, raunt er mir zu, und Gänsehaut rieselt meinen Rücken hinunter.

»Sehr gerne, aber das verlegen wir dann bitte doch in die Hütte«, verlange ich mit einem Augenzwinkern.

»Prüde?« Alex wirkt überrascht.

»Praktisch! Dann müssen wir nicht irgendwann dazwischen unterbrechen, um noch bei Tageslicht auf der Lap-Alm anzukommen.«

Alex lacht.

»Mir gefällt, wie du denkst.«

Rasch ziehen wir uns an und machen uns auf den Rückweg. Und der restliche Abend und die Nacht geben meiner Einschätzung recht.

Kapitel 21

In den nächsten Tagen ist unser Tagesablauf wie auf den Kopf gestellt. Wir arbeiten nach wie vor als Team, aber die kleinen Zärtlichkeiten zwischendurch lassen uns förmlich durch die Tage schweben. Die Arbeit geht uns wie von selbst von der Hand, und die Gäste fühlen sich sichtlich wohl in der heimeligen Atmosphäre, die sich auf der Lap-Alm eingestellt hat.

Am Samstag höre ich, wie sich eine Wandergruppe über Pferde unterhält. Beim Abendessen mit Alex greife ich das Thema wieder auf.

»Gibt es in Recking eigentlich eine Möglichkeit zu reiten?«, frage ich und schiebe mir eine Ladung Nudeln in den Mund.

Er hält in der Bewegung inne.

»Du kannst reiten?«

Ich nicke, während ich noch kaue.

»Klar! Ich reite Dressur seit meinem elften Lebensjahr, bis zum Abi sogar relativ erfolgreich. Danach wurde es weniger, vor allem wegen des Studiums, aber ich würde gerne mal wieder im Sattel sitzen.«

Alex lehnt sich zurück und nimmt einen Schluck Schiwasser.

»Warte kurz, ich check mal was.« Er geht in die Hütte und kommt wenige Minuten später mit zufriedenem Gesichtsausdruck wieder. In seiner Hand sehe ich das Funkgerät und bekomme einen großen Schreck.

»Oh nein! Ein Notfall?«

Doch Alex winkt ab.

»Nein, ich hab nur bei der Nachbarhütte was angefragt, und das geht so einfacher«, beruhigt er mich. »Hast du morgen Abend schon was vor?«

Voller Sarkasmus sehe ich ihn an.

»Ja, da wollte ich erst shoppen, dann Sushi essen und anschließend ins Theater.« Ich hebe die Hände und deute auf die Weite, die uns umgibt. »Was soll ich hier schon vorhaben?«

Er lacht.

»Dann radeln wir morgen zu den Nachbarn und borgen uns zwei Pferde aus.«

Ich reiße die Augen auf.

»Im Ernst?«

Er nickt.

»Ja, ich habe eben mit Martin gesprochen. Aber ich warne dich vor, es sind Haflinger, keine grazilen Dressurrösser.«

»Pferd ist Pferd«, winke ich ab.

Alex grinst.

»So, und nun erzähl mal: Dressurreiten also? Ich dachte, du bist unsportlich«, zieht er mich auf.

»Ich hab dir gesagt, dass ich beim Berglauf keine Kondition hab. Nicht, dass ich nie Sport gemacht habe.«

Dann erzähle ich ein wenig von meinen Anfängen als Reiterin. Alex hat das Reiten mehr so nebenbei gelernt. Als Kind schon saß er mit seiner Schwester ständig in Recking auf dem Pony seiner Tante.

»Schön und korrekt ist mein Sitz vermutlich nicht, aber ich bleibe oben und kann dem Pferd vermitteln, was ich von ihm will. Und mehr hat es hier nie gebraucht.«

Er zuckt mit den Schultern, und ich küsse ihn.

»Danke, dass du das für mich organisiert hast«, flüstere ich an seine Lippen.

»Wenn ich dir all deine Wünsche erfülle, erwische ich vielleicht auch irgendwann mal das, was du dir vom Stern wünschen würdest.«

Wir sehen einander in die Augen, und ich versinke darin.

»Den hast du mir schon erfüllt«, wispere ich, und er lächelt glücklich. Wir sitzen noch lange eng aneinander gekuschelt vor der Hütte und sehen in die Sterne.

Auch der nächste Tag vergeht wie im Flug, da ich mich schon wahnsinnig auf den Ausritt am Abend freue. Ich kann es kaum erwarten, dass die letzten Gäste gehen und wir die

Hütte für den nächsten Tag vorbereiten können. Dann geht es mit den Rädern von der Lap-Alm aus zur Nachbarhütte.

»Servus, Nachbarn«, ruft der blonde Mann, der auf der Weide steht und winkt. Als wir abgestiegen sind, reicht Alex ihm freundschaftlich die Hand.

»Wie geht's deiner Verletzung? Hat böse ausgesehen«, meint Martin. Mit triumphierendem Blick sehe ich Alex an, denn offensichtlich fand nicht nur ich, dass es mehr als eine harmlose Schramme war. Doch Alex winkt ab.

»Schon wieder verheilt. Martin, das ist Eva!« Er legt den Arm um meine Taille, und in Martins Augen blitzt Verstehen auf, als er mir die Hand schüttelt.

»Hallo, Eva! Du hattest mit meiner Frau Birgit Kontakt nach dem Unwetter, richtig?«

Ich nicke.

»Ja, ich war heilfroh, dass ich jemanden erreicht habe.«
Martin deutet hinter sich.

»Dann gehen wir gleich mal in den Stall.«

Der Geruch von Heu, Stroh und Pferd lässt mich tief einatmen. Viel zu lange habe ich auf keinem Pferd gesessen. Als kleines Mädchen saß ich so oft es ging bei meiner Fuchsstute Dakota in der Box und sah ihr beim Fressen zu. Wir haben uns einen Apfel geteilt und gekuschelt. Mit den Jahren geriet das mehr und mehr in Vergessenheit, der Sport stand im Vordergrund. Dakota wurde verkauft, und ein teurer Wallach angeschafft mit klingendem Namen. Ich habe ihn immer nur Max gerufen, und Kuscheln war leider gar nicht sein Ding. Vorbereitung, Pflege und Nachsorge übernahmen andere für mich. Dabei war es als Kind gerade das, was mich am meisten entspannt hat.

»Eva?«

Ich schrecke aus meinen Erinnerungen hoch.

»Sorry, ich war gerade mit meinen Gedanken woanders.«
Martin lächelt.

»Lieber Stute oder Wallach?«

»Stute«, entscheide ich aus dem Bauch heraus.

Alex wirft mir einen Seitenblick zu.

»Du weißt, dass man sagt, die Stuten wären eher eigensinnig?«

Empört schnaube ich.

»Ich denke, das bekomme ich gerade noch hin.«

Martin schmunzelt über unseren Schlagabtausch.

»Dann nimmst du Callista, und Alex kriegt Capricorn.« Er deutet auf zwei bildschöne Haflinger. Callista hat nur eine kleine Flocke auf der Stirn, während Capricorn eine schmale Blesse bis kurz oberhalb der Nüstern hat. »Soll ich sie dir satteln und zäumen?«

Ich schüttle den Kopf.

»Wenn es für dich in Ordnung ist, würde ich das gerne selbst machen. Zeig mir nur, welche Sachen ihre sind.«

Martin bringt mir Sattel, Zaumzeug und Putzkiste. Callista und ich beschnuppern uns inzwischen.

Als ich mich schließlich in den Sattel sinken lasse, ist es wie heimkommen. Auch Alex wirkt zufrieden auf Capricorn, und so reiten wir los. Nach Dakota bin ich nur selten ausgeritten, denn Max war viel zu wertvoll. Er wurde stets auf dem Gelände des Reitstalls bewegt, und ich ritt meist in der Halle, aufgrund der perfekten Verhältnisse von Boden, Licht und Wetter. Der Ausritt heute ist das krasse Kontrastprogramm, denn es geht über Stock und Stein querfeldein. Callista scheint das gar nichts auszumachen, nur ich fühle mich wie ein Greenhorn. An einer Weggabelung ist schließlich Schluss. Callista will den rechten Weg nehmen und weigert sich strikt, Capricorn und Alex nach links zu folgen. Nach einigen Minuten kommen die beiden zu uns zurück.

»Ja, Schickimicki, Haflinger sind stur. Da hilft dir die jahrelange Dressur leider gar nichts«, zieht Alex mich auf und sieht aus, als wäre er auf diesem Pferd geboren. Ich atme tief durch, dann steige ich ab.

»Eva, was machst du?«, fragt Alex besorgt, doch ich ignoriere ihn. Stattdessen streichle ich Callistas Hals und schließlich ihren Kopf. Sie scheint zu den Pferden zu gehören, die das mögen. Vorsichtig stupst sie mit ihrer Nase in meine Hand, die ich ihr entgegenhalte.

»Hör zu, meine Hübsche!«, flüstere ich ihr zu. »Die beiden Kerle machen sich schon über uns lustig. Es wäre mir sehr recht, wenn wir zwei Mädels zusammenhalten würden, denn ich bin mir sicher, dann hängen wir sie ab. Was meinst du?« Aus der Jackentasche zaubere ich einen Apfel, den ich aus Callistas Futtertrog gemopst habe. So konnte ich sicher sein, dass ich ihr nichts anbiete, was sie nicht mag oder verträgt. Sofort macht sie sich darüber her und schmatzt genüsslich. Ihren vorsichtigen Schubs mit dem Kopf gegen meine Schulter deute ich als Zustimmung und steige wieder auf.

»Es kann weitergehen«, rufe ich Alex siegessicher zu. Und tatsächlich folgt Callista Capricorn widerstandslos. Jedoch nur, um ihn tatsächlich bei der nächsten Galoppstrecke zu überholen.

Zurück im Stall zeigt Martin sich beeindruckt, als Alex von meiner Bestechung erzählt.

»Hut ab, so schnell hatte noch keiner unsere Diva auf seiner Seite.«

»Von wegen Stutenbissigkeit! Frauenpower!«, erwidere ich lachend und versorge Callista. »Bis bald, meine Hübsche!«

Zurück auf der Lap-Alm falle ich fast vom Rad.

»Ich bin todmüde«, gebe ich zu. »Und hungrig!«

Alex lacht.

»Dann schlage ich vor, wir duschen und anschließend machen wir uns was zu essen. Tot kann ich dich nämlich gar nicht brauchen!«

»Was bist du für ein fürsorglicher Freund!«, ziehe ich ihn lachend auf.

In meinem Zimmer schlüpfe ich aus meinen Sachen, als mein Blick auf mein Telefon fällt. Sechs Anrufe in Abwesenheit.

»Seit wann habe ich hier oben Empfang? Und wer will so dringend was von mir?«, wundere ich mich und entsperre das

Handy. Es ist die Nummer meines Vaters. Erst lodert die Wut auf meine Eltern wieder auf, doch dann siegt die Sorge. Es wird doch nichts geschehen sein? Ich habe tatsächlich ein wenig Empfang und wähle rasch.

»Eva, gottseidank erreiche ich dich!«, höre ich seine Stimme und er klingt fast verzweifelt.

»Ist etwas passiert?«

»Ja, das ist es tatsächlich.« Er holt tief Luft und ich mache mich auf das Schlimmste gefasst. »Oliver hatte einen Unfall.«

»Oh mein Gott!«, entfährt es mir, denn auch wenn ich keinen Gefallen an ihm als Mann finde, so ist er doch ein guter Bekannter und ich wünsche ihm nichts Böses.

»Er wird wieder gesund, aber er hat einen Trümmerbruch im Bein. In den nächsten Monaten braucht er mehrere Operationen und eine langwierige Reha, damit er es wieder normal gebrauchen kann. Und meine Kur dauert auch noch ein paar Wochen.«

Langsam schwant mir, weshalb er mich angerufen hat.

»Und was hat das alles mit mir zu tun?«, frage ich ihn kühl.

»Deine Mutter schafft das alles nicht alleine. Du musst mich vertreten.« Er sagt es, als wäre es selbstverständlich.

Ich schnaube empört.

»Das kann ich nicht, denn ich arbeite nicht in eurem Unternehmen«, erinnere ich ihn.

»Schreibkram, deine Mutter regelt das gerade.« Es klingt, als müsse sie nur mal eben Brot vom Bäcker holen.

»Papa, ich habe einen Job, und zwar noch bis zum Ende der Sommersaison.«

»Mit Herrn Berger habe ich schon gesprochen und ihm unseren Notfall erklärt. Er wird jemanden von einer anderen Hütte abziehen, um dich auf dieser Alm zu ersetzen.«

»Du hast was? Ohne vorher mit mir darüber zu reden?« Ich bin fassungslos. »Woher weißt du überhaupt, wo genau ich arbeite?«

Er lacht auf.

»Als ob das mit meinen Beziehungen schwer rauszufinden wäre. Wir haben schon vor deinem Arbeitsbeginn gecheckt, in welchen Betrieb es dich verschlagen hat.«

Fassungslos schnappe ich nach Luft.

»Ihr habt mir hinterherspioniert? Warum? Hattet ihr Angst, dass ich euch belüge und in Wahrheit Urlaub in den Bergen mache?«

Er schweigt eine Sekunde zu lange.

»Natürlich nicht! Wir wollten nur sichergehen, dass du in keine zwielichtige Kaschemme kommst. Also ein Taxi bringt dich morgen von der Talstation des Lifts direkt zum Flughafen. Die Tickets und die übrigen Daten schicke ich dir per Mail.«

»Ähm, ich habe noch nicht zugesagt«, unterbreche ich ihn, bevor er auflegt.

»Eva-Maria, was soll das denn jetzt? Bist du immer noch beleidigt, weil wir dir den Chefsessel nicht zu Füßen gelegt haben, als du aufgekreuzt bist?«

Ich gehe gar nicht auf seine Wortwahl ein.

»Du hast noch genügend andere Mitarbeiter, wieso vertritt dich niemand von denen?«

»Das ist ein Familienunternehmen«, entrüstet er sich.

»Und Oliver ist dein Neffe siebten Grades oder wieso wurde er Geschäftsführer?«, schieße ich zurück. »Ihr habt mich übergangen und ausgetrickst. Und jetzt, wo euer Plan die ersten Schwachstellen aufweist, bin ich wieder gut genug?«

Ich höre, wie mein Vater tief ein- und wieder ausatmet.

»Eva-Maria, wenn du jetzt einspringst, kannst du den Sessel, den du übernimmst, auf Dauer behalten. Noch ist die Übergabe an Oliver nicht ganz durch, wir stoppen alles und teilen die Geschäftsführung zwischen euch auf, wobei du in absehbarer Zeit auch noch die Geschäftsanteile von deiner Mutter und mir bekommst, also dein Wort dann mehr Gewicht hat als das von Oliver. Du kannst den Bereich, den du übernehmen willst, frei wählen und wir unterstützen dich, solange wir können und du es willst.« Er macht eine kleine Pause. »Aber wenn du uns jetzt hängen lässt, brauchst du dich in meiner Firma nicht mehr blicken lassen, außer wenn du uns privat besuchen kommst.«

Wenn er mir dieses Angebot gleich nach meiner Ankunft hier unterbreitet hätte, wäre ich sofort auf dem Weg zum Lift gewesen, vermutlich ohne den Koffer überhaupt zu packen. Aber die Lage hat sich verändert, nun gibt es einiges, das mich hier hält. Ich bin nicht mehr dieselbe Person, wie noch vor ein paar Wochen. Jetzt höre ich in erster Linie das Ultimatum, das er mir stellt, und fühle das Messer, das er mir abermals an die Kehle drückt. Doch ich kann auch seine Sorge verstehen, dass meine Mutter sich allein vollkommen übernimmt. Und dass er nicht seinen Kuraufenthalt unterbricht, zeigt mir, dass es um sein Herz doch schlechter bestellt ist, als meine Mutter mir weisgemacht hat. Denn wenn es medizinisch vertretbar wäre, säße er schon längst wieder selbst auf seinem Stuhl im Büro.

»Eva-Maria?« Er klingt ungeduldig.

»Ich werde jetzt duschen und etwas essen«, informiere ich ihn sachlich. »Und danach rufe ich dich an und sage dir, wie ich mich entschieden habe.«

Er gibt einen verblüfften Laut von sich, doch ich verabschiede mich und lege auf. Dann gehe ich auf den Balkon, lehne mich an die Brüstung und lasse den Kopf in meine Hände sinken. Was für ein Schlamassel! Egal, was ich jetzt tue, ich werde jemanden enttäuschen! Ich finde es unmöglich, dass mein Vater über meinen Kopf hinweg gehandelt hat und wie selbstverständlich er davon ausgeht, dass ich springe, wenn er ruft. Aber es widerstrebt mir auch, meine Eltern im Stich zu lassen, wenn sie mich brauchen und tatsächlich meine fachliche Kompetenz mal anerkennen. Ich seufze. Es gibt nur einen Weg: Ich muss mit Alex sprechen, denn wie auch immer ich mich entscheide, es betrifft uns beide. Also dusche ich und gehe danach in frischen Klamotten in die Küche. Die ganze Zeit schon überlege ich, wie ich ihm die Neuigkeiten beibringen soll, doch als ich den Raum betrete, genügt ein Blick von ihm und mir ist klar, dass er schon Bescheid weiß.

»Alex …« Vorsichtig mache ich einen Schritt auf ihn zu. Er dreht sich zwar zu mir, aber ich spüre die Mauer, die er um sich gebaut hat.

»Ich habe gerade mit Onkel Karl telefoniert. Wie lange weißt du es schon?« Seine Worte klingen kühl und distanziert. Denkt er, ich halte es die ganze Zeit vor ihm geheim? Beschwichtigend hebe ich die Hände.

»Ich hatte keine Ahnung! Als ich vorhin nach oben gegangen bin, habe ich mit meinem Vater telefoniert, weil er versucht hat, mich zu erreichen. Er hat Probleme mit dem Herzen und ist derzeit auf Kur. Sein Stellvertreter hatte einen schweren Unfall und wird längere Zeit ausfallen. Ich soll in die Geschäftsleitung einsteigen.«

Er nickt.

»Vorübergehend?«

Ich schlucke.

»Dauerhaft«, antworte ich dann leise. »Aber Alex …«

»Lydia wird statt dir kommen.« Es klingt, als würde er mir sagen, dass er einen anderen Pulli anzieht, weil er auf dem ersten einen Fleck entdeckt hat. Ich wünschte, er würde mit mir streiten, toben, schreien, wie scheiße er das alles findet. Denn so gibt er mir das Gefühl, dass es ihm egal ist, wenn ich abreise.

»Ich habe noch nicht zugesagt!«, stelle ich klar und hoffe innerlich auf ein hoffnungsvolles Aufblitzen seiner Augen. Doch ich werde enttäuscht.

»Dein Vater war sich sehr sicher, als er mit meinem Onkel telefoniert hat. Wenn Werner von Gütersloh ruft, wird gefolgt.«

Ich schüttle ungläubig den Kopf.

»Ich bin seine Tochter und keine Geschäftspartnerin. Und ich habe mich schon öfter gegen meine Eltern aufgelehnt.«

Alex lacht humorlos auf.

»Willst du mir sagen, du bleibst lieber auf der Alm, obwohl die Geschäftsführung des Familienunternehmens winkt? Das, worauf du jahrelang hingearbeitet hast?« Er sagt es so, als läge die Antwort auf der Hand.

»Ich gebe meinem Vater nach dem Essen Bescheid, wie ich mich entschieden habe«, erwidere ich sachlich. »Denn ich wollte erst mit dir darüber sprechen.«

»Mit mir? Wozu?«

Meine Augenbrauen schnellen nach oben.

»Weil wir zusammen sind!? Oder zumindest waren wir das vor einer Stunde noch, oder? Und selbst wenn ich tue, worum mein Vater mich gebeten hat, muss das ja nicht das Ende für uns sein. Aber wir sollten darüber reden, wie wir das hinkriegen.«

Alex' Blick ist wie versteinert.

»Du wolltest immer die Von Gütersloh Restaurant und Hotel GmbH übernehmen, das ist deine Welt. Meine ist hier. Ich denke nicht, dass das kompatibel ist.«

»Alex …« Ich greife nach seiner Hand, doch es ist, als würde ich einen Felsen berühren. »Kannst du mir einen Grund nennen, warum ich nicht gehen sollte?« Ich klinge fast flehend und hasse mich im selben Moment dafür. So eine Frau bin ich nicht, die darum bettelt, geliebt zu werden. Für eine Sekunde nur glaube ich, Schmerz in seinem Gesicht zu erkennen, doch dann gleicht es wieder einer Maske. Schweigend schüttelt er den Kopf. Das ist alles? Mehr will er mir nicht sagen? Es ist wie eine Eisdusche. Enttäuschung macht sich in mir breit, weil er nicht kämpft. Macht es ihm so wenig aus, dass unser noch so junges Glück hiermit zerbricht? Bemüht, die Fassung zu wahren, nicke ich nur.

»Dann gehe ich jetzt mal telefonieren und packe meine Sachen.«

In meinem Zimmer kann ich die Tränen nicht mehr zurückhalten. Mit verschleiertem Blick schreibe ich meinem Vater, dass er mir das Ticket und die Reisedaten schicken soll. Dann stopfe ich meine Sachen in die Reisetasche. Ich kann es nicht fassen! Vor zwei Stunden war ich noch überglücklich, verliebt und fühlte mich hier bei Alex genau am richtigen Platz. Jetzt ist plötzlich alles zu Ende. War es falsch, der Bitte meines Vaters nachzugeben? Andererseits wirkte Alex nicht so, als wäre er über meine Abreise traurig. Habe ich mich in seinen Gefühlen getäuscht?

Auch als ich im Bett liege, kommen meine Gedanken nicht zur Ruhe, und das Wissen, dass mich nur eine Wand von Alex trennt, macht es nicht besser.

Ohne nennenswerten Schlaf ist die Tasse Kaffee, die ich mir am nächsten Morgen mache, fast wie ein Lebenselixier. Die Reisetasche steht schon neben der Tür, als ich Alex auf der Treppe höre. Ich schließe kurz die Augen und atme tief durch. Man sieht mir die durchwachte Nacht an, und ich habe mir keine Mühe gemacht, mich zu schminken und es zu überdecken. Sorge blitzt in Alex' Augen auf, als er mich sieht.

»Guten Morgen!«

»Willst du schon los?«

Ich nicke.

»Ich möchte gleich die erste Fahrt nach unten erwischen, damit ich rechtzeitig am Flughafen bin, und es ist ja doch ein Stück zu gehen.«

»Brauchst du Hilfe mit deinem Gepäck?« Er sagt es sachlich, nicht fürsorglich wie sonst. Als würde er einem Gast seine Hilfe anbieten. Ein Stich durchfährt mein Herz, weil wir dieses Gespräch schon einmal hatten.

»Ich hatte auch keine Hilfe bei meiner Ankunft in den Bergen. Das schaffe ich schon.«

Alex sieht betreten zu Boden, und ich schlucke die aufsteigenden Tränen hinunter.

»Die Dirndl habe ich aufs Bett gelegt und auch die Lederhose und die Blusen«, teile ich ihm geschäftig mit. »Alles zu waschen habe ich leider nicht mehr geschafft.«

Er nickt und macht sich an der Kaffeemaschine zu schaffen.

»Kein Problem, das machen wir schon.«

Wir! Gestern waren wir noch er und ich. Jetzt sind es er und Lydia. Meine Brust wird eng, und ich habe das Gefühl, keine Luft mehr zu bekommen. Ich kann das nicht! Ich schütte den restlichen Kaffee in den Abfluss und stelle die Tasse in die Spülmaschine. Dann gehe ich durch die Gaststube und hänge mir die Reisetasche um.

»Danke für alles!« Meine Stimme klingt rau, und ich kann nicht ein Wort mehr herausbringen.

»Keine Ursache!« Alex sieht aus, als wäre er dem Weinen auch näher als dem Lachen. Also lässt es ihn doch nicht so kalt, dass ich jetzt gehe.

»Alex …«, beginne ich.

»Alles Gute!«, unterbricht er mich mit starrem Blick.

Ich hebe meine Hand zum Gruß und gehe aus der Tür. Und erst als ich die Lap-Alm nicht mehr sehen kann, erlaube ich mir, den Tränen freien Lauf zu lassen.

Bei meiner Ankunft zu Hause bin ich ein Wrack. Den ganzen Tag lang habe ich keine feste Nahrung zu mir genommen, Schlaf konnte ich auch nicht finden, und meine Augen sind vom Weinen so geschwollen, dass ich kaum etwas sehe. Die Wohnung wirkt zu groß, zu steril und zu fremd, dabei ist sie mein Zuhause. Völlig verrückt! Ich werfe die Reisetasche in eine Ecke und hole nur meinen Kulturbeutel und das Tablet heraus. Dann schreibe ich meiner Mutter, wann wir uns morgen im Büro treffen, und falle nach einer Dusche ins Bett.

Kapitel 22

Ich schlafe tief, als würde mein Körper mich ruhigstellen, damit ich nicht zusammenklappe. Und als ich aufwache, ist meine Mauer wieder da. Dahinter schmerzt mein zersprungenes Herz, aber ich schaffe es, die Gedanken an Alex und meine Zeit auf dem Berg auszusperren. Mechanisch dusche ich und öffne den Kleiderschrank. Statt ins Dirndl schlüpfe ich heute in einen Bleistiftrock und eine hellblaue Bluse mit modischem Schnitt. Die Haare stecke ich hoch und lege mein übliches Make-up auf. Als ich die Aktentasche mit meinem Tablet zur Garderobe stelle und mir in der Küche einen Kaffee holen möchte, höre ich einen Schlüssel in der Tür. Erschrocken blickt mich meine Haushälterin an.

»Frau von Gütersloh«, ruft sie und presst sich die Hand auf die Brust. »Bitte entschuldigen Sie, ich wusste nicht, dass Sie zu Hause sind. Ihr Vater sagte mir, dass Sie den Sommer über beruflich unterwegs wären. Ich wollte nur nach dem Rechten sehen und die Pflanzen gießen.«

»Guten Morgen, Frau Engelmann«, grüße ich sie freundlich. »Ich bin gestern überraschend zurückgekommen.«

Sie nickt.

»Dann verschiebe ich gleich meine anderen Termine und mache eine Grundreinigung.«

Ich winke ab.

»Das hat doch Zeit, so schmutzig ist es ja nicht. Aber es wäre toll, wenn Sie ein paar Grundnahrungsmittel für mich einkaufen könnten, damit ich heute Abend etwas kochen kann.«

Verdattert nickt sie, und ich kann es ihr nicht verdenken. Lebensmittel waren in meiner Wohnung sonst immer auf Milch, Zucker, Kaffee und Schokolade begrenzt. Zum Abendessen bin ich entweder ausgegangen oder habe mir etwas Fertiges bestellt.

»Danke! Dann schreibe ich eine Liste, während ich noch einen Kaffee trinke.«

»Soll ich Ihre Wäsche von der Reise waschen?«

Rasch schüttle ich den Kopf, denn es graut mir noch davor, die Reisetasche auszupacken.

»Das mach ich selbst, danke. Einkaufen, Blumen gießen und lüften würde mir reichen für heute. Und wenn Sie einmal die Woche gründlich saubermachen könnten, bitte.«

Frau Engelmann sieht mich an, als wäre ich ein Gespenst. Bisher habe ich den Rundumservice von ihr genossen – täglich putzen, waschen, bügeln, Kleidung in die Reinigung bringen und wieder abholen, Pflanzen betreuen und Betten neu beziehen. Dass ich selbst einen Finger krumm gemacht hätte, hat sie noch nie erlebt. Doch da ich diese Tätigkeiten in den letzten Wochen für mich und auch für unsere Gäste erledigt habe, finde ich es unsinnig, sie jetzt von jemand anderem zu verlangen. Dann fällt mir ein, dass dies ein Problem für meine Haushälterin bedeuten könnte.

»Ihre monatliche Bezahlung ändert sich dadurch natürlich nicht«, versichere ich ihr schnell. »Wir machen einfach eine wöchentliche Liste, was Sie bitte für mich übernehmen, und Sie teilen sich das dann ein, wie es für Sie passt. Einverstanden?«

»Gerne!« Sie schenkt mir ein Lächeln.

Während ich an meinem Kaffee nippe, läutet es an der Tür. Heute geht es hier ja zu wie im Bienenstock. Meine Haushälterin öffnet und ich höre eine vertraute Stimme.

»Guten Morgen, Alfred«, rufe ich erfreut, als ich in den Flur trete. »Wie schön, Sie zu sehen. Wusste ich, dass Sie mich abholen?«

Der Fahrer nickt mir grüßend zu.

»Guten Morgen! Es freut mich, dass Sie wohlauf sind. Ihre Mutter gab mir gestern Abend noch den Auftrag.«

Ich deute auf die Küche.

»Möchten Sie eine Tasse Kaffee? Ich bin sofort fertig.«

Alfred wechselt einen Blick mit Frau Engelmann.

»Vielen Dank, ich habe bereits gefrühstückt.«

Rasch schlüpfe ich in Schuhe und meinen Blazer und greife nach der Tasche.

Als wir losfahren, fällt mir etwas ein.

»Alfred, dürfte ich Sie um etwas bitten?«

»Selbstverständlich, Frau von Gütersloh!«

»Mein Auto steht noch auf einem Parkplatz in Österreich, da ich gestern den Flieger zurückgenommen habe. Könnten Sie vielleicht veranlassen, dass jemand vom Fahrdienst es abholt? Natürlich auf Firmenrechnung«, füge ich schnell hinzu.

»Ich kümmere mich darum!«, verspricht er.

»Danke, Alfred!« Ich übergebe ihm den Schlüssel und schicke ihm die Adresse auf sein Handy. Es kommt mir vor wie eine Ewigkeit, seit ich den Wagen auf dem Mitarbeiterparkplatz der Sonnwandhütte abgestellt habe. So viel ist seither geschehen und es fühlt sich so an, als hätte ich einen langen, intensiven Traum gehabt, aus dem ich nun aufgewacht bin. Alles ist so, wie es vorher schon hätte laufen sollen. Nur mein Herz träumt leider immer noch von der urigen Hütte und dem Kollegen, den ich erst auf den Mond hätte schießen können, der mir dann die Sterne gezeigt hat und schließlich zu meiner Sonne wurde. Mit einem Kopfschütteln verbanne ich die Gedanken an Alex aus meinem Kopf, die schwer auf meinem Gemüt lasten.

Im Büro gehe ich mit einem freundlichen »Guten Morgen!« am Empfang vorbei, direkt in die Räumlichkeiten meiner Eltern.

»Eva-Maria!« Meine Mutter schnellt aus dem Sessel hoch und eilt mir entgegen, ehe sie mich in ihre Arme zieht. »Wie schön, dass du hier bist!«

Ich hebe die Augenbrauen ein wenig.

»Ich wäre schon die ganze Zeit hier gewesen, wenn ihr mich nicht ins Exil geschickt hättet, damit hier alles heimlich, still und leise an Oliver übergeben werden kann. Nun musst du mich erst einarbeiten, obwohl die Lage schon ernst ist«, merke ich spitz an.

»Kätzchen, was glaubst du, wie oft dein Vater und ich das in den letzten Tagen schon bereut haben?«, sagt sie und setzt sich wieder hinter ihren Schreibtisch. »Er macht sich solche Sorgen um die Firma, dass die Ärzte die Dosis seiner Medikamente erhöhen mussten und ihm absolut von der Unterbrechung der Kur abgeraten haben.«

Ich seufze.

»Mal sehen, wie ich helfen kann. Wo soll ich mich hinsetzen?«

Meine Mutter deutet auf den Arbeitsplatz meines Vaters, der ihr gegenüber auf der anderen Seite des Büros ist.

»Gleich dort oder auf Olivers Platz, ganz egal. Es ist überall genug liegen geblieben.«

Nickend steuere ich den Tisch meines Vaters an.

»Dann bleibe ich hier, damit wir besser kommunizieren können.«

Den restlichen Tag lese ich Mails und bearbeite das Dringendste sofort. Dazwischen erklärt mir meine Mutter immer wieder die internen Abläufe. Es ist ein Crashkurs und als ich spät abends das Licht im Büro lösche, schwirrt mir der Kopf. Im Foyer sitzt Alfred mit einer Zeitung. Als er mich sieht, steht er auf.

»Haben Sie auf mich gewartet?«, frage ich überrascht.

»Sie haben derzeit kein Auto«, erinnert er mich lächelnd. »Es wird übrigens in ein paar Tagen abgeholt.«

»Danke, dass Sie das organisiert haben. Ich wollte mir aber eben ein Taxi rufen, es ist schon furchtbar spät und Sie haben doch auch Feierabend!«

Er blinzelt irritiert.

»Ich habe dann Feierabend, wenn alle Mitglieder Ihrer Familie zu Hause sind und ich nicht mehr gebraucht werde. Bei Abendveranstaltungen Ihrer Eltern bin ich noch viel länger im Einsatz. Das ist mein Job!«

Ich halte einen Moment inne, dann schüttle ich den Kopf.

»In dieser Form ist es das nicht!«, entscheide ich. »Sie kommen bitte morgen in das Büro meiner Eltern und wir regeln das vertraglich. Sollte eine angekündigte Abendveranstaltung stattfinden, dann ist es noch Ihre Aufgabe, meine Eltern zu fahren, aber an gewöhnlichen Tagen haben Sie ab sofort eine geregelte Arbeitszeit, die zu einer bestimmten Uhrzeit beginnt und auch wieder endet. Wenn wir ewig Überstunden im Büro schieben, sind das nicht automatisch auch Ihre. Dann muss sich meine Mutter eben ein Taxi nehmen oder mit dem eigenen Wagen ins Büro fahren. Sie haben bestimmt jemanden, der zu Hause auf Sie wartet.«

Ein kleines Lächeln breitet sich auf Alfreds Gesicht aus.

»Das habe ich tatsächlich und vor Kurzem ist sogar noch jemand dazugekommen«, gibt er leise zu.

»Oh Alfred!«, rufe ich entzückt. »Herzlichen Glückwunsch!« Ich schüttle seine Hand und überfahre ihn damit komplett. »Ein Junge oder ein Mädchen?«

»Ein Mädchen, ihr Name ist Pia!« Er sieht furchtbar stolz aus.

»Ist es … also haben Sie noch weitere Kinder?«, erkundige ich mich und er schüttelt den Kopf. Ich blinzle verwundert, denn aus dem Alter eines Erstlingsvaters ist er eigentlich längst heraus.

»Mein privates Glück hat sich eher spät eingestellt«, umschreibt er, was ich mir eben gedacht habe. »Dafür ist es jetzt umso größer.«

»Dann regeln wir das morgen unbedingt, damit die kleine Pia möglichst viel von ihrem Vater hat.«

Nachdenklich sieht Alfred mich an.

»Wenn ich mir erlauben darf, etwas zu bemerken: Der Aufenthalt in Österreich hat Ihnen sehr gutgetan.«

Ich lächle etwas gequält.

»Er hat mir die verschiedenen Sichtweisen der Gastronomie gezeigt. Wir werden sehen, inwieweit er mir nun weiterhilft«, sage ich ausweichend.

»Beruflich mag man es noch sehen, aber menschlich ist es schon ersichtlich.« Ein Lächeln und ein Zwinkern begleiten seine Worte. »Bis Sie Ihr Auto wiederhaben, werde ich den

Fahrdienst aber noch beibehalten wie bisher. Ich möchte Sie
sicher zu Hause wissen, wenn ich zu meinen Lieben heim-
kehre.«

Ich nicke. Seine Fürsorge rührt mich.

»Einverstanden!«

Zu Hause streife ich die High Heels von meinen Füßen
und seufze erleichtert. Hunger meldet sich lautstark und ich
tappe in die Küche. Mal sehen, was meine Haushälterin für
mich eingekauft hat. Ich öffne den Kühlschrank und er ist
voll mit Obst, Gemüse und Joghurt. Auch Milch, Käse,
Fleisch und Schinken entdecke ich. Auf der Arbeitsfläche
liegt ein Zettel.

»Habe mir erlaubt, Ihnen für den ersten Tag zu Hause eine
Lasagne zu bringen. Sie steht im Backofen.« Darunter einige
Daten, wie man sie am besten wärmt, und ein Gruß von
Frau Engelmann. Schnuppernd öffne ich die Tür und mein
Magen knurrt. Also stelle ich alles ein, wie beschrieben, und
gehe inzwischen duschen.

Während ich mir das italienische Gericht schmecken lasse,
durchforste ich die sozialen Medien. Ich war ewig nicht
mehr online. Meine Kommilitonen haben sich inzwischen
eingearbeitet und posten etwas weniger, von meinen früheren Bekannten wird mir kaum noch etwas angezeigt. Der
Algorithmus hat sich verändert. Ich verteile ein paar Likes
und Herzen, dann rufe ich mein eigenes Profil auf. Zuletzt
habe ich ein Urlaubsfoto von den Malediven gepostet. Davor waren es ein paar Partyfotos. Im letzten Jahr sind es weniger geworden, davor erweckten meine Postings den Ein-
druck, als hätte ich nichts gemacht, außer zu feiern. Was ja
auch der Wahrheit entsprach. Aber alles hier ist nur eine
Hülle, eine Maske, ein Schutzschild, hinter dem ich mich
versteckt habe. Und irgendwann habe ich selbst vergessen,
dass dahinter noch so viel mehr steckt. Im Moment ist es
der Wunsch, etwas zu verändern. Nicht, um mich im Unternehmen meiner Eltern profilieren zu können, sondern weil

ich der Meinung bin, dass manche Herangehensweisen über-
arbeitet werden sollten. Ich habe in den letzten Wochen gelernt, dass es die Menschen sind, die den Unterschied machen,
die Mitarbeiter. Auch wenn mein Vater das offenbar schon
wusste, richtig umgesetzt hat er es nie. Wir müssen aus Kollegen ein Team formen und die Bedingungen schaffen, dass
man sich wohlfühlt, wenn man bei uns arbeitet. Ein Team fe-
dert Fehler einzelner besser ab, es ist ein Konstrukt, in dem
man einander unter die Arme greift, sich motiviert, gerne arbeitet und es einem schwerer fällt, zu kündigen, wenn die Zeiten mal schwieriger sind. Weil man sie gemeinsam durchsteht.
Wir müssen dafür sorgen, dass unser Personalbestand weniger Fluktuation aufweist. Wer sich mit dem Unternehmen, in
dem er arbeitet, identifiziert, gibt gerne sein Bestes.

Meine Gedanken sind abgeschweift und der Handybild-
schirm ist längst schwarz geworden. Seufzend trinke ich einen
Schluck Wasser und schiebe den leeren Teller von mir. Als ich
erneut zu meinem Telefon greife, schießt mir ein Gedanke
durch den Kopf und meine Finger zittern. Die Internetseite
der Sonnwandhütte ist schnell gefunden und ich rufe sie auf.
Sofort springen mir die Bilder der wunderschönen Gegend
entgegen. Dann folgen Aufnahmen der Hütte von innen und
des Teams – Rosa und Günther in der Küche, Maria an der
Schankanlage, Lydia und Mia im Dirndl mit vollen Tabletts.
Und schließlich Alex mit Jan. Ein scharfer Schmerz durch-
zuckt mich, sodass mir die Luft wegbleibt. Ich kann seinen
Duft nach Sandelholz und Kiefernnadeln riechen, spüre seine
Arme, die mich halten, und fühle seine Lippen auf meinen. Es
war klar, dass ich hier ein Foto von ihm finde. Wieso war ich
so dumm, mir die Seite anzusehen?

Kapitel 23

Am nächsten Tag widme ich mich den Mails, die die Mitarbeiter betreffen, und deren Anzahl erschreckend hoch ist. Kündigungen, Bewerbungen, Beschwerden – hier liegt einiges im Argen. Meine Mutter stöhnt.

»Das Personal macht einen wahnsinnig! Wenn wir nicht darauf angewiesen wären …«

Das Thema ist wohl schon länger ein Sorgenkind.

»Übergibst du mir diesen Bereich?«

Überrascht blickt sie auf.

»Wenn du willst!«

»Aber mit vollem Handlungsumfang!«

»Erteilt! Bring nur bitte keinen um.« Sie zwinkert mir zu.

»Deal!« Ich grinse und greife zum Telefon.

Zwanzig Minuten später steht Alfred bei uns im Büro und ich reiche ihm einen Vertrag mit der exakten Regelung seiner Arbeitszeit. Meine Mutter schnappt nach Luft, als sie hört, dass sie selbst fahren soll, wenn sie vorhat, nach achtzehn Uhr das Büro zu verlassen. Aber sie unterschreibt zähneknirschend.

Dann wende ich mich wieder meinem Stapel zu und suche mir heraus, in welchen Lokalen die Mitarbeiter arbeiten, deren Namen in meinen Mails auftauchen. Verwundert stelle ich fest, dass vor allem zwei Restaurants betroffen sind.

»Was ist in den beiden Restaurants los?«, frage ich meine Mutter geradeheraus.

»Kätzchen, ich weiß es nicht. Das ist der Bereich deines Vaters und ihn stresst es auch sehr in letzter Zeit. Oliver wollte sich irgendwann Gedanken machen, aber nun …«

»War schon jemand vor Ort?«

Sie schüttelt den Kopf.

»Dann ändere ich das heute!«

»Was hast du vor?«

Ich tippe mit dem Zeigefinger auf die Ausdrucke.

»Ich werde mit jedem dieser Menschen sprechen, herausfinden, wieso sie kündigen, was sie unzufrieden macht und wo genau die Probleme liegen. Wir müssen die Wurzel finden«, beschließe ich und fange an, eine Liste zusammenzustellen.

Eine Stunde später rufe ich Alfred an und bitte ihn, mich in die Lokale zu bringen. Erst steuern wir die Adressen an, wo es nur einzelne Mitarbeiter gibt, die mit uns Kontakt aufgenommen haben. Aber als ich im Betrieb erscheine und ein offenes Ohr anbiete, kommt immer mehr Licht ins Dunkel und die Leute zeigen mir eindeutig auf, wo wir ansetzen müssen, damit sich die Lage verbessert. Mal ist es die Kommunikation zwischen Service und Küche, mal ist es die mangelnde Klarheit, welche Aufgaben das Reinigungspersonal erledigen muss und welche die Mitarbeiter der Küche, und in einem Restaurant entpuppt sich der Service-Chef als Ekel, der alle ihm unterstellten Mitarbeiter schikaniert. Ich stelle ihn mit sofortiger Wirkung frei, damit wir sehen, ob sich die Stimmung nun entspannt. Als seine Vertretung benenne ich jene Kollegin, die sich vertrauensvoll an mich oder besser gesagt an meinen Vater gewandt hat. In den anderen Restaurants vereinbare ich Gesprächstermine mit allen Mitarbeitern, damit wir die Linien klar festlegen und die Aufgabenbereiche eindeutig abstecken können.

»Nun zu den zwei Sorgenkindern«, bitte ich Alfred, als ich im Auto auf den Rücksitz sinke. Ich will mir gar nicht ausmalen, was nun auf mich zukommt.

Als ich unangekündigt den Bereich betrete, der für die Gäste nicht zugänglich ist, schnappe ich nach Luft. Selbst in meinen kühnsten Träumen hätte ich mir nicht vorstellen können, was mich tatsächlich erwartet. Mein erster Impuls ist, dass ich tiefen Respekt vor jenen Angestellten empfinde, die vor den Gästen den Schein wahren, denn hinter den Kulissen herrscht Krieg. Schimpfworte fliegen in alle Richtungen, es wird geschrien, niedergemacht und gepöbelt. Die Blicke sind hasserfüllt und Messer werden während des Streitens nicht zur Seite gelegt, sondern noch drohend geschwungen. Hier kämpft jeder gegen jeden.

»Gäste haben hier keinen Zutritt!«, herrscht mich schließlich ein älterer Koch an. »Eine Servicemitarbeiterin wird Sie nach draußen begleiten.«

»Wieso zeigst du denn der Dame nicht den Weg?«, fährt ihn eine Kellnerin an.

»Ich kann dir ja zeigen, wo es rausgeht. Am besten bleibst du dort dann auch gleich.«

»Vielleicht wäre es besser, sich zu erkundigen, wer sich in die Küche verirrt hat«, merke ich kühl an.

»Aha, und wer sind Sie?«, fragt der Koch mit vor der Brust verschränkten Armen.

»Mein Name ist Eva-Maria von Gütersloh und ich bin Ihre neue Chefin!«

Innerhalb von Sekunden ist es ruhig im Raum. Der Koch ist kreidebleich.

»Das … also … entschuldigen Sie«, stammelt er, doch ich winke ab.

»Ich wollte eigentlich sehen, weshalb mich aus diesem Lokal so viele Beschwerden und Kündigungen erreichen. Das weiß ich nun. Und ich verspreche Ihnen, dass ich mein Bestes geben werde, um die Lage hier für alle zu verbessern.«

Ich ernte verblüffte Blicke. Die Mitarbeiter haben offenbar mit einer Standpauke gerechnet und mit meiner Aussage habe ich sie ziemlich aus dem Tritt gebracht.

Auch im zweiten Restaurant ist die Lage ähnlich. Erneut verspreche ich, mich zu kümmern, und fahre zurück ins Büro. Noch im Auto nehme ich Kontakt auf mit einer Firma, die auf solche extremen Situationen in Teams spezialisiert ist. Ich bitte darum, so schnell wie möglich zwei Termine mit einem externen Mediator zu bekommen, der die Konflikte mit den Teammitgliedern aufarbeiten soll. Außerdem möchte ich einige Tage in einem Team-Camp buchen.

»Vielleicht sollten wir auch darüber nachdenken, die Mitarbeiter zwischen den Lokalen zu tauschen. Eine neue

Zusammensetzung kann einen Neustart erleichtern«, überlege ich laut und bemerke Alfreds Blick im Rückspiegel. »Was meinen Sie?«

»Das gehört nicht in meinen Kompetenzbereich«, weicht Alfred aus.

»Aber Ihr Blick hat mir verraten, dass Sie eine Meinung dazu haben. Würden Sie mir diese bitte verraten, ganz unverblümt und zwanglos?«

Er denkt einen Augenblick nach.

»In beiden Lokalen arbeiten Ex-Paare zusammen. Da werden private Probleme auf den Arbeitsplatz übertragen, die zur Frontenbildung geführt haben. Eine Personalrochade wäre hier vielleicht ein sehr guter Ansatz.«

»Sie sind ja bestens informiert«, merke ich lächelnd an. »Würden Sie mich an Ihrem Wissen teilhaben lassen, damit ich hier ein wenig Bäumchen-wechsel-dich spielen kann?«

»Es wird nur getauscht, niemand wird gekündigt?«, versichert er sich.

»Ich möchte alles daransetzen, die bestehenden Mitarbeiter zu behalten, solange sie für unser Unternehmen tragbar sind. Wenn sie sich allerdings weiterhin in der Küche gegenseitig mit Messern bedrohen, kann ich das nicht länger tolerieren«, stelle ich klar. Alfred nickt und nennt mir die Namen.

Die nächsten Tage verbringe ich mit Mitarbeitergesprächen, bis mir der Kopf schwirrt. Der mobbende Service-Chef wird gekündigt, denn ohne ihn verbessert sich die Zufriedenheit und auch die Produktivität im Restaurant rapide. Einer der neuen Bewerber ist mir und der neuen Serviceleitung sofort sympathisch und füllt die nun entstandene Lücke. Auch die beiden angesetzten Gespräche in den anderen Restaurants räumen viel Konfliktpotenzial aus dem Weg, und die Stimmung verbessert sich. Um meine zwei Sorgenkinder kümmert sich ein Mediator, jedoch habe ich nach den ersten Terminen die Teams komplett neu gemischt, und nun wird in neuer Zusammensetzung das Team-Camp geplant.

»Unfassbar, wie schnell du hier Ergebnisse erzielt hast«, zeigt sich meine Mutter nach einer Woche beeindruckt. »Auch die Zahlen haben sich verbessert.«

Ich zucke mit den Schultern, denn für mich liegt das auf der Hand.

»Na ja, wer will schon gerne in einem Restaurant essen, in dem die Stimmung eisig ist. Bei einer fröhlich lächelnden Servicekraft bestellt man doch viel lieber noch ein Glas Wein oder ein Dessert.«

Sie nickt.

»Da könnte was dran sein. Hast du denn von diesem Mediator schon etwas Neues gehört?«

»Ja, anscheinend ist die Trinkgeldsituation ein großes Streitthema.« Ich lege den Kopf in den Nacken. Dann erinnere ich mich an die Sonnwandhütte.

»Wir erhöhen die Gehälter um jenen Prozentsatz, der sonst vom Trinkgeld eingenommen wird«, beschließe ich dann. »Dafür wird dieses nicht mehr behalten, sondern kommt in einen großen Topf. Und zweimal im Jahr können die Mitarbeiter entscheiden, was damit gemacht werden soll. Das kann ein gemeinsames Camping-Wochenende sein, ein Ausflug zum Kartfahren oder sonst irgendwas. Wir organisieren es, aber mit dem Geld aus dem Trinkgeldtopf. Somit haben wir eine neue Teambildungsmaßnahme, und das Streitthema ist vom Tisch. Für uns ist das nicht teurer, als würden wir das Event zahlen. Aber es kommt bei den Mitarbeitern besser an.«

Meine Mutter wiegt den Kopf.

»Ich rechne das mal durch.«

»Ich schick dir später noch die Kosten von diesen Teambuilding-Camps, damit du einen Anhaltspunkt für die Kosten hast. Aber jetzt fahr ich nach Hause, Alfred wartet noch unten.« Ich packe meine Sachen zusammen und verabschiede mich.

Im Auto lese ich mir noch ein paar Mails durch und schüttle den Kopf.

»Wie kann ein geänderter Liefertermin für ein bestimmtes Lebensmittel eine wahre Lebenskrise bei einem Koch auslösen?«, murmle ich. »Hat er wirklich keine anderen Sorgen? Was würde der Typ tun, wenn er mit einem halbleeren Kühlschrank eine Hütte voll hungriger Mäuler zu stopfen hätte? Und zwar ohne die Möglichkeit, mal eben um die Ecke einzukaufen.«

Ich spüre Alfreds Blick auf mir, ohne aufzusehen.

»Das klingt, als hätten Sie schon vor dieser Herausforderung gestanden«, kommt es dann auch prompt von vorne. Ich lächle, denn endlich hat er es sich abgewöhnt, erst zu fragen, ob er etwas anmerken darf. Ich genieße die kleinen Gespräche mit ihm während der Fahrt. Er hat sehr feine Antennen und eine meist diplomatische Art, seine Meinung zu sagen.

»Das habe ich tatsächlich. Und es war einfacher zu lösen als die Beschwerde dieses verwöhnten Kochs«, gebe ich zu. »Aber ich schätze, dass ich als Mitglied der Firmenleitung nicht einfach antworten kann, dass er damit leben soll.«

Vom Fahrersitz kommt ein leises Lachen, und ich stecke mein Handy mit einem Seufzen in die Tasche und lehne mich im Sitz zurück.

»Vielleicht sollten Sie heute Abend eine Pause machen und nicht mehr arbeiten«, rät mir Alfred. »Sie wirken übermüdet!«

»Ich schlafe derzeit schlecht, das ist alles«, weiche ich aus, doch er lässt sich nicht so leicht abschütteln.

»Möglicherweise die Umstellung von der Bergluft auf die Stadt«, mutmaßt er. »Ein Spaziergang könnte helfen.«

Ein Spaziergang nach der Arbeit – sofort muss ich an Alex denken, und Bilder tauchen vor meinem inneren Auge auf. Von einem Waldweg und einem Spielplatz, von meinen Wanderschuhen, den Nestern in schwindelerregender Höhe und einem atemberaubenden Ausblick, von braunen Augen und einem verschmitzten Lächeln. Ich blinzle die Tränen in meinen Augen weg. Wir kommen vor meiner Wohnung an.

»Danke, Alfred! Bis morgen!«

»Ich wünsche Ihnen einen schönen Abend!«

Nachdem ich die Tür aufgeschlossen habe, streife ich das Business-Outfit auf dem Weg ins Schlafzimmer achtlos ab und steige in ein leichtes Trägerkleid. Barfuß stehe ich wenig später in der Küche und zaubere eine leichte Gemüsepfanne mit Huhn. Beim Essen schicke ich meiner Mutter die versprochenen Zahlen und lese noch ein paar Mails. Doch als ich mich vor lauter Gähnen nicht mehr konzentrieren kann, klappe ich den Laptop entschlossen zu. Ich räume die Küche auf und lasse dann meine Augen ruhelos durch die Wohnung gleiten. Der Fernseher reizt mich nicht, und meinen E-Reader fasse ich schon seit meiner Rückkehr nicht mehr an. Dann fällt mir wieder ein, weshalb ich seit meiner Ankunft fast ohne Pause arbeite. Sobald ich Luft und Zeit zum Nachdenken habe, kommt der Schmerz wieder. Und er hat einen Namen: Alex! Ich muss mich ablenken, also suche ich Sportklamotten und meine Laufschuhe. Joggen gehört nicht unbedingt zu meinen liebsten Sportarten, aber es bedarf wenig Vorbereitung, und man kann es allein machen. Also versuche ich in unregelmäßigen Abständen mein Glück mit meiner mangelnden Kondition, eine Runde durch den nahen Park durchzuhalten. Auch heute lässt mich das Stück Natur inmitten der Stadt aufatmen. Doch schon nach wenigen Schritten fühle ich den kalten Griff der Erinnerungen, der sich um mein Herz legt. Der Duft der Nadelbäume und das Knirschen von Kies unter meinen Schuhen, die Kinderschaukel auf dem Spielplatz und der würzige Geruch des Rindenmulchs – mit jedem Meter wird es schlimmer, und bald habe ich das Gefühl, keine Luft mehr zu bekommen. Ein lachendes Kind auf einer wippenden Giraffe gibt mir schließlich den Rest, und ich ergreife die Flucht. Alles hier erinnert mich an Alex, und die Sehnsucht nach ihm nimmt Überhand. Ich jogge nicht mehr, ich renne in meine Wohnung, als würden mich wilde Hunde verfolgen. Als ich die Tür hinter mir schließe, falle ich kraftlos auf den Boden und ringe minutenlang nach Luft. Meine Lunge brennt, das Herz schmerzt, und ich frage mich, was ich mir dabei gedacht habe. Tränen laufen mir über die Wangen, und ich fühle mich allein. In all der Zeit im Nirgendwo auf dem Berg bin ich nie einsam gewesen. Selbst als Alex mir noch skeptisch gegenüberstand, war er immer präsent. Hier in der Stadt, inmitten von Tausenden Menschen, bin ich ein Eremit. Es gibt keine Freunde, bei denen ich mich gerne melden würde, meine Mutter sehe ich nur im Büro, und der einzige nahezu freundschaftliche Kontakt, den ich habe, ist mit Alfred, wenn er mich fährt. Wieder taucht Alex in meinen Gedanken auf und unser Gespräch, als er mich fragte, wann ich zuletzt Spaß gehabt habe. Und mir wird klar, dass ich seit meiner Rückkehr kaum gelacht habe.

Ich rapple mich auf und gehe duschen, doch so ganz lassen mich die Gedanken nicht los. Alfred hat recht, ich sehe müde aus. Meine Gesichtsfarbe ist gräulich, und die Ringe unter meinen Augen dunkelblau. Natürlich schminke ich sie tagsüber gekonnt weg, aber ist es nicht wieder nur eine Maske, die ich nach außen trage? Müde sinke ich auf den Rand meiner Badewanne. So kann es nicht weitergehen. Ich bin nicht mehr die Eva-Maria von früher, die ihr Inneres vor allen versteckt. Die Oberflächlichkeit der Gesellschaftsschicht, in der ich mich bewege, ist inzwischen nicht mehr als ein Vorhang für mich, der die Bühne von dem Bereich hinter den Kulissen trennt. Ich weiß jetzt, wie es dahinter aussieht. Jeder spielt hier Theater, niemand ist wirklich er selbst. Und es kotzt mich an. Was früher mein Leben war, fühlt sich jetzt an wie ein blaues Puzzle, in dem ich das rote Teil bin, das einfach nicht reinpasst.

Doch ich bin wieder hier und muss meinen Platz finden. Meine Zeit auf der Lap-Alm und mit Alex ist vorüber. Er hat nicht mal versucht, eine Lösung für uns zu finden. Er hat mich gehen lassen, ohne ein einziges Wort des Bedauerns. Diese Tatsache schwelt in mir wie ein Feuer, das ich einfach nicht zu löschen vermag. Aber ich werde es in Schach halten, bis es winzig klein und unbedeutend ist. Trotzdem mache ich mir nichts vor. Alex war der erste und einzige Mann, der ganz in mein Herz vordringen konnte. Was für eine Ironie des Schicksals, dass ich bei allen Männern davor auf der Hut war und ausgerechnet der, bei dem meine Schutzmechanismen versagt haben, hat mich nicht so geliebt, wie ich ihn. Ich brauche dringend einen Weg, mit all dem umzugehen. Übers Wochenende werde ich versuchen, mich in meiner neuen alten Haut wieder zurechtzufinden. Ich werde schlafen, kochen, essen, baden und mir Gutes tun. Und shoppen. Shoppen werde ich auch, denn alles an mir hat sich nun auch wieder nicht verändert.

Kapitel 24

Am Montag sitze ich ausgeruht und entspannt auf dem Rücksitz, während Alfred sich durch den morgendlichen Berufsverkehr quält.

»Weiß man schon, wann mein Auto abgeholt wird?«, erkundige ich mich.

»Noch nicht, im Fahrdienst gibt es einige Krankenstände«, erklärt er. »Wenn es wichtig ist, kann ich es persönlich holen, aber ich würde meine Frau im Moment ungern mit Pia allein lassen, da sie nachts öfter Koliken hat.«

»Bleiben Sie bei Ihrer Familie, es eilt nicht«, winke ich ab.

Als wir bei der Firma ankommen, reiche ich eine Geschenktasche nach vorne.

»Was ist das?«, fragt Alfred erstaunt.

»Eine Kleinigkeit für Ihre Tochter. Ich war am Samstag ein wenig bummeln und konnte nicht widerstehen, als ich sie gesehen habe.«

Ich schenke ihm ein Lächeln und er zieht aus der Tasche eine pinkfarbene Kuscheldecke und ein Bärchen mit Schmusetuch in Zartrosa.

»Ja, es ist farblich ein wenig einseitig, aber die Decke war so flauschig, dass ich es kaum fassen konnte. Und der Bär …«

»Danke!«, unterbricht Alfred mich und ich sehe Tränen der Rührung in seinen Augen. »Beides ist ganz zauberhaft und Pia wird sich sehr freuen. Schön, dass Sie nach ihrer überstürzten Ankunft wieder etwas zur Ruhe kommen konnten am Wochenende.«

Ich lache.

»Na ja, ich war shoppen, also ist alles wieder wie früher.«

Aber Alfred schüttelt den Kopf.

»Früher hätten Sie so etwas gar nicht erst bemerkt, weil eine Kinderdecke keine Bedeutung in Ihrem Leben hatte. Diesmal haben Sie für andere geshoppt, nicht nur für sich selbst. Es ist nichts mehr so wie früher.«

Ich senke meinen Blick.

»Ja … wahrscheinlich haben Sie recht«, murmle ich. »Ich muss nur rausfinden, wie es jetzt ist.«

Dann atme ich durch und setze ein Lächeln auf, das meine Augen aber nicht erreicht.

»Ich wünsche Ihnen einen schönen Tag!«

Alfred nickt mir aufmunternd zu.

Im Büro bin ich heute unkonzentriert, mehrmals spricht mich meine Mutter an und ich bekomme es gar nicht mit. Dann rufe ich mich zur Ordnung.

»Ich habe deine Idee durchgerechnet und einen Prozentsatz gefunden, bei dem eine Lohnerhöhung tragbar wäre. Aber hältst du diese Teamförderungsmaßnahmen wirklich für nötig?« Begeistert klingt sie von meiner Idee nicht.

»Ja! Wer gerne arbeitet, der arbeitet besser, und das Betriebsklima wirkt sich auch immer auf die Zufriedenheit der Gäste aus.« Seit meiner Zeit auf der Sonnwandhütte bin ich davon überzeugt, dass man die Dynamik der Hütten-Belegschaft auch auf die gehobene Gastronomie hier in der Stadt übertragen kann und sollte. Meine Mutter nickt.

»Also gut, dann wagen wir diesen Schritt. Soll ich eine Mail an die Mitarbeiter senden?«

Ich schüttle den Kopf.

»Heute Nachmittag drehe ich ohnehin eine Restaurant-Runde, damit ich sehe, wie die bisherigen Maßnahmen gegriffen haben und ob es noch weitere Schlaglöcher gibt. Da bespreche ich das gleich direkt.«

Zu Mittag hole ich mir etwas vom Chinesen um die Ecke und setze mich auf eine Bank nahe des Flusses. Vor mir sitzt eine junge Frau im Gras, die nackten Füße ausgestreckt und den Blick aufs Wasser gerichtet. Ihre Hände spielen mit einem Gänseblümchen, das sie eben gepflückt hat, und aus dem Handy kommt leise Musik. Ihr Anblick beruhigt mein aufgewühltes Inneres ein wenig, auch wenn sie nicht glücklich wirkt. Vielleicht, weil ich spüre, dass es ihr ähnlich geht wie mir? In ihrer Playlist sind nur Songs, die davon handeln, dass jemand vermisst wird und ein Teil des Herzens bei dieser Person geblieben ist. Ich erkenne in einem Lied meine Joggingrunde im Park, bei der alles so laut »Alex« geschrien hat, dass es mir die Luft geraubt hat. Und vielleicht ist das auch die Erklärung dafür, dass ich nicht mehr dieselbe bin wie früher, seit ich wieder hier bin. Ein Teil von mir ist immer noch bei Alex auf der Lap-Alm. Auch wenn er ihn dort gar nicht mehr haben will, denn sonst hätte er ja zumindest mit mir gemeinsam über eine Fernbeziehung nachgedacht, oder? Er hätte mich nicht einfach gehen lassen, fast schon weggeschickt, wenn ihm etwas daran gelegen hätte, dass ich bleibe, dass wir ein wir bleiben. Ich merke, dass Tränen in mein Hühnerfleisch nach Szechuan-Art tropfen, und werfe den Behälter in einen nahen Mülleimer. Mein Herz ist immer noch bei Alex. Das kann ich nicht abstellen, aber darf es auch nicht ignorieren oder verleugnen. Es ist Zeit, damit klarzukommen.

Als ich zurück zum Büro komme, steht Alfred mit dem Wagen schon vor der Tür und ich steige direkt ein. Sein Blick im Rückspiegel bleibt an mir hängen.

»Ist alles in Ordnung?«

Ich nicke.

»Manchmal muss man einfach akzeptieren, dass die Vergangenheit ein Teil von einem bleibt, und das fällt nicht immer leicht«, antworte ich kryptisch. Doch Alfred nickt, als könnte er zwischen den Zeilen lesen.

»In der Armlehne in der Mitte bewahrt Ihre Mutter ein wenig Make-up auf, um sich zwischen den Terminen frisch zu machen.« Er sagt es wie nebenbei, doch es ist ein dezenter Hinweis, dass ich es wohl auch nötig habe. Rasch bediene ich mich und lasse die Spuren meiner emotionalen Mittagspause verschwinden.

Nach der Restauranttour bin ich geschafft. Es geht bergauf, der Personaltausch zwischen den beiden Sorgen-Restaurants hat tatsächlich Ruhe in die Teams gebracht und eine Grundlage, mit der man arbeiten kann. Und auch bei den anderen Lokalen hebt sich die Stimmung innerhalb der Belegschaft und wir sind auf einem guten Weg. Die Änderung bezüglich des Trinkgeldes wurde durchwegs positiv aufgenommen und es wird bereits eifrig überlegt, was man mit dem Geld anstellen könnte.

Müde streife ich schon im Auto die hochhakigen Sandalen von meinen Füßen und lehne mich mit geschlossenen Augen an die Kopfstütze.

»Wir sind da!«, höre ich wie durch Watte. »Frau von Gütersloh?«

Ich schrecke hoch. Offenbar bin ich eingeschlafen.

»Alfred, entschuldigen Sie bitte.«

Er lacht leise.

»Es ist nur ein Kompliment für mich, wenn Sie sich in meinem Wagen so sicher fühlen, dass Sie einschlafen.«

»Wenn Sie es so sehen!« Ich lächle ihn an. »Schönen Abend!«

Die Schuhe in der einen Hand und meine Tasche in der anderen laufe ich barfuß in die Wohnung. Drinnen riecht es nach Essen, was bedeutet, dass Frau Engelmann mich heute wieder direkt versorgt hat. Und tatsächlich finde ich einen sommerlichen Auflauf im Ofen. Ich muss ihr für ihre Kochdienste wirklich mal zusätzliches Geld auf den Tisch legen. Dort finde ich jedoch schon einen Brief von ihr.

»Die Reisetasche müffelt inzwischen. Soll ich sie nicht doch ausräumen und die Sachen waschen? Morgen wäre ich den ganzen Tag da. Ich hoffe, der Auflauf schmeckt Ihnen. Mit lieben Grüßen, R. Engelmann«

Sie meint meine Tasche, mit der ich aus Recking zurückgekommen bin. Bis jetzt konnte ich mich noch nicht überwinden, sie auch nur anzufassen. Es ist, als hätte ich die ganzen Erinnerungen dort eingesperrt. Aber habe ich heute nicht festgestellt, dass sie nun mal zu mir gehören? Vorsichtig nähere ich mich dem Gepäckstück und muss Frau

Engelmann recht geben: Hier muss dringend einiges in die Waschmaschine. Ich nehme kurzerhand das ganze Ding mit ins Bad. Liebevoll streiche ich über die Jeans und meine Wanderschuhe. Inzwischen bin ich die High Heels schon wieder gewohnt. Alex würde mich sicher den ganzen Tag aufziehen, wenn er mich so sehen könnte.

»Schickimicki, dich hört man schon, wenn du noch zwei Straßen entfernt bist. Braucht man für die Dinger eigentlich einen Waffenschein?« Ich habe seine Stimme richtig im Ohr und muss unweigerlich lächeln. Das Funktionsshirt und die Pullis erinnern mich an unseren gemeinsamen Ausflug ins Einkaufszentrum und seinen ungläubigen Blick, dass ich so vieles in so kurzer Zeit gekauft habe.

»Gelernt ist gelernt«, murmle ich grinsend.

Ich belade die Waschmaschine. Dabei fällt mir etwas Weißes, Kurzes in die Hände. Es ist eine der Dirndlblusen, die sich in der Eile versehentlich in die Reisetasche gemogelt hat – ein unabsichtliches Souvenir. Als ich sie das erste Mal gesehen habe, dachte ich, man will mich in Kinderkleidung stecken. Ich hatte zuvor keine Ahnung, wie kurz und eng diese Blusen sind. Und wie sehr habe ich gekämpft, als ich sie ausziehen wollte. Alex konnte das immer besser als ich. Das war wohl jahrelange Übung. Ich lache leise über meine eigenen Gedanken und stelle die Maschine an. Als ich mich wieder der Tasche zuwende, erhasche ich einen Blick auf mich im Spiegel. Ich dachte, mein Gepäck auszuräumen, würde mich fix und fertig machen, doch genau das Gegenteil ist der Fall. Meine Augen strahlen und auf meinem Mund liegt ein Lächeln. So habe ich mich seit meiner Rückkehr nicht mehr gesehen. Es ist, als würde ich auf einen Urlaub in den Bergen zurückblicken, doch ich habe gearbeitet, und zwar nicht zu knapp. Aber es hat mir stets Freude gemacht. Tut es das hier auch? Ich habe nun den Job, auf den ich so lange hingearbeitet habe, den ich von meinen Eltern eingefordert habe. Und den Gesprächen mit unseren Mitarbeitern zufolge mache ich ihn ganz gut. Ich kann etwas bewegen, meine Ideen umsetzen,

Menschen mehr Spaß an ihrer Arbeit haben lassen. Aber macht es mich glücklich? Natürlich vermisse ich Alex, aber es ist nicht allein er, der mich zweifeln lässt, ob meine Zukunft wirklich hier liegt.

»Eva, was soll das? Du bist eine von Gütersloh und schon seit du in der Wiege gelegen hast, war der Platz, den du jetzt eingenommen hast, für dich bestimmt«, flüstere ich mir selbst zu und merke dann, dass ich das »Maria« in meinem Namen weggelassen habe. Wie alle am Berg. Mein Blick fällt auf die Tasche, wo aus einem Seitenfach etwas Weißes hervorblitzt. Ich nehme es raus und halte die Hochzeitseinladung von Anna und Lukas in den Händen. Das Datum steht praktisch vor der Tür.

»Wir möchten, dass du auf jeden Fall kommst«, hallen Annas Worte in mir nach. Und ich habe es versprochen. Werden die beiden sehr enttäuscht sein, wenn ich nicht auftauche? Oder wird es ihnen gar nicht auffallen? Na ja, Alex wird allein am Tisch sitzen, also schätze ich, dass es sich schwer verbergen lässt. Es sei denn …

Aber ich kann doch nicht einfach auf einer fremden Hochzeit auftauchen!

Oder?

Mein Herz klopft aufgeregt. Ich könnte ihn noch mal sehen. Genau genommen würde ich mich sehr freuen, wenn ich alle noch einmal treffen würde, denn die Clique ist mir sehr ans Herz gewachsen. Aber Alex … Würde er mich überhaupt sehen wollen? Oder mache ich alles nur noch schlimmer, wenn ich nach Recking fahre? Er hat mich nicht aufgehalten, als ich gegangen bin.

Ich nehme die Einladung mit in die Küche und lege sie dort auf den Poststapel. Dann wärme ich den Auflauf von Frau Engelmann und lasse ihn mir schmecken. Während ich später die Wäsche aufhänge und die Maschine mit der zweiten Ladung einschalte, streiten Herz und Verstand immer noch über diese Einladung.

»Schluss damit«, rüge ich mich und greife nach meinem Handy, um mich abzulenken. Ich surfe eine Weile in den sozialen Medien und lande irgendwie wieder auf der Seite der Sonnwandhütte. Auf diesem Kanal gibt es mehr Fotos. Die Hüttenabende werden stark beworben und ich scrolle durch immer mehr Schnappschüsse. Dann bleibe ich an einem Foto hängen. Die Person darauf ist mir vertraut und fremd zugleich. Ich sehe sie jeden Tag im Spiegel und doch habe ich noch nie so ein Strahlen an ihr bemerkt. Das Bild zeigt mich, als ich neben Maria versuche, zu *Texas Hold 'Em* zu tanzen. Ich lache aus vollem Herzen, obwohl ich mich total blamiert habe. Aber es war egal. Da ist keine Maske, keine Rolle, die ich spiele, sondern einfach nur ich. Rasch speichere ich das Bild. Auf dem nächsten wurde ein Seitenblick eingefangen, den Alex mir zugeworfen hat. Und nun wundert es mich auch nicht, dass Maria schon lange geahnt hat, dass unweigerlich mehr aus Alex und mir wird. So einen gefühlvollen Ausdruck habe ich selten in einem Gesicht gesehen. Das Foto löst etwas in mir aus, das ich nicht benennen kann. Vielleicht ist es Sehnsucht, vielleicht ist es Liebe. Aber viel wahrscheinlicher ist es in diesem Moment die Erkenntnis, dass das, was wirklich zählt, nicht Erfolg ist oder der äußere Schein. Sondern dass man glücklich ist.

Als ich am nächsten Morgen ins Büro komme, bleibe ich abrupt stehen, denn mein Schreibtischsessel ist besetzt. Die Grußworte bleiben mir im Hals stecken, denn ich komme kaum zum Luftholen.

»Sag mal, bist du verrückt geworden?«, donnert mein Vater los. »Da bist du gerade mal einen Wimpernschlag in der Firma und erhöhst die Gehälter unserer Mitarbeiter? Aller Mitarbeiter? Mit der Begründung, dass sie dafür das Trinkgeld für einen Ausflug nutzen können? Was zur Hölle bringt man euch auf diesen sündhaft teuren Schulen eigentlich bei? Wie man eine Firma am besten in den Ruin treibt?«

»Werner, dein Herz«, versucht ihn meine Mutter zu beruhigen, flattert jedoch selbst wie eine nervöse Motte durchs Büro.

»Ich lese nur Mediatoren und Teambildung. Deine Aufgabe ist es nicht, unseren Angestellten ihr Händchen zu halten, wenn der böse Kollege mal schief geguckt hat. Weißt du, was uns das alles kostet?«, tobt er jedoch weiter.

Ich lege meinen Kopf schief und beschließe, dass ich mir das »Guten Morgen« und die Frage nach seiner Gesundheit sparen kann. Stattdessen nehme ich eine dünne Mappe aus meiner Tasche und lege sie vor ihn auf den Schreibtisch.

»Natürlich weiß ich das, schließlich habe ich es in Auftrag gegeben. Und ich habe letzte Nacht auch berechnet, um wie viel Prozent der Umsatz gestiegen ist, seit wir das Personal anders zusammengesetzt haben und wann die Kosten für Mediation und Teambuilding dadurch voraussichtlich gedeckt sind.«

Mit hochgezogenen Augenbrauen wirft mein Vater einen Blick in die Aufzeichnungen und blinzelt. Doch ich bin noch nicht fertig.

»Meine Frage ist jedoch, ob du wusstest, wie rapide die Zahlen in all unseren Restaurants im letzten Jahr gefallen sind – insbesondere in diesen beiden? Hast du dir mal Gedanken darüber gemacht, woran es liegen könnte? Hast du Ursachenforschung betrieben? Denn wenn es mir in diesem Wimpernschlag gelungen ist, das aufzuklären und offenbar zu verbessern, hätte es vielleicht gar nicht so weit kommen müssen, dass die großartige Von Gütersloh Restaurant und Hotel GmbH rote Zahlen schreibt.«

Erstaunt sieht er auf.

»Ja, Papa, ich kann eine Bilanz lesen.« Mein Ton ist scharf. »Stell dir vor, ich habe in den letzten Jahren tatsächlich mehr gemacht, als nur dein Geld auszugeben, von einer Party zur nächsten zu flattern und exzessiv zu shoppen. Mein Abschluss ist verdient! Als ich vor einigen Wochen hier stand und du davon gesprochen hast, dass die Mitarbeiter die

Säulen sind, die das Unternehmen tragen, dachte ich, dass du wirklich Ahnung davon hast. Und die Entscheidung, dass ich mir mal die Hände schmutzig machen soll, war goldrichtig. Ich danke dir dafür. Nur leider hat deine Tochter dadurch mehr gelernt, als dir lieb ist. Für dich war das nur leeres Gerede, das dazu dienen sollte, mich auf den Boden der Realität zu holen. Aber in Wahrheit interessieren dich deine Mitarbeiter einen Dreck! Wenn das Servicepersonal unfreundlich ist, wird ein Gast nicht wiederkommen! Das waren deine Worte. Aber du musst auch den Grund dahinter sehen und kannst nicht nur die Augen zumachen. Das sind Menschen, Papa! Menschen, die ihre Lebenszeit in deinen Betrieben verbringen und die es verdient haben, dass du dich als ihr Arbeitgeber darum sorgst, ob es etwas gibt, das im Argen liegt, ob Verbesserungspotenzial besteht, ob die Bedingungen so sind, dass sie gerne für dich arbeiten, denn dann arbeiten sie gut.«

Während mein Vater noch nach Luft schnappt, nehme ich eine zweite Mappe heraus.

»Das sind weitere Maßnahmen, die ich für die Restaurants und auch für das Hotel ausgearbeitet habe. Es sind Ideen, die auf den Erfahrungen basieren, die ich während meiner Arbeit in Österreich gesammelt habe.«

Ich reiche sie ihm.

»Vielleicht können Oliver und du etwas damit anfangen.«

Irritiert blickt er auf.

»Was soll das heißen? Deine Mutter meinte, dass du den Bereich der Mitarbeiter übernommen hast.«

Ich nicke.

»Das hatte ich. Aber ich habe mich selbst zu sehr verändert, um in die Schablone zu passen, die ihr euch für mich ausgedacht habt. Ich habe gesehen, wie es ist, als Mitarbeiter in einem tollen Team zu arbeiten. In einem, wo jeder jedem hilft, wo man zusammenhält, auch wenn es brenzlig wird. Ich habe geschuftet, bis ich zu müde zum Essen war, und trotzdem hat es mir Spaß gemacht. Für die Art, wie ihr hier den vornehmen Schein aufrechterhalten wollt, weiß ich zu viel. Es ist, als hätte man einen Zaubertrick durchschaut und könnte die Show jetzt nicht mehr genießen.«

Meine Mutter legt ihre Hand auf meinen Arm.

»Was soll das denn heißen, Kätzchen?« Ihr Blick ist alarmiert.

»Das heißt, dass ich raus bin. Ich kündige!«

Es ist ein Paukenschlag, der beide schockiert. Während meine Mutter sich mit einem Schluchzen die Hand vor den Mund hält, lodert in den Augen meines Vaters Wut auf.

»Du bist eine von Gütersloh, du kannst nicht einfach auf das Familienunternehmen pfeifen«, wettert er.

Kühl sehe ich ihn an.

»Ohne Olivers Unfall, der mich zum Notnagel gemacht hat, wäre ich in deinem Plan für das Familienunternehmen nicht mal vorgekommen. Also: Doch, ich kann drauf pfeifen, und ich tue es hiermit.«

Meine Mutter ist fassungslos.

»Eva-Maria …«

Doch ich schüttle den Kopf.

»Lass gut sein, Mama! So ist es besser!« Ich drehe mich auf dem Absatz um und verlasse das Büro.

Im Foyer ist Alfred noch im Gespräch mit der Mitarbeiterin am Empfang. Überrascht sieht er mich an.

»Haben Sie einen kurzfristigen Außentermin?«

»Nein, Alfred!« Ich schenke ihm ein Lächeln. »Ich nehme mir ein Taxi nach Hause.«

»Aber wieso ein Taxi? Ich bin doch hier«, meint er verwirrt.

»Sie sind Fahrer dieser Firma, und ich kein Teil mehr davon.«

Alfred schnaubt.

»Das waren Sie während Ihres Studiums auch nicht, und trotzdem habe ich Sie überall herumkutschiert. Ich bestehe darauf, Sie nach Hause zu bringen.« Sein Ton lässt keine Widerrede zu, und so nicke ich nachgiebig.

Als wir losfahren, atme ich tief durch. Es ist, als würde ich ein Kilo Ballast zurücklassen.

»Darf ich fragen, was passiert ist?«, erkundigt sich Alfred vorsichtig. Ich zucke mit den Schultern.

»Das hier ist einfach nicht mehr mein Leben.« Ich sage es leise, fast ein wenig bedauernd. »Mir ist klar, dass ich meine Eltern eben vor den Kopf gestoßen habe, und ich habe es nicht gerne getan. Aber ich kann nicht länger nach ihrer Pfeife tanzen. Sie wollten, dass ich mich fürs Hotelfach ausbilden lasse, also habe ich das. Sie haben auf die Sommersaison zum Sammeln von praktischer Erfahrung bestanden, und ich habe ihren Wunsch erfüllt. Sie brauchten mich wieder hier, und ich habe alles stehen und liegen gelassen. Aber es wird Zeit, dass ich meine Entscheidungen treffe und nicht länger andere für mich.«

Alfred lässt meine Worte eine Weile auf sich wirken.

»Und was haben Sie entschieden?«

»Ich möchte glücklich sein mit dem, was ich tue«, sage ich leise. »Und mein Vater hätte mich die Firma nicht so führen lassen, dass es sich für mich richtig anfühlt. Er denkt nur an den Gast, der Geld einbringt. Aber es müssen alle zufrieden sein, auch die Mitarbeiter. Denn Gäste haben ein feines Gespür und wollen sich willkommen fühlen, liebevoll umsorgt und wertgeschätzt. Und dafür müssen alle zusammenarbeiten, von der Reinigungskraft bis zur Führungsetage. Mein Vater sieht das anders. Aber ich möchte wieder Teil eines Teams sein. Und zwar nicht im Sternebereich, sondern bodenständiger.«

»So wie Sie es auf der Sonnwandhütte waren?«

Ich horche auf.

»Woher wissen Sie von der Sonnwandhütte?«

»Ihr Auto steht dort auf dem Mitarbeiterparkplatz«, erinnert er mich. »Übrigens immer noch. Ich hatte so ein Gefühl, dass Sie es dort vielleicht noch brauchen.«

»Ich fürchte leider nicht«, flüstere ich traurig.

Alfred sucht meinen Blick im Rückspiegel.

»Das klingt nach einem gebrochenen Herzen.«

Meine Antwort ist ein Schulterzucken.

»Ich war wohl etwas unvorsichtig, wem ich es geschenkt habe.«

Es folgt kurzes Schweigen.

»Übrigens hatte ich vorhin ein Gespräch mit Lisa vom Empfang«, lenkt Alfred das Gespräch auf eine andere Schiene und überrascht mich, denn ich hätte eher mit ein paar tröstenden Worten gerechnet. »Sie wurden gestern Nachmittag gesucht.«

Ich runzle die Stirn.

»Im Büro? Aber ich hatte doch angegeben, dass ich Außentermine hatte.«

Alfred nickt.

»Ein Mann wollte Sie sprechen, aber er hatte keinen Termin. Etwa dreißig, braunes Haar, braune Augen, österreichischer Akzent.«

Mein Kopf geht mit einem Ruck hoch.

»Was?«

»Er hat nach Eva von Gütersloh gefragt und meinte, er wäre aus einem privaten Grund hier, aber hätte Ihre Adresse nicht.«

»Eva …«, wiederhole ich, und mein Herz macht akrobatische Übungen in meiner Brust. Alfred beobachtet mich im Rückspiegel.

»Hat er eine Nachricht hinterlassen?«, frage ich aufgeregt, doch Alfred schüttelt den Kopf.

»Leider nein. Lisa hat ihn noch gefragt, ob er heute wiederkommen möchte, aber er meinte, dass er wieder nach Hause muss. Er hätte nur diesen einen Tag frei.«

»Gestern war Montag«, murmle ich. »Und montags ist die Lap-Alm immer zu.«

Hatte mein Kopf bis jetzt noch kleine Zweifel, so bin ich mir jetzt sicher.

»Alex«, flüstere ich und kann es nicht fassen. Die Fahrt hierher und wieder zurück ist an einem Tag furchtbar anstrengend, und er hat sie trotzdem auf sich genommen. Dabei hasst er Großstädte.

»Vielleicht ist das Herz ja doch noch zu retten«, zwinkert Alfred mir zu. »Wie lautet Ihr Plan?«

Ich hole tief Luft und bete um eine Eingebung. Dabei liegt sie auf der Hand.

»Fahren Sie da vorne bitte links«, weise ich Alfred an, und er hebt die Augenbrauen.

»Zum Flughafen geht es aber geradeaus.«

»Ich will nicht zum Flughafen!«

»Nicht?«

»Nein, ich will shoppen.«

Alfreds Augen sind kreisrund.

»Sie wollen … Aber Frau von Gütersloh …«

»Lassen Sie das Frau von Gütersloh«, bitte ich ihn und deute immer noch nach links. »Ich bin Eva! Und das Sie hat sich auch erübrigt, ich bin nicht mehr Ihre Vorgesetzte und werde es auch nie sein.«

Er schüttelt den Kopf, setzt mehrfach zum Sprechen an und muss sich sichtlich sammeln. Aber zumindest blinkt er endlich links.

»Aber ist shoppen jetzt wirklich die Lösung?«, bringt er dann hervor.

»Ich muss es ausnutzen, bis mein Vater mir die Kreditkarte sperrt«, sage ich leichthin. »Die zweite Straße rechts.«

»Eva …«

»Stopp, hier halten.«

»Aber …«

»Alfred, es war ein Scherz«, beruhige ich ihn. »Also die Aussage wegen der Kreditkarte. Aber ich brauche ein Dirndl.«

Er sieht aus, als würde er an meiner Zurechnungsfähigkeit zweifeln.

»Weil man in Tracht alles leichter schafft?«

Ich lache.

»Weil man auf einer Trachtenhochzeit nicht im Abendkleid auftauchen sollte.«

Eine Stunde später halten wir vor meiner Wohnung. Alfred hat den Zusammenhang nun langsam verstanden.

»Wenn du einen passenden Flug gefunden hast, gib mir Bescheid. Ich bring dich zum Flughafen«, schärft er mir noch mal ein. Ich bin nicht begeistert von seinem Vorschlag.

»Dann kriegst du Ärger mit meinen Eltern, und das will ich nicht. Denk an Pia!«

Alfred nickt.

»Ich denke an Pia! Als Vater einer Tochter würde ich wollen, dass jemand dafür sorgt, dass sie sicher an ihr Ziel kommt. Die Taxifahrer in dieser Stadt fahren wie die Henker.«

Ich seufze.

»Gut, ein letztes Mal!«

»Weil du dann gleich in Österreich bleibst?« Er grinst mich an.

»Weil ich dann mit meinem Auto zurückfahre und endlich wieder selbst mobil bin.«

Er wirft einen Blick nach oben.

»Gott möge uns schützen!«

»Irgendwie warst du mir zurückhaltend und höflich lieber!«, merke ich lachend an.

»Dafür finde ich dich viel sympathischer, wie du jetzt bist«, kontert er mit einem Zwinkern.

Ich verabschiede mich und steige aus. In meiner Tasche befindet sich ein rosa Dirndl mit Herzausschnitt, floraler Musterung und einer etwas helleren Schürze. Die Verkäuferin hat mir zu einer Midi-Länge geraten, damit kann man auf einer Hochzeit nichts falsch machen und das Dirndl auch danach noch gut tragen. Als Bluse werde ich die versehentlich mitgenommene wählen. Aufgeregt packe ich diesmal meinen Koffer, damit nichts zerknittert. Dann suche ich nach einem Flug und werde tatsächlich fündig. Rasch schicke ich Alfred die Flugdaten und rufe Frau Engelmann an, damit sie in den nächsten Tagen nicht kommt oder einkauft. Auch die Zimmerbuchung klappt, obwohl ich hierbei Sorge hatte, da sicher viele Gäste zur Hochzeit anreisen werden. Zuletzt packe ich noch die Einladungskarte in meine Handtasche und bete, dass ich nicht gerade einen Fehler begehe.

Kapitel 25

Nervös sehe ich in den Spiegel. Alles hat geklappt! Das Flugzeug war pünktlich, das Hotelzimmer bezugsfertig und das Dirndl sitzt perfekt. Nachdem ich die Einladungskarte vorgezeigt habe, wurde ich sofort weitergewunken und nun bin ich hier im Waschraum des Lokals, von dem der Brautzug startet, und stehe knapp vor dem Hyperventilieren. Ich habe Alex noch nicht gesehen. Außerdem hoffe ich, dass es für Anna und Lukas auch wirklich okay ist, dass ich heute hier bin, obwohl Alex und ich nicht mehr zusammen sind.

Eine Strähne hat sich aus meiner Frisur gelöst und ich schnaube frustriert. Flechtfrisuren waren mir immer schon ein Rätsel, ich kriege sie nie so hin, dass sie halten.

»Was tu ich hier eigentlich?«, murmle ich in einem Anflug von Zweifeln und sehe an mir hinunter.

»Ach, mach dir keinen Kopf! Wir fühlen uns alle heute ein wenig verkleidet«, beruhigt mich die dunkelhaarige Frau, die neben mir am Waschbecken steht. »Ich bin ja froh, dass meine Freundin Livia sich mit dem Flechten inzwischen auskennt, sonst wären alle Frauen aus unserem Freundeskreis heute verzweifelt. Wenigstens eine Trauzeugin, die hilfreich ist. Ich bin, was das betrifft, ein Reinfall.«

Ich lächle.

»Dann bist du also Lukas' Trauzeugin? Mariella?«

Sie blinzelt erstaunt.

»Ja, genau! Und du bist …?«

»Eva!« Ich überlege, wie ich erklären soll, wie ich zu meiner Einladung gekommen bin, doch Mariella nickt.

»Die Freundin von Lukas' Cousin, die mit auf der Lap-Alm war. Ich erinnere mich, die anderen haben von dir erzählt. Anna wird sich freuen, dass du da bist, sie wollte unbedingt, dass du kommst.«

Ein Stein fällt mir vom Herzen.

»Ich habe es versprochen!«, sage ich lächelnd.

»Bleib, wo du bist, ich schicke dir Livia, die bändigt auch deine Haare.«

Mit diesen Worten ist sie aus der Tür, und wenig später schneit tatsächlich Livia herein.

»Eva, du bist hier!«, quiekt sie und umarmt mich. »Lukas war sich nicht sicher, weil Alex vorige Woche so kryptisch war.«

»Ähm … ja … wir …«

Livia schlägt sich auf die Stirn.

»Er hat es verbockt, oder?«

Ich seufze.

»Wir haben es beide verbockt irgendwie«, gebe ich zu.

Sie sieht mich mit zusammengekniffenen Augen an.

»Aber du bist hier«, stellt sie dann fest und bedeutet mir, mich umzudrehen. »Lass mal sehen, das sieht ja aus wie ein Vogelnest.«

Sie löst meinen Versuch einer Frisur und macht sich daran zu schaffen.

»Weiß Alex, dass du kommst?«

»Nein, und ich werde mich im Hintergrund halten, bis die Zeremonie vorbei ist«, verspreche ich schnell. »Weißt du, wann er singt?«

»Noch in der Kirche. Es heißt in dem Lied ja: Darum stehen wir Hand in Hand heute da, weil ich bin mir sicher, zu dir sag ich für immer ja«, zitiert Livia aus *Schena Mensch* von Folkshilfe. Ich bin beeindruckt.

»Respekt, dass du das Kauderwelsch inzwischen verstehst.«

Livia lacht.

»Als ob! Ich habe es mir von Anna übersetzen lassen.«

Sie zückt eine kleine Dose Haarspray und fixiert ihr Werk, ehe sie mich zum Spiegel dreht.

»Schnapp ihn dir, Eva!«, rät sie mir dann. »Aber diskret bitte. Anna und Lukas haben eine Traumhochzeit verdient.«

Ich hebe die Hand zum Schwur.

»Versprochen! Und danke für die Frisur-Nothilfe.«

Rasch umarmt sie mich.

»Gerne, aber ich muss jetzt los. Mal sehen, ob die Braut immer noch so unfassbar ruhig ist wie vor einer halben Stunde. Da hätte sich Mariella was abschauen können.« Mit einem Zwinkern ist sie aus der Tür.

Ich verlasse kurz nach Livia den Waschraum und bleibe noch in der Gaststube, bis sich der Brautzug im großen Garten aufstellt. Lukas habe ich vorhin schon entdeckt, er trägt eine Lederhose mit weißem Hemd und weiß glänzendem Gilet. Anna steht weiter hinten und will somit wohl vermeiden, dass ihr Bräutigam sie vor der Trauung sieht. Ihr Brautdirndl ist bodenlang und aus weiß glänzendem Brokat mit dezentem Muster. Der Ausschnitt ist herzförmig, die Corsage vorne mit einer Schnürung versehen, die Bluse besteht nur aus Spitze. Die Schürze ist aus mit Blüten besticktem Organza und hat ein zartgrünes Band, das zu einer großen Schleife gebunden ist. Auch ihr Haar ist kunstvoll geflochten und darin steckt ein schmaler Haarreifen mit silber-weißen Blüten, auf einen Schleier hat sie verzichtet. Ihr Brautstrauß ist schlicht und besteht aus weißen Wiesenblumen und Kräutern.

»Eva?«, höre ich hinter mir und drehe mich erschrocken um.

»Johnny? Frank? Was macht ihr denn hier? Solltet ihr nicht draußen in der Reihe stehen?«

Die beiden Männer umarmen mich. Frank trägt einen Trachtenanzug, der ihm ausgezeichnet steht, und Johnny ist tatsächlich in eine Lederhose geschlüpft und macht darin und mit weißem Hemd und glänzend grünem Gilet eine sehr gute Figur. Sie nehmen mich in ihre Mitte.

»Livia meinte, wir sollen auf dich Acht geben, damit du keinen Rückzieher machst«, erklärt Frank den Plan seiner Schwester.

»Aber um zu verhindern, dass Alex dich jetzt schon entdeckt, bleiben wir mit dir etwas weiter hinten im Zug«, ergänzt Johnny und grinst zufrieden. »Und falls du und Alex ein wenig Hilfe braucht …«

»Die beiden kriegen das schon allein hin«, unterbricht ihn Frank.

Dann ziehen sie mich mit sich.

Ich bin kein religiöser Mensch und wurde auch nicht so erzogen. Kirchen sind für mich große Bauwerke, die schön anzusehen sind, aber mehr auch nicht. Und eine Messe habe ich erst wenige Male besucht. Aber diese katholische Hochzeit in der Kirche eines Bergdorfes zieht mich in ihren Bann. Vielleicht liegt es an dem alten Pfarrer, der den beiden Verlobten erzählt, wie er sie noch von Taufe, Erstkommunion und Firmung in Erinnerung hat. Oder es ist der Chor, der aus Einheimischen besteht, die Anna und Lukas ebenfalls schon ihr ganzes Leben lang kennen. Möglicherweise ist es aber auch die Glückseligkeit, die die beiden umgibt, als sie sich versprechen, sich zu lieben und zu ehren, bis dass der Tod sie scheidet. Und obwohl ich das Brautpaar erst so kurz kenne, bin ich zu Tränen gerührt. Ich kann verstehen, wieso Anna ausgerechnet hier heiraten wollte.

Dann ist es so weit und Niko und Alex stehen auf. Beide tragen Trachtenanzüge in dunklem Grau mit grünem Einsatz am Revers, dazu eine passende Hose, ein weißes Trachtenhemd und ein grünes Gilet. Mein Herz verfällt sofort in aufgeregten Galopp. Alex hat sein Haar streng gebändigt, doch ich weiß, wie es morgens aussieht, wenn er sich verschlafen in die Kissen kuschelt und nicht aufstehen will. Ich kann mich erinnern, wie unfassbar weich es sich anfühlt, wenn ich meine Finger darin vergrabe und wie dunkel seine Augen dann werden. Niko schlägt die Saiten der Gitarre an und Alex' Stimme erfüllt die Kirche warm und gefühlvoll. Die beiden tragen den Song etwas ruhiger vor als das Original, und spätestens bei der letzten Zeile bleibt kein Auge trocken. Ich wünschte, er würde von mir singen, von uns. Viel zu schnell ist das Lied vorbei, die Zeremonie geht weiter und Alex verschwindet wieder aus meinem Blickfeld.

Johnny und Frank sorgen dafür, dass Alex abgelenkt ist, während ich Anna und Lukas gratuliere. Als das Brautpaar die Kirche verlässt, folgen noch Spiele der Freunde und der Blasmusikkapelle. Ich sehe mich um und kann keine Reporter entdecken, also wurde Recking großräumig abgeschirmt oder das Hochzeitsdatum tatsächlich streng geheim gehalten. Zu Fuß geht es wieder zurück in die Gaststätte, wo die Gäste aus dem engeren Kreis das Hochzeitsessen erwartet.

Ehe wir uns noch an die Tische begeben, werden Sektgläser gereicht, und Lukas erhebt das Glas und seine Stimme. Er bedankt sich für unser Kommen und dafür, dass wir mit ihm und seiner Frau heute feiern. Dabei sieht er Anna tief in die Augen, und alle klopfen an ihre Gläser, bis die beiden sich küssen. Dabei spüre ich, dass ein Blick auf mir liegt, und tatsächlich steht Alex unweit von mir entfernt und sieht mich überrascht an. Ich halte den Blickkontakt und lächle zaghaft. Nachdem Lukas geendet hat und ein anderer das Wort ergreift, schiebt Alex sich durch die Menge bis zu mir.

»Eva, was machst du denn hier?«

Ich schlucke. So habe ich mir unser Zusammentreffen nicht ausgemalt.

»Ich wurde eingeladen«, erinnere ich ihn. Unsicherheit schwingt in meiner Stimme mit, doch ich räuspere mich. »Wäre es dir lieber gewesen, wenn ich nicht gekommen wäre?«

Er schweigt, aber sein Blick streift mich wie eine zärtliche Berührung.

»Wir haben die Bluse schon vermisst.« Um seinen Mund liegt ein kleines Lächeln.

»Warst du deshalb in der Firma meiner Eltern? Nur wegen der Bluse?« Nun wird aus seinem Lächeln ein Grinsen.

»Ja, um dir die Rechnung dafür zu bringen.«

Ich hebe die Hände.

»Schade, mir wurde leider keine Nachricht übergeben.«

Eine Pause entsteht. Unsere Augen haben sich gefunden und wollen einander nicht wieder loslassen. Schließlich bricht Alex das Schweigen.

»Wie lange bleibst du?«, fragt er wieder etwas distanzierter und dreht das Glas in seinen Händen. Ich atme ein und sammle meinen Mut, denn nun setze ich alles auf ein Pferd.

»Das weiß ich noch nicht, ich suche gerade einen neuen Job«, sage ich und versuche, es nebensächlich klingen zu lassen.

»Ein neuer Job?«, unterbricht mich Alex. »Aber wirst du denn von deinen Eltern nicht mehr gebraucht?«

Pure Skepsis trieft aus seinen Worten.

»Doch«, gebe ich zu. »Aber ich passe dort einfach nicht hin. Außerdem …«

Ich stocke. Kann ich mich wirklich so sehr öffnen, meine Gefühle so preisgeben?

»Außerdem?« Er fragt es mit einem Hauch von Hoffnung, und es reicht mir, um über meinen Schatten zu springen.

»Die Erinnerung an dich war einfach überall. Und ich halte es nicht mehr länger aus, wenn du nicht bei mir bist.«

Alex schluckt und sucht nach Worten. Und er wirkt dabei so unverfälscht, so echt, so verletzlich, dass mein Herz aufgeht. Es beginnt schneller zu schlagen und alle Zweifel damit zu übertönen.

»Eva …«

Doch ehe er mir irgendeinen fadenscheinigen Grund sagen kann, aus dem wir nicht zusammen sein sollten, mache ich einen Schritt auf ihn zu und lege meine Hand auf seine Brust. Auch sein Herz rast. Ich zögere einen Wimpernschlag lang, sodass er nicht total überrumpelt ist. Seine Pupillen weiten sich, und sein Blick fällt auf meinen Mund. Dann überwinde ich die letzten Zentimeter und hauche ihm einen Kuss auf die Lippen, den er sofort erwidert. Einige Sekunden später löst er sich von mir.

»Heißt das, du suchst dir hier einen neuen Job?«, fragt er mit rauer Stimme. Meine Hand liegt immer noch auf seiner Brust und seine auf meiner Taille.

»Gibt es denn einen Grund, aus dem ich bleiben soll?« Ich suche seinen Blick.

»Ja, weil ich dich liebe!« Seine Augen verraten mir, dass er die Wahrheit sagt.

»Wieso hast du mich dann gehen lassen?« Ich muss es wissen, so lange beschäftigt mich diese Frage schon. Er senkt den Blick, lehnt seine Stirn einen Moment lang an meine.

»Die Entscheidungsfrage zwischen Stadt und Land, zwischen Karriere und Liebe ist mir nicht neu. Ich wollte nicht, dass du irgendwann mal bereust, dass du geblieben bist, nur weil ich dich dazu überredet habe. Es sollte deine eigene Entscheidung sein.«

»Das hätte schiefgehen können«, gebe ich zu bedenken.

Er lächelt.

»Ich habe darauf vertraut, dass wir dich mit der Hüttengastronomie infiziert haben.«

Ich lache auf.

»Ach, das war dieses ständige Flattern in meinem Bauch, das ich seit meiner Ankunft hatte.«

Alex knufft mich liebevoll in die Seite.

»Das war die Höhenluft, Schickimicki.«

Ich beiße mir auf die Unterlippe.

»Meinst du, ich finde hier mitten in der Saison einen Job?«

Er sieht mich ernst an.

»Und danach?«

Ich zucke mit den Schultern.

»Vielleicht sehe ich mir mal den Winter in den Bergen an, trinke Jagertee, lerne Skifahren …«

»Willst du das wirklich? Hierbleiben?«

Er will sichergehen, doch ich habe mir diese Frage in den letzten Tagen selbst sehr oft gestellt.

»Ja«, sage ich deshalb schlicht und greife nach meinem Handy. Rasch suche ich das Bild vom Hüttenabend und zeige es Alex. »Das ist die neue Eva – die Eva, die ich sein möchte. Sie lacht und sie lebt, sie packt an und sie gehört zu einem Team, sie hat Freunde und fühlt sich geliebt. Aber sie kann auch immer noch verdammt schnell shoppen, wenn sie neue Klamotten braucht.«

Alex bricht in Gelächter aus.

»Ganz wirst du die Schickimicki einfach nicht los.«

Ich sehe ihn ernst an.

»Vielleicht will ich irgendwann mal wieder runter vom Berg und ein eigenes Restaurant oder eine Pension eröffnen. Aber nicht in der Stadt, sondern hier. Ich möchte Leute versorgen, die den Tag über Abenteuer erlebt haben, und Dinge kochen, die bodenständig sind. Ich will Hunger stillen und nicht Teller füllen, die nur bestellt wurden, um fotografiert und auf Instagram gepostet zu werden. Und was am allerwichtigsten ist: Ich will es mit dir!«

Alex zieht mich stürmisch an sich.

»Das ist mehr, als ich gehofft hatte. Ehrlich gesagt habe ich mich schon nach Jobs in deiner Nähe umgesehen.«

Verblüfft sehe ich ihn an.

»Du wolltest nach Deutschland ziehen und in der Stadt arbeiten?«

Er schüttelt den Kopf.

»Nein, aber ich wollte zu dir!«

Und dann küsst er mich und hebt meine Welt wieder in ihre Angeln.

Kapitel 26

Es ist ein rauschendes Fest. Die Clique aus Sterenholm nimmt mich sofort in ihrer Mitte auf, und ich lerne auch diejenigen kennen, die nicht mit auf der Lap-Alm waren. Johnny und Frank recken ihre Daumen hoch, als sie sehen, dass Alex und ich Hand in Hand an den Tisch kommen. Und auch Livia grinst mich zufrieden an. Als sich alle Frauen zum Linedance versammeln, werde auch ich auf die Tanzfläche geschleppt, und auch beim Brautstraußwerfen zieht Livia mich mit sich.

»Ich brauche Verstärkung, aus unserem Freundeskreis bin ich die letzte ledige Frau«, raunt sie mir zu.

»Alex und ich sind erst seit ein paar Stunden wieder zusammen. Da wäre es etwas übereilt, von einer Hochzeit zu reden«, zwinkere ich ihr zu. »Aber vielleicht fragt Frederik dich ja, wenn du den Strauß fängst.«

Livia lächelt mir verschwörerisch zu.

»Hat er schon! Aber wir sagen es den anderen noch nicht. Gefühlt war in den letzten Jahren ständig eine von uns verlobt, und es stand eine Hochzeit an. Nun soll mal ein wenig Normalität einkehren. Zumindest, soweit das möglich ist.«

Ich kichere.

»Ist das denn bei euch möglich?«

»Kaum!«, gibt sie mit einem Grinsen zu. »Vielleicht machen wir es aber auch wie Frank und Johnny und brennen einfach durch.«

Während wir noch geflüstert haben, konnte eine von Lukas' Cousinen den Brautstrauß fangen und alle klatschten. Livia blickt auf.

»Es wird angestoßen, das ist mein Stichwort.«

Verwirrt blinzle ich.

»Muss man da als Trauzeugin immer dabei sein?«

Sie zwinkert mir zu.

»In unserem Fall schon!«

Livia eilt zum Tresen und bringt Anna ein Glas Sekt. Zwischen den Gästen sind aber laufend Kellner mit gefüllten Tabletts unterwegs. Irgendetwas stimmt hier nicht. Dann sehe ich mir die Gläser von Lukas und Anna genauer an und entdecke, dass die Flüssigkeit darin eine leicht andere Farbe hat. Mein Blick huscht zu Livia, die hinter den beiden steht und ihren Finger auf die Lippen legt. Dann kommt sie zu mir.

»Es ist Traubensaft«, bestätigt sie flüsternd meinen Verdacht und lächelt. Ich setze die Puzzleteile zusammen. Auf der Lap-Alm hat Anna Alkohol getrunken, also hat sie keine grundsätzliche Abneigung dagegen. Dann muss es einen Grund geben, dass sie heute schummelt.

»Ist sie …?«

Livia nickt verschwörerisch.

»Aber ausnahmslos niemand weiß es, außer Lukas und mir. Es ist noch ganz frisch. Lukas wollte die Hochzeit fast absagen, damit Anna sich nicht überanstrengt, aber sie war dagegen. Dafür wurden die Flitterwochen gecancelt und sie bleiben stattdessen zwei Wochen auf der Lap-Alm. Das weiß Anna aber noch nicht.«

Man sieht ihr förmlich an, wie viel Spaß es ihr bereitet, in alle Geheimnisse eingeweiht zu sein.

»Ich werde schweigen«, verspreche ich, und sie drückt dankbar meine Hand.

»Ihr müsst uns unbedingt zwischen den Saisonen mal in Sterenholm besuchen. Wir würden uns sehr freuen!«

Ich nicke, als Alex zu uns tritt und seinen Arm um meine Taille legt.

»Darf ich dir Eva entführen?«, fragt er und deutet auf die Tanzfläche.

»Ich habe gehört, dass du in den nächsten beiden Wochen nur zwei Gäste hast«, spreche ich ihn auf Lukas' Reservierung der Lap-Alm an, während wir tanzen.

»Irrtum, genau genommen habe ich in den nächsten beiden Wochen frei, weil Lukas und Anna die Hütte für sich allein haben wollen!«

»Dann kannst du mir ja bei der Jobsuche helfen«, schlage ich vor. Mit einem Lachen dreht er mich und nimmt mich dann an der Hand. Er führt mich zu einem der Tische, wo eine mir bekannte Person sitzt.

»Onkel Karl, ich habe eine Lösung für unser Personalproblem«, spricht Alex Herrn Berger an. »Sie ist sogar schon eingearbeitet.«

Verwirrt sieht mein ehemaliger Chef mich an.

»Frau von Gütersloh!«, ruft er. »Aber Ihr Vater hat …«

»… leider eigenmächtig gehandelt, ich weiß«, unterbreche ich ihn. »Inzwischen ist er wieder an seinen Schreibtisch zurückgekehrt, und ich habe mich entschieden, nicht in die Firma einzusteigen.«

Er nickt ernst.

»Ein harter Schlag für ihn, ich kenne das. Meine Kinder haben auch andere Wege gewählt. Aber Gott sei Dank habe ich meinen Neffen, der mir einmal folgt.«

Überrascht sehe ich Alex an, der etwas betreten in sich hineinlächelt.

»Ich hätte gerne meinen alten Job wieder zurück«, bringe ich mein Anliegen vor Herrn Berger auf den Punkt. Sein Blick pendelt zwischen Alex und mir und bleibt an unseren verschränkten Händen hängen.

»Offenbar nicht nur den«, schmunzelt er dann, nickt aber. »Kommen Sie nächste Woche in mein Büro, und wir klären alles.«

Mir fällt ein Stein vom Herzen, denn mein Wunsch geht in Erfüllung. Wir verabschieden uns von Herrn Berger und kehren an unseren Tisch zurück.

»Jobsuche erledigt«, meint Alex zufrieden und greift nach seinem Glas.

»Du übernimmst also alles mal von deinem Onkel?« Fassungslos blicke ich ihn an. »Wann wolltest du mir das sagen?«

Er wiegt den Kopf hin und her.

»Ich wollte erst sicher sein, dass du kein grundsätzliches Problem mit Familienunternehmen hast.«

Mit einem ungläubigen Schnauben schüttle ich den Kopf.

»Habe ich nicht! Aber das ist gerade alles etwas … viel.«

Alex nimmt meine Hand.

»Onkel Karl ist erst sechsundfünfzig. Es dauert noch, bis er an den Ruhestand denkt. Wir haben noch viel Zeit für …«

»… Hüttenabende?« Ich klinge hoffnungsvoll.

»Genau das wollte ich sagen«, lacht Alex. »Und für uns!« Dann küsst er mich.

Epilog

»Ich muss gerade an *Columbo* denken«, murmelt Alex, der neben mir liegt und gerade wach wird.

»Du denkst jetzt ans Fernsehen?«, wundere ich mich und stütze den Arm auf, um den Kopf in meine Hand zu legen. Alex lacht, und ein leichter Schauer läuft mir den Rücken hinunter. Ich könnte dieses Lachen ständig hören.

»Nein, an den Song *Columbo* von Wanda. Sie singen, dass sie gar nicht rausgehen wollen, sondern im Pyjama drinbleiben möchten. Und dann ziehen sie den Pyjama aus und …«

»Herr Berger, woran denken Sie denn?«, unterbreche ich ihn schmunzelnd.

»Komm her, und ich zeig es dir«, lockt er mich, doch ich schüttle den Kopf.

»Wir haben heute einiges zu tun«, erinnere ich ihn.

»Ach, das bisschen Umzug!«

Ich werfe ihm ein Kissen an den Kopf und verschwinde im Bad. Der vergangene Tag mit Alex war vollgepackt mit Unternehmungen. Erst waren wir shoppen, denn statt Bleistiftrock heißt es nun ja wieder Dirndl und Jeans. Danach haben wir Sushi gegessen und waren im Theater, mein letzter Tag mit eigener Wohnung in der Stadt musste ausgenutzt werden. Den Rest der Nacht haben wir aber auch nur bedingt zum Schlafen genutzt. Ein glückliches Strahlen blickt mir im Spiegel entgegen, und ich bin mir wieder einmal absolut sicher, dass ich die richtige Entscheidung getroffen habe.

Eine halbe Stunde später sitzen wir bei einer Tasse Kaffee in der Küche, als es an der Tür klingelt. Ich öffne.

»Guten Morgen! Bereit?«

Ich nage an meiner Unterlippe.

»Bist du dir wirklich sicher, dass du mir helfen willst?«

Ich deute auf die Kisten, Koffer und Taschen, die meine persönlichen Dinge beinhalten und von meiner alten

Wohnung nach Recking übersiedelt werden sollen. Vorerst in Alex' Zimmer, was Doris sehr freut. Doch wir haben ein Auge auf ein leerstehendes kleines Haus geworfen, das wir gerne kaufen und renovieren möchten.

Alfred lacht.

»Hatten wir das Thema denn nicht schon? Ich bin mir ganz sicher!«

»Aber was ist, wenn meine Eltern dich deshalb rauswerfen?« Ich denke nicht, dass sie mein freundschaftliches Verhältnis zu ihrem Fahrer gutheißen.

»Dann arbeite ich einfach wieder in meinem alten Job«, meint Alfred lapidar.

»Was war das?«

Er grinst.

»Taxifahrer!«

Ich schnappe nach Luft.

»Aber du predigst mir seit Monaten, dass ich nicht mit dem Taxi fahren soll, weil die Taxifahrer dieser Stadt so unmöglich fahren.«

Er zuckt mit den Schultern.

»Was glaubst du, woher ich das so genau weiß?« Mit einem Zwinkern geht er an mir vorbei. »Außerdem habe ich den ausdrücklichen Auftrag deiner Mutter, dich zu unterstützen, wenn – ich zitiere – Eva-Maria ihren verrückten Plan durchzieht und in die Einöde verschwindet – Zitat Ende.«

Alex kommt in den Flur und hebt grüßend die Hand.

»Klingt so, als hätte sie endlich ihren Frieden damit gemacht«, meint er hoffnungsvoll.

Als meine Eltern erfahren haben, dass ich nach Österreich ziehe und weiterhin auf einer Berghütte arbeiten will, kam es zu einem handfesten Streit zwischen uns am Telefon. Offenbar hatten sie meine Kündigung bis dahin nicht als dauerhaft betrachtet, sondern nur als kurzfristige Laune. Seither herrscht Funkstille.

»Letztlich wollen Eltern immer, dass ihre Kinder glücklich sind«, gibt Alfred zu bedenken.

»Ihr Plan sah nur vor, dass ich mit Oliver mein Glück finde«, murmle ich genervt.

»Oliver hat sich übrigens verlobt«, erzählt Alfred.

»Das ist wunderbar. Also stand ich für ihn auch nicht zur Debatte?«, gluckse ich, und Alfred schüttelt den Kopf.

»Ich denke nicht. Er wird Jan aus dem Marketing heiraten.«

Alex und ich brechen in Gelächter aus.

»Da hatte der Gedanke meiner Eltern wohl mehrere Schwachstellen.«

Alfred nickt.

»Aber Oliver hat zufällig auf dem Schreibtisch deines Vaters deine Mappe gefunden, mit den Maßnahmen betreffend Mitarbeiterführung für das Hotel und die Restaurants.«

Ich horche auf.

»Und er will sie alle umsetzen«, fügt Alfred noch hinzu.

Erfreut schlage ich die Hände vor den Mund.

»Das freut mich für die Teams.«

Nun fällt auch endlich das schlechte Gewissen von mir ab, dass ich die Menschen, die bei meinem Vater arbeiten, im Stich gelassen habe.

Alex nimmt mich in den Arm.

»Alles wendet sich zum Guten!«

»Und was sind eure weiteren Pläne?«, erkundigt sich Alfred.

Ich drehe mich in Alex' Umarmung und lächle.

»Die Sommersaison auf der Lap-Alm ist vorüber. Wir steigen nun wieder auf der Sonnwandhütte mit ein, bis auch hier der Lift schließt. Ich freue mich schon auf die Hüttenabende.«

Alex küsst meine Schläfe.

»Und bevor ich Eva das Skifahren beibringe und sie ihre erste Wintersaison erlebt, machen wir Urlaub an der Ostsee. Mein Cousin wohnt in Sterenholm, und wir besuchen ihn und seine Frau.«

Da fällt mir etwas ein.

»Habe ich dir eigentlich schon gesagt, dass wir leider nicht bei Lilly im *L&P* wohnen können? Durch den Umbau ist die ganze Pension über den Winter geschlossen. Aber sie hat mir das Hotel *Strandblick* empfohlen, das ihrer Freundin Romy gehört. Dort scheint es auch ganz zauberhaft zu sein.«

Dann wende ich mich wieder an Alfred.

»Und dir möchten wir das hier überreichen.« Ich gebe ihm ein Kuvert, das er überrascht öffnet.

»Ein Gutschein?«

Alex nickt.

»Für eine Woche Urlaub für dich und deine Familie – wahlweise auf der Lap-Alm oder auf der Sonnwandhütte, denn ab nächstem Jahr vermieten wir auch dort Zimmer.«

»Als Dank für deine Unterstützung«, füge ich noch hinzu. »Ruhiger ist es auf der Lap-Alm, aber bei der Sonnwandhütte gibt es mehr für Kinder, und Pia wird Fridolin, das Murmeltier, lieben.«

Alfred schüttelt gerührt den Kopf.

»Vielen Dank! Wir kommen gerne! Ich muss mir ja die Gegend anschauen, die Eva so zum Aufblühen gebracht hat.«

Ich lächle.

»Ich denke, das war eine Mischung aus der Gegend, dem Team und Alex.«

Der lacht.

»Sagen wir einfach, es war Bergluftliebe.«

ENDE

Playlist Bergluftliebe

Too sweet - Hozier

Texas Hold'Em – Beyonce

Schifoan – Wolfgang Ambros

Jerusalema - Master KG und Nomcebo Zikode.

Macarena - Los Del Rio

Gangnam Style - PSY

Y.M.C.A. - Village People

Asereje (The Ketchup Song) - Las Ketchup

Cowboy und Indianer - Olaf Henning

Kokomo – Beachboys

Bar Song Tipsy – Shaboozey

Schena Mensch – Folkshilfe

Columbo - Wanda

Danksagung und Nachwort

Entstanden ist die Idee zu Bergluftliebe schon vor vielen Jahren im Sommerurlaub am Berg. Diese Ruhe, dieser Frieden, die gute Luft, die Erdung - und plötzlich war da dieser Gedanke in meinem Kopf. Den habe ich aber sofort wieder ad acta gelegt, denn ich war ja mitten in meinen Ostsee-Romanen und für Berge hatte ich gar keine Zeit. Aber er hat nicht aufgegeben, ist immer wieder aufgepoppt, bis ich ihn schließlich geplottet und nach Sandstrandliebe zu meinem neuen Projekt gemacht habe. Und ganz überraschend – sogar für mich selbst – wurde es dann Teil der Sterenholm Reihe.

Bergluftliebe und ich - wir hatten unsere liebe Not miteinander. Denn das Jahr war äußerst turbulent und stressig, sodass mir kaum Zeit zum Schreiben blieb. Bis jetzt weiß ich nicht, wie ich alles rechtzeitig fertiggebracht habe, denn Eva und Alex haben sich noch dazu seeeehr lange Zeit gelassen, bis sie taten, was ich wollte. Erst wurde geflirtet statt gestritten, dann ewig abgewartet obwohl langsam etwas Tempo in die Sache kommen sollte und dann war die Versöhnung schwieriger als gedacht. Aber letztlich waren wir alle glücklich. Danke ihr beiden, dass ihr niemals aufgegeben habt, denn der letzte Überarbeitungsdurchgang hat mich sehr zufrieden zurückgelassen und ich war sehr traurig, euch nun gehen zu lassen.

Vielen Dank an meine Familie, die in all dem Trubel immer wieder versucht hat, mir Zeit freizuschaufeln, damit ich schreiben kann, auch wenn es diesmal nicht einfach war. Danke an meine Lektorin Nicola Kammer, die mir beim Feinschliff ganz besonders geholfen hat.

Außerdem danke ich allen, die von der Idee bis zum fertigen Roman mit Rat und Tat an meiner Seite waren und mich unterstützt haben.

Und ganz besonders danke an alle meine Leser, die dies hier jetzt lesen. Denn ihr habt nach so vielen Jahren Ostsee auch meinem kleinen Bergadler eine Chance gegeben. Danke für eure Treue – für euch schreibe ich meine Geschichten!

Bleibt gespannt, wohin es mich als nächstes verschlägt!

Eure Karin

Für Informationen zu Lesenachschub folgt mir auf:

<u>Homepage</u>: www.KarinWimmerAutorin.jimdofree.com

<u>Facebook</u>: Karin Wimmer - Autorin

<u>Instagram</u>: Karin.Wimmer.Autorin

Ihr wollte mehr über die sympathische Clique aus Sterenholm wissen? Hier kommen die Bücher dazu:

Strandkorbflüstern
Karin Wimmer

Alexandra hat ihr Leben durchgeplant: Haus, Hochzeit und Kinder mit Langzeitfreund Robert. Und so nebenbei noch irgendwann die Diplomarbeit schreiben. Doch dann verliert Alexandra ihren Praktikumsplatz, weil die Diplomarbeit eben noch immer nicht fertig ist, und erwischt Robert auch noch mit ihrer besten Freundin im Bett. Aufgelöst und plötzlich völlig planlos fährt Alexandra zu ihrer Zwillingsschwester, die eine kleine Pension mit Restaurant an der Ostsee führt. Dort kommt sie erst mal unter und lernt Koch Niko kennen. Der ist nicht nur witzig und gutaussehend, sondern auch sehr nett. Wir sind nur Freunde, sagt sich Alexandra, aber Niko bringt ihr Herz ganz schön ins Stolpern. Doch er ist viel jünger und außerdem ist sie ja frisch getrennt. Und schon beginnen Warnleuchte im Kopf und Schmetterlinge im Bauch zu streiten …

- 385 Seiten
- ISBN Print: 978-3-755-711-179
- Verlag Print: BoD
- ISBN E-Book: 978-3-95818-488-6
- Verlag E-Book: Forever by Ullstein

Strandkorbsehnsucht
Karin Wimmer

Ein Sommer an der Ostsee liegt hinter Lexi. Ein Sommer mit Niko, der alles verändert hat. Doch bevor sie sich auf ihre neue Liebe einlassen kann, muss sie erst ihr Leben in den Griff bekommen. Und das bedeutet: Neue Wohnung, neuer Job und endlich ihre Diplomarbeit fertig schreiben. Voller Tatendrang stürzt sich Lexi in ihre Aufgaben. Doch sie hat Sehnsucht. Nach Niko, nach salziger Meeresluft, nach Sand unter den Füßen und gemütlichen Stunden im Strandkorb. Zwischen Unfällen, Notfällen und Zwischenfällen merkt Le-xi, dass man im Leben nicht alles haben kann. Oder doch?

- 248 Seiten
- ISBN Print: 978-3-752-610-284
- Verlag Print: BoD
- ISBN E-Book: 978-3-958-185-791
- Verlag E-Book: Forever by Ullstein

Hausbootküsse
Karin Wimmer

Sylvie wagt einen Neuanfang, packt ihre Siebensachen zusammen und tritt eine Stelle in der Eventagentur ihrer Freundin an der Ostsee an. Wie gerne möchte sie ihr altes Leben mit all seinem Schmerz und den Problemen endlich hinter sich lassen. Vor allem als sie Georg in Sterenholm trifft, der die Schmetterlinge in ihrem Bauch aus ihrem jahre-langen Winterschlaf erweckt. Aber es gibt noch Versprechen aus der Vergangenheit, die es einzulösen gilt. Und so sehr sie sie sich wünscht, dass Georg mehr als nur ein Freund wird – wie kann er in ihr Leben passen, in dem eine neue Liebe noch keinen Platz haben darf?

- 292 Seiten
- ISBN Print: 978-3-753-427-065
- Verlag Print: BoD
- ISBN E-Book: 978-3-958-186-194
- Verlag E-Book: Forever by Ullstein

Meersalzträume
Karin Wimmer

Maria Gabriella Mancuso, kurz Gabi, ist irgendwo falsch abgebogen: Eigentlich wollte sie immer schon in die Medien-branche, doch nun hängt sie in der Gastronomie fest. Und auch ihre Beziehung zu Langzeitfreund Daniel ist eher einge-fahren als aufregend. Als eine Fernsehshow mit dem berühm-ten Koch Lukas Behrens eine Assistentin sucht, sieht sie ihre Chance gekommen und wirft ihr bisheriges Leben über den Haufen. Sie reist mit der Crew die Küste entlang und plötz-lich ist von der langweiligen Gabi nichts mehr übriggeblie-ben. Mariella, wie sie am Set genannt wird, genießt ihr neues Leben in vollen Zügen. Doch während sie mit Lukas flirtet, schleicht sich immer wieder Daniel in ihre Gedanken und bringt ihr Herz durcheinander. Und aus heiterem Himmel steht Mariellas Leben wieder Kopf …

- 264 Seiten
- ISBN Print: 978-3-754-346-945
- Verlag Print: BoD
- ISBN E-Book: 978-3-958-186-460
- Verlag E-Book: Forever by Ullstein

Dünenherzen
Karin Wimmer

Seit Jahren haben Konditorin Livia und Restaurantbesitzer Frederik nicht mehr miteinander gesprochen und gehen sich in der kleinen Stadt Sterenholm aus dem Weg. Zu sehr erinnern sie sich gegenseitig an den Verlust, den sie beide erlitten haben, als Livias Bruder und Frederiks bester Freund vor Jahren spurlos verschwand. Doch nun müssen sie für ein Projekt zusammenarbeiten, und bei Livia erwachen längst begrabene Gefühle wieder zum Leben. Doch auch wenn Frederik in ihr immer noch die kleine Schwester seines Kumpels zu sehen scheint, sprühen zwischen ihnen die Funken. Aber hat die Liebe eine Chance, wenn die Vergangenheit die beiden einfach nicht loslässt?

- 250 Seiten
- ISBN Print: 978-3-756-205-691
- Verlag Print: BoD
- ISBN E-Book: 978-3-958-186-804
- Verlag E-Book: Forever by Ullstein

Leuchtturmhoffnung

Karin Wimmer

Als Lukas plötzlich vor Anna steht, setzt ihr Herz kurz aus. Seit Jahren hat sie ihren besten Freund aus Jugendtagen nicht mehr gesehen. Dabei erinnert sie sich nur zu gut an die gemeinsame Zeit bis zu jenem verhängnisvollen Abend, nach dem Lukas verschwand, ohne sich je wieder bei ihr zu melden. Mittlerweile ist er ein gefeierter Starkoch und Anna Inhaberin einer Gärtnerei - Welten scheinen sie zu trennen. Als sie sich unerwartet in Sterenholm begegnen, hängen die unausgesprochenen Worte wie graue Wolken über dem Meer. Wird das Leuchtfeuer des Leuchtturms Licht in ihre stürmischen Gefühle bringen?

- 280 Seiten
- ISBN Print: 978-3-751-908-252
- Verlag Print: BoD
- ISBN E-Book: 978-3-843-728-867
- Verlag E-Book: Ullstein

Sandstrandliebe
Karin Wimmer

In der kleinen Stadt Sterenholm an der Ostsee haben sieben Paare in den vergangenen Jahren ihr Glück gefunden und sind zu einem engen Freundeskreis verwachsen. Doch Leben ist das, was nach dem Happy End passiert. Und so führen Geheimnisse, Hochzeiten, Überforderung, Schwangerschaften und Trennungen zu einigen Komplikationen. Es stellt sich die Frage, ob alles tatsächlich so ist, wie es anfangs scheint. Und ob am Ende alle in Sterenholm bleiben.

- 250 Seiten
- ISBN Print: 978-3-759-712-721
- Verlag Print: BoD
- ISBN E-Book: 978-3-843-731-041
- Verlag E-Book: Ullstein